本书得到2010年教育部“新世纪优秀人才支持计划”资助

FOUR PARADIGMS OF IMAGOLOGICAL STUDIES

形象学研究的四种范式

陶家俊◎著

中国社会科学出版社

图书在版编目（CIP）数据

形象学研究的四种范式 / 陶家俊著 . — 北京：
中国社会科学出版社，2019.2
ISBN 978-7-5203-4004-5

Ⅰ. ①形…　Ⅱ. ①陶…　Ⅲ. ①文学—形象—研究
Ⅳ. ①I025

中国版本图书馆 CIP 数据核字（2019）第 022351 号

出 版 人　赵剑英
责任编辑　史慕鸿
责任校对　夏慧萍
责任印制　戴　宽

出　　版　中国社会科学出版社
社　　址　北京鼓楼西大街甲 158 号
邮　　编　100720
网　　址　http://www.csspw.cn
发 行 部　010-84083685
门 市 部　010-84029450
经　　销　新华书店及其他书店

印　　刷　北京明恒达印务有限公司
装　　订　廊坊市广阳区广增装订厂
版　　次　2019 年 2 月第 1 版
印　　次　2019 年 2 月第 1 次印刷

开　　本　710×1000　1/16
印　　张　17.25
插　　页　2
字　　数　257 千字
定　　价　76.00 元

目　　录

自　序

“形象学研究的四种范式”这项研究从选题到完成，都是为了遂一个未了的心愿。2006年春季我在加州大学厄湾分校认识了从中国台湾到美国从事比较文学研究的年轻华裔学者凯萨琳·刘。我们计划邀请部分香港、内地和台湾学者，分别在三地召开三次以“后摹仿：博物馆文化研究”为主题的学术研讨会。这项计划后来并未付诸实施。但是从那时起，在展开国家社科基金项目“思想认同的焦虑——旅行后殖民理论中的对话与超越精神”的研究工作的同时，我开始思考后摹仿时代形象学研究的范式革命这个选题，收集有关的研究资料。

该项研究旨在反思当代中国学术语境中外国文学研究和比较文学呈现的学术生态。从20世纪80年代初的改革开放到21世纪的第一个十年末，中国的英美文学乃至外国文学研究始终交织着三股学术思潮的影响。其一是形式主义、英国的实践批评和美国的新批评主导的文学文本细读法和以经典作家作品为研究对象和重心的治学理路。可以说在形式主义和新批评影响之下，细读法和作家作品论渗透了中国当代大学外国文学教学和研究，主宰了几代人的学术思维。其二是事实上终结了现代主义文化土壤中成长起来的形式主义、实践批评和新批评的后结构、后现代理论思潮被迅速、大量地译介、移植进入中国，后学理论与形式主义批评分庭抗礼，且呈后来居上之势。理论渐使文学本体关怀、细读法和形式主义批评逐渐远离了研究的中心，远离了学院的讲坛。其三是科学主义以及科学主义偏执论潮中泛滥的科学实证法、反人文主义、科技理性、实用主义、物质主义。毋庸置疑，科学技术话语主宰下的大学体制和机制中文学以及文学征兆的人文学科和人文精神频繁受到奚落，门庭逐渐冷落。更有甚者，以实用主义、机会主义的学术态度来从事外国文学研究之风日盛，这不仅使之变得面目全非，而且使人文知识分子丧失了应有的学术立场、思想担当和精神价值取向。

正是本着对上述思潮左右的学术生态的批判性观照，我选定了这个研究课题。整个研究的切入点是德国犹太学者埃里希·奥尔巴赫的语文学历史形象阐释。支点则是英美新批评和形式主义批评之外的四种跨学科、跨地理空间、跨文化的思想话语实践，即欧陆现代语文学、后弗洛伊德心理分析、现象学之后文学的文化生产研究和后殖民话语。上述切入点和支点使整个研究的明面上所呈现的是后摹仿时代的文学和文化形象学范式变革——四种思想和学术话语实践分别从历史、跨文化、心理、文化生产角度进行的形象阐释和理论建构。

我们以埃里希·奥尔巴赫为切入点，不仅仅是因为在形式主义、新批评如日中天的时期，他以一本《论摹仿》展示了精湛的语文学阐释功夫、深邃的人文历史辩证思想及对欧洲文学现实主义裂变与欧洲文化的精神化运动之关联的宏大叙事建构。更为重要的是，奥尔巴赫同时征兆了一个西方文学和现代人文思想探索发生彻底革命的时刻，即无论是文学还是现代人文思想探索开始进入大学学科体制，开始在现代大学确定的学科分类和知识秩序中安顿下来，从事文学批评和人文思想探索的现代人文知识分子也开始集体迁徙到大学空间。如果说无论是俄国形式主义还是英美新批评更直接地、更实用地是大学教育体制和学科分化体制的产物，那么奥尔巴赫实际上是游走于传统与现代、历史与现实、精神与物质、欧陆与中东和北美、宗教与俗世、纳粹迫害与自由、大学体制与知识个体的自由选择、文学批评与人文反思批判这一系列对应极点之间。这些多层关联所形成的个体生命、情感、精神和思想的网络在保持奥尔巴赫的新摹仿诗学探索的开放性、关联性、动态性的同时，最后无不统摄于两种强大的辩证力量，即欧洲文化的历史与欧洲文化的现实之间的辩证张力、欧洲文化的精神化历程与欧洲现代文明的物质基础之间的辩证关系。也就是说，奥尔巴赫本人曾思考建构，我们今天同样需要思考重构，文学与人文思想、与历史文化精神、与现实文化精神、与文化的使命和人的未来之间深层的、水乳交融的关联和辩证关系。因此，我们将奥尔巴赫以及他所代表的那个在学科、文化、历史、大学之间迁徙的人文知识分子群落确立为我们反思的起点，将他们的思想和理论之批判重构确定为我们的切入点。

通过该研究，我试图阐明以下六个紧密关联、逻辑性展开的论点。

一、人文研究的核心理论命题是历史、文化、社会中的人自身的价值诉求和精神化运动，即我们探究的身份认同问题。而身份认同研究根本性地涉及形象的阐释、建构和批评。这要求我们从形象学的角度来重新认知20世纪西方文学批评、批评理论和人文研究中波推云涌，完全不同于柏拉图和亚里士多德奠定的古典摹仿诗学的文学及人文研究变革——一场持续的思想和学术象征革命意义上的摹仿诗学革命。正是多源纷起的摹仿诗学革命，奠定了形象研究的多维视域，为系统的多元形象研究提供了坚实的理论和思想基础，呈现出历史形象研究、跨文化形象研究、心理形象研究、文化生产研究的认知图谱。

二、形象学研究的革命征兆的思想和学术象征革命滥觞于四大根源，即：埃里希·奥尔巴赫立足欧陆罗曼司语文学传统、基督教保罗形象阐释传统和维柯人文主义的新摹仿诗学；爱德华·萨义德立足奥尔巴赫思想、美国比较文学、跨文化视域的后殖民再现论；以弗洛伊德心理分析为源头、弗朗茨·范农的反殖民种族创伤理论及美国耶鲁学派的创伤研究为标志的创伤叙事研究；从爱德蒙·胡塞尔和马丁·海德格尔推动的欧陆现象学革命的烈火中诞生的罗曼·英伽登的文学现象学、伽达默尔对话阐释学、沃尔夫冈·伊瑟尔的文学人类学以及皮埃尔·布迪厄的生成-结构文学社会学。因此，顺着语文学、心理分析、现象学这三个源头，绘制一幅不同批评思潮及其形象阐释理论旅行迁徙的路线图，有益于我们鸟瞰形象学范式变革的全息图景，把握英美新批评、形式主义批评和当代后学理论之外西方批评理论起承转合的不同节点及其深厚的思想底蕴。

三、形象学研究的革命不断突破并重构文学的边界，不断僭越学科的疆界，也不断跨越地理和文化的藩篱。发轫于每一个思想理论源头的河流，起步于每一个学科的思想之旅，其实都给我们以生活在别处、思想在他乡、变异求新在异域的感受。这别处，这他乡，这异域，是文学新的疆土，是思想在新的学科中的居所，是人文学术研究执著的精神之旅在新的文化生态环境中的延伸和再生。因此，形象学研究的革命先后汲取了语文学、比较文学、后殖民文学、心理分析、哲学、社会学、文化研究、人类学、媒体研究等学科研究领域的营养，在不同的文化语境中生发成新的研究方法和理论。

四、形象学研究的革命，至少从历史形象研究、跨文化形象研究、心理形象研究、文化生产研究这四个向度来看，都旨在继承的基础上丰富和完善西方的阐释学传统。这种丰富和完善更具象的表现是将文学阐释与人的三面融合。第一面是始终朝向人和人类共同体的民主、自由、独立和解放的精神化运动。精神化的运动不是形而上的沉思或虚无的慰藉，而是通过文学和艺术实践、以文学和艺术为载体的价值诉求和沉淀。第二面是始终朝向真切的文化境遇，揭示文学艺术在新的文化境遇中的文化传承和创新功能。第三面是始终面向社会现实，将批评阐释与对社会现实中人的德行还有和谐交往有机融合，从文化和历史依附其上的文化物质中发现精神嬗变的轨迹。因此作为一种研究方法的阐释学走出了纯学术的深闺，它将文本细读、文化和社会批判、人本价值的阐发有机地结合在一起，在坚实地扎根文本阐释和思想批判的土壤的同时，从其他学科中积极有效地汲取方法论的精粹。

五、作为特殊的文化象征革命，形象学征兆的摹仿诗学革命深刻地嵌入了现代性的肌理，成为文学现代性一路奔跑呐喊的强音。我们可以自豪地讲，在将作家、诗人、艺术家推上文化场中浊世独立的俗世文化圣像之位的同时，文学现代性也将摹仿诗学革命的英雄们树立为思想和精神的代言人。他们或在纳粹和其他极权主义猖狂之际为人类历史和文化的延续而焦虑，或在将人类隔离开来的文化厚墙前直言不讳，或在种族暴力的血火中敞开嘹亮的思想喉舌，或在全球化高歌猛进之时为世人指点迷津。因此摹仿诗学的革命是文学现代性进程中文学批评及人文研究的自我变革和思想焦距的调整，是新的研究范式的熔炉，是文学疆域的不断拓展。

六、在回顾反思形象学研究范式变革的时候，我们必须思考这样一个问题：当代文学研究的价值和意义何在？在西方文化生态中，20世纪先后涌现了林林总总的研究思潮。当这些思潮被移植到中国文化语境中之后，它们很多时候导致迷茫、迷失、失重甚至无助。一方面，我们紧赶慢赶，却始终无法消化不断更新变化的新理论、新思潮。另一方面，我们黄灯枯卷，却发现三十年来如一梦，此岸已是万山绿。无疑本书探讨的主题，揭示的西方文学现代性历程中摹仿诗学革命嬗变的轨迹，有助于我们更清醒、深入地思考。我们没有现成的答案，也不可能找到一劳永逸的文学批评公式，更不可能找到一只包罗万象的方法论圣杯。如果说当代世界中文学从来没有这样有过不能承受之轻，那么这恰恰证明了文学研究应有的坚守及其对独特文化境遇中人的教化和救赎之必要性。这是一个哲学意义上的悖论，这是文学现代性内在的逻辑，这是人文学者的思想炼狱。文化价值元素的提炼，文化规范的匡扶，文化品格的塑造，从来没有像现在这样是那么必须、必要和必然。

围绕上述六个方面，本书的研究共分为四章。

第一章《埃里希·奥尔巴赫的新摹仿诗学：历史形象》的研究重点包括：从历史学、哲学、地理三个维度切入20世纪上半叶奥尔巴赫的新摹仿诗学牵引的欧陆语文学变革；系统分析奥氏的新摹仿诗学的方法论、新摹仿论及新文化史学论这三个层面及其融文学文本细读、文学史建构、文艺诗学重构和文化史反思于一体的鲜明特色；以弗雷德里克·詹姆逊的《辩证的力量》为例举证奥尔巴赫之后新历史主义诗学对西方古典摹仿诗学持续的历史批判。

第二章《爱德华·萨义德与殖民/后殖民再现政治：跨文化形象》研究的重点包括：从思想史、思想内在的深层同一性和学科内在的演变及转向这三个层面分层递进地分析萨义德与奥尔巴赫代表的西方语文学传统、西方马克思主义、后结构主义的思想渊源，贯穿他整个思想体系的世界性思想，他与美国比较文学学科演变的关系，以及他的后殖民研究推动的人文学术研究的空间地理转向；揭示萨义德、霍米·巴巴和G.C.斯皮瓦克共同推动的后殖民摹仿诗学革命三重位移现象以及由此生成的后殖民文化形象诗学，即萨义德的文化他者原型论和文化抵抗政治、巴巴的文化他者原型和后殖民自我的双重解构以及斯皮瓦克对后殖民文化形象的解构；进一步反思当代全球化后民族氛围下的文化想象和文化形象政治。

第三章《弗洛伊德、心理分析与创伤研究：心理形象》重点研究：1915 年后西格蒙德·弗洛伊德心理分析的转向及其创伤心理分析的四部曲——忧郁症、死亡本能、文明内在的冲突、遗忘与记忆交织的创伤历史；从桑多尔·费伦齐的心力投入理论派生出的两派客体创伤理论，其一是尼古拉斯·亚伯拉罕和玛丽亚·托罗克的秘穴和代际间幽灵论，其二是梅拉妮·克莱恩之后英国学者 D.W. 维尼柯特的过渡客体理论和克里斯托弗·博拉斯的转换客体理论；批判西方当代的后殖民、种族研究、心理分析话语和创伤话语对弗朗茨·范农的跨文化种族创伤理论的话语压制暴力，重构范农种族创伤研究的两个领域——跨文化种族文化心理创伤研究和殖民与反殖民战争暴力创伤研究；聚焦两位犹太人劳雷尔·弗洛克和多丽·劳布发起，以耶鲁大学为发源地，以多丽·劳布、杰弗里·哈特曼、肖莎娜·费尔曼、凯茜·卡鲁思为中坚的创伤研究耶鲁学派，分析该学派以文学批评为界面、以大屠杀为对象、以解构主义为范式基础、以审问历史为精神导向的突出特征及其创伤叙事理论。

第四章《现象学之后的科际融合：象征形象》重点研究：揭示现象学以降的文学本体诗学与文学的文化生产重构隐含的自律原则与他律原则、文学本体论与文化本体论之间的张力；通过梳理沃尔夫冈·伊瑟尔有关阅读行为、虚构化行为和文化转化行为的文学人类学理论，以及伽布里埃·施瓦布从现代和后现代诗性语言、书写文化叙事、创伤叙事征兆的接触空间中的文学感知和认知入手对文学边界的重构，揭示后伽达默尔文学阐释学的人类学向度；总结西方现象学阐释学在当代中国语境中的批评接受，指出阐释学中国化的三种模式，即译介引入模式、打通融合模式、中国本土阐释理论构建模式，揭示阐释学理论转化的西中跨文化向度；分析皮埃尔·布迪厄的现象学式生成结构论及其对法国资产阶级文学场也是文学现代性的起源重构，揭示现象学的文学社会学向度；通过分析乔纳森·卡勒与本尼迪克特·安德森之间有关文学想象的对话，阐述文学叙事、文学想象与民族－国家起源的关系，即文学现代性的文化物质基础，揭示文化摹仿诗学的文化物质向度。通过对文学的人类学、社会学和文化物质三个向度的探究，我们最后提出的理论观点是：现象学源头上泛滥开来的文学诗学或文化诗学主要关注动态的文学行为，因此对形象的形构让位于文学行为主导的虚构、想象、圣化、同质化等动态的拓扑描摹；主要从文学人类学、文化生产、文学社会学、文化物质等视角来揭示作为人类精神化过程的摹仿－认同行为内在生成－结构机制和内在的转化－生成能量。

革命有时是疾风骤雨式的，充满了暴力和血腥，例如法国大革命和美国独立战争。革命有时是悄然无声的，如地壳下岩浆的奔涌沸腾，如水滴石穿。摹仿诗学的革命其实是一个漫长的、不断重复的、充满了延续与更新张力的过程。这样一个过程米歇尔·福柯在《词与物》和《知识考古学》中称之为知识型骤变和历史断裂，弗雷德里克·詹姆逊在《单一的现代性》中称之为历史分期。我选择用革命这个词汇。因为从古罗马到文艺复兴，再到 18 世纪乃至 19 世纪，柏拉图和亚里士多德的摹仿诗学一直处于被修正的也是正统的和统领的地位，而只有在 20 世纪波澜壮阔的诗学革命中摹仿从狭义的文学领域走出来，与历史学、心理分析学、人类学、文化学、社会学、政治学等学科知识领域结缘，产生一种仅仅局限于文学学科而无法把握其力量、观察其风向、勘测其深度、分辨其色彩的学科知识模糊感和晕眩感。恰如在政治革命中，每个身处激流和漩涡中的个体都或多或少、有意识或无意识地感受到冲动和无助、兴奋和盲目。只有革命的潮流消退之后，只有革命的终极宿命重新显露出真实的面孔，我们才恍然大悟，如梦初醒。我选择用革命这个词汇，因为人文思想理论必须始终观照生活的现实境遇，在传承与创新之间推动人类文化的精神化运动，在精神化运动的进程中匡护自由、独立、和谐、民主的人文主义信念。我选择用革命这个词汇，因为西方 20 世纪人文思想自身的不断调整和超越同样给我们一种启示，即我们必须立足自身的本土文化语境和世界文化的大潮，追求思想创新，推动价值重释、重估和重构，在对作为文化精神载体的文学不离不弃的同时，以批判的精神架构文学批评新的向度。我选择用革命这个词汇，因为我们必须始终警醒权威、体制、主导的理论话语、思想的习惯和惰性等形成的厚厚的思想庸常性茧壳包裹我们，窒息我们，钝化我们的锋芒。在生命的轮回中，在生活的场景中，在历史的潮汐中，思想和知识的革命尽管表面上悄然无声，我们却能于无声处听惊雷，于静水处探流深，于此岸畔观心潮，于变幻之中窥恒常。

陶家俊

2016年5月6日，于北京外国语大学东院

第一章

埃里希·奥尔巴赫的新摹仿诗学：历史形象

第一节　英雄与流放者

20 世纪上半叶欧洲的人文学科进入了一个新的文化英雄时代。这是一个群星璀璨的时期。语文学、形式主义、新批评、哲学现象学、结构主义语言学共同形成了现代西方人文思想星空中的银河效应。几乎与英国的实用批评、美国的新批评和俄国的形式主义同步，欧陆语文学在 20 世纪上半叶迎来了最灿烂的鼎盛时期。德国的卡尔·沃斯勒（Karl Vossler），厄恩斯特·罗伯特·柯歇斯（Ernst Robert Curtius），利奥·斯皮策（Leo Spitzer）和埃里希·奥尔巴赫（Erich Auerbach）是这一时期最杰出的语文学学者，是畅饮欧洲古典精神的文化英雄，是语文学阐释方法论和认识论最忠实的践行者和创造者。

这又是一个苦难的时代，一个物欲、科技和暴力毫无遏制地肆虐的时期，一个西方文明从巅峰陡退到野蛮的时代。法西斯主义、反犹主义、战争乃至资本主义民主政治导致的日常生活的庸常性和官僚体制的巨大惰性将静穆的思想投入熔炉，把学术异化成傀儡，把人性的高贵任意践踏后只剩下谦卑和羞辱，把温良的知识精英发配为流放者。

奥尔巴赫生逢其时，回望两千多年的欧洲人文精神之旅，对人文传统的重塑，是他自觉的担当。奥尔巴赫生不逢时，文明的劫难，纳粹的暴虐，迫使这位犹太学者踏上不归路，在流放中回望欧洲文明的精神家园，在流放中写下永恒。他是英雄，又是流放者。在精神生命的两种境遇中，悲苦和怜悯、孤绝和凄楚始终萦绕着他。

奥尔巴赫出生于德国犹太富商之家。他 1911 年秋毕业于德国中学名校“柏林法语学校”，之后辗转求学于柏林大学、弗莱堡大学、慕尼黑大学和海德堡大学。两年后的 1913 年他获海德堡大学法学博士学位。在攻读法学博士学位之余，奥尔巴赫醉心于哲学、艺术史和罗曼司文学。1913 年他转入柏林大学人文学院，师从海因里希 · 莫夫（Heinrich Morf）教授，正式涉足罗曼司语文学。第一次世界大战开始后，他在战场上度过了整整五年的时间，荣获二等铁十字勋章。1918 年底他回到书斋，跟随导师埃伯哈德 · 洛马奇（Eberhard Lommatzsch）教授继续语文学研究。在此期间他也深受古典语文学家和宗教史学家爱德华 · 诺登（Edward Norton）的深刻影响。

奥尔巴赫 1921 年 6 月获格赖夫斯瓦尔德大学哲学博士学位。1921 年冬他的博士学位论文《文艺复兴早期意大利和法国中篇小说中的技巧》在海德堡出版。1922 年通过国家考试后，他获得在中学教授法语和意大利语的资格。1923 年 10 月奥尔巴赫受聘为普鲁士国家图书馆管理员，后于 1929 年转入马堡大学图书馆。1924 年他翻译的 18 世纪意大利历史哲学家 G. 维柯（G. Vico）的史学巨著《新科学》在德国出版。1927 年他翻译完意大利哲学家和美学家本 · 克罗齐（B. Croce）的著作《詹巴蒂斯塔 · 维柯的哲学》。1929 年他的意大利文艺复兴诗人但丁研究专著《但丁，世俗世界的诗人》问世。这十年是奥尔巴赫学术研究的起步期和思想的成形期。他逐步形成以古典学问为志业，以维柯的史学、克罗齐的哲学和美学、但丁的诗艺为思想源泉的定位。

1930 年 10 月，奥尔巴赫接替利奥 · 斯皮策，成为马堡大学罗曼司语文学教授。两位古典学者首次短暂相逢并结下终生友谊。奥尔巴赫在给友人的信中写道：“总体而言，我非常喜欢他，我能从他那里学到很多东西。但是他对我的情形根本不了解。无论是他表示出的赞赏还是批评都失之毫厘，因此我们的友谊充满了误解。”① 这无疑暗示了两人在治学方法论和认

① Seth Lerer ed., *Literary History and the Challenge of Philology* (Stanford: Stanford UP, 1996), p.23.

识论上的不同取向。随着纳粹党上台，反犹主义日趋成为法西斯专政体制的主旋律。1935 年 9 月 23 日，奥尔巴赫在给流亡到巴黎的瓦尔特·本雅明的信中表达了一种前路未卜的感受："冬季学期里我是否能开课，这是个令人焦心的问题。不管怎样，也许可能。但是我无法向你描述我境遇的怪异之处。"不久之后他就被校方解聘了。

1936 年奥尔巴赫携家前往土耳其伊斯坦布尔，再次接替斯皮策的教席，成为伊斯坦布尔国立大学的教授。此后的 11 年里，除了 1937 年返回德国短期度假之外，他一直待在伊斯坦布尔。1938 年他写成重要论文《形象论》。1942 年 5 月至 1945 年 4 月，他集中全部精力完成了德文著作《论摹仿：西方文学中对现实的再现》。1946 年该著由瑞士伯尔尼的佛朗克出版社出版。

1947 年奥尔巴赫夫妇从土耳其迁居美国费城，在宾夕法尼亚州立大学做访问学者。因健康原因被宾夕法尼亚大学解聘后，他暂时栖身于普林斯顿高等研究所。在友人亨利·布瓦耶（Henri Peyre）的帮助下，1950 年他受聘为耶鲁大学法语系中世纪文学教授；1956 年获耶鲁大学最高教授荣誉——罗曼司语文学斯多林教授。值得一提的是，这几年间处于新批评巨影笼罩下的北美美文学批评界出现了几部风格迥异的划时代巨著。1953 年奥尔巴赫的《论摹仿》由威拉德·R. 特拉斯克（Willard R. Trask）翻译成英文，立即风靡英语文学界。1955 年雷纳·韦勒克（René Wellek）的《现代批评史》第一卷和第二卷问世。1956 年默里·克里格（Murray Krieger）写成新批评史论著《诗歌新的辩护者》。1957 年诺思罗普·弗莱（Northrop Frye）的《批评的解剖》问世。

1957 年奥尔巴赫去世后，他有两部遗作出版。《论摹仿》的姊妹篇《拉丁古典时代晚期和中世纪的文学语言与公众》1958 年出版德文版。他三四十年代发表的论文于 1959 年被汇编成《欧洲文学戏剧中的场景》出版。

早在《肯庸评论》1954 年春季刊上，韦勒克就发表了一篇评论奥尔巴赫的文章《奥尔巴赫独特的现实主义》。韦勒克对《论摹仿》的评价是："该著极端成功地融合了语文学、文体学、观念史和社会学，严谨的学问与艺术品味，历史想象与对我们自己时代的意识。”[①]1992 年 10 月，美国斯坦福大学英语系、比较文学系和人文中心举办了奥尔巴赫诞辰一百周年学术研讨会“埃里希·奥尔巴赫的遗产”。会后出版了塞思·勒尔（Seth Lere）主编的研讨会论文集《文学语言和语文学的挑战》（1996）。1996 年 5 月在荷兰格罗宁根大学举行了《论摹仿》出版 50 周年学术研讨会。会议上的代表论文刊发在诗学与符号学波特研究所的《当代诗学》1999 年春季刊上。迈克尔·活尔奎斯特（Michael Holquist）教授撰文《埃里希·奥尔巴赫与语文学的命运》。他借启蒙哲学的主体批判来剖析奥尔巴赫的主体性特征：

> 奥尔巴赫以一个专业英雄的形象出现，而这个专业如今特别需要英雄。可以将他视为康德将分裂主体置于其核心的启蒙时代以来的流放者。那个主体，需谨记，充斥着矛盾，因为他必须同时具有普遍理性和独一无二的自由，如果他渴望成为那种具有行动力的人的话。[②]

奥尔巴赫在《拉丁古典时代晚期和中世纪的文学语言与公众》开篇表达了将语文学与哲学两门学科融合在一起的志向。语文学探究不同民族在不同文化发展阶段秉持的不同真理及其对他们的实践和制度的构型作用。哲学则追问恒定、绝对、不变的真理。两者的结合——语文学的哲学或哲学的语文学——构成了人完整的历史之维和存在向度。有学者认为他推动了语文学的人类学转向。另有学者认为他把历史学引入了文学，又用文学来照亮历史的幽深之处。还有学者认为他是在重构滥觞于犹太教和希腊古典文化的西方文化史。更有一种批评观点是，奥尔巴赫在探索一种方法论和认识论的新境界。

事实上，奥尔巴赫构成了一种文化场域现象，即西方摹仿诗学理论

---

① René Wellek, “Auerbach’s Special Realism,” *Kenyon Review*, Vol. 16, No. 2 (Spring, 1954), p.307.

② Michael Holquist, “Erich Auerbach and the Fate of Philology,” *Poetics Today*, Vol. 20, No. 1 (Spring, 1999), p.85.

以及阐释学、现象学、形式主义、新批评、结构主义、新历史主义乃至文化研究等思想潮流自身的运动和互动。因此奥尔巴赫现象需要我们剖析他的有别于古典摹仿诗学的新摹仿诗学，与此相关甚至具有决定作用的是相应的思想学术生态及其变化。对这种思想学术生态的透视，既需要我们关注思想传统的谱系结构，考察其空间地理轮廓，又需要我们捕捉其间流淌的文化主体的情感样态和精神化动向。由是观之，奥尔巴赫的新摹仿诗学被打上了至深的种族主义烙印，浓缩了特有的地理情结，隐匿了独异的精神化动力，也征兆了整整一个时代甚至是一个世纪的批评理论之星云演变。

第二节　现代语文学的命运

语文学（philology）的词源是古希腊语“φιλολογία”——由“φίλος”和“λόγος”两个词组合而成。“φίλος”等于英文词“philos”，意思是“热爱”；“λόγος”对应于英文词“logos”，意思是“语词”。源自希腊语的语文学的本意是“对语词的热爱”，一般指爱好学问和思辨。在公元5世纪乃至中世纪晚期的语文学寓指人文学问。该词16世纪从中古法语进入英语，意思进一步缩小为“对文学的热爱”。19世纪历史比较语言学兴起后，该词从“对学问和文学的热爱”演变成“对语言历史发展的研究”。语文学迎来了黄金时代，形成扎根意大利语、法语、拉丁语、西班牙语和德语，以德国数代名流巨擘（从施莱格尔兄弟、威廉·洪堡特到弗雷德里克·尼采）为弄潮儿的罗曼司语文学。19世纪中叶的本雅明·伍德布里奇·德怀特（Benjamin Woodbridge Dwight）在《现代语文学：其发现、历史和影响》（1859）中写道：

> 在旧的古典用法中，它指对文学的热爱；之后是对语言的经院式掌握和阐释；更近的意思是对语言的一般业余研究，纯粹出于令人愉快的好奇心；最后变成通过广泛的比较分析，对语言内在机制——与语言的最初元素，也与其改变了的变体有关——的科学探究和

理解。①

尽管尼采在24岁就被巴塞尔大学聘为古典语文学教授，但是他在《悲剧的诞生》中开始摒弃语文学，此后更热烈地拥抱哲学。这无疑预示了语文学在20世纪上半叶的命运。维基百科的语文学词条主要解释了20世纪语文学尤其是罗曼司语文学的学科谱系演变，即从19世纪的历史比较语言研究衍生出以语言为基础的文学、历史、语言学、文体学研究。无论是从德国流亡到美国的奥尔巴赫、斯皮策，还是从俄罗斯流浪到美国的罗曼·雅各布森或从捷克斯洛伐克迁徙到美国的雷纳·韦勒克，都基本上顺应了这一以尼采为症候的语文学转向——转向文学、史学、修辞学、美学共同辉映交织而成的诗学研究。

奥尔巴赫努力将语言研究、文学与史学融合。这促使他将语文学重新界定为“在方法论指引下对人类语言及用语言构成的艺术品进行研究的活动之集合”②。对斯皮策来说，语言的历史“与文明的心理和历史相连。它暗示了语言与言说者心灵之间相互关系的网络。通过研究语言的句法、形态演变可揭示这一网络”③。爱德华·萨义德在《人文主义与民主批评》中指出：

> 根本不同于对词源的枯燥乏味的学术研究，对奥尔巴赫及他同时代的杰出学者如卡尔·沃斯勒、利奥·斯皮策、厄恩斯特·罗伯特·柯歇斯来说，语文学事实上浸没于所有可获取的一种或数种罗曼司语言的书写文献——从古币研究到碑铭研究，从文体学到档案研究，从修辞和法学到包罗万象的文学（包括编年史、史诗、布道词、

① Benjamin Woodbridge Dwight, *Modern Philology: Its Discoveries, History and Influence* (New York: A. S. Barnes & Burr, 1859), p.194.

② Erich Auerbah, *Introduction aux études de philologie romane* (Frankfurt am Main: Vittorio Klostermann, 1949), p.9.

③ Leo Spitzer, *Leo Spitzer: Representative Essays* (Stanford: Stanford UP, 1988), pp.12-13.

戏剧、故事到散文）的研究观念。①

语文学19世纪末以来的学科发展呈现出以下特征，即学科间渗透、同构类推、派生、派生再接等现象使语文学的学科谱系描述变得更模糊。语文学与诠释学、历史学是典型的学科间渗透融合和方法论借鉴。索绪尔及其之后的结构主义语言学派生于19世纪的历史比较语言学。形式主义和现代主义美学滋养了美国新批评。语文学与之形成地理空间中长途迁徙后的再度相遇和嫁接。同时，语文学与同样以语言为基础和目的的胡塞尔、海德格尔现象学哲学之间则是典型的同构类推关系。现代人文学科以典型的内爆（implosion）模式增生出新的学科分支，而语文学却以逆反的聚合方式与其他学科结缘。我们可将这种现象解释为语文学的失重和没落；我们同样可将之解释为语文学不同寻常的学科韧劲和黏合力。这两种解释最终又必然导向这样一种人文关怀和反思：语文学的命运是什么？语文学能为人文学科提供何种价值基石、方法论基础和认识论导向？语文学与历史和文化之维中的人类精神化运动之间有何特殊关系？为了透彻地回答上述问题，我们有必要从三个谱系描摹维度来考察奥尔巴赫的新摹仿诗学牵引的语文学谱系变化——语文学的历史学之维、哲学之维和地理之维。

（一）语文学的历史之维：以维柯为开端

1830年冬季学期，60岁的德国启蒙哲学家G.W.F.黑格尔（G. W. F. Hegel）在柏林大学举行了五次“历史哲学”系列讲座。前一年他荣任柏林大学校长；翌年的11月一代大师溘然长逝。他生前教过的学生爱德华·甘斯整理老师的讲稿和自己做的笔记后于1837年出版了《历史哲学》。《历史哲学》不仅体现了黑格尔最成熟、鲜活的思想，而且使黑格尔成了启蒙历史哲学的集大成者。黑格尔与同时代的赫尔德（Johann

① Edward Said, *Humanism and Democratic Criticism* (New York: Columbia UP, 2003), p.89.

Gottfried von Herder）呼应，又前承 G.B. 维柯的《新科学》，后起 20 世纪上半叶马堡学派的恩斯特·卡西尔（Ernst Cassirer）、法兰克福学派的 M. 马克斯·霍克海默（M. Marx Horkheimer）、西奥多·阿多诺（Theodor Adorno）和瓦尔特·本雅明（Walter Benjamin）乃至唱衰西方文明的奥斯瓦尔德·施本格勒（Oswald Spengler）。甘斯在《历史哲学》第一版的序言中写道：

> 最近一百年间的历史哲学著作，论述的只是单纯的历史哲学表象，并非确实的结构。意大利和法兰西的历史哲学，缺少一个普遍的思想体系。最近的历史哲学著作，大多揭示一个没有展开的基本观念。……但要说论及历史哲学确实结构的作家，只有四人：维柯、赫尔德、希勒格和黑格尔。①

上述不同历史观恰恰对应于西方历史现代性以启蒙为分界线的三种历史知识型——非启蒙知识型、启蒙知识型和后启蒙知识型。通过梳理维柯、黑格尔、霍克海默和阿多诺等表征的历史知识型，我们以一种迂回战术来解答以下问题：在 20 世纪欧洲的现代文明境遇中，为什么奥尔巴赫同时采取了向维柯直接回归、通过克罗齐向黑格尔间接汲取历史辩证法精髓的方式？他揭示的历史价值公理与同时代的德国思想家之间有何本质区别？

意大利现代历史学家 G.B. 维柯（G.B. Vico，1668—1744）受意大利文艺复兴人文主义余风之惠，在笛卡尔提倡的证伪研究方法被欧洲一代学者奉为治学金科玉律的时候，他穷数十年之力完成历史研究巨著《新科学》。他将人类文明史阐释为以人为中心，以神圣时代、英雄时代和人的时代三期交替循环发展为脉络，以对应于三期的隐喻、换喻和转喻为语言修辞风格的大化流行进程。创造历史并融入历史之流的人畅饮语言甘露，用语言塑造人性自我，发掘智性之光。从神圣时代的初民赤子到人的时代

① 黑格尔：《历史哲学》，张作成、车仁维编译，北京出版社 2008 年版，第 2 页。

之芸芸众生，从原始思维的直觉感悟到现代思想的抽象反思，每个时代的知识体系都是诗性的。“不同分支间的肌腱将这些分离的枝蔓捆绑在一起，尽管它们表面上散离分落。因此*诗性的*这个概念指与逻辑的、按顺序的延续对立的邻近关系……”[①]在以形象知识为主的神圣时代，诗性知识充满了幼稚的同时又是创造的、人性的、恢弘的意象。在以反思知识为主的人的时代，这种对人的诗性认识就是维柯提倡的新科学——语文学和历史透视法。

《新科学》的批判矛头直指滥觞于笛卡尔理性主义的哲学贫乏和抽象概念思维之苍白，代之以洋溢着情感、创造性和想象力的人文主义知识，将人的历史之路重新引入语言的怀抱；承认每个历史时期和文明都具备自为的审美创造力。维柯在《维柯自传》结尾处写道：“因此维柯证明，美德、知识和雄辩一定会愈合我们堕落的痛苦，只有借助这三者人才能分担同类的苦弱……他表明，既然语言是构建人类社会的最强有力手段，那么应该从语言着手开始研究……”[②]

《新科学》用历史透视法颠覆笛卡尔的证伪研究法，用诗意的、创造的人性取代执拗、偏狭、抽象的理性，将语言而不是自由、虔诚、恭顺等道德律令确立为共同体建构的手段和人文精神的载体。维柯从语言和最广义的生命诗性出发，以淳朴而又神奇的初民为开端和中心，将历史重新确立为人的历史，将人的历史建构为充满了想象、激情和创新精神的历史，熊熊燃烧的诗意的人性之火使理性黯然失色，也使理性时代的潮汐消退后人性的壮丽和高贵再次从理性的灰烬中、从诗性的强力中喷射而出。

维柯从如日中天的理性主义哲学转过身来，从人性而非神性中读出人千姿百态的潇洒和灵动，从诗性而非理性中读出人类全部知识最朴质却又最奥妙的秘密。诗、语言和历史相互滋养，水乳交融。作为历史现代性的第一声号角，维柯独辟蹊径，征兆了一种完全有别于甚至对立于启蒙历史

---

① Edward Said, *Beginning: Intention and Method* (New York: Columbia UP, 1975), p.351.

② G. B. Vico, *The Autobiography of Giambattista Vico* (New York: Cornell UP, 1944), p.144.

知识型的历史思考方法——诗性生命宇宙知识型。

黑格尔的历史哲学建立在三个基点上：唯有理性能驱散笼罩着历史的重重迷雾，因为世界的主宰是理性，而世界历史是一个渐次展开、日臻完善的合理过程；世界历史以理性为基础和终极目标，显现在自然宇宙和精神宇宙现象中，最根本地表现为源于自由、实现自由的世界精神合理而必然的发展过程；理性的自由驱动的世界精神的最终、最高、最完美的载体是国家，国家在民族精神中实现了内在的自我意识与外在的自由境遇的统一和同一，而民族精神内在地孕育着自我否定的能量。因此历史的哲学也是哲学的历史，即时间的轨道中精神否定、超越并最后通达世界精神和绝对自由的历史。

黑格尔认为，浩浩荡荡的民族精神之旅中隐含着精神嬗变的辩证法。当一个民族的精神达到自知的境界，也就必然走向解体和终结。另一种民族精神，另一个民族和世界历史的新纪元开始诞生。诞生、过渡、否定的超越构成了民族精神新陈代谢、前后相继的辩证发展画卷。同理，当一个民族解决了所有现实的矛盾，民族精神的火焰也就熄灭了。习俗、惯性乃至惰性使民族的生存和维系失去了目标，丧失了勃然生机。这必然催发新的民族精神，从而将民族引向新的目标。

民族精神内在的辩证力量和世界性的演变规律浓缩在世界历史的四期发展历程中，显现为世界范围内不同地理空间、不同生态环境中不同种族生息繁衍的不同方式和精神状态。非洲黑人处于纯粹的自然状态，根本没有达到为自由而斗争的成熟程度。因此非洲历史处于民族精神缺失的前历史时期。历史的巨大钟摆从东方的亚洲开始，最后也是最圆满地停留在现代欧洲的日耳曼世界所能企及的世界精神之处。从亚洲的黄河流域和恒河流域、地中海滨的克里特岛和希腊半岛、亚平宁半岛的古罗马帝国到日耳曼世界，从东方到西方，从童年到老年，世界历史经历了民族精神的不同样态，见证了自由的不同境界，也验证了不同政治体制的有效性和合法性。东方专制政体中唯一自由的实体是君主，其极端的理性自由没有发展成为社会普遍的主体性自由，其历史仅仅是一部王朝更迭甚至衰退的历史。希腊世界中个性自由至上，但是个体的自由仅仅是部分人的自由，因之它就像青年的梦想一样，尽管美丽夺目，却是昙花一现。古罗马的个性被帝国的普遍道德价值和目的所湮没，个体只存在于帝国的普遍利益中，只有在普遍的道德目的中实现自我的价值和存在。甚至精神退缩进纯精神帝国的深处，在纯主观的自我世界中追求虚幻的和谐和宁静。只有在日耳曼世界中，在教会帝国与世俗国家的对抗中，精神的光芒照耀了整个现实。思想与现实结合，国家以其全部的效用和合理性来实现自由的全部想往和承诺。从一个人的自由、部分人的自由、抽象的自由到完全、具象的自由，民族精神达到了终极境界，世界历史发展到最高阶段。

黑格尔对历史的哲学思考完全不同于维柯对历史的人性思考。毋庸赘言，他所揭示的历史成了以自由为标准、以民族精神的熔炼为纬度、以国家政治体制为经线，从非历史、前历史向历史发展的进程。历史成了地理环境和种族差别构成的金字塔。自由是世界精神的代名词。对理性的顶礼膜拜使之高踞历史之上，又是始终照亮历史深渊的不落的太阳。整个一部世界历史变成了沿着自由的阶梯向上攀爬，从野蛮的自由状态向文明的现代资产阶级政体的启蒙进步史。历史的太阳从东方升起，却始终哺化着欧罗巴世界，恰如地中海文明母体永远滋养着旧世界。这是典型的欧洲中心论式的启蒙历史知识型。

早在 1938 年，马克斯·霍克海默就表示要撰写一部关于启蒙辩证法的哲学著作。那时他主持着已迁徙到美国哥伦比亚大学的社会研究所的工作。迟至 1947 年，他与西奥多·阿多诺合著的《启蒙辩证法：哲学断想》才由荷兰阿姆斯特丹的奎利多（Querido）出版社出版。与他在同一时期撰写的《偏见研究》和《理性的亏蚀》相比，《启蒙辩证法》在英美世界和欧洲大陆都没有引起强烈的反响。等到 20 世纪 60 年代，萨特掀起的存在主义风潮过后，《启蒙辩证法》才成为德国的地下市场上畅销流行、读者争相一睹为快的精品，激起整个西方世界读者大众和激进知识分子广泛的热情。[①]

① Martin Jay, *The Dialectical Imagination* (Berkeley: University of California Press, 1973), pp.254–255.

黑格尔借助主/奴生死搏杀这个寓言来巧解理性主宰的人之自由精神涅槃再生之路。霍克海默和阿多诺在《启蒙辩证法》中重释荷马史诗《奥德赛》中奥德修斯与海妖塞壬遭遇的事件。神话英雄的历险故事变成了哲学寓言——一种同时赋予黑格尔主/奴辩证思想和古典神话新思想的哲学批判手法。借黑格尔思想，奥德修斯神话获得了深邃的思想内涵；借奥德修斯神话，黑格尔代表的启蒙历史哲学处于受反讽、被解构的地位。启蒙理性披上了神话的外衣，同时把人类文明引向辉煌和毁灭。神话本身就孕育了启蒙的种子，就彰显了理性的力量——对自然和神性的去神话化。

在理性导航下，奥德修斯之船从自然家园驶向文明家园。塞壬是神秘美丽的自然的化身。船上历尽千难万险的奥德修斯之众是人类的代表。而船上的奥德修斯与属下又结成典型的主/奴关系。他让众水手塞上耳朵，只知道且只能拼命地划船，丝毫不会被塞壬的歌声诱惑，恰如黑格尔笔下的奴隶全身心地在物的世界中劳作而不能享用劳动的果实。被捆绑在船桅杆上的奥德修斯只能聆听塞壬的歌声，却无力回到自然的怀抱；只能让众水手们拼命划船，却无法向他们发出其他有效的指令。

因此《启蒙辩证法》揭示了启蒙的双重暴力压制和极权本性。人以启蒙理性的名义压制自然；驾起理性之舟的现代人自身被对象化和异化。自弗朗西斯·培根（Francis Bacon，1561—1626）和尼科诺·马基雅维利（Niccolò Machiavelli，1469—1527）以来的现代知识逐渐被工具化和程序化，启蒙理性变异成了工具理性。孜孜不倦地追求启蒙主体性的人与自然、他人及自我之间的关系发生了多重异化。思想走向死亡；知识实践成了机械的重复和复制；人类跌入欲望、野蛮、疯狂和血腥杀戮主宰的地狱。启蒙的巅峰与理性的癫狂结成一对生死冤家。

> 在有条不紊地根除所有神话的自然痕迹之后，自我被净化成超验的或逻辑的主体，形成理性的参照点，即行动的立法权威。……在资产阶级经济中每个个体的社会活动都经过自我原则的斡旋。……理性本身变成了无所不包的经济机制的纯粹的辅助工具。……理性旧有的

作为目的纯粹的工具的抱负终于实现了。[①]

《启蒙辩证法》在两位杰出的批评理论家的思想中艰难孕育、诞生之际，法西斯主义正吞噬着欧洲，人类物质文明和科技进步正将世界摧毁成尸骨遍地、哀号恸野的荒原。因此，该著立足西方文明困厄之境，接过启蒙历史知识论标榜讴歌的主题，以辽阔、巨长的视野俯视欧洲文明史的兴废盛衰，提出典型的后启蒙历史知识模式——人类去神话、反野蛮的文明启蒙与后启蒙时代人类再创神话式的野蛮化之间的二律背反。

瓦尔特·本雅明是霍克海默和阿多诺的同路人，与奥尔巴赫一样承受了流放的苦难。他在《历史论纲》中同样用哲学寓言来言说欧洲文明史的死局。历史的天使展开双翼，回首凝望过去，满目断垣残壁。来自天堂的风暴猛烈地将天使推向未来，面对不断堆积扩散的废墟，他竟是束手无策。[②]但是与霍克海默和阿多诺的彻底悲观不同，本雅明仍期望弥赛亚的救世精神最终拯救误入迷途的人类。

上述三类历史知识型分别将人、理性和反理性建构为介入历史、推动历史、引导历史并阐释历史的支点。它们分别用循环重复模式和辩证发展模式来突显历史内在的脉络。值得注意的是，启蒙辩证法揭示的历史更多的是陷入启蒙前的野蛮化与启蒙后的野蛮化形成的二律背反，其目的是破解启蒙理性建构的白色神话。在这样的历史批判语境中，奥尔巴赫对历史的回归必须首先解决这样一个问题，即：诉诸或依附于什么样的历史知识型，从哪一条文化精神路径出发来重构欧洲文化精神谱系？因此他从当时的思想争鸣中抽出身来，放弃启蒙与后启蒙之间的论争，回到被理性主义和启蒙主义打压排斥的欧洲思想现代性的另一个开端——维柯构建的诗性生命宇宙知识型。

---

① Max Horkheimer and Theodor W. Adorno, *Dialectic of Enlightenment* (Stanford: Stanford UP, 2002), p.22.

② Walter Benjamin, *Illumination*, Hannah Arendt ed. (New York: Schocken books, 1969), pp.257–258.

（二）语文学的哲学之维：耀眼的现象学

奥尔巴赫转身之间，也将当时欧洲哲学领域中正在发生的由埃德蒙·胡塞尔（Edmund Husserl）和马丁·海德格尔（Martin Heidegger）先后推动的现象学革命抛在了身后。尽管他的思想中交织甚至充溢着对历史认知和人的本体关怀，但是可以确信无疑的是他没有受到现象学的多少影响，或者说他没有对现象学做出积极的回应。这在20世纪上半叶的欧陆思想语境中是颇值得思考的个案现象。我们从人和语言这两个点切入现象学革命，寻找奥尔巴赫与现象学之间的差异，也许这样能部分回答上述疑问。

作为一场广泛、持久的哲学运动，现象学在20世纪第一次世界大战之后正式登上欧洲哲学舞台。英国新马克思主义批评家特里·伊格尔顿（Terry Eagleton）认为，第一次世界大战及其之后席卷欧洲的社会革命浪潮、实证主义在科学领域的泛滥、主观主义和实证主义对哲学的分扯和挟持、非理性和怀疑论在艺术创作中的反映，使欧洲陷入深重的信仰危机和意识形态痉挛。理性的非理性化和野蛮化，迫使哲学家们重新建构人类确信无误的文明秩序和绝对的精神。[①]

胡塞尔现象学重在系统反思分析意识的结构和意识行为中出现的现象，因此其焦点是纯粹的、绝对的、自足的、具有对象意指性的意识。在我们意识的意指性行为中，我们建构世界，赋予世界以意义。因此对胡塞尔来说，绝对、纯粹的意识现象先于人的存在，是所有意义的根源；意识构成的主体先于语言而存在。

海德格尔在《存在与时间》（1927）中颠覆了胡塞尔的绝对主体论，他通过放逐意识来确立存在的本体地位。海德格尔发现，存在问题是西方哲学史上自柏拉图以来被普遍忽略甚至回避的问题，因此对存在的思考关乎创造性地重构西方哲学史。与将人的存在理解为理性的人或主体的存在这类哲学观点不同，海德格尔提出存在本体论。人被抛入世界，与物和他

① Terry Eagleton, *Literary Theory: An Introduction* (Oxford: Blackwell, 1983), p.54.

者比邻，也就被抛入具有多种可能性的命运境遇，如死亡、焦虑、时间性和历史性。

《存在与时间》问世后，海德格尔的思想逐渐转向诗、语言与思。这些后期著述包括《真理的本质》(1930)、《论艺术品的起源》(1935)、《建筑、栖居、思》(1951)和《诗、语言、思》(1959)。人的存在就是沉入世界，与世界对话交流，带着虔诚之心聆听世界的乐音。因此人的存在是由世界，由充满了可能性，向过去和未来敞开无限可能性的历史构成。人不是在时间之中存在，相反时间本身就是人存在的构成性要素。不是通过工具意义上的语言来交流，相反语言本身就是生命的展开，是建构人存在世界的先决条件。不是我们言说语言，而是语言言说我们的存在。人被抛入世界，获得诗意的栖居；语言蕴藏着，同时又向人展露着世界的真实。诗、思和语言比邻。休伯特·L.德雷福斯(Hubert L. Dreyfus)认为海德格尔的诗化哲学赋予了艺术三种本体功能："相反对海德格尔而言，一件艺术品至少表演着三种本体功能之一。它或*显露*，或*言说*，或*重新形构*特定文化世界中某种文化形式的风格。"①

现象学革命相继完成了对启蒙哲学的历史化、诗化和诗学化。胡塞尔重提绝对意识，看似回到笛卡尔主义的主体性，实则是在创造性地设计现象学还原方法。他回到历史之维中人的精神世界，召唤理性的黑暗深渊中具有感觉、认知、记忆、综合、想象等禀赋的人的重生。海德格尔将人放置于此时此地的世界场景中，层层梳理人与世界血肉相通的连理。他在用诗性精神观照人本真的生命存在体验的同时完成了对哲学的诗化改造。此后的现象学诗学化有待罗曼·英伽登(Roman Lngarden)和汉斯·伽达默尔(Hans-Georg Gadamer)来完成。哲学变成了对话阐释学，进而变成了文艺阐释学。

奥尔巴赫的思想发展基本上与现象学的历史化、诗化和诗学化进程保持着同步发展的态势。甚至可以说奥尔巴赫的诗学思考更早于海德格尔后

① Hubert L. Dreyfus and Mark A. Wrathall eds., *A Companion to Heidegger* (Oxford: Blackwell, 2007), p.407.

期的转向。如果从发生学的角度思考，我们可以说奥尔巴赫的思想与现象学运动失之交臂。但是它们都曲曲折折地回到欧洲的阐释学传统。奥尔巴赫先回到维柯，再回到更早的基督教保罗主义。海德格尔和伽达默尔师徒的视界中闪烁的是施莱尔马赫（Friedrich Daniel Ernst Schleiermacher）和狄尔泰（Wilhelm Dilthey）的光辉。只不过这种相似的向阐释学传统的回归仅仅是同构类推似（isomorphic）的通约，却缺乏精神上的彼此观照和互济。诚然，从哲学现象学之树上绽开的文学现象学之花同样是摹仿诗学的革命。只不过此处打住话头，留待第四章分解。

（三）语文学的地理之维：新批评的巨潮

韦勒克、斯皮策和奥尔巴赫先后被迫离开纳粹独裁下的德国，远离了现象学的磁场效应。韦勒克早在 1927 年秋天就从英国剑桥大学转到美国普林斯顿大学。后来他辗转于史密斯学院和普林斯顿大学，一边学习英文，一边教授德文，一待就是四年。应美国爱荷华州立大学人文学院院长诺曼·福斯特（Norman Foerster）之邀，韦勒克 1939 年夏天再次踏上美利坚的土地。利奥·斯皮策 1936 年离开伊斯坦布尔国立大学之后，侨居位于美国巴尔的摩市的约翰·霍普金斯大学，在那里教授语文学并度过余生。与韦勒克和斯皮策相比，奥尔巴赫迟至“二战”结束后才进入美国大学体制。

他们先后进入美国大学体制的时期正是美国新批评派兴起的时期。总体而言，韦勒克与新批评结缘最深。无论是对新批评之影响还是对语文学之嬗变他都发挥了独特的、不可替代的作用。以韦勒克为中介和推手，欧陆语文学与新批评之间发生了深度的发酵和融合，在新的学术生态环境中发挥着影响。而奥尔巴赫的影响则是新批评成气候之后，美国学术生态发生新变异之际与美国文学批评的二度融合，其标志就是后殖民理论奠基人之一的爱德华·萨义德。

我们可以从三个不同视角来建构新批评的谱系。从英国文学研究的角度看，新批评以马修·阿诺德（Matthew Arnold）为精神之父，拥美学家兼意象派诗人（T.E.Hulme）休姆为先行者，兴于埃兹拉·庞德（Ezra

Pound）和 T.S. 艾略特（T.S.Eliot），成于 I.A. 瑞恰兹（I.A.Richards）开创的、F.R. 利维斯（E.R.Leavis）执掌的英国剑桥学派和约翰·克罗·兰塞姆（John Crowe Ransom）率领的美国南方重农派。新批评横跨大西洋，主宰英美大学英文教学和研究达四十年之久。

从美国文学研究的角度看，有别于利维斯倡导的以伟大的英国文学传统为对象的道德实用批评，地道的美国新批评有三代传人。第一代新批评奠基者以 T.S. 艾略特为代表。他在《圣林》等选集中发表的《传统与个人才华》《批评的功能》《美国批评家注》等文章是早期新批评重要的思想源泉。他从英国 17 世纪初的玄学派诗人那里寻觅到令人流连忘返的牧歌情怀。情感与理智比翼，思想与感觉双飞。语言中流淌的是感官体验和身体触觉的浓汁。此后则是乐园不再，文劫难止。T.S. 艾略特对古老的乡村宗教共同体的乌托邦化、对语言的感性和鲜活力的强调，在新批评第二代那里引起强烈的共鸣。1920 年左右，在美国田纳西州的范德比尔特大学英文系，从"一战"战场上归来的约翰·克罗·兰塞姆聚集一群青年学生，写风格别致的诗，悲叹南方以种族血统为价值基石的农耕传统之衰亡，倡导诗的纯正自足和细读功夫，办《逃亡者》刊物。兰塞姆与他这一时期的三位学生艾伦·塔特（Allen Tate）、克林思·布鲁克斯（Cleanth Brooks）和罗伯特·潘·沃伦（Robert Pan Warren）成了新批评第二代的中坚。1939 年在俄亥俄州肯庸学院任教的兰塞姆创办《肯庸评论》，罗伯特·潘·沃伦、威廉·燕卜荪（William Empson）、肯尼思·伯克（Kenneth Burke）、克林思·布鲁克斯等多在该刊上发表诗文。

无论是以范德比尔特大学为中心的南方批评派还是以肯庸学院为中心的肯庸派，其核心人物基本上是兰塞姆和门下弟子。边际人物包括肯尼思·伯克和 R.P. 布莱克默（R. P. Blackmur）等。从 20 世纪 30 年代初到 40 年代初的 10 年间，一系列表现新批评派诗风、理论主张、价值立场、教学理念的专文专著相继问世。兰塞姆著有《我将坚守我的立场：南方与农耕传统》（1930）、《诗歌、本体论笔记》（1934）、《批评公司》（1937）、《世界的身体》（1938）和《新批评》（1941）。艾伦·塔特（Alan Tate）有《关于诗和思想的反动文集》（1936）、《诗的张力》

（1938）、《疯狂中的理性》（1941）问世。布鲁克斯与沃伦合编大学文学课本《理解诗歌》（1939）和《理解小说》（1943）。

与兰塞姆麾下的受南方传统洗礼的新批评精英相比，以北方尤其是新英格兰地区为栖居地，以欧文·白璧德（Irving Babbitt）的新人文主义为思想基础的美国本土批评家［包括威廉·K.威姆萨特（William K. Wimsatt）、门罗·C.比尔兹利（Monroe C. Beardsley）］和一批流亡美国的欧洲人文学者，构成了松散、复杂甚至与南方批评取向不同的第三代。只不过，新批评巨潮之下，似乎跟从者多于异见者，同一多于差异。

但是如果我们从欧陆日耳曼语文学与新批评跨地理空间的对接和交融这一角度看，新批评呈现出另一种景象。韦勒克在奥地利的维也纳和捷克的布拉格两个环境中长大。20世纪20年代他在布拉格查尔斯大学攻读的是日耳曼语文学博士学位，却又从30年代开始就加入了布拉格语言学学派，受罗曼·雅各布森（Roman Jakobson）、维勒姆·马西修斯（Vilém Mathesius）、扬·马卡罗夫斯基（Jan Mukařovský）等前辈学者点化。罗曼·英伽登的文学现象学也引起了他的兴趣。但是尤其值得关注的是他与英国剑桥学派和美国新批评派（而非狭义的南方批评派）的关系。30年代初，韦勒克开始关注I.A.瑞恰兹、F.R.利维斯、威廉·燕卜荪等剑桥派批评家，在布拉格学派的刊物《文字与文学》上发表评论和研究文章。1936年夏天，他在剑桥大学见到利维斯。1937年他在《细绎》上发表的一封公开信中批评利维斯，这引起利维斯的反驳乃至误解。

1939年，经普林斯顿大学托马斯·马克·帕罗特（Thomas M. Parrott）教授推荐，诺曼·福斯特将韦勒克聘到爱荷华大学英文系。正是在爱大英文系韦勒克与威姆萨特、布鲁克斯、塔特、R.P.沃伦、奥斯丁·沃伦等美国新批评家成为同事和同道。但更值得深思的是将韦勒克接引入爱荷华大学的诺曼·福斯特和奥斯丁·沃伦的思想和学术取向。借此我们可以看出韦勒克在多大程度上与新批评契合，还有新批评潮流演变过程中复杂、真实的状况。

20世纪初哈佛大学教授欧文·白璧德从马修·阿诺德和日耳曼语文学等处吸收营养，发起新人文主义运动。作为白璧德的追随者，福斯特提出文学研究的新人文主义改革方案，反对盲目尊古和印象式批评。其主要观点都反映在1941年出版的文集《文学研究：目的与方法》中。韦勒克的论文《文学史理论》被收入该文集。马萨诸塞州出生长大的奥斯丁·沃伦从卫斯理大学本科毕业后于1921年进入哈佛大学研究生院，师从白璧德，研究浪漫主义。1926年他完成博士学位论文《作为人文批评家的蒲柏》，获普林斯顿大学博士学位。

不难看出，韦勒克与福斯特和奥斯丁·沃伦之间共同的思想和学术基础不是新批评派的主流理论和思想主张，而是欧美现代思想悸动中不断推陈出新的人文主义，以及对文学教学和批评放眼欧美而不是局限于英美的新理论和历史探索。其眼界、高度、学科定位和文化历史担当意识自然使局限于英国文学或美国文学、偏重诗歌研究、单纯强调文本细读的主流新批评派不可同日而语。自韦勒克与福斯特、奥斯丁·沃伦合作开始，一道辽阔高远的景色展现在美国文学批评界眼前，新批评开始与新的思想之源汇聚。

随着1946年韦勒克迁居耶鲁大学所在地纽黑文，后期新批评的中心移到了耶鲁大学。奥尔巴赫等其他欧洲人文学者加入这一阵营之后，批评重心的转移或新批评音符的变化显得更清晰，也更激昂。或许这可以从韦勒克对莎拉·拉沃尔的《雷纳·韦勒克与现代文学批评》[①]一文的回应中得到验证：

> 她正确地强调了我的著作中独特的个人线索和倾向，即受国外生活经历的影响。她也正确地指出这些个体因素要么被忽略了，要么被轻视了。这部著作被认为是对美国新批评的归纳总结。……肯定是这样理解《文学理论》的，否则无法解释其世界范围内的影响力。[②]

① Sarah Lawall, “René Wellek and Modern Literary Criticism,” *Comparative Literature*, Vol. 40, No. 1 (Winter, 1988), pp.3–24.

② René wellek, “René Wellek and Modern Literary Criticism: Response,” *Comparative Literature*, Vol. 40, No. 1 (Winter, 1988), pp.25–28.

作为这批欧洲现代语文学学者中最后一位姗姗来迟者，奥尔巴赫既没有像韦勒克那样长久的与英美新批评派领袖和英美学院体制接触交流的机遇，也没有搭上欧洲语文学、现象学、结构主义与美国新人文主义运动和新批评派运动融合创新的头班车。需谨记，当他 1947 年从伊斯坦布尔到美国之时，他的《论摹仿》已在欧洲以德文出版；而韦勒克与奥斯丁·沃伦合作的，融语文学、文学现象学、结构主义和美国新批评于一体的《文学理论》（1948）已是呼之欲出。美国新批评经韦勒克、沃伦、福斯特等共同改造之后，奥尔巴赫在美国纽黑文的耶鲁大学校园中与脱胎换骨的美国人文精神，与韦勒克融批评、历史和理论于一体的新主张相遇。他最终成为纽黑文批评家群落的一员。至于他与已经相当融入美国批评语境的韦勒克之间的差异，可引用韦勒克 1954 年在《肯庸评论》上发表的书评《奥尔巴赫独特的现实主义》中的一段话为注解：

> 尽管我反对奥尔巴赫先生对批评中的观念的怀疑，反对他的现实主义概念中我视之为根本矛盾的存在与历史之间的含混，但是这些并不妨碍我对他的杰作报以深深的敬意。他引导我们穿越了整个西方历史，向我们展示了许多有关人的本质，人与现实、自我、时间和历史抗争的深邃见解。[①]

第三节　古典摹仿诗学的现代语文学阐释

奥尔巴赫的新摹仿诗学有其内在的脉络和构架。它主要包括方法论、新摹仿论及新文化史学论。在方法论上，他分别吸取维柯的历史透视论和基督教保罗诠释派的形象论，又将两者融合在一起。在摹仿诗学改造中，他颠覆了古希腊以柏拉图和亚里士多德为主的风格论，从欧洲文化精神的

① René wellek, “Auerbach’s Special Realism,” *The Kenyon Review*, Vol. 16, No. 2 (Spring, 1954), p.307.

累积式蝶变中重构其反希腊、世俗化、民主化的道路。这最真切地体现在欧洲现实观的三次裂变之中。三次裂变进而征兆了欧洲文化精神的四种历史样态——希腊精神、希伯来精神、文艺复兴精神和现代精神。借此通过在方法论层面对历史透视论与形象诠释的时空精神重构，他凸显出文学再现中欧洲文化精神的图示化结构，促成了现代语文学和新批评共同的新文化史学转向。他别开生面地打通了文学文本细读、文学史建构、文艺诗学重构和文化史反思，真正建构了充满辩证力量和文化启示精神的循环诠释法。

（一）奥尔巴赫新摹仿诗学的方法论基础

在学术研究中，知识创新和价值层面的精神透视常常以认识论和方法论创新最为重要。所谓开风气，开先河，继绝学，承学统，无不昭示了方法论创新的内在辩证逻辑，即新与旧之间的辩证统一。奥尔巴赫在语文学基础上的认识论和方法论创新就承担了双重使命——开先河与继绝学，开风气与承学统。此绝学为维柯在《新科学》中表述的人文主义历史观；此学统是源自基督教释经法的欧洲诠释学传统。

奥尔巴赫的《论摹仿》将欧洲文学中的现实观历史化，将现实主义分解成与欧洲文化史对应的不同阶段、不同风格以及不同价值内涵。关于奥尔巴赫对文学史、文化史与观念史关系的认识，扬·M. 齐奥尔科夫斯基（Jan M. Ziolkowski）总结道：

> ……他认为文化都具有基本风格，作家有意或无意地将这些风格转移进他们的文本中。……不管怎样，他竭力激发读者对这种可能性的乐观态度，即从部分中读懂整体，通过分析单个文本的某些部分来领悟特定文化的整个现实。[①]

① Erich Auerbach, *Literary Language & Its Public* (Princeton: Princeton UP, 1965), pp.xi–xii.

弗兰克·R. 安克斯米特（Frank R. Ankersmit）在《为什么是现实主义？奥尔巴赫论对现实的再现》一文中指出，奥尔巴赫对现实主义的历史描述包含了五种观念，即风格的混合、形象观、黑格尔主义、现实主义隐含的崇高性以及现实体验。①这些观点都共同指向奥尔巴赫思想的历史主义基础。如果说《论摹仿》渗透了独特的历史认识论，从而开辟了诗学研究和文化精神观照的新途径，那么奥尔巴赫融诗学和史学于一体的认识论和方法论思考则集中体现在文章《维柯与审美历史主义》和专著《文学语言及其大众》之中。

为抵制法国古典主义的泛滥，19 世纪后半叶的欧洲兴起了审美历史主义。赫尔德、歌德、施莱格尔兄弟发起的德国浪漫主义运动是审美历史主义的温床。民族原初的民间天才被视为真正诗的创造者。诗是自由本能和想象的结晶，是最自然、纯正的人类文明童年时期之象征。因此，作为人类自然语言的诗，使人的本能、想象和口传遏制了理性和反思这类现代文明的病态症候。人类的起源散发出牧歌式的、抒情的、泛神的光晕。

但是前浪漫主义、浪漫主义乃至整个 19 世纪的欧洲史学都忽视甚至压制了维柯代表的更早的现代人文主义史学观。维柯认为，自然是神意的创造物，因此上帝掌握着自然的奥秘；历史和政治世界的创造者和主宰则是人，因此人能认知历史，掌握人类生命和思想的所有形式。维柯提倡用透视法来俯察历史的横切面和脉络。例如，在神的时代和英雄时代这两个诗性时代，原始的想象与原始的社会机制结成有机的连理。淳朴幽深的原始想象提供了抵御外在的混沌世界的心理和物质机制；神话想象用象征的方式建构了社会的政治和宗教基础。因此诗不是个别天才的专利，而是全社会的共同属性。在历史的长轴上，从神的时代、英雄时代到人的时代，想象的诗性逐渐被以反思和怀疑为特征的理性取代，人类再次沦入理性湮灭后的野蛮状态，由此形成神意眷顾下的永恒循环。

对于维柯史学观中杂存的人文主义与神学之间的抵牾，奥尔巴赫充分

① Frank R. Ankersmit, "Why Realism? Auerbach on the Representation of Reality," *Poetics Today* 20:1 (Spring, 1999), p.73.

肯定了其方法论和认识论意义上的三个方面。首先，他发现原始人的诗或神话与政治体制共生的巫术形式主义。其次，他提出的认知论充分肯定，人的全部历史蕴藏于人的精神之中，因此总是处于精神的召唤和照耀中。换言之，每一个历史阶段共同构成人的精神眷顾下的完整的整体。这自然引向第三点，即与他独特的历史透视观对应的人性观。不同于前浪漫主义和浪漫主义普适的人性观，维柯认为人性顺应历史而变。每一个历史阶段的人性与社会体制对应契合。

在《文学语言及其大众》开篇的方法论专章中，奥尔巴赫将维柯开创的人文主义语文学之承继与欧洲文明的危机联系起来思考。经历了三千年之蝶变，欧洲文明开始陷入终结性的危机。不同于其他现代学科和知识体系，罗曼司语文学以希腊文化和拉丁文化之根上蔓延开来的整个欧洲文明为对象，关注的是欧洲的历史和文化现实，凝练的是欧洲的历史意识，描绘的是作为整体的欧洲文明清晰、和谐、有机的画卷。“我一直在朝着这一方向努力，随着时间的流逝，我变得愈益坚定，至少在我的语文学研究主题中，确切地讲就是文学表现。”①

他再次重申，维柯的历史知识论强调人的思想和表现的诗性和仪式起源。历史必然是人的历史，它同时囊括了政治、思想、表现、宗教等。必须将这些方面连贯起来思考。“……对发展的特定阶段人的创造力的这些方面的某一部分的认识必定有助于同一阶段的所有其他方面。”②维柯实际上推动了一场诗学理论的革命，他将诗学从所有以外在形式为基础的、教条的、纯粹技术的标准中解放出来。诗成了人感知和自我导向的自足模式。诗的决定因素是瞬间顿悟，而非理性禁锢下的外在标准。如果说哲学留恋永恒不变的绝对真理，那么语文学透视每一个文化阶段的真实。两者的结合才道出人的全部真相。语文学的历史化与哲学的语文学化同等重要。在彼此的相互呼应和参照中，欧洲的文化精神和文化使命才从幽深的历史中，从过去的岁月中走出来。

---

① Erich Auerbach, *Literary Language & Its Public*, p.6.

② Ibid., p.8.

通过重新阐释维柯的历史透视论和诗学理论，奥尔巴赫提出三重循环阐释法。第一重阐释指细读文学文本的字、词和段落。但对文本细读的着眼处需特别斟酌。或语法，或修辞，或文体风格，或事件，全倚仗其与考究的史料之间的契合程度。第二重阐释探索历史语境中与人休戚相关的文化和社会真实。第三重阐释考量文化大众并回归到文学文本，进而彰显文化精神。他对自己在《论摹仿》中应用的三重循环阐释法有以下总结：先质疑古典的三重风格等级论，带着此问题通读选取的文本并思考涉及的风格问题，反思相关作家的审美和价值观及相应的再现手段；接着思考基督教在欧洲文学史上的巨大影响；最后揭示与文学再现交织在一起的欧洲文化的发展和精神化过程。

奥尔巴赫纪念文集《文学史与语文学的挑战：奥尔巴赫的遗产》（1996）中有两篇文章专门讨论奥尔巴赫的形象（figura）理论。杰西·M. 格尔里奇（Jesse M. Gellrich）在《*形象*、讽喻和历史问题》中指出，讽喻与形象的对立言说了古希腊文化形式和态度与基督教文化形式和态度的对立。"奥尔巴赫无论如何都强调*形象*是主导模式，它将讽喻置换成基督教用以阐释圣经和物质世界的一个范畴。"[①] 他认为源于古希腊的讽喻和扎根基督教的形象征兆了宏大的文学和文化运动——从古希腊的再现形式、古罗马演讲术中的修辞和风格等级到基督教文学中的急剧变化。[②] 海登·怀特（Hayden White）在《形象动因与现代主义历史观》中指出，奥尔巴赫的文学史观意味着：

> 奥尔巴赫的文学史"概念"的突出特征是他不仅使用形象模式来解释不同文学文本之间的关系，而且用之来解释"文学"与"历史语境"的关系。他认为，代表性的文学文本可以同时是（1）以前的某个文本的"完成"和（2）对以后的某个文本的有可能的"预示"（prefiguration），但也是（3）对作者的历史环境之体验的"形象化"

① Seth Lerer ed., *Literary History and the Challenge of Philology: The Legacy of Erich Auerbach* (Stanford: Stanford UP, 1996), p.108.

② Ibid., p.107.

（figuration），因此是（4）预示的某段“历史现实”的实现。[1]

形象既是文学和文化运动的征兆，也是奥尔巴赫建构新文学史论的支点。但是批评家们无疑忽略了形象论隐含的欧洲诠释学学统意义上的方法论和认识论内涵。奥尔巴赫对形象论学理的反思实际上早在《论摹仿》问世十年前就已成熟了。其标志就是1938年首次发表在语文学学术刊物《罗曼司档案》上的文章《形象论》（“Figura”）。该文后来被收入奥尔巴赫的论文集《欧洲文学戏剧中的场景》（1959）。

基督教释经学大致分为形象解释、寓言阐释和象征阐释三派。形象解释源自圣保罗在皈依基督教信仰后开创的《旧约》阐释法。该法强调基督徒不必拘泥于训诫教律，首重虔诚信仰。《旧约》不是一部关于以色列的律法和历史的典籍，而是对基督降生、受难和复活的承诺和预示，因此它传谕给信徒一种以信仰为基础的历史观念。这种以形象为参照的历史现象预言有其特定的历史语境，即基督教与犹太教的分离和传播基督普世福音的使命。对基督复活和神性救赎的预言和实现使历史具有了目的性，尘世生活被赋予了秩序和意义。基督教“不可抗拒的魅力俘获了千万信众的想象，占据了他们最深沉的情感。……形象解释因其鲜活的历史性……绝对是崭新的开端，也是人之创造力的重生”[2]。

在保罗形象解释法中，《旧约》中的人物、事件被视为真实的历史人物和事件。他们以鲜活的、可感知的形象预示着《新约》中对应的历史人物和事件。如《旧约》中的以撒、约书亚与《新约》中受难的基督和复活救世的基督，《旧约》中的挪亚方舟与《新约》中拯救众生的基督教会，结成形象预言与宗教圆满之间的关系。奥尔巴赫以基督教保罗形象解释为方法论基础，提出以下文学史形象解释方法：

---

① Seth Lerer ed., *Literary History and the Challenge of Philology: The Legacy of Erich Auerbach* (Stanford: Stanford UP, 1996), p.131.

② Erich Auerbach, *Scenes from the Drama of European Literature* (Minneapolis: University of Minnesota Press, 1984), p.56.

> 形象解释建立起两个事件或两个人物之间的联系。第一个事件或人物不仅指向自身而且预示着第二个事件或人物。而第二个事件或人物包含或实现前者。形象的两极在时间中是分离的，但是作为真实的事件或人物形象，又与时间共存，在历史生命的潮流之中。只是对前后对应的这两个人物或事件的理解是一种精神行为，尽管这种精神行为涉及的是过去、现在或未来的具象的时间，而不是概念或抽象事物……①

保罗形象解释法赋予基督教深层的历史结构、目的性和信仰力量。奥尔巴赫以此为方法论基础，赋予西方三千年文学史上的现实主义演变以深层结构，借重构西方文学的形象史来重构西方文化的天路历程。

与发轫于基督教的形象解释不同，寓言解释的开创者是公元 1 世纪亚历山大学派的菲洛。它旨在从神话、符号、经文中发掘出超越时间和历史的抽象的伦理和道德意义，带有极强烈的神秘主义或精神主义倾向。因此，寓言解释对普通信徒影响力甚微，多流行于神学家和社会的智识阶层。

与形象解释并存的另一种释经法是象征解释。所谓被象征的对象须是影响信徒的生活和思想的重大的、神圣的事物。象征对象与象征本身之间是神秘的摹拟、替代关系。形象解释与象征解释的相似处在于，两者都限于宗教实践，以解释全部生命现象并将之秩序化为目的。而根本的区别是，形象解释以历史为对象，本质上是文本解释法；象征解释直接面向生活和自然，属于宗教文化初级阶段的产物。

形象解释隐含着深刻的辩证逻辑。必须通过一个形象来解释另一个形象。前者预示后者，后者实现前者预示的目的。两个形象自身具有不完整性，因此必须以相互指向和增补为基础，同时两个形象又共同指向未来，指向尚待显露的、将要发生的、待确定的事件。

综上所述，形象解释揭示的历史场景始终处于开放、未完成的状态；每一个历史时期都非自足自满可言。与现代历史学的平面视角不同，形象解释

---

① Erich Auerbach, *Scenes from the Drama of European Literature*, p.53.

建构的历史形象体系中，解释者的目光俯视历史现象，历史事件或人物如矗立在地表的高山峻岭，预示或承诺尚待实现的未来。但是，既然是被承诺或预示的历史，那么形象不单单属于过去或未来，而是共同属于永恒的神意。

维柯的历史透视论与保罗形象解释两者结合，形成系统的历史阐释方法，赋予历史纵横交错、高低盘旋的结构图示和辩证逻辑。历史透视论强调每一个历史时期的文学艺术与社会、文化和政治之间的内在关系及其征兆的历史意识和人文精神。按照诗性想象与理性反思之间对比关系的轻重、强弱变化，文学艺术语言与社会历史之间分别结成隐喻、换喻、提喻和反讽关系。形象解释则揭示不同历史时期的文学艺术乃至社会文化之间的启示与回应、承诺与实现关系。这种纵聚合轴和横组合轴上形成的关系使历史呈现出强烈的多维立体感、鲜活的动态、鲜明的形象、生动的张力和不竭的创造力。在这两种维度之外及之上，历史的目的性又使之处于永恒的总体性关怀之中。对维柯而言，历史的总体性在于历史之轮的永恒循环和人类循环地从诗和想象的土壤中重生。对保罗形象解释而言，历史的总体性在于历史事件的承诺和预示与历史事件的实现都是神意的显现，都统摄于神性的精神眷顾之中。共时、历时与永恒三维形成的阐释框架赋予历史更接近历史真实和人类真知的生命化图示结构。同样它也有益于建构以文学为载体、以历史为基石、以人为中心、以精神现象为对象、以欧洲文明的命运为落脚点的文学的历史和历史的文学。

因此不难理解，为什么有的批评家发现奥尔巴赫的人类学倾向，有的批评家指出他的历史哲学倾向，有的学者指责他的宗教情结。无论有什么样的责难和批评，奥尔巴赫走出了第五条路——一条有别于日耳曼语文学、斯皮策的语文学循环阐释、韦勒克的纯文学理论和英美新批评的道路。这种独辟蹊径、自成一家的立宗开派功绩，其决定因素是他推动的方法论和认识论革命。这种革命充满了颠覆精神和承继学统的大气。它颠覆的是整个启蒙现代性理性知识体系和希腊、罗马古典诗学体系。它承继的是被这两大体系压制的维柯思想和滥觞于犹太教与基督教断裂处的保罗形象解释法。值得一提的是，他的这种颠覆和承继超越了他之生为犹太人这一历史现实，故而他执著眷恋的是欧洲文明。

（二）古典摹仿诗学风格论的颠覆

古典摹仿诗学其实交织着摹仿论和风格论。仅执著于摹仿论而无视风格论，是一知半解；只沉溺于风格论而忽略摹仿论，是舍道取器。无论摹仿论还是风格论都建立了一种等级结构——关于秩序的诗学。在摹仿论建构的等级结构中，绝对的理念或逻各斯压制了现象世界和摹仿世界，悲剧和史诗占据着心灵世界的制高点。也赫然出现了柏拉图及其追随者对理念、逻各斯和神谕的顶礼膜拜，以及亚里士多德对行动的人之艺术关注。赫然出现了摹仿行为中人物的自我言说与被言说——摹仿与叙事、表演与再现——之间的区别。在风格论建构的语言秩序帝国中，崇高的风格、中间的风格和低下的风格不仅与悲剧、史诗、喜剧、讽刺等不同文艺类型对应，而且与人物的高贵或卑贱，与神或人，与英雄或凡夫俗子绝对吻合。因此语言秩序的帝国遵照文艺类型的严格等级划分，是神圣、伟大、平庸、卑贱乃至邪恶等价值参照对人和人性的类型化，高贵与卑微、善与邪恶之间泾渭分明；同时更是对现实和世界的重新建构——按照秩序的诗学和道德的图示来重构的世界。

柏拉图在《理想国》的第三部和第四部不仅系统地建构了理念的太阳高悬其上的摹仿等级秩序，而且首次严格区分了叙事与摹仿这一对概念。如他在第三部中讲道：

> 我认为你明白所有的神话和诗歌都是对过去、现在或未来事件的叙述？当然，他回答。叙事可能是简单的讲述或摹仿或两者的结合。……但是当诗人以另外一个人的身份讲述时，我们是否可以说他将自己的风格与他为你选定的讲述人同化？……也存在对立风格，诗人仅仅是讲述者……①

① Hazard Adams ed., *Critical Theory Since Plato* (New York: Harcourt Brace Jovanovich, Inc., 1992), p.26.

柏拉图根据叙事的方式，即诗人与人物之离合关系或人与听众、观众和读者之间的距离，将叙事分为诗人的转述、人物的直接叙述和两者的结合三种风格，摹仿只是与转述或严格意义上的再现对立的一种风格。同时摹仿又是道德和精神现实的塑造模式，形成人的第二自然，塑造人的身体和精神。

> 如果他们确实要摹仿，那么他们应该从青年及更年长的人中间只摹仿那些与他们的职业相适合的人物——勇敢的人、克制的人、高尚的人、自由的人，等等。但是他们不能描绘或沉溺于摹仿任何形式的放纵或卑贱，免得摹仿结果沦为现实。[①]

很显然，柏拉图的风格论跨越了艺术与现实的界限，风格成了塑造人的身体和精神的文化道德规范之载体和反映。只不过他对道德和精神现实与赤裸裸的现象世界施行了彻底的隔离。

亚里士多德在《诗学》中认同柏拉图对叙事风格的三种分类，但是又在两个方面取得了创新和突破。其一是他直陈其诗学的人本关怀，即悲剧或喜剧摹仿的对象是行动中的人；其二是他对摹仿的对象（行动中的人）进行了等级划分——高于真实生活中的人、低于真实生活中的人或如真实生活中的人。也正是在亚里士多德这里，人、叙事或再现方式和文化价值规范三者为主要内容的风格论开始向修辞学变化。到古罗马时代的世俗诗学和宗教思想中，风格论纯粹变成了以演讲、布道等使用的语言艺术为对象的修辞学或演讲术。

亚里士多德的《修辞学》是整个古典风格修辞学（而非诗学）的基础。他在《修辞学》第三部分中专论风格。演讲是为了传谕思想，应该具有说服力。因此明晰简洁是演讲语言应具有的最佳风格，这样才能准确地表达思想，也才能让听众正确理解思想。与明晰的语言，不落俗套、优雅的用词对立，存在两种需避免的极端倾向——语言要么平庸乏味，要么过

---

① Hazard Adams ed., *Critical Theory Since Plato*, p.27.

分雕琢修饰。

亚里士多德提倡的明晰风格表现出折中的审美价值取向。① 到公元前4世纪，德米特里厄斯（Demetrius）② 在专论风格的《论风格》之中，对风格单一的价值界定变成了风格的四层说。他在《论风格》第二章中写道："风格的简单类型分为四类：'淳朴的'、'高尚的'、'优美的'、'有力的'。此外还有这四种类型的不同组合。然而不是每种风格都能与其他类型组合。"③

在公元前1世纪西塞罗在《修辞学》中提出风格三分说，即崇高的风格、中间风格与简单风格。"崇高的风格由对感人的用词的流畅、华丽的排列构成。中间风格由更低一等的但不是最低等的和最口头化的用词构成。简单风格甚至包括了标准话语中最流行的习语。"④ 西塞罗主张风格应更紧密地与表达的内容和主题连接在一起，这样才能有效地调动听众的情感和审美感，甚至深入他们的思想之中。

圣·奥古斯丁基本上承继了西塞罗式的风格论。他更具体地将风格与基督教布道的目的——教化、愉悦和鼓动——联系在一起。

> 诚然我们的教师应该讲述重要的事情，但是他不应该总是用庄严的语调来讲述，相反当他是在教诲的时候应该用和缓的语调，在赞扬或责备的时候用克制的语调。然而当应该采取某种行动的时候，我们在向那些应该却不情愿采取行动的人讲话，就必须用有力的语调来讲述重要的事情，用一种能打动人心的方式来讲述。⑤

---

① 亚里士多德在《修辞学》中有言："让我们将语言形式的风格确定为明晰，因为作为一种（那就是，语言的）符号，任何时候如果它没有明晰表述（那就是，不管它符指什么），逻各斯将不能发挥其正当功能。"

② 法勒鲁姆的德米特里厄斯（公元前350—公元前283），雅典的演辩家、政治家、哲学家、作家，是泰奥弗拉斯托斯（Theophrastus）的学生，也是早期逍遥学派的其中一员，公元前317—前307年期间，他留下许多著作，包含历史、修辞学和文学批评等。

③ Demetrius, *On Style* (Cambridge: Cambridge UP, 1902), p.87.

④ Cicero, *AD C. Herennium* (Cambridge: Harvard UP, 1954), p.253.

⑤ St. Augustine, *De Doctrina Christiana* (Oxford: Oxford UP, 1996), p.4

至此古典风格论完成了从诗学向修辞学再向基督教神学的转变。到古典风格论完全变成对基督教布道风格的阐述之时，其诗学意义上对叙事类型、摹仿对象及社会和道德规范的价值界定失去了应有的中心地位，对世俗的道德和精神领域的重构让位于对宗教言说的语言思考。

奥尔巴赫期望以此为颠覆性的开端，来揭示自古典时期以来的欧洲文学史和文化史的规律，即始终面向人的生命现实和历史现实的现实主义之风格和观念嬗变规律。文学现实主义既是风格的嬗变，也是观念的裂变，更是欧洲文化精神裂变与复活、创新与延续并存的档案或记忆库。这种诗学重构始终以人为中心，以对人的精神现实之观照为目的，试图显露的是欧洲人、欧洲历史和欧洲文化的精神维度。它以现实主义观念史为切入点，以古典诗学的风格论为问题点，最终重构了有别于古典诗学和现代主义诗学的、充满历史感和现实感的新摹仿诗学。

（三）欧洲现实观和文化精神的三次裂变

从古希腊史诗到现代主义小说，欧洲文学的现实主义或对现实的再现模式先后经历了三次裂变。这三次裂变的标志分别是：圣·保罗等早期基督教布道者传播的《圣经·新约》；意大利文艺复兴时期但丁的《神曲》；法国19世纪的司汤达、巴尔扎克和福楼拜的现代小说。

古希腊的荷马史诗表现出透明、清澈的风格。史诗人物的心理和言行，人物行动涉及的时间、场景、原因、背景等纤毫毕露地展现出来。史诗英雄的生活现实似乎触手可及。他们生活在战争、历险、竞技、狩猎这些现实生活场景中，沉浸在巨大的喜悦和无法克制的激情中。但是，这种现实是传奇和神话的现实，精致细腻却不真实。因为它不是建立在历史现实的基础之上，所以它没有阐释价值。

> ［荷马的］现实本身够强烈了。它包围着我们，在我们周围编织了一层网。这对他来说就足够了。我们被引诱进入的这个“真实的”世界独立地存在着，除了自己之外不包含任何其他事物。荷马史诗的

世界一切都袒露无遗，它们不包含说教和任何秘密的第二层意思。[①]

《圣经·旧约》中的故事叙述却走向另一个极端，将人物和事件外在的条件、境遇和细节基本上缩减到最低限度。人与上帝之间主要是道德和信仰承诺的关系，上帝的存在只能从人的心理和精神现实中把握。整个故事呈现的是具有巨大阐释潜能的道德、信仰、心理现象，揭示的是通向上帝之真的信仰之路。“那么他产生的效果主要不是指向‘现实主义’（如果他成功地表现了现实主义，那么这仅仅是一种手段，而不是目的）；它指向真理。”[②]

因此，无论是古希腊史诗还是古犹太教的《圣经·旧约》，面向的无非是神、英雄或上帝，人的世界，凡夫俗子的生活，不是再现的中心。俗世中的普通人之所以陪衬着英雄，匍匐在上帝面前，无非是为了验证英雄的崇高和上帝的力量。传奇、神话的现实是想象的产物；神性的力量只是为了言说真理。如果说古希腊史诗对日常生活现实的再现——奥尔巴赫称之为“家庭现实主义”——主要限于和缓的田园牧歌式风格，那么旧约故事将传奇、历史记载、神学阐释交织在一起，在家庭和普通生活中凸显崇高的、悲剧的和沉思的精神。上帝崇高巨大的影响力深深地嵌入了日常生活，“崇高与日常这两个世界不仅实际上没有分离而且根本上无法分离”[③]。崇高与普通、神圣与凡俗之间的界限在《旧约》中首次被打破了。

尤其是基督教开始兴起之时，传教士们传播的新约圣经故事完全不同于古希腊或古犹太教的诗人或僧侣们吟唱讲述的故事。因为《新约》中耶稣及其门徒的故事昭示了一场真正历史性的精神运动在最底层民众间的孕育诞生。日常生活事件，生活在社会底层甚至被社会的道德规范和法律条例打上罪、恶、邪或肮脏烙印的人物，尘世的苦难和不幸，卑微个体的良知和道德抉择，因崇高伟大的精神取向而获得前所未有的崇高、高贵、尊

① Erich Auerbach, *Mimesis: The Representation of Reality in Western Literature* (Princeton: Princeton UP, 2003), p.13.

② Ibid., p.14.

③ Ibid., pp.22–23.

严和永恒。普通人取代了王侯和神祇，走向历史舞台的前部。日常生活场景中历史的精神呼之欲出；日常生活事件获得了世界性的普适价值和意义。

这种普通人、日常生活场景、日常生活事件与伟大的精神运动之间交织纠缠的亲密关系，颠倒了古典时期确立的神圣崇高世界与普通的日常生活之间彻底分离的美学戒律。古典风格论将对散漫的日常生活的现实主义摹仿局限在喜剧的范围内，因此这种现实主义根本不能再现宏大的历史事件。但是在新约故事中，无论是耶稣被出卖的故事，圣彼得拒绝承认是耶稣门徒这个故事，还是耶稣受难的故事，都超出了古典风格类型的范围。耶稣生于社会最底层，他的门徒要么是渔夫要么是手工艺人。他出没于日常生活场景，比肩接踵、同情点化的无非是税吏官、兵卒、妓女、穷人、病人和孩子。但是他的所言、所为、所感，他的整个形象，却具有最崇高的精神，最深沉纯真的爱，最令人撕心裂肺的痛，最高尚的情操。“它相对于喜剧而言太严肃，相对于悲剧而言太现时、太日常化，相对于历史而言政治上太无足轻重。”[①] 新约故事确立了一种新的风格原则，及不同风格混杂的原则；确立了历史与现实主义叙事的关系，即具体、日常的生活事件使历史显露出动态的轮廓和鲜活、涌动的力量。

值得一提的是中世纪罗曼司文学刻意雕琢的“典雅的现实主义”。不是罗曼司文学来再现现实，而是人们从现实逃避进一个精心刻画的、由封建时代的骑士和上流社会的淑女独占的寓言和传奇世界。因此罗曼司文学限制了以历史和普通人为中心的文学现实主义的发展。它所表现出的风格不是僭越古典风格论的等级秩序，而是将风格贬低为适用于任何主题和内容的平淡、愉悦的叙事。

作为文学现实主义的第二次大裂变的征兆，但丁的《神曲》彻底化解了古典风格等级论与基督教的风格混杂传统之间的对立。在主题上他将崇高与卑微琐碎融合在一起。古典神话、古典历史、传奇、基督教寓言、天使、恶魔、圣徒乃至宇宙间的动物和怪异精灵都是他选取人物的档案库。

---

① Erich Auerbach, *Mimesis: The Representation of Reality in Western Literature*, p.45.

他以刻意谦卑甚至怪诞的现实主义来描绘这些人物和精灵栖居的世界，来刻画单调、怪诞、丑恶的事物。他笔下的时间乘着历史的巨浪，直抵世界的彼岸。尘世的过去存活于记忆，尘世的现在成为心灵的磨难，尘世的未来则是精神的向往和关怀。宇宙自然、道德宗教、历史政治都融入了神圣的也是世俗的现实图景。因此但丁摹仿的现实囊括了所有能想象到的现实和生命领域。在这巨大的、无边的现实场景中，所有崇高的、庸俗的、历史的、传奇的、悲剧的、喜剧的甚至荒诞的事件都在上演。

在超越古典和基督教传统的同时，在超越尘世虚妄和地狱苦难之后，在进入神性的天堂之际，但丁的《神曲》展示了一个崭新的现实世界图景——一个文艺复兴意义上包罗万象的，最丰富地演绎人生和历史意义的，也是基督教意义上的世界图景。《神曲》以双向的形象现实主义模式将欧洲历史上的两场精神运动统一在历史的地平线之内，总体化在基督教精神的眷顾之中。这两场精神运动就是基督教的诞生和传播与文艺复兴的诞生和发展。借用德国哲学家卡尔·雅斯贝斯（Karl Jaspers）的观点，这两场精神运动恰如两次历史精神的深呼吸，前一场运动的母体中孕育孵化出后一场运动。[①] 无疑奥尔巴赫在两次文学现实主义的大裂变中试图建构起欧洲历史和文化精神总体的和动态的同质取向。

法国的新古典主义将但丁开创的，薄伽丘、塞万提斯、拉伯雷不断推进创新的文学现实主义再次引入死胡同。如奥尔巴赫所言："法国古典悲剧代表了欧洲文学所能达到的风格分离、悲剧与日常生活和真实彼此割裂的极致。"[②] 新古典主义美学蜕变成向古典风格机械的、彻底的回归，把任何现实的因素排斥在严肃的悲剧大门之外。

欧洲文学现实主义的第三次裂变是19世纪法国作家司汤达、巴尔扎克、福楼拜、龚古尔兄弟和左拉等共同完成的。他们在小说中刻画了一种完全不同于既往历史的现代主体和现代主题，从而打磨出完全不同于既往文学现实主义的崭新的现代现实观。奥尔巴赫将卢梭引领的，充满感伤、

---

① 参阅卡尔·雅斯贝斯的《历史的起源与目标》，魏楚雄、俞新天译，华夏出版社1989年版。

② Erich Auerbach, *Mimesis*, p.387.

失望和纯真情调的浪漫主义运动视为法国现代意义上的现实观兴起的先决条件。正是在这样一种思想和情感氛围中，坚实地扎根于资产阶级新兴的经济、政治、文化和思想土壤，资产阶级的主体同时混杂了喜剧的、讽刺的、教诲的和道德的意味。对个体存在的价值和意义之拷问，对个体生命的悲剧性之反思，开始正式进入现代现实主义的意义场域。这反过来催生了小说这种摹仿崭新的现代主体的崭新的文学再现类型。各种风格杂糅而成的小说叙事风格获得了喜剧和讽刺之外的严肃性，达到了现代史诗的崇高地位。过去所有形式的现实观失去了存在的合理性和价值。

司汤达、巴尔扎克和福楼拜的小说共同呈现出现代现实主义的两个鲜明的特征：处于社会底层的法国外省小资产阶级真实的日常生活被赋予了高度的严肃性；日常生活事件被精准、深刻地置于确定的历史语境之中。对日常现实的严肃对待，日益增加的社会底层民众对主体性的诉求，对现代历史中充满了偶然性和不确定性的小人物和琐碎事件的历史地位的肯定，变化无常、不可预知的历史大背景，所有这些构成了现代现实主义的现实基础。这种对偶然性、卑微人物和日常事件的全景式严肃再现发展到后来，变成了龚古尔兄弟和左拉小说中对人性和社会丑陋、邪恶和病态的完整的、准确的也是严肃的刻画和道德审问。

此处不用重复奥尔巴赫对上述法国19世纪小说家创作的小说进行的精湛细读，对其崭新的现代现实主义风格的条分缕析，对其人物心理世界、存在意义和主体性进行的充满历史辩证精神的形象阐释。[①] 我们应反思的是：为什么在对现代现实主义进行分析之后奥尔巴赫将属于现代主义文学阵营的英国女作家弗吉尼亚·伍尔芙作为欧洲三千年文学现实观演变的终结者？这基本上是众多奥尔巴赫研究者没有直接回答甚至忽略的问题。诚然，这个问题的合理性及其解答，无论是在奥尔巴赫的《论摹仿》或其他著述中都没有显在理据。但是借此问题，我们对现代现实主义可进一步进行文化精神层面的思考，进而对欧洲不同时期的欧洲历史现实以及横贯所有时期的历史趋向和精神取向做一论断。这无疑有助于我们接近乃

① 如他对司汤达小说《红与黑》中于连的形象阐释。

至重构奥尔巴赫新摹仿诗学的内在架构。

奥尔巴赫从细读弗吉尼亚·伍尔芙的小说《到灯塔去》第一部分的第五节开始。他先后在五个不同层面引出五个主题：该小说在再现现实上的两个鲜明特征；伍尔芙与普鲁斯特和詹姆斯·乔伊斯的比较分析；20世纪两次世界大战之间的现实主义小说与公众的关系；20世纪欧洲文明的危机以及弗吉尼亚·伍尔芙的小说征兆的多元对话；多样共存的日常生活民主化图景。《到灯塔去》颠覆了作家最终的绝对权威，也舍弃了对外在客观现实和重大历史事件的宏大叙事再现。它以细微的生活事件为陪衬和点缀，浓墨重彩而又自由任性地再现众多个体而不是一个个体的心理印象和意识活动。它从不同侧面将所有这些流动的、显性的心理现实浓缩到更真实的现实——存活于不同生命个体印象中的拉姆赛夫人，照亮日常生活境遇中人们心灵世界的灯塔。与此联系，该小说的第二个特征就是对外在时间和内在时间的处理。外在的时间因外在事件的无足轻重而变得随意、偶然、转瞬即逝。内在的时间如流水穿石过林，似急实缓，跨越亦真亦幻的内在生命宇宙——“更真、更深、更实的现实”。对意识、时间、现实的多元多位再现表现了一种努力把握公众的生活目标、取向和需求的意图。很显然，简短的电话对话、对女佣的关心、编织棕色长筒袜这些生活琐事成了现实生活中的主要事件。战争、对文化的仇恨、政治等则在小说中基本上销声匿迹。这无疑指出了公众生活中决定性的力量是真实的生活本身。在看似无序偶然的日常生活中新的、共同的也是根本的目标和需求自然显露出来。这些日常生活的时时刻刻以及从中自然生出的目标和需求“相比较而言独立于人们为之争战和绝望，充满争议的、不稳定的秩序……”[①]从伍尔芙不带偏见的探索型再现中，我们窥见了表面的差异和冲突之下，不同的生活方式和思想形式之后，不同的社会等级和文化之间，一个崭新的、融合的、共同的、平等的、交流对话的时刻。这是再自然不过的生活时刻，是充满了拉姆赛夫人式的善良和真爱的时刻，也是民主政治走入死胡同和劫难后的真正民主的时刻——从日常生活中孕育民主精

① Erich Auerbach, *Mimesis*, p.552.

神、民主氛围和欧洲新的希望的时刻。

至此，我们也许真正明白了奥尔巴赫在揭示历史维度中欧洲现实观嬗变甚至断裂过程中始终强调的核心现实主题：根植于普通民众，紧贴日常生活，在颠覆的前提下将不同风格、不同社会阶层、不同文化、不同历史时刻连接。欧洲现实主义始终沿着这样一条道路演变。基督的爱是社会底层民众的强力黏合剂；但丁的爱是高贵和尊严的人性获得与神性同等地位的爱；拉姆赛夫人的善良和爱是生活中的男男女女真切感受到的生活情怀和生命德行。从荷马史诗中点点滴滴的现实情愫到弥漫《到灯塔去》全篇的内在生命现实画卷，三千年的欧洲文学史就这样诠释了民主的图景是怎样在欧洲人世世代代的生活中一步一步地显露、裂变、扩展并最终挣脱政治和文化霸权的，当然也最终挣脱了古典摹仿诗学和风格论的霸权。

（四）奥尔巴赫与利奥·斯皮策、雷纳·韦勒克之比较

本章前面部分曾引用韦勒克在《奥尔巴赫独特的现实主义》一文中对奥尔巴赫的现实主义观念的批判。其实针对奥氏的现实主义观念，韦勒克在同一篇文章中还指出其观念表述上的含混和方法论上的不清晰。“除了后记简短的总结性评论以及偶尔的题外话（尤其是第548页）之外，总体上奥尔巴赫先生似乎不喜欢讨论和分析他的术语和方法。因此他的‘现实主义’概念仅仅是自行缓慢地显露出来。”① 提出上述批判观点之时，韦勒克已完成了继《文学理论》之后的《现代批评史1750—1950》第一卷（18世纪后半叶）和第二卷（浪漫主义时代）的撰写工作。只是因为原定的出版商出尔反尔，这两卷著作才迟至1955年由耶鲁大学出版社出版。因此为了澄清韦勒克上述观点背后的立场和方法论渊源，有必要理清他的《现代批评史1750—1950》之指导思想。这样我们才能在两种学术观点乃至方法论之间进行评判，以期深化我们对奥尔巴赫的历史形象学的理解。

韦勒克在《文学理论》中将俄国形式主义、布拉格学派与英美新批评

---

① René Wellek, “Auerbach’s Special Realism,” *The Kenyon Review*, Vol. 16, No. 2 (Spring, 1954), p.303.

传统通约融化之后，对文学的本质、功能、范围、内外研究方法、文学艺术的存在模式等基本层面进行了全景透视，以期建构成体系的文学理论。而《现代批评史1750—1950》则转向集中梳理现代文学批评的发展史。他在《现代批评史1750—1950》第一卷的介绍总论部分阐述了以下观点。首先，文艺复兴以来的三个多世纪里，欧洲文学批评始终受制于亚里士多德、贺拉斯建构的古典诗学。新古典主义无疑是古典诗学的回光返照。只是在新古典主义的灰烬中才开放出现代批评的鲜花。其次，在漫长的三个多世纪里，古典诗学的独语使文学理论与文学创作实践相互分离。这意味着现代文学创作实践与现代批评是间接关系，现代批评更趋向于甚至蕴含于思想观念史。最后，现代批评遵循自身内在的演变逻辑，即观念的辩证发展。

> 一个观念轻易地被推至极端或转变成其对立的观念。对既有的或流行的批评系统的反动成了观念史最普通的动力，尽管我们无法预知反动的确切方向或讲清楚它为什么出现在特定的时间。我们得将某些变化归功于个体的首创精神，即天赋卓绝的人幸运地在特定时间将思想贡献给特定的事物。①

因此对现代批评的精髓和内在发展脉络的梳理需兼顾思想史和个案研究这两种方法。一方面是抓住现代批评的主要概念和观念，通过这些观念来建构现代批评的谱系轮廓。另一方面是鉴别并批判天资卓绝的批评家深邃卓越的思想洞见，学习他们是怎样从多样不同的立场和角度来阐述对文学的理解和判断。最后，韦勒克提出了“连接”（affiliation）这个概念，试图借以说明批评与文化史上具体的历史和社会语境，与阵容不断扩大的读者大众之间的内在关系。

韦勒克撇开具体的文学创作和真实的历史体验，纯粹从思想史的层面来鸟瞰现代文学批评。尽管他仍关注个别批评家的思想洞见，但是他主要

---

① René Wellek, *A History of Modern Criticism 1750-1950* (Cambridge: Cambridge UP, 1981), p.8.

将他们的批评放置于思想史的天平上来估量。这无疑妨碍了他对奥尔巴赫诗学理论的准确把握。因为奥尔巴赫的现实主义不是一种狭义的现代思潮，也不是思想或观念史的一部分。它是在欧洲具体的历史和文化境遇中文学表现出的面向现实、面向社会的革命性精神化运动。它提出的根本问题是：以普通乃至底层民众为对象和主体的精神导向是怎样通过文学显露出来的？

奥尔巴赫试图通过分析文学文本来切入文化精神的不同样态，又通过剖析这些不同样态的现实主义文化精神的历史建构，来捕捉欧洲历史意识内在的、连贯的也是不断重复并不断强大的民主精神。以文学印证文化精神，以鲜活的、体验样态的现实观探照历史意识。这种方法论始终以生活在历史悲苦境遇之中，却又畅饮日常生活甘露，执著地向宗教的或世俗化的精神目标奋进的生命群体为欧洲文化精神的载体和形象。它既是人文主义的，也是语文学的，同时更是有别于纯粹的文学批评和历史分析。作为语文学人文主义价值立场上的批评实践，它将现实的精神体验融入文学文本解读，借文学文本分析来解读文化和历史，借文化和历史来充分肯定文学的精神价值——对人文价值的褒扬和对历史意识的存记。由是观之，奥尔巴赫选取了一条与韦勒克对应的甚至对立的道路。其文学诗学重构最终必然走向历史形象诗学建构，走向历史形象诗学背后的文化价值和精神阐发。

同样值得一提的是奥尔巴赫的历史形象诗学与利奥·斯皮策的“语文学圈”（the Philological Circle）阐释方法之间的区别。斯皮策论述自己的方法论主要有两篇文章，即《语言学与文学史》（1948）和《一种方法的发展》（1960）。在前一篇文章中，他以自传的方式讲述了自己从语言学研究转向文学研究的转变轨迹，特别阐述了他的“语文学圈”研究方法。一个民族的精神档案是用语言书写的文学，因此语言是内在形式的外在结晶。文学研究就是一个从表层掘入文学作品内在生命中心的过程。

> 首先观察有关特定作品的表层面貌的细节……然后将这些细节集中起来，试图将它们整合成艺术家的心灵中可能存在的创造原则；最后返回到所有其他各组的观察，目的是验证那些尝试着建构的“内在

> 形式”是否能说明整部作品……经过三至四次这种“往返旅行”，研究者将确定无误地断定他是否找到了那个孕育生命的中心——太阳系的太阳。[①]

这样就形成了从局部向整体、由整体回到局部的循环，一个持续推进的理解过程。在第二篇文章中，除了阐释其“语文学圈”研究方法之外，他主要澄清了自己的研究方法与弗洛伊德心理分析、诗学结构分析、语词索隐、美国新批评、隐喻分析乃至存在主义文学批评这些流行批评方法的区别。他的目的无非是表明他一再坚持的语文学研究方法——对文本的热爱，对照耀文本生命中心的太阳的心仪。但是他所言的文本的生命中心仅仅是作家个体精神留下的印迹。“无论是谁经历了强烈的思想和情感体验后都在语言中留下了创造的痕迹；精神的创造力立竿见影地将自己铭刻在语言之中，它在语言中变成了语言创造性……”[②]

同样受语文学阐释方法——从作品表层和局部向深层和整体循环推进的解释方法——影响，或者说都试图恪守语文学的阐释方法论，奥尔巴赫与斯皮策恰恰是在这一点上产生了明显的区别。首先，奥尔巴赫试图将维柯的语文学方法论和根源于基督教早期释经传统的形象阐释法兼容并蓄，由此形成时间与空间、纵与横、形象与抽象等多维共栖的历史形象阐释框架，导致方法论创新突破。而斯皮策则主要从施莱尔马赫、狄尔泰和同时代的现象学吸取方法论精粹。他所谓的“语文学圈”实质上是施莱尔马赫等的“阐释圈”的变体，其方法论承继远胜于方法论创新。其次，奥尔巴赫紧扣欧洲文学史上现实观之裂变这一核心，纵向上以经典文本细读为切入点逐层深入特定历史时期的社会现实、精神律动、社会结构和文化规范；横向上建构起欧洲文学史的宏大叙事。而斯皮策最多发掘到作家的心理和精神气质，基本上以独立单个的文学文本为细读推敲的对象，没有建构起宏大的文学叙事。最后，奥尔巴赫整个的历史形象诗学框架的主脉是

---

① Leo Spitzer, *Leo Spitzer: Representative Essays* (Stanford: Stanford UP, 1988), pp.22-23.

② Ibid., p.18.

历史，其历史思维充溢着鲜活的诗意，彰显了以欧洲历史和文化为终极价值的总体性精神。而斯皮策最多不过抽象甚至模糊地将文本的生命中心确定为文学批评的目标，而这个生命中心充其量只是作家的精神世界以及在这个精神世界中暗影浮动的民族精神。

通过分析奥尔巴赫与韦勒克、斯皮策之间的区别，我们更精准地抓住了奥尔巴赫历史形象诗学的独特创新价值。在此基础上，我们接着思考的两个问题是：奥尔巴赫历史形象诗学理论的颠覆精神表现在哪些方面？其核心价值观是什么？只有充分回答这两个问题，我们才能打通奥尔巴赫历史形象诗学与当代批评理论，发现世俗的多元文化语境中文化传承和文化适应这一双向过程中人文价值场内在的创新原动力和生发机制。这才是我们应从所有上述批判中引发出的文化现实关怀。

奥尔巴赫首先从西方思想现代性滥觞的源头入手，通过重估并改造维柯思想来颠覆笛卡尔理性主义哲学和启蒙历史主义。其次，他借助对现实观的透视，借彰显真正发源于社会底层民众中间的精神化革命运动，来质疑颠覆既有的对希腊文化精神和希伯来文化精神的权威阐释。无论是作为希腊文化精神载体的荷马史诗还是作为希伯来文化精神传记的旧约圣经，其持久的精神力量在于对人生活现实的关切，而不是对英雄和神祇的无限度的崇敬。回到历史，落到现实，人性的光辉和尘世的苦难跨越了崇高与卑微的界限。最后，他颠覆了那种文学自足的美学原则，将文学的想象世界与历史境遇中的生活世界之间的联系重构成内在的精神显影与言说之间的关系。文学世界中的主体也是历史的主体，且是深深地扎根于坚实的现实土壤的历史主体。文学的世界与生活的世界血肉相连，是保存并保鲜真实的历史体验的活档案，因而也是集体文化规范的记忆库和复活文化精神的媒介。这无疑彻底颠覆了文学与生活之间机械单纯的再现与被再现的二元对应关系。这恰恰预示了当代新历史主义文化批评的阐释意图——在文学与社会和历史之间建立起协调商榷机制。文学以一种话语介入的方式进入生活场景并与权力关系商榷。这种重构的诗学以语文学人文主义的名义，借批评来彰显生活的本真和被哲学抽空了水分的伦理价值。人的历史的现实既不是赤裸裸的客观的物的现实，也不是虚空幻渺的想象，而是充满了精神动向和历史召唤的现实，是不断实现历史承诺并创造人性的、民主的未来世界的现实。也正是以上述现实意义上的人的名义，奥尔巴赫颠覆了古典摹仿诗学。

奥尔巴赫的历史形象诗学内隐着价值表述意义上的一个重要的现代文化观念。这个他并没有明确用概念表达出来的观念就是连接（affiliation）。在其思想中埋下的这个观念的种子是欧洲现代主义文化英雄们精神世界中盘桓的幽灵，常常幻化成风采迷人的审美形象，也每每浓缩成各种思想主张。但是，让这一观念从隐匿转为显露，从历史的底层转入文化的高地，有待奥尔巴赫的后继者爱德华·萨义德。

第四节　古典摹仿诗学的历史批判：詹姆逊的新历史主义诗学

美国当代批评家弗雷德里克·詹姆逊（Fredric Jameson）是奥尔巴赫的嫡传弟子。他 1955 年投入执教于耶鲁大学的奥尔巴赫的门下，攻读博士学位，最后完成题为“萨特：一种风格的起源”的博士学位论文。秉承老师的治学路数，詹姆逊分析了法国存在主义哲学家和文学家让-保罗·萨特的作品中的诗歌、历史、语文学和哲学等方面，指出萨特的写作风格与他的存在主义政治和伦理立场之间的联系。但是詹姆逊继奥尔巴赫之后，对西方古典摹仿诗学持续的历史批判，则首推他近 40 年之后撰写的著作《辩证的力量》（2009）。通过对该著的分析，我们能以管中窥豹的方式探究詹姆逊的新历史主义诗学，从而进一步把握源生于奥尔巴赫的古典诗学批判基础上的历史批判的新动向。

《辩证的力量》包括六个部分：辩证法的三个名字；没有终结的黑格尔；评注；条目；政治；历史的力量。评论界对该著的反响各异。英国新马克思主义批评家特里·伊格尔顿在《伦敦书评》上称赞詹姆逊是我们时代了不起的作家，而不仅仅是天资卓绝的批评家和文化理论家。也有评论者从文献考证中发现该著的瑕疵。书的开始部分和结尾章节是詹姆逊的新作，但其余部分则是他此前不同时间写的文章的汇编。如第三部分评注中，第四章和第五章选自他在《新左派评论》和《南太平洋季刊》上发表的文章；第六章选自《重新思考马克思主义》的第一辑；第七章和第八章是他为萨特的《辩证理性批判》上下卷写的介绍。在第五部分政治中，第十五章《真实存在的马克思主义》是1996年出版的《超越马克思主义的马克思主义》收录的同名文章；第十七章《作为哲学问题的全球化》最早收入《全球化的文化》（詹姆逊、马索·弥约希主编，1999）。

谈论詹姆逊的历史批判，需要略述与他同时代的另外两位学者米歇尔·福柯和海登·怀特的新历史观。

福柯的诸多著述，如《疯癫与文明》《词与物》《规训与惩罚》都是他的历史断裂论的脚注。有时间、心情和耐心细细品读这些著作，会发现历史的车轮一路碾过，留下的是被河流、山脉分割开来的不同地形地貌。福柯最直接论述其历史观还是在《知识考古学》（1969）第一部分，即他对总体历史与一般历史的区分。总体历史试图重构文明的总体形态，在不同历史事件之间建立起因果、同质关系。一般历史言说的是历史之流的序列、分裂、极限、差异、转折。总体历史靠某条规则、某种精神、某个世界观来阐释所有历史现象。一般历史将历史现象视为分散、分割、分离的空间集合体。

福柯对历史地层的勘查与美国学者海登·怀特的元历史观可有一比。怀特在《元历史：19世纪欧洲的历史想象》（1973）中用叙事模式来巧解历史，揭示历史学家的历史重构隐含的三大解释模式，即情节设置、论断和意识形态暗示。情节设置模式包括罗曼司、讽刺、喜剧和悲剧四种类型；作为历史学家的史学观的论断包括形式主义、有机主义、机械主义和语境主义；作为史学家伦理价值取向表征的意识形态分为保守主义、自由主义、激进主义和无政府主义。而所有这些之下更深层的结构是历史书写的诗学结构——以隐喻、转喻、提喻和反讽为修辞手段的话语结构。

海登·怀特在《形象现实主义：摹仿效果研究》（1999）中对奥尔巴赫的新摹仿诗学进行了深入的史学阐释。[①] 他指出，奥尔巴赫的《论摹仿》

---

① Hayden White, *Figural Realism: Studies in the Mimesis Effect* (Baltimore: The Johns Hopkins UP, 1999), pp.87–100.

提出了鲜明的现代主义的历史主义观念并用之来阐释西方文学史内在的形象现实主义谱系关系。这种现代主义的历史主义从历时和共时、历史主体行为的此时此在（presence）和历史体验和语境的再现（representation）这几个立体的维度来思考历史行为和历史再现涉及的中介、连接，来思考历史阐释的谱系模式（而不是因果模式或生成模式），来寻求历史中人的位置和历史救赎的可能。从历时的横坐标轴上建构不同历史时期的文学/文化形象之间的预示与实现（或完成）的回顾式的、开放的、连接的（affiliative）内在关系，从共时的纵坐标轴上建构文本与语境、形象与作家的历史体验、独特的现实主义再现与同时代的历史精神和生活现实之间的提喻式形象关系。海登·怀特指出："因此，奥尔巴赫的文学历史观念最独特的地方是他用形象模式来进行解释这种方式——解释不同文学文本之间的关系、文学与历史语境之间的关系。对他来说，代表性的文学文本可以同时是：（1）对以前文本的完成，（2）对某个未来文本的预示，（3）对作者的历史境遇之体验的形象化，因此也是（4）对某个历史现实的预示的完成。"①

海登·怀特孜孜以求的是建构宏大的历史阐释理论模式——以结构主义语言分析为参照范式的历史诗学。因此，他的元历史论仍是总体历史观的表征。他用叙事印证史学的路子突破了历史与文学的边界，达到史与诗彼此辉映的境界。这实与海德格尔的诗思比邻顿悟同调。诗、史、思三者间的相互借鉴和阐发不仅能每每抒发新声，而且能印证辩证法在学科知识层面上的效能。从这个角度切入詹姆逊的古典诗学之历史批判，我们能绕开纯思辨哲学和抽象的辩证法设下的障碍，发掘出更鲜活深层的思想。

诗、史与哲相互烛照，比较打通。这是《辩证的力量》第六部分历史的力量独特的思辨魅力和显著的方法论特征。也正是为此，该部分成为整部著作最值得玩味咀嚼的部分。诗、史与哲三星辉映，三箭齐射，穿透时间的厚壳，将时间的横切面剖露在我们眼前，将对时间的本体思考延伸到

① Hayden White, *Figural Realism: Studies in the Mimesis Effect*, p.93.

时间的认知和表述范式，将时间的不同显影与诗、史、哲各自不同的时间谱系对位定形。

（一）认知时间：从亚里士多德到布罗代尔

与在照相胶片上使图像显影定形相似，对时间的认知涉及从何种视角来捕捉时间，这是个方法论问题。“这将是一个审问时间理论的形式而不是其内容的视角。或更具体地讲，审问的不是时间的概念或时间性，而是时间的定形以及使时间显现的方式。”①沿着这个思路，詹姆逊向我们呈现了五种叩问时间之门的方式，即亚里士多德、圣奥古斯丁、海德格尔、利科和布罗代尔对时间的审问。

亚里士多德从本体论角度思考时间。如他在《物理》中认为，时间是“以‘此前’和‘之后’为参照的运动的数”。因此，时间是按先后顺序排列展开的时间，是隐含在天地自然万物生灭荣枯中的时间，即自然的时间。

圣奥古斯丁的《忏悔录》完全推翻了亚里士多德的时间观。他认为：“严格讲，过去、现在和未来这三类时间的说法不正确。也许正确的说法是以下三类时间：过去的现在、现在的现在和未来的现在。”②亚氏的时间折射出古希腊人独特的时间观，那是纯粹宇宙的自然客观时序。基督教圣徒奥古斯丁的时间是用神意包裹着人性的时间，同时容纳了外张和内吸的双向运动。过去和未来都黏附在现在和人性意识的磁场上，都笼罩在圣意的关怀之中。“奥古斯丁的时间是现在，是人性的或存在体验的时间。亚里士多德的时间是事件的时间，年代的时间，纯粹客观的前后相继的时间，也是星辰和大自在的时间。”③

亚里士多德与圣奥古斯丁的对立，古希腊传统与希伯来宗教的差别，使时间呈现出三副面孔——客观自然的时间、人存在意识的时间和神性的时间。与古典世界的时间认识一脉相承，海德格尔、利科和布罗代尔分别立足现象学、诠释学和历史学进一步演绎时间的内在形态差异。尽管以时

① Fredric Jameson, *Valences of the Dialectic* (London: Verson, 2009), p.483.

② Saint Augustine, *Confessions*, Book 11, p.29.

③ Fredric Jameson, *Valences of the Dialectic*, p.501.

间冠名，但海德格尔在《存在与时间》中并没有辨明时间的不同形态。在他去世前问世的《现象学基本问题》一书中，他才将时间归为五类——个体存在的时间、工作的时间、群体不可信的时间、个体面向死亡的可信时间、同一代人的集体时间及其使命。

利科没有像海德格尔那样将时间分类。他以另一种方式回到亚里士多德——以一部《诗学》影响两千年来西方文艺美学的亚里士多德。《诗学》乃至古典文艺美学借以建构其理论大厦的摹仿论，在利科眼中变成了一种独特的使时间定形的手段。换言之，文学叙事具有纯粹的思辨哲学无法望其项背的魅力，以叙事来显现时间差异的轮廓，再现时间多重交错的状态。因此摹仿不是静态的对人或事物的再现，而是一个动态的过程，一个使不同类型的时间显露踪迹的独特界面。“时间自身是不可再现的，只能通过对其他事物的再现而被再现——例如树林里穿透而过的风？”[①] 利科在《时间与叙事》中张扬的以诗学照映哲思的方法同时也将亚里士多德的诗学从古典悲剧、将摹仿诗学从文艺审美中释放出来，将之改造成以人文主义为意旨的关于时间的诗学。亚里士多德的摹仿只是摹仿格式塔的一个层面。它之下是前语言层面的无文字体验。不作文字，不落言筌。它标示的是对存在本体的意识行为。它之上是阅读或接受对叙事摹仿文本的激活，即对摹仿的二度定形，并借此对存在体验的重估重构。摹仿在多层面上重复对存在本体的情节设置、体验重现。在此基础上，借重新反思利科思想，詹姆逊重新阐释亚里士多德诗学的三个核心概念——逆转、认识和怜悯（或苦难）。

费迪南·布罗代尔有史学巨著《菲利普二世时代的地中海和地中海世界》。他提炼出一种历史时间阐释模式，在地质、地理、文化、宗教、经济及其征兆的历史巨变分割的不同异质时间板块间建立起结构性关系。以时期论，时间分离成漫长的地质时期、中等长度的文明制度兴衰期与历史事件标志的短期时间。这样，布罗代尔不是像哲学家那样竭力化解异质时间的矛盾，而是直接面对这种矛盾，用一种有效的方式来组合时间的不同

---

① Fredric Jameson, *Valences of the Dialectic*, p.500.

结构、周期和事件，从而在时间的差异对比中让集体存在意义上的历史时间浮出水面。这实际上是以辩证认知的方式来分辨历史的轮廓。詹姆逊对布氏模式有精辟之句："然而时间或历史的显现不依赖这些多层、多样的时期，而是得益于它们彼此之间的干预，得力于看似不和谐的交叉……多重力量和纬度的交叉使历史在我们面前彰显。那是突然而至的、可能的、无法预见的自由时刻，是革命的时刻，也是失败和希望黯然的时刻。"①

（二）时间的工具

我们再回到前面提到的摹仿问题。利科的三层摹仿说至关重要的核心就是三层摹仿之间的互动推动的时间形态的演变。第一层摹仿是个体的生命体验以及对自然存在的感悟。第二层摹仿是用叙事特有的情节设置（类似于海登·怀特在《元历史》中的观念）来留存时间的印迹，来表现人诗意的存在。第三层摹仿特指不同时期的集体意识之间的观照激发，即特有的历史意识是怎样生成的。这三个层面之间，尤其前两个层面上存在体验的时间与第三层的历史时间，是转化关系。

不同形态的时间之转化，得益于三类中介工具——日历、代际、档案或印迹。这三类中介工具既依赖又建构真正具有中介转化功能的公共空间。日历标示可测量的时间点。日历时间具有空间性、可视性、公共性特征，与更深层的、自然的、有机的时间流对立。日历时间显露为由点结成的平行线——世纪、年、日期。日历时间最具意义的是轴心事件。轴心事件"被赋予事件的原初性，其发散出的意识形态能量表现世界上新生事物的孕育成形，那是中规中矩的日历忠实地承诺要记载并保留其印迹的事物"②。所谓代际是指对现在的独特的集体体验。它将自我存在的现时扩展到集体的历史此在，将自我的个体行为与波澜壮阔的群体实践、与神圣的使命融合在一起。而印迹则借助符号来凸现时间的一鳞半爪，只有精湛的阐释才能让犹抱琵琶半遮面的时间显出印迹。

① Fredric Jameson, *Valences of the Dialectic*, pp.544–545.

② Ibid., p.523.

詹姆逊对文学与哲学的中介功能进行了一番比较。“确实文学优于哲学……的地方在于后者基本上以解决疑难、克服矛盾为其功能，而前者的使命则首先是生产疑难和矛盾。”①从这个意义上讲，文学叙事以审美再现的方式同时呈现多重时间的多维交叉，用文学叙事时间的异质性来消解哲学思考的同质性。

英国现代主义女作家弗吉尼亚·伍尔芙的小说《达洛卫夫人》就是这样一个典型的文本。在达洛卫夫人家温馨典雅的家居空间和车水马龙的伦敦城市空间中，在一天的时光里，家庭里白昼似乎凝固不动的平和世界与晚上伦敦上流社会绅士淑女的盛宴交错。以此为切入点，其他时间或快或慢，或长或短，或隐或现地渐次苏醒，就像幽静的夜晚在记忆的窗户上盛开的一朵朵昙花。汽车轮胎的爆裂声使潦倒的塞普蒂默斯联想到“一战”战场上的炮弹声，回忆起战壕里的噩梦和恐惧。与旧情人、从印度归来的彼得的邂逅勾起达洛卫夫人对美好童年和曼妙少女时光的回忆。回到魂牵梦绕的家园，面对自己曾经与之海誓山盟的心上人，在殖民地印度的时光又重新浮现在彼得的记忆中。与这些个体生命体验的时光流逝交叠，公共的、集体的、象征性的时间一一呈现在叙事中。标志着城市、国家乃至世界公共时间的大本钟定时鸣响。暗示着国家权力时间的首相的豪华轿车按时从街上驶过。时间的异质并存使伦敦这个帝国和世界中心的一天与生命体验中的一瞬间、数个小时、几天、“一战”期间那难熬的四年乃至一生的岁月重叠交叉。借着时间的褶皱，沿着岁月的地缝，在轻歌曼舞之时，在晨风送爽之际，历史的时间显露出轮廓。

（三）历史的轮廓

利科将亚里士多德的古典摹仿诗学改造加工成时间摹仿诗学，以诗学救度哲学。詹姆逊则以两者为基础，对摹仿诗学进行辩证法改造，以诗学彰显历史内在的辩证力量。他集中阐释的三个亚氏概念是“逆转”（peripeteia）、“承认”（anagnorisis）和“悲情”（pathos）。揭示的则是

① Fredric Jameson, *Valences of the Dialectic*, pp.529–530.

历史叙事的情节设置隐含的三类辩证力量——积极与消极的辩证逆转、自我承认他者的空间辩证、悲情昭示的历史想象与统一。这样，历史的显现依赖对历史的再现，而历史再现在本质上是充满了不同辩证力量的叙事。换言之，亚里士多德的三类叙事形态渗透了历史叙事文本，将超验的历史时间体验重构为以生命体验为中介的历史力量。一种关于历史的辩证诗学呼之欲出。“任何对我与广阔的历史和社会现实之关系的再现……已经是叙事，隐匿的或明确的，实际的或已经是话语形式的。”①

亚里士多德在《诗学》中指出，悲剧人物的命运都经历从成功向失败、从顺利到挫折、从快乐到痛苦的逆转过程。詹姆逊认为，逆转实际上也是史诗、罗曼司和小说情节设置的支撑性结构。古希腊荷马史诗《伊利亚特》和《奥德赛》分别以两部史诗的形式来叙述古希腊英雄时代的列王群雄体验到的胜利与失败。相对独立的两部史诗似乎在表面上将胜利与失败分别嵌入了阿伽门农和奥德修斯的命运中。古罗马奥古斯丁时代的桂冠诗人维吉尔在《埃涅阿斯记》中却在情节设置的表层将失败与成功糅合成共时的一对张力。史诗中希腊联军的胜利与特洛伊的失败、埃涅阿斯对亚平宁半岛的成功征服与意大利土著人的失败在双层面上辩证地将成功与失败之间的逆转建构在史诗的情节设置中。总体上讲，史诗的叙事时间是民族或种族拓荒、创业、殖民的时间，是胜利者的时间。史诗是表现帝国历史最恰当的叙事类型。这一叙事类型深层的情节结构正是积极与消极之间的辩证逆转。这一辩证逆转使我们洞察到看似无序的历史浪潮之下深层的历史力量之源。

罗曼司是史诗之后兴起的叙事类型，是史诗的余温和补充。它表现的是单一共时的非叙事时间，是单纯失败的体验。历史的钟摆和历史之箭的靶心在罗曼司的共时时空中黯然退场。因此罗曼司以叙事的方式终结了历史，从而也终结了叙事。换言之，无论是叙事情节设置意义上的逆转和历史时间体验意义上的成功与失败之间的辩证张力在罗曼司中并不存在。罗曼司充其量不过是史诗与现代小说之间的过客。

---

① Fredric Jameson, *Valences of the Dialectic*, pp.551–552.

现代小说以颠倒的方式彻底颠覆了史诗和罗曼司的情节设置和历史表征。它肆无忌惮地将史诗、罗曼司与传说，将王侯、凡夫俗子与无赖、小偷和道德的叛逆纳入叙事之中。叙事时间的流转之中，尽是现实社会中的对立、反抗和失败者的谵言妄语。如19世纪的通奸题材小说竭力张扬消极、反常的性行为对体面光鲜的资产阶级的否定和颠覆。

对于逆转再现的历史辩证张力，詹姆逊如是说："在将逆转转变成辩证法（或揭示其辩证内涵）的过程中，我们或许探测到存在及其时间性中包蕴的历史时间开始显现，因为历史对个体的生命感悟和情感有修正之效。胜利显得空洞，失败却栩栩如生。"[①]

承认隐含的是空间辩证张力，即通过叙事情节设置来揭示自我对他者的承认。因此承认蕴含的历史辩证张力将正统和官方叙事压制下的他者重新放置到叙事的中心，使之成为历史的主体。马克思的《路易·波拿巴的雾月十八日》中似乎被法国大革命的时代精神所遗忘的法国小农，拉纳吉特·古哈（Ranajit Guha）笔下的印度殖民时期的农民，斯皮瓦克（G.C.Spivak）执著代言的性别属下阶层，朱莉娅·克里斯蒂娃（Julia Kristeva）在《恐怖的权力》中刻画的卑贱人，朱迪丝·巴特勒（Judith Butler）为之呼吁的性别另类，被第一世界洗劫一空的非洲、南亚、拉美等第三世界国家，都是需要且渴望发出自己历史强音的他者。承认意味着一种崭新的历史视野和历史叙事的出现。他以从下往上、从边缘向中心、从本土向全球或从外向里的视角来彻底质疑并颠覆一切旧的历史话语。承认就是对历史书写暴力造成的社会死亡现象的承认。

悲情与逆转和承认不是同一类叙事范畴。逆转和承认是情节设置的支点，同时也只是情节设置的构成性内容。而悲情呈现的是一种悲壮的视觉景观，是混合了梦魇与救赎的新的历史形象。因此逆转和承认是悲情的前奏和准备，为悲情的崇高形象做好了铺垫。在悲情的历史形象中，所有对立的历史力量都达到统一，都在历史动能的爆发中终结旧的历史，催发新的历史；在历史力量的转化中认识到历史灾难性的后果和乌托邦的召唤。

---

① Fredric Jameson, *Valences of the Dialectic*, p.561.

（四）摹仿诗学的新境界

詹姆逊的《辩证的力量》，洋洋洒洒，六百多页；纵横捭阖，从亚里士多德、黑格尔一直到福柯和德鲁兹。但是以对辩证法的新见解、对人文社会科学研究学理的新感悟、对历史文化诗学的新铺陈而论，该著论述历史的力量及对古典摹仿诗学的历史批判这一部分最为独到精辟。一方面，他以文学补救哲学，以诗学探究史学。另一方面，他用哲学明晰的思辨照映文学幽深处的神奇，以史学来扩大摹仿诗学的境界，阐发摹仿诗学更厚重的历史思想。以诗入哲，以诗佐史，以史解诗，这实在是问学的极高明境界，而不是时髦的跨学科研究这种多少还残留着工具理性的做法所能企及的。

提起辩证法，我们首先想到黑格尔和马克思，或先入为主地将之与抽象严肃的纯哲学思辨画等号。詹姆逊沿着奥尔巴赫开辟的历史形象诗学道路，对纯哲学的辩证法实施了三重剥离。一是借时间的再现来切入文学、哲学和史学，将辩证法意义上的时间重新定格到时间的再现问题上，由此文学、哲学和史学中关于时间及历史的探讨回到最本源的再现/摹仿诗学。二是用差异视角来凸显时间、历史的轮廓，尽管其思辨中辩证法和总体性似乎仍是整部著作的意旨。换言之，差异或异质性与历史阐释之间没有不可逾越的鸿沟。它恰恰是让时间和历史裸露出来，是我们认知历史动力的有效视角。异质性并不排斥辩证法，或者说辩证法更丰富的内容在于差异力量之间的辩证互动，而不在于僵化停滞的总体化结局。三是为古典摹仿诗学注入崭新的内容，将文艺摹仿诗学改造为新的历史形象诗学。

詹姆逊对文艺摹仿诗学的历史批判是延续新历史主义诗学命脉的举动。他的理论阐释不仅与海登·怀特在《元历史》中的理论观点异曲同工，而且在根本上丰富拓展了怀特的情节设置（emplotment）这一重要的理论概念。这种历史批判同时也不可挽回地将古典诗学和传统文学批评与史学和历史研究嫁接在一起。文艺摹仿理论的核心概念被重新阐释为捕捉历史力量和逻辑的认知图示。

第二章

爱德华·萨义德与殖民/后殖民再现政治：跨文化形象

第一节 苏伊士以西：萨义德的跨文化之旅

苏伊士是欧洲与东方的地理分界点。踏上苏伊士以东的土地，欧洲人也就成了身在东方的异乡人。英国作家拉迪亚德·吉卜林（Rudyard Kipling）（1865—1936）在诗歌《曼德勒》中写道：

……

用船把我送到苏伊士以东的某个地方，
那里最好的就像最坏的，
那里没有十诫，人却能激起渴望；
……

比吉卜林更年轻的英国作家萨默塞特·毛姆（Somerset Maugham）在名为《苏伊士以东》的剧作中就刻画了一群身处东西方文化夹缝中的男男女女复杂的心态和形象。但是对曾在东方飘零过的欧洲人那种对欧洲文明醉心的归属感之描述，莫过于英国作家E.M.福斯特（E. M. Forster）在《印度之行》中借西里尔·菲尔丁之感受来表达得那么充满诗意，那么感人。

地中海具有人性的规范。当人们离开那片精致的湖区，不管是通过博斯普鲁斯海峡还是穿越赫拉克勒斯之柱，他们将抵达令人毛骨悚然的、离奇的地方。南部出口将人们带向最奇特的经历。如果再次掉转身来，乘火车北上，沿途所见是令人目不暇接的六月天里盛开的毛茛花和雏菊。那些他以为从此消亡的温柔、浪漫的想往随之绽放开来。

数个世纪以来，随着东印度公司驶向东方的商船的点点帆影，在印度洋畔的婆娑椰林之下，在缅甸的丛林里，在长江岸上纤夫的号子声里，英国人，法国人，德国人，意大利人，传教士，军人，商人，作家诗人甚至其他形形色色的欧洲冒险家怀着光荣的梦想，手捧《圣经》，用基督教和殖民掠夺征服了东方，用资本主义战胜了亚细亚生产方式，用理性和科学创作了现代殖民主义版本的白色神话。苏伊士以东的地方不再陌生和遥远。"白种人的负担"不再是那样艰巨，难以承担。

但是苏伊士以西，对东方人尤其是进入苏伊士以西世界的东方人而言，意味着什么？西方的地理、语言、文化、思想在他们身上打下了什么样的烙印？产生了何种脱胎换骨的奇效？抑或促成了他们何种的精神涅槃和思想启蒙？

带着这些问题，我们从跨越东西方文化和地理边界的文化旅行角度来逆向思考与吉卜林、毛姆乃至福斯特之流完全不同的文化体验。来思考逆向航行并进入西方思想文化精英阵营的东方思想主体，又是怎样持续推动20世纪最后20年的摹仿诗学革命？

这样的问题和这样的思维角度使我们不得不首先关注爱德华·瓦迪·萨义德（Edward Wadie Said，1935—2003），进而关注他代表的那群在西方思想舞台上翻云覆雨的文化客。这样我们可以论证奥尔巴赫的新摹仿诗学与当代批评理论的紧密关系，进一步勘测出摹仿诗学革命新的风向及其征服的新的知识和精神世界。

萨义德是当代杰出的巴勒斯坦裔美国人文学者，西方后殖民研究范式的奠基人之一。他的生命之旅横跨阿拉伯世界与西方世界。他的批判关怀连接着大学与社会、东方与西方，融合了西方人文主义传统和当代民主精神。他的学术研究涉及英语文学、比较文学、文化研究、艺术、哲学、政治学、地理学、人类学等领域。

萨义德 1935 年出生在巴勒斯坦。1947 年随父母移居开罗，接受英式教育。1951 年入美国新英格兰地区的寄宿中学赫门山中学。1957 年获普林斯顿大学文学学士学位。1964 年以题为“约瑟夫·康拉德与自传小说”的博士论文获哈佛大学英语文学博士学位。1970 年返回黎巴嫩的贝鲁特，加入巴勒斯坦民族解放组织。1977 年入选巴勒斯坦国民议会，成为战斗在西方阵营的巴勒斯坦思想战士，1997 年因不同政见而退出巴勒斯坦国民议会。

萨义德 1963 年开始了在哥伦比亚大学英语与比较文学系的终生教学与研究工作。1977 年晋升英语与比较文学教授和人文学科的“老自治领基金”教授。1992 年成为哥大教授金字塔尖的校级教授。萨义德担任过现代语言学会主席，是美国人文与科学院院士，也是皇家文学学会、外事委员会、美国哲学学会等组织的会员。

从 1966 年博士学位论文出版到他辞世后 2006 年出版的《论晚期风格》，萨义德写下了多部传世之作。文学批评著作包括《约瑟夫·康拉德与自传小说》(1966)、《开端：意图与方法》(1974)、《世界、文本与批评家》(1983)、《民族主义、殖民主义与文学：叶芝与去殖民化》(1988)、《文化与帝国主义》(1993)、《知识分子的再现》(1994)、《人文主义与民主批评》(2004)、《论晚期风格》。《论晚期风格》也涉及萨义德著述的另一个主题，即他在《音乐建构》《平行与自相矛盾：对音乐与社会的探索》中探讨的音乐艺术及其僭越精神。他批判中东政治暴力、美国外交政策和全球媒体霸权的著作包括《巴勒斯坦问题》(1979)、《报道伊斯兰》(1981)、《剥夺政治》(1994)、《和平进程的终结》(2000)。此外他著有自传《错位：一部回忆录》(1999)。

萨义德的划时代巨著《东方学》(1978)奠定了后殖民研究范式，开创了一个崭新的知识领域，提炼出一种极具文化穿透力和颠覆爆炸力的研究方法，推动了一场西方乃至全球范围内人文社会科学的哥白尼式革命。《东方学》主要探讨四类现代性问题：西方现代权力 / 知识话语对东方的建构隐含的权力与知识的共谋；作为西方权力 / 知识对东方之建构过程的东方学话语的谱系；东方学话语建构涉及的权力向知识的转换过程——文本化或再现；去殖民话语对东方学征兆的殖民话语的解构和颠覆。

作为典型的失去故土、流浪迁徙的族裔散居知识分子，萨义德的心灵世界始终承受着文化身份离散分裂带来的苦弱、无根、漂泊之痛，始终处于对生命和世界的守望挚爱与超越性的批评关怀这两极之间。巴勒斯坦诗人马哈穆德·达维西（Mahmoud Darwish）的诗句“最后的边疆之后我们应走向何方，最后的天空之后鸟儿应飞到哪里?”是萨义德文化苦痛体验的真实写照。12 世纪法国巴黎圣·维克多修道院的雨果修士放言：“发现家园之甜蜜的人仍是幼嫩的雏儿；视每块土地为故乡的人已变得坚强；但把整个世界都看成异邦的人才完美无缺。”这无疑是萨义德追求超越性的批评精神最好的注解。

第二节　彩色的地图：萨义德的思想渊源

萨义德深受 20 世纪 60 年代以来北美乃至西方思想学术环境影响，是全球文化政治新秩序尤其是东西方文明新格局的受创者。他不仅是当代西方后殖民理论的奠基人，而且是西方人文主义传统的布道者。其思想具有渊源庞杂、变革吁求激烈、学术定位新异等特征。新旧人文主义、人文主义与反人文主义、历史意识与空间感知、古典学术与先锋反叛精神之间的对立或对话交融，是他思想深层的律动。纵览萨义德近四十年的思想探索之路，我们发现西方语文学传统、马克思主义和后结构主义是他反复汲取的思想源泉；他隐而不显的世界性思想则是一个逐步衍生、不断拓展的体系。

（一）萨义德的理论资源

萨义德与西方语文学传统

萨义德同时承受了意大利现代历史学家 G.B. 维柯（G. B. Vico）和 20 世纪德籍犹太学者埃里希·奥尔巴赫的语文学人文主义滋养。从维柯、施莱尔马赫、尼采（Friedrich Wilhelm Nietzsche）、狄尔泰到奥尔巴赫，语文学人文主义相继影响了历史学、圣经诠释、哲学和罗曼司文学批评。这构成了萨义德最深沉的思想血脉。

维柯受意大利文艺复兴人文主义余风之惠。在笛卡尔提倡的证伪研究方法被欧洲一代学者奉为治学金科玉律的时候，他穷数十年之力完成历史研究巨著《新科学》。他将人类文明史阐释为以人为中心，以神圣时代、英雄时代和人的时代三期交替循环发展为脉络，以对应于三期的隐喻、换喻和转喻为语言修辞风格的大化流行进程。创造历史并融入历史之流的人畅饮语言甘露，用语言塑造人性自我，发觉智性之光。从神圣时代的初民赤子到人的时代之芸芸众生，从原始思维的直觉感悟到现代思想的抽象反思，每个时代的知识体系都是诗性的。“不同分支间的肌腱将这些分离的枝蔓捆绑在一起，尽管它们表面上散离分落。因此*诗性的*这个概念指与逻辑的、按顺序的延续对立的邻近关系……”[①] 在以形象知识为主的神圣时代，诗性知识充满了幼稚的同时又是创造的、人性的、恢弘的意象。在以反思知识为主的人的时代，这种对人的诗性认识就是维柯提倡的新科学——语文学。维柯《新科学》的矛头直指滥觞于笛卡尔理性主义的哲学贫乏和抽象概念思维之苍白，代之以洋溢着情感、创造性和想象力的人文主义知识，将人的历史之路重新引入语言的怀抱。维柯在《维柯自传》结尾处写道：“因此维柯证明，美德、知识和雄辩一定会愈合我们堕落的痛苦，只有借助这三者人才能分担同类的苦弱……他表明，既然语言是构建人类社会的最强有力手段，那么应该从语言着手开始研究……”[②]

奥尔巴赫的《论摹仿》与维柯思想一脉相承。威廉·卡林明确指出奥尔巴赫语文学批评的历史意识：“受维柯和德国历史主义奠基人影响，奥尔巴赫不遗余力地推崇所谓的历史透视法。历史透视法承认每个历史时期和文明都具备自为的审美创造力。普遍的人性蕴藏在每个时期最精美的作

① Edward Said, *Beginning: Intention and Method*, p.351.

② G. B. Vico, *The Autobiography of Giambattista Vico*, p.144.

品中，显现为独特的形式或风格。"[①]这在《论摹仿》中体现为奥尔巴赫的语文学人文主义实践——语文学循环阐释。首先细读文本的局部或片断，对语法、句法和用词进行文体分析；接着深入与文本辩证关联的历史语境，关注文化和社会问题；然后观照文学大众及其对文本的反应。将文本片断、独特的语言风格、社会历史以及社会历史中真实的人及其精神和情感纳入阐释视野。其目的是激活语言内在的生命，捕捉独特历史时期内在的精神。

历史透视法加循环阐释，使奥尔巴赫成功建构从古希腊诗人荷马到现代主义才女弗吉尼亚·伍尔芙的三千年西方文学史宏大叙事。源于柏拉图和亚里士多德的古典摹仿论建构起与人物和主题对应的文艺风格等级秩序——史诗、悲剧、喜剧。《新约》中的基督形象、但丁的《神曲》、法国19世纪司汤达、巴尔扎克和福楼拜开创的现实主义一再颠覆古典文艺风格的秩序，同时将神性与人性、永恒与瞬时、高贵与卑微、天堂与俗世、英雄与凡夫俗子纳入文学虚构的现实场景，形成西方文学史的三次大裂变，产生与不同时期的历史对应的文学类型和风格。这意味着古典摹仿诗学的风格论不能圆满解释西方文学史内在的普遍规则。因此他提出历史的形象阐释方法。在两个不同历史事件或人物之间，前者指称后者，后者回应并完善前者。两者都在奔涌的历史生命之流中存在；同时两者的相互依存又超越时间之流，显露出同质的、雄睥理性和时间的神圣精神取向。

在萨义德的人文主义思想中，维柯和奥尔巴赫构成了看似矛盾甚至对立的两极——人的自我认识与人的自我批判。在《人文主义与民主批评》中，萨义德试图通过向语文学的回归来调和这对应的两极。他认为："真正的语文学解读是积极的。它促使我们沉入语词相互激荡形成的语言过程……语词并不是被动的标记或能指，谦卑地侍候高高在上的现实。相反它们是现实本身内在的构成部分。"[②]因此，语文学通过对历史中存在的人

① William Calin, *The Twentieth-Century Humanist Critics: From Spitzer to Frye* (Toronto: University of Toronto Press, 2007), p.45.

② Edward Said, *Humanism and Democratic Criticism* (New York: Columbia UP, 2004), p.59.

使用的语言（尤其是最丰富复杂的文学语言）之解读，能最有效地验证人文主义的核心价值，为人文主义实践提供坚实的基础。

阅读行为促使我们细读文学文本，建构文本与复杂多样的历史网络的关系，从个别的人物和事件推及普世的价值和精神，实现人的自我认识意义上的解放和启蒙。同时阅读行为必然过渡到对当下社会现实状况的反思和批判。因此阅读将文本与历史、显在的民族文化空间与他者、被讲述的历史与沉默的历史相互参照，是自我批判意义上的抵抗行为。它开启我们新的人文主义视域，使我们获得在直观的事实与被掩盖的真相之间鉴别真伪的能力。“人文主义关系到阅读，它涉及视角。在我们人文主义者的工作中，它意味着从人类经验的一个领域、一个范围过渡到另一个领域或范围。它也牵扯到那些旗帜或短暂的民族战争强加的身份之外的身份实践。”①

萨义德与西方马克思主义

史蒂芬·豪（Stephen Howe）在《爱德华·萨义德与马克思主义：影响的焦虑》一文中历数马克思主义对萨义德的三重影响：卡尔·马克思的《路易·波拿巴的雾月十八日》对萨义德再现观的影响；西方马克思主义代表人物卢卡奇、葛兰西、阿多诺和雷蒙·威廉斯在萨义德思想中的交汇；第三世界激进知识分子（乔治·拉明、古吉·塞昂哥、萨尔曼·拉什迪等）和反殖民职业革命者（C.L.R.詹姆斯、艾梅·塞泽尔和弗朗茨·范农）对萨义德的后殖民文化抵抗和解放理论的启迪。②但是从萨义德思想中浓厚的空间和地理认知而言，他特别受惠于葛兰西和威廉斯。他从他们的原创思想中重新阐发出他们对于空间和地理的理论思考。

通过比较葛兰西（Antonio Gramsci）与卢卡奇（Georg Lukács），萨义德揭示了葛兰西思想中被忽视的一面。“卢卡奇属于马克思主义的黑格尔传统，葛兰西属于马克思主义与维柯思想和克罗齐思想混合的产物。贯穿卢卡奇的主要著作《历史与阶级意识》的中心问题是时间性。哪怕粗

① Edward Said, *Humanism and Democratic Criticism*, p.80.

② Stephen How, “Edward Said and Marxism: Anxieties of Influence,” *Cultural Critique*, 67 (Fall, 2007), pp.50–87.

略地审视其概念术语也会立即发现葛兰西用地理模式来捕捉社会历史和真相。"[①] 在《历史、文学与地理》一文中，萨义德更明确指出，卢卡奇依附的黑格尔传统与葛兰西新的批评意识和方法之间有本质区别。[②] 卢卡奇将黑格尔式的时间批判推到极致，同时也走进了一条死胡同，即将历史绝对地裁定为化解资本主义异化和人性分裂的唯一救赎之路。相反葛兰西的《南方问题》（1926）和《狱中札记》中论述文化霸权的部分，渗透了对历史和社会的空间地理认识方法论。《南方问题》是"《狱中札记》的序曲……极其关注社会生活的领土、空间、地理基础"[③]。贫穷、落后、农民聚集的意大利南方与富裕、发达、工业化的北方之对立，形象地展示了意大利政治、经济、文化和宗教复杂的空间地理分布。从传统向现代、从封建体制向资本主义制度的历史进程被描绘成空间地理维度中依赖、交错、纠缠的复杂态势。

萨义德从葛兰西的霸权理论中解读出同样崭新的内容和主题。他在《东方学》中借用葛兰西的霸权概念来揭示东方学话语与西方政治经济体制和文化生活分别结成的交织关系和文化领导关系。这是我们普遍理解的葛兰西霸权概念，即公民社会中文化主导与文化认可的构成性关系。在《历史、文学与地理》中萨义德认为所有的观念、文本、书写都扎根于真实的地理环境，葛氏的霸权事实上是"对人栖居和劳作的，本质上异质的、不连续的、不易辨认的、不平等的地理的控制"[④]。因此，帝国对空间地理的管理和控制是北方对南方、宗主国中心对殖民地边缘、白人对黑人的霸权统治。这相应地需要我们将西方的文化形式从唯美的圣台上搬下来，将之重置于被帝国文化霸权分割的全球地理空间中。

无论是民族国家内霸权的空间地理表征还是帝国版图内中心对边缘的控制，最终涉及从崭新的空间地理视角对西方文化档案的重新解读和清

① Edward Said, *Culture and Imperialism* (New York: Vintage Books, 1993), p.49.

② Edward Said, "History, Literature, and Geography," in *Reflections on Exile* (Cambridge: Harvard UP, 2002), pp.453–473.

③ Edward Said, *Culture and Imperialism*, p.49.

④ Edward Said, "History, Literature, and Geography," in *Reflections on Exile* , p.467.

算。这需要我们认清西方的东方学知识话语，小说、诗歌等文化形式，比较文学、人类学、英文研究等学科领域都与帝国难分难解。这在文学和文化文本中沉淀为地理意义上的“态度和参照结构”。

“态度和参照结构”源于雷蒙·威廉斯（Raymond Williams）在《马克思主义与文学》中提出的“情感结构”概念。萨义德将该概念从威廉斯强调的思想与鲜活的情感生活之间的融合关系延伸到其地形学意义上的“文学、历史或种族志构成的文化语言中呈现的位置和地理参照结构”[①]。对英国或欧洲中心与异域边缘的地理空间的感知，凝固在英国或欧洲文化主体建构的文化语言中，经过了再现过程的话语修辞处理和意识形态加工，在历史中传播重复。

萨义德给威廉斯极高评价。他在1989年纪念威廉斯的讲座中深情地说：“20世纪的所有杰出批评家中，我认为雷蒙·威廉斯最温良、最质朴地扎根于人类生活深沉、持久的律动。”[②]萨义德从威廉斯的《乡村与城市》中发掘出空间地理转变的理论依据。《乡村与城市》以乡村与城市空间的互动为主旋律，勾勒从中古时期到20世纪的英国文学史以及英国文化深层的情感结构变化和土地情结。现当代英美批评家中，唯有威廉斯与葛兰西一脉相承，将空间地理感知融入批评，从批评入手揭示语言和文化实践中鲜活本真的地理环境。他用批评的眼光凝望着土地：“占有土地，言说土地，在土地上并以其名义来建造或殖民，剥夺土地，毁灭土地，伤残扭曲许多生命，所有这些争斗都源于土地。”[③]威廉斯实践的空间地理批评使英格兰的土地和生活在土地上的人获得了身体的、政治的、历史的、社会的和意识形态的质感。

在《文化与帝国主义》中，萨义德将威廉斯思想中残留的盎格鲁中心主义情结摒弃后，重新用帝国和全球地理空间对位阅读的方法来解读从简·奥斯丁到约瑟夫·康拉德的英国小说，来厘清帝国的空间地理轮廓，

---

① Edward Said, *Culture and Imperialism* , p.52.

② Edward Said, “Narrative, Geography and Interpretation,” *New Left Review*, 180 (1990), p.82.

③ Ibid.

揭示帝国中心与殖民地边缘交互影响的动态关系。

萨义德与后结构主义

当代美国学术语境中，源于法国的后结构主义对后殖民理论产生深刻影响。其典型个案包括德里达（Jacques Derrida）的解构理论和福柯（Michel Foucault）的权力 / 知识话语理论之影响。如果说德里达的解构理论通过 G.C. 斯皮瓦克与后殖民理论结缘，那么福柯的权力 / 知识话语理论则通过萨义德的批判和接受，成为后殖民理论的方法论基础。萨义德对福柯思想的批判和接受并不限于《东方学》。在《开端：意图与方法》，收入《世界、文本与批评家》的《文化与制度之间的批评》和《旅行理论》《福柯与权力的想象》《文化与帝国主义》以及《解构制度》等专著和论文中，萨义德持续地批判反思福柯。

萨义德批判福柯，有两个思想参照点。一是源于维柯、奥尔巴赫的语文学人文主义；二是受葛兰西、威廉斯之惠的全球空间地理分析模式。阿贾兹·艾哈默德敏锐指出萨义德的《东方学》中奥尔巴赫式人文主义与福柯式反人文主义的矛盾并置。“在任何情况下将奥尔巴赫与福柯调和的努力暗示了方法论、概念乃至政治等诸多方面同时交织的难题。”[①] 细细考察福柯在萨义德思想中留下的时间痕迹，我们发现萨义德对福柯的批判反思大致经历了三个阶段：《开端》中对福柯的方法论阐释；《东方学》中对福柯的方法论借鉴；《世界、文本与批评家》中对福柯的方法论批判。

萨义德在《开端》的第五章对福柯的知识考古学理论进行了系统的方法论阐释。现代知识秩序中，语言构成了人类所有活动的限制性视域和能动性环境，它无止境地试图征服所有那些未被彻底把握或再现的领域。因此现代知识的困厄状况实为再现危机。事物之间由连续性和内在性制约的线性关系让位于邻近性、增补性和关联性主宰的异位关系。知识脱离了与对象间的摹仿再现关系，话语超然凌驾于物质现实之上。“话语不再现观念，也不体现形象。它仅仅是重复，以不同模式、在其他话语中重复。今

---

① Aijaz Ahmad, *In Theory: Classes, Nations, Literatures* (London: Verso, 1992), p.168.

天话语的多样繁杂是再现秩序没落的结果。"[①]福柯实践的考古学研究方法恰好是与现代知识的状况对应的两大方法（语文学和考古学）之一。萨义德指出，尼采的语文学方法与福柯的考古学方法之间有相互通约之处。两者都源于历史学科，都试图通过历史研究来探索哲学疑难。福柯的考古学方法提供了超越于单个学科的独异视角。它从研究对象的底层入手，破解知识档案的密码，揭示知识秩序的核心构成性形态。像尼采那样，他绕过哲学的艰涩和孤单，将想象孕育的激情和其他学科知识的灵气引入哲学天地，提供了一种崭新的基于考古学的思想的诗学。

> 福柯用诗、科学史、叙事虚构、语言和精神分析来滋养其思想。所有这些构成了情景氛围，照亮给定的概念。……福柯对文献和历史证据的实质性重现和新解是如此卓越且富有想象，*开创了*一个崭新的精神领域——非史非哲，而是"考古学"和"话语"——和新的思想习惯及征服真理的知识规则……[②]

萨义德在《东方学》中借鉴福柯的权力/知识话语理论，这已是学界共识。他在该著开篇指出：

> 我发现福柯在《知识考古学》和《规训与惩罚》中描述的话语概念有益于验证东方学。我的观点是，只有考察作为话语的东方学，才能理解这一巨大、系统的学科。欧洲文化在后启蒙时期借此驾驭甚至生产政治、社会、军事、意识形态、科学和想象的西方。[③]

但是，福柯的话语理论否定个体的能动性，萨义德却相信个体作家对构成东方学的文本集合体有决定性影响。每个文本与其他文本、读者、体制乃至东方形成连接谱系关系，形成东方学领域的经典传统。另外，福柯

① Edward Said, *Beginning: Intention and Method* , p.302.

② Ibid., pp.290–291.

③ Edward Said, *Orientalism* (New York: Vintage, 1979), p.3.

的话语理论本质上是反人文主义的，否定个体独立、自足、自由的主体性。萨义德则秉承人文主义精神和政治关怀来建构欧洲的东方学谱系，揭示文学、文化与政治、社会和历史的关系及其隐匿的再现政治。因此，仅就《东方学》而论，萨义德在方法论和价值取向上并非完全追随福柯。他似乎将自己放置在两种矛盾对立的思想之间，即奥尔巴赫的语文学人文主义与福柯反人文主义的话语理论之间。

从《东方学》之后尤其是《世界、文本与批评家》中萨义德对福柯的批判来思考，我们可以验证他对福柯批判的思想立场和态度。他主要批判福柯权力/话语理论的三个方面。（1）福柯将个体完全置于规训权力之中，忽视了个体主体的意图，否定了“仍制约着现代社会中对立力量之间的”[①]核心辩证关系，即卢卡奇在《历史与阶级意识》中强调的批判意识对权力的辩证历史否定和超越。（2）福柯的话语观局限于欧洲本位思考，忽视了欧洲以外的整个世界，回避了话语对其他世界的管理、研究、重构以及随之而来的占领、统治和剥削这一事实。（3）福柯试图用他擅长的微观权力分析方法来分析整个社会，“方法论突破变成了理论陷阱”[②]，其过度的理论总体化趋向使“历史最终成了文本或被文本化”[③]，新兴的运动、革命、反霸权或历史集团被排斥在历史之外。

综上所述，他对福柯的方法论借鉴是有条件的，这服务于他思想取向上的语文学人文主义和世界性关怀。这是他在《文化与制度之间的批评》和《旅行理论》这两篇文章中对福柯的方法论批判之目的。在《文化与制度之间的批评》中，萨义德指出：

> 批评不能假定其领地仅仅是文本，更不能仅仅是伟大的文学文本。它必须看清自己与其他话语一起栖身于一个充满冲突的文化空间。在此空间中，曾制约着知识的延续和传播的是能指——在人的主

---

① Edward Said, “Criticism between Culture and Institution,” *The World, the Text and the Critic* (Cambridge: Harvard UP, 1983), p.221.

② Ibid., p.244.

③ Ibid., p.246.

体中留下恒久印迹的事件。①

在《旅行理论》中，他以卢卡奇的反异化主体理论为开端，考察不同历史、空间、学科、学术机构共同构成的不同思想生态环境中该理论的演变谱系，借以论证他提出的旅行理论。他对卢卡奇的主体理论有以下解读：

> 不管如何，他确信，如果不能将被动、沉思的意识改造成主动、批判的意识，那么未来是不可企及的。在开辟异化困境之外的人的能动的世界过程中，批判意识……真正明白了其“不懈的推翻束缚人的生命的客观形式”。②

无论是他倡导的文化与制度之间的批评还是高度肯定的卢卡奇式的批判意识，萨义德否定了福柯的后结构主义虚无观，赋予文学和文化研究鲜明的政治意图，呼吁思想从制度性的镣铐、从异化的困境中实现自我解放，进而将人类引向自由超越，将历史引向变革后的未来。

（二）萨义德的思想体系

《东方学》问世后，西方学界弹冠相庆，将之奉为后殖民研究的圣经。十五年后印度裔学者阿贾兹·艾哈默德（Aijaz Ahmad）断言，萨义德更显著的贡献是有关巴勒斯坦问题的政治著述而非《东方学》。21世纪初，A.A.侯赛因（A. A. Hussein）进一步指出，萨义德的思想交织着人文主义的世界性关怀与人文精神的沦落引发的幻灭感之间持久、戏剧性的对立。萨义德对分析哲学、结构主义等的理论化趋势之否定，对批评的世界性的反复强调，是“对实践和理论理性的持久批判，因为实践和理论理性令人目眩的成功和灾难性的失败都深深地嵌入了所谓的现代性的结构和

① Edward Said, “Criticism Between Culture and Institution,” *The World, the Text and the Critic*, p.225.

② Ibid., p.232.

肌理"[1]。

总体上讲，萨义德的世界性思想呈累积式发展变化的特征。其萌芽、提出、发展和成熟历时近四十载，逐渐形成一个连续、稳健、严密的体系。从他的博士学位论文《约瑟夫·康拉德与自传小说》到他去世后出版的《论晚期风格》，他在不同层面、从不同视角持续地揭示文本、批评家与世界的关系。

20世纪60年代以来，解构主义文本论割裂文学与社会现实的联系，误读论独占鳌头，历史虚无观招摇过市。萨义德认为应重新认识文本、批评家与世界的连接（affiliation）关系。"文本是世界的……是社会世界、人类生活，是它们所处的并从中获得意义的历史时刻的一部分。"[2]批评家受历史文化境遇影响，既是真实世界的一部分，又与世界保持距离。他们必须抵制两种扼杀批判意识的权力，即批评家生存于其中的文化和体制。因此批评总是情景性的，但又充满了对俗世的怀疑和反思。

萨义德思考的第二类世界性问题是音乐的越界现象。他在《音乐建构》中探讨的这一主题前承《世界、文本与批评家》，后接《平行与矛盾》和《论晚期风格》等音乐艺术论著，同时这又与《文化与帝国主义》中的对位阅读论有着内在联系。现代性以降，西方音乐逐渐挣脱古典音乐的神意镣铐，与日常生活连接，变得日趋世俗化。从古典主义、浪漫主义到现代主义，音乐艺术逐渐成为资产阶级媚俗文化的表征。现代资产阶级音乐表演刻意雕琢的优雅、专业、经典风格实际上掩盖了极端的音乐厅异化体验，"与日常生活异化，与以个体愉悦和满足为目的的演奏活动分离"[3]。萨义德精心刻画了将生活体验与艺术表现融合，借此抵制现代资产阶级音乐厅异化空间的知识分子原型——加拿大音乐演奏家格伦·古尔德（Glenn Gould）。古尔德将纯粹的音乐表演和资产阶级表演美学改造成批判政治，不断与古典音乐的代表人物巴赫对话，从巴赫的音乐中捕捉理性的音符，

---

① Edward Said, "Criticism Between Culture and Institution," *The World, the Text and the Critic*, p.303.

② Ibid., p.4.

③ Edward Said, *On Late Style* (New York: Pantheon Books, 2006), pp.118–119.

寻求抵制后现代消费文化媚俗化潮流的思想启迪。

萨义德思考的第三类世界性问题是英国小说与帝国殖民的联系。如前所述，他在《文化与帝国主义》中提出空间地理视角中的态度和参照结构论。从 18 世纪到 20 世纪，英国小说中有关帝国地理的暗示、隐喻和意象俯拾即是。作为现代资产阶级独有的文化形式，小说与帝国殖民难分难解。“小说非常重要地灌输了这些感觉、态度和参照点，成了巩固全球视野和文化观的主要因素。”[①] 从笛福的《鲁滨孙漂流记》到康拉德的《黑暗之心》，一幅以英格兰为中心、殖民地为边缘的图画逐渐显露其轮廓；一套以人种学、殖民管理、历史书写、群体心理学、东方学等为主的殖民话语逐渐沉淀下来。

早期的英国小说很少直接涉及帝国，后期小说中帝国凸显出鲜明轮廓。小说参与并构成漫长时间里不断巩固的微型政治。它澄清、强化甚至促进有关宗主国与世界关系的认知态度。因此，小说再现的时空是宗主国与殖民地本土结成的异质共存的混合时空——“重叠的疆土，缠结的历史”。

小说文本的上述特征决定了我们在阅读英国小说时必须进行对位阅读（contrapuntal reading）。这样阅读主体能同时意识到宗主国历史叙事与被压制的殖民地本土历史叙事，同时发现帝国主义对殖民地的压制与被殖民者对帝国主义的抵制这两个过程。对位阅读的目的是：通过建构西方文化帝国主义和殖民主义话语和受压制的本土反话语，揭露西方与殖民地本土的不平等关系，昭示本土民族文化自觉意识的形成和反殖民主义、反帝国主义意识的觉醒。英国小说无疑是帝国主义文化实践最独特的形式，运用有效的再现策略，灌输隐匿的意识形态，从而与帝国主义结成共谋关系。

知识分子的立场是什么？人类的启蒙和解放是否遥遥无期？这是萨义德晚年思考的沉重思想命题。他在《人文主义与民主批评》中回到他在《开端》中提出的、在《东方学》中暗藏的论题，即语文学人文主义和人

---

① Edward Said, *Culture and Imperialism*, p.74.

文学科的精神取向。

人文主义的出路在世界性的、有机的语文学阐释之中。与一百年前兴起的现代人文研究方法相比，语文学阐释的思想基础更久远、更广泛。作为人文实践的根基，语文学涉及两个关键阅读过程——接受和抵制。接受就是自愿贴近文本，将文本视为个别的对象。抵制就是澄清文本赖以存在却又隐而不现的框架——历史语境、态度结构、情感和修辞等。文学文本细读逐渐将文本定格在产生文本的时代，将其视为更大的关系结构的一部分。

> 精湛的阅读寻求意义，而不仅仅是澄清隐含的结构和文本实践。但这并非说隐含的结构和文本实践不重要。正是在不懈地寻求意义的阅读行为与意义阐述（积极地促进启蒙和解放）的必要条件之间，存在着一个发挥人文主义能量的巨大空间。①

当代全球化、新自由主义价值观、市场经济和所谓的科技进步形成强大的反人文力量。人文主义者是抵制流弊时潮的自觉实践者。通过在语词空间（文本）与语词起源空间（社会空间）之间展开对位阅读（类似于解读英国小说的对位阅读法），从文本到接受或抵制的真实场景，从文本到传播、阅读和解释，从个体空间到公共空间，从沉默到言说，由此循环往复地践行人文批判实践。“所有一切都在世界中发生，都建立在日常生活、历史和希望、对知识和正义的追求也许还有解放的基础之上。”②

萨义德卓越的理论建树、横跨东西方的文化苦旅、向权力言说真理的公共知识分子担当意识，衍生了当代全球人文学术和文化政治场域中典型的萨义德现象。从学术和思想谱系研究角度看，我们应特别关注萨义德现象的三个主题，即萨义德的思想现代性谱系、世界性思想体系以及全球范围内（而不是局限于欧美学界）的《东方学》批判。对萨义德思想现代性

① Edward Said, *Humanism and Democratic Criticism* , pp.69–70.

② Ibid., p.83.

谱系的建构促使我们从外部视角来考察萨义德与思想现代性本源和当代西方批评理论思潮的复杂关系。对萨义德世界性思想体系的梳理有益于我们从内部视角打通他不同时期的思想，发现他思想整体的脉络、律动及其恒定的人文主义精神化取向。对《东方学》在全球范围内的批判之反思，有利于我们从文化地理意义上的东西方对位视角反思全球化语境中东西方人文学术研究和文化思想交流、对话甚至交锋的现状和格局。萨义德推动了一项严肃的事业，即作为西方全球化霸权压制下的本土文化共同体代言人的本土知识分子自觉地颠覆西方霸权话语。萨义德也向我们警示，在西方学术体制内颠覆西方霸权话语，弘扬东方文化精神，是一项未完成的思想工程。因此对萨义德思想的超越与阐释同等重要。

（三）萨义德与美国比较文学

对萨义德与语文学传统、新马克思主义和后结构主义之关系分析，基本上是在思想史层面上的追宗溯源。而对其世界性思想体系的分析则是本着凸显萨义德思想内在的也是深层的同一性这种建构性阐释思路。其目的是揭示他始终不渝的价值和精神导向。但是这两个层面的阐释尽管涵盖了他思想的渊源和核心命题，却没有将之还原到促使其生成和定型的学科生态。更没有从崭新的视角，从文化象征意义上深刻阐述他对摹仿诗学（尤其是奥尔巴赫的新摹仿诗学）的思想改造和文化革命，对人文学科及人文主义的范式变革。这需要我们在研究方法上超越既有的观念史论和内在论，将这些观念形态的争鸣还原到具体的学科生态之中，重置于文化的而非历史的色彩斑斓的地图上，回到观念的画屏背后那如歌如泣的生活现实——困扰着生活在西方文化巨影下的东方人的生活现实。

第一章里我们集中分析了奥尔巴赫和韦勒克征兆的欧陆语文学与美国新批评的联系以及两者各自内在的谱系。但是从学科演变的角度看，新批评和欧陆语文学各自有其新的定位和意义。就欧陆语文学而言，奥尔巴赫、斯皮策乃至柯歇斯以欧洲罗曼司语文学为对象，以欧洲古典世界为研究重点，实际上已跨越了传统的语文学边界，奠定了20世纪西方比较文学的学科基础。新诞生的比较文学撇开理论和概念之争，提倡对经典文本的阅读阐释实践，是典型的实践批评。它对罗曼司语文学的研究暗合欧洲现代民族–国家的历史，具有民族文学批评的功能。同时它又从欧洲整体视角，将各主要的罗曼司语文学梳理打通、比较阐释，具有典型的比较文学视域和功效。毋庸置疑，这种以欧洲文学为对象的研究客观上使他们展开的比较文学研究实践带有根深蒂固的欧洲中心意识。

> 在充满激烈冲突的时期，欧洲的（对立于民族的）思想家都求助于这个有包容力的传统。正是从该传统中产生了这样的观念，即文学的比较研究能提供一个研究文学表演的跨民族甚至人际间视角。因此比较文学这个观念不仅表现了普适性以及那种语文学家获得的关于语言族系的理解，而且象征了一个没有危机的、静穆的、几乎是理想的王国。[①]

当这批学者在第二次世界大战期间摆脱欧洲纳粹极权主义的迫害，在美国大学中安身立命之时，美国大学体制中的比较文学学科也就正式诞生了。美国本土主流的新批评也就迎来了自己的终结者，尽管要等到20世纪50年代末新批评才正式走下神坛。奥尔巴赫、斯皮策、柯歇斯这一批学者顺理成章地成了美国比较文学学科之父。

从20世纪40年代到70年代末，美国比较文学学科有四代学者前后相继。第二代学者的代表人物是韦勒克和哈里·莱文（Harry Levin）[②]。此外还包括罗曼·雅各布森、肯尼思·伯克、R.P.布莱克默、批评家兼小说家阿尔伯特·J.格拉德（Albert J. Guérard）等。与前辈们的默默耕耘相比，这一代学者具有更强烈的学科自觉意识。他们不仅对众多欧洲经典作家作品进行深入细读，而且竭力通过探究文学的本源和本质来建构系统的文学理论，同时将美国文学纳入比较文学的研究视野。与在耶鲁大学同时在学科体制建设和文学理论两条战线上奋进并取得成效的韦勒克相比，莱文的光芒显得黯然了。莱文在第二代学者中突出的地位更多得益于他在哈佛大

---

① Edward Said, *Culture and Imperialism*, p.45.

② 哈里·莱文（1912—1994），哈佛大学比较文学教授，主要研究法国现实主义文学、英国文艺复兴和现代主义文学、美国19世纪文学。

学比较文学学科的领导地位。对于这一代人在美国比较文学学科史上的作用，可借用韦勒克在1965年美国比较文学学术年会上的发言来概括：

> 经过了38年，我可以说，我也热忱地希望，这个国家的文学研究终于从20年代的务实作风、沉闷的恋古癖、浪漫的民族主义和大而化之的地方主义，变得更强烈地意识到我们周围的和我们内部的世界。如果我们不怀疑这个用词，我们可以称之为进步，不仅在数量和范围上而且在质量上——在精炼度、敏锐度和透彻度上。比较文学在这场变革中发挥了至关重要的结晶作用。我们必须从组织角度来认识比较文学的重要性，强调我们各种共同事业——学会、学刊、新闻简报以及像这样的会议——的作用和价值。①

两代学者的努力使比较文学在耶鲁、哈佛、霍普金斯、康奈尔、哥伦比亚等学府中生根发芽。20世纪60年代末美国比较文学研究的第三代学者成长为生力军。他们几乎都经过奥尔巴赫、韦勒克等精心设计的研究生课程的严格训练。这批新人信奉细读法和文学自足论，前辈们巨大的思想和精神光晕令他们目眩。韦勒克的学生托马斯·M.格林（Thomas M. Greene）这样回忆道：

> 在15年的时间中韦勒克指导了耶鲁*所有的*比较文学论文，并且是权威地指导，不管其主题和领域是什么。我认为从教授那里学到的主要不是他或她期望学生学到什么。最重要的教诲是在不经意时传输给学生的。韦勒克的教导加深了我从奥尔巴赫那里获得的印象，即阅读内容的不可穷尽性及其毋庸置疑的固有的趣味。②

---

① René Wellek, "Comparative Literature Today," *Comparative Literature*, Vol. 17, No. 4 (Autumn, 1965), p.336.

② Lionel Gossman and Mihai I. Spariosu eds., *Building a Profession: Autobiographical Perspectives on the Beginning of Comparative Literature in the United States* (Albany: State University of New York Press, 1994), p.41.

但是，前辈学者的卓越理论贡献、学科体制权威的建立、严格的学术训练、欧美文学经典的深厚积淀反而给这一代人带来沉重的思想惰性，形成无法超越的学科边界效应。无论是面对多元文化并存的全球化时代里欧美文学之外的第三世界文学还是其他学科的锐意进取和挑战，无论是从法国新近舶来的后结构主义理论思潮的撞击、后现代俗文化和流行文化对经典美学的颠覆还是面对民权运动、反文化浪潮、反种族歧视和妇女解放等文化政治革命，第三代学者都显得那么局促不安。他们无力适应甚至固执地排斥和抵制，因此多选择固守既定的比较文学领地。

新一轮的比较文学学科开疆拓土，或者说对奥尔巴赫、韦勒克等圈定的欧美比较文学研究方法、研究对象、价值观念乃至知识话语的全面颠覆，是靠萨义德、G.C. 斯皮瓦克等代表的第三世界移民学者来实现的。这样一批学术新锐跨越文化和肤色的边界，乘 20 世纪 70 年代以来理论爆炸的巨浪。他们同时兼具语文学的造诣、文化研究的敏感、理论的激进和新历史编纂学的新视角，由此形成美国比较文学研究的第四代。他们以典型的反俄狄浦斯姿态，终结了欧美中心主义意识形态呵护下的纯文学的比较文学。比较文学的废墟上新生出第三世界文学、族裔文学、文化研究、性别研究、后殖民研究等崭新领域。

萨义德和斯皮瓦克对美国比较文学学科的反思和批判值得我们高度重视。萨义德的《文化与帝国主义》第一章的第五节《连接帝国与世俗解释》实质上是对美国比较文学的颠覆之论。美国模式的比较文学基本上承继了欧洲模式。首先，它以欧洲和美国文学为中心，建立起世界文学的等级秩序，将欧美文学确定为人文精神和文明精粹的绝对载体。其次，它用西方线型历史发展模式来建构文学史，忽视甚至回避了不同文化地理空间中的不同文学及其历史。最后，它割裂比较文学学科史与帝国地理和文化霸权的共谋关系。结果文学这种独特的文化形式成了独立于政治领域之外的自足领域，与欧美帝国主义对立并存的后殖民文学、第三世界文学被排斥在比较文学研究之外。即使是顺应理论爆炸之势的文化解构主义、新马克思主义、新历史主义、后现代主义，它们灌输的政治视域、历史定位和理论批判立场也深深地打上了帝国主义和欧美中心论的烙印。

新的比较文学研究模式，或者说后殖民文学研究，必须认识到：欧美文学涉及全球地理范围内“重叠的领土、交缠的历史”；涉及与西方帝国主义文化霸权共生共谋的、隐匿于西方文学和文学批评实践中的，以西方为中心的态度和参照结构；涉及后殖民文学、后殖民批评以及相应的后殖民文化政治对西方帝国主义文化霸权的抵制和颠覆。

但是萨义德对美国比较文学学科的批判反思以意识形态上和学理上向奥尔巴赫的世俗人文主义和语文学方法的回归为代价。一方面我们得以发现奥尔巴赫新摹仿诗学实质上并不是纯粹的诗学。当他始终如一地强调持久的、不断的社会底层民众中间喷发的历史革命的巨大精神化力量之时，当他独辟蹊径地从日常生活场景中剖露出民主政治新的希望之光时，他已经从诗学的领地迈入了文化政治的空间。新摹仿诗学自身蕴含着政治诉求和理想。但是这种从诗学向政治的迈进并没有突破欧洲历史和地理的禁锢。因此，萨义德向奥尔巴赫的回归可以被理解为一种思想诉求上的死局，可以被理解为对美国比较文学学科的正本清源。甚至我们也可以将之理解为对奥尔巴赫的辩证褒扬，即从后殖民视角重新肯定人文主义思想在当代人文学科中的价值。

斯皮瓦克的《一个学科的死亡》（2003）思考后冷战时代比较文学的出路。她认为，比较文学是欧洲和美国的文学。无论是美国大学的区域研究还是外语研究都是以欧美之外的地区为对象。冷战的结束终结了北方与南方、资本主义与共产主义的对立。全球化促进了通向西方发达国家的移民浪潮以及相应的文化多元现象。因此她提倡比较文学研究与区域研究的融合。这不仅有助于推动对南方发展中国家民族文学的研究，而且有益于保存这些区域的本土语言。①

从美国新批评、比较文学到后殖民文学，美国文学批评不断变化发展，其研究对象、批评视域及批评范式不断调整更新。从第一代迁徙到美国的欧陆学者到第四代从第三世界和前殖民地闯入西方学术舞台的少数族

① Gayatri Chakravorty Spivak, *Death of a Discipline* (New York: Columbia University, 2003), p.15.

裔知识分子，美国比较文学学科的建立和变革真正得力于移民学者——不管是逃避纳粹迫害的犹太裔学者还是带着殖民主义文化创伤的非裔亚裔学者。如果说“二战”的血火中诞生的比较文学学科与生俱来地就带着欧洲中心论和帝国主义文化霸权的胎记，那么我们同样可以说作为典型的文化形态和知识集合的比较文学学科一开始就结构性地建立在欧洲自我与广阔的其他世界之间异质并存的文化和历史地幔之上。奥尔巴赫的犹太人身份及纳粹迫害的历史创伤被比较文学学科宣扬的欧洲文化精神和历史意识掩盖起来。这种比较文学学科内在固有的自我/他者结构和对创伤的置换或压制最终由萨义德剖露出来。因此萨义德对奥尔巴赫的精神回归在此意义上是对欧美比较文学学科的精神祛魔化，是在新的文化精神的昭示下借奥尔巴赫的名义对西方新殖民主义、新自由主义、新激进主义等流行观念的挑战。

（四）历史学的地理学转向——后殖民异声与文化商榷

从美国比较文学学科的演变来考证萨义德思想的学科渊源仅仅揭示了学科生态的部分景观。与比较文学的纵向发展交叉横切的是文学研究从历史学范式向地理学范式的转变。地理学或空间转向与我们已经习惯熟悉的文化转向是同步双向对转的独特学术现象。部分学科研究转向地理和空间批判，部分学科研究则转向文化批判认知模式。

尽管与20世纪七八十年代文学、人类学、哲学、历史学等学科的文化转向并行，但是地理学转向没有广泛地引起中国人文社科学者的关注和研究。对文化转向过渡的理论反思和话语复制压制了围绕地理或空间转向而形成的知识话语，妨碍了我们对萨义德思想中至关重要的空间地理模式的精准把握。在论述当代人文地理学的《地理思维》中，菲儿·哈伯德（Phil Hubbard）、罗布·基钦（Rob Kitchin）等学者指出，人文地理学转向和文化转向双向并存。“这些思考的第一点是空间以何种方式日益成为其他学科领域内学者们分析的焦点（所谓的‘空间转向’）。与此相反，第二点涉及被称为地理学的‘文化转向’（即社会和文化理论与地理学的整合)。"[①] 在重估黑格尔的历史观时，亨利·勒菲弗尔(Henri Lefebvre)指出：

> 国家在世界范围内得到巩固。它倾其全力作用于社会……空间以其黑格尔式的形式回到自身。这种现代国家自我促进并强行将自己决定性地确立为(民族)社会和空间稳固的中心。既是历史的终结，又是历史的意义，恰如黑格尔预见的那样，它夷平所有社会和"文化"空间。[②]

无疑，勒菲弗尔的上述分析揭示了历史与空间的关系。它更征兆了西方启蒙哲学话语中固有的空间认知和空间观。无论是康德的《判断力批判》中的崇高论，还是黑格尔的《历史哲学》中从非洲、亚洲、地中海到日耳曼世界，沿地理空间铺开的历史之路，都是明证。因此我们可以断言，与所谓时髦的文化转向论对地理/空间转向的压制类似，启蒙现代性建构的历史主义话语压制了空间话语。这不仅意味着人文学科的空间转向是对文化主义和历史主义的反诘，而且隐含着一种可能性。这种可能性就是，在与奥尔巴赫人文主义的历史形象诗学商榷的基础上，从萨义德的后殖民理论中阐释出崭新的空间文化形象诗学及其与空间政治同体双栖的特征。

20世纪的西方批评理论话语中，众多思想家都对地理和空间有精辟之论甚至系统研究。安东尼·葛兰西在《南方问题》乃至后来的《狱中札记》里对工业化的意大利北方与落后的农业区南方、西欧发达资本主义国家政权的阵地战部署和无产阶级革命的运动战策略等渗透了深刻的空间地理理论。此外的空间研究还包括：海德格尔和萨特的存在主义，雷蒙·威廉斯从乡村与城市的空间对峙、人与土地的血肉关联来重构的英国文学史，米歇尔·福柯的全景敞视论及生物权力技术论，大卫·哈维的"时空

① Phil Hubbard, Rob Kitchin and Brendan Bartley etl., *Thinking Geographically: Space, Theory and Contemporary Human Geography* (London: Continuum, 2002), p.57.

② Henri Lefebvre, *The Production of Space* (Oxford: Blackwell, 1991), p.23.

压缩”观、皮埃尔·布迪厄的文化场论、加斯东·巴什拉的空间诗学论（《空间诗学》，1958）。

真正具有范式转型意义的创新之作出现在20世纪70年代的法国学界。例如亨利·勒菲弗尔的《空间生产》（1974）聚焦作为社会生产过程的空间。日常生活实践的空间是被感知的空间；被观念化的空间是科学家、城市规划者、技术官僚等构想的知识化的空间（或对空间的再现）；被征服的，也是人们被动体验的空间是意象、象征等寄生的空间，是居住和使用的空间，也是代表性的空间。这三者共同作用下，空间持续地生产，被打上历史的沉重烙印。

萨义德的《东方学》同样是空间转向的重要标志。更准确地讲，它是地理转向的重要标志，因为它第一次系统分析了东西方的文化地理分割和连接，以及贯穿西方文化始终的关于文化地理他者——东方——的知识话语“东方学”。以《东方学》为开端，萨义德逐步完善了文化地理/空间理论。

在本章论述萨义德与西方马克思主义和后结构主义的谱系时，我们明确地指出葛兰西、威廉斯及福柯对萨义德的空间和地理思考的直接影响。我们发现他试图建立四种不同的世界性模式——连接、僭越、共谋和抵制。所谓连接指文本、批评家与世界的关系，或文化层面上形成的文化商榷关系。僭越指欧洲音乐突破艺术审美的禁制和历史的局限，与社会融合，预言新的历史精神。共谋则是英国小说及其他文化实践、文化形式与帝国殖民内在的、动态的相互影响和促进，而不仅仅是静态的一致和对应。因此英国小说中始终潜藏着辽阔的帝国全球版图上，自我/他者二元对立基础上的“态度和参照结构”。抵制既是殖民地和第三世界知识分子在独立时期和后独立时期通过文化和思想启蒙、文学、革命等对殖民主义和帝国主义压制的抵抗，即所谓的“反写帝国”，又是第三世界出生的、与第三世界血肉相连的族裔散居知识分子以颠倒的方式逆向航行，占领西方世界的学术舞台，夺取学术的、政治的、文化的话语权，成为第三世界的辩护者和第一世界少数族群的代言人。同时抵制也是后殖民批评家践行的“对位阅读”，将被殖民者的历史、文化及主体共同构成的后殖民叙事与帝国主义叙事比较参照，颠覆殖民话语霸权。

我们的问题是：萨义德与西方人文研究的空间转向有何根本区别？萨义德的空间地理研究模式是什么？该模式怎样使后殖民文学研究区别于既有的比较文学研究？

与空间密切相关的三个概念是地方（place）、环境（locale）和领土（territory）。地方指与其他地方比邻，特定的人群聚集在一起的某个地理空间。环境强调的是人与地理空间结成的栖居关系以及这种栖居关系对人的心理、性格、情感和生理等的建构性影响，这是典型的人文地理空间。领土强调的是政治、文化、经济和军事意义上结成的共同体占据的，与其他领土边界明确，封闭的地缘政治空间及对该空间的主权。这样，在勒菲弗尔按社会生产过程对空间的三元（空间实践、对空间的再现和代表性空间）划分和福柯按规训权力生产对空间的体制划分（学校、医院、军营、监狱等）之外①，出现了另外四类空间认知模式——自然地理空间、文化地理空间、人文地理空间、地缘政治空间。自然地理空间的分割主要按照地质学、生态学、地理学等学科形成的分类标准对空间进行类型学意义上的划分。文化地理空间的分割偏重特定标准划分的人群。他们按文化规范进行文化活动，其社会文化组织活动与地形、气候、生态等自然环境之间具有内在的决定关系。人文地理空间的分割强调人与自然地理之间的谱系关系。这种关系可能是和谐的亲密交往，也可能是疏离的异化关系。无疑后三类空间认知模式都隐含了自我/他者二元对立的差异和排他原则，即不同文化之间、人与自然、不同政治共同体之间空间上的邻近性和竞争性导致的差异关系。上述分析尽管相当简略，但是它有助于解释我们为什么使用空间地理而非空间或地理这种观念表述形式。同时也是为阐述萨义德与西方批评理论的空间转向的根本区别做好铺垫。

在进一步澄清萨义德的空间地理思想之内涵前，我们重读他在《东方学》前言第二段的文字：

① 可参阅米歇尔·福柯的《规训与惩罚》。

> 美国人对东方的感受不太一样。对他们来说，东方更容易极其不同地与远东（主要是中国和日本）联系起来。与美国人不同，法国人和英国人——一定程度上包括德国人、俄罗斯人、西班牙人、葡萄牙人、意大利人和瑞士人——拥有我将称之为*东方学*的漫长传统，一种与东方商榷的方式，它以欧洲人的西方体验中东方的特殊位置为基础。东方不仅与欧洲接壤，而且也是欧洲最辽阔、最富庶、最古老的殖民地，是欧洲文明和语言的源泉，是欧洲文化的竞争者，是欧洲最深邃、反复出现的他者意象之一。①

东方与西方地理空间上邻近，同时又是领土征服、文化竞争和差异想象关系，更是知识话语关系。同时，无论是东方还是西方又进一步按民族和国家实体在自然地理空间中的分布来细分。仅仅这段引文就印证了四类空间模式基本上都包含在萨义德的空间地理思维中。但需特别留意两点。其一是萨义德将东方学知识话语和东方学历史嵌入了东西方二元对立的地理空间形态之中。这印证了他的空间地理模式除了囊括文化地理空间、人文地理空间、地缘政治空间之外，还衍生出知识地理空间。其二是萨义德破除了文化、人文、政治和知识乃至历史与地理空间的同质的依附关系，探讨的是作为他者的东方地理空间与欧洲自我的文化、人文、政治、知识和历史的异质关系。东方学正是建立在文化、人文、政治、知识、历史五个层面上对异域地理空间及其相应的五个层面的征服——异质关系前提下的同质化、文化再现以及跨文化认同。认识到萨义德空间地理思考的上述两点，有益于我们澄清他与西方批评理论的空间转向的本质区别，也触及他隐而不显的空间地理理论模式。

异质空间地理中，文化、人文、政治、知识和历史以文化地理空间和地缘政治空间为领地，形成自身的边际及与他者之间复杂、动态的关系。“重叠的领土，交缠的历史”这种表述就是对此现象的描摹。而前面论述的世界性模式的四种形式——连接、僭越、共谋和抵制——实质上也是异

① Edward Said, *Orientalism*, p.1.

质空间地理中文化政治的四种形式。这四种文化政治形式以纵聚合或横组合两种方式更细微地言说帝国主义文化和本土文化的动态的也是现实的关系。在纵聚合轴上，欧洲文化共同体衍生出巨大的向心力和同心力。无论是连接、共谋还是态度或参照结构实质上就是这一欧洲中心力场的磁场效应。在横组合轴上，欧洲文化再现东方，由此形成欧洲主体对东方客体的单方面再现（当然也是误再现）及征服压制。与此逆反生成的是东方主体对西方的文化抵抗。无论是帝国反写、对位阅读、文化抵制、逆向航行还是本土发声等本质上都是文化抵抗政治的表征。

这就是萨义德空间地理理论模式的核心内容。这种理论模式按照异质的二元对立模式来阐释世界文学，来揭示文学的再现机制及其与其他文化形式、与现代帝国主义政治、与殖民地和第三世界的独立和解放之间密切的关系。所有这些不仅包含了崭新的关于文学再现的诗学内容，而且将文学再现划归到文化政治的领域，文学成了政治的延生和补充甚至就是政治本身——既与宏大的政治行为区别又与之关联互动的再现政治。在萨义德的理论思考中，无论是狭义的文学再现还是广义的文化再现不仅是一个核心的诗学问题，而且是东西方空间地理中最扣人心弦、高亢激扬的政治问题。诗学转向了政治；奥尔巴赫的人文主义走上新的民主批评之路。

第三节　又一次思想启蒙：重访后殖民再现论

（一）后殖民思想启蒙

> 我没有被继结构主义反人文主义之后的后现代主义的论调说服，或者相信后现代主义针对让－弗朗索瓦·利奥塔所论的启蒙和解放的宏大叙事抱定的轻蔑态度。相反在很大程度上我自己的政治和社会行动主义促使我坚信，人类能够实现启蒙和解放，且正义和平等的理想始终激励着人类……附带的信念是，自由和求知的人文主义理想仍为绝大多数身处逆境的人民提供动力，抵抗诸如非正义的战争和军事占领，致力于推翻专制和暴政。两者都令我感受到鲜活、激越的

理念。[1]

这段文字是萨义德在《人文主义与民主批评》中对自己的后殖民理论立场和政治态度的申明，对思想启蒙的庄严承诺。无论是对福山的历史终结论，利奥塔的唱衰启蒙和解放宏大叙事，还是德里达的后民主论调，萨义德都毫不犹豫地加以否定。从18世纪末西方启蒙思想的巨子们热情地呼唤启蒙精神的降世，20世纪末新自由主义温床上滋生的理论爆炸氛围中西方先锋理论家散布的终结、死亡、消解、停滞等论调，到萨义德对启蒙和解放的重新肯定，启蒙思想经历了自身的流变、流产和终结后，见证了另一场思想启蒙。这场以后殖民的名义推动的思想启蒙，无论是与启蒙现代性还是广大的亚非拉地区人民推动的反殖民革命都形成精神关照上的辩证否定关系。对这两者而言，萨义德开创和引领的无疑是当代全球化时代的又一次思想启蒙运动。不能深刻理解后殖民思想运动的上述本质，我们也就不可能准确把握当代世界全球化进程中发展中国家和民族对西方发达资本主义的文化抵抗事业和民族进步伟业与后殖民思想运动的同质关系，也就不可能在挣脱西方思想现代性的思想解放过程中最大限度地整合思想理论资源。

作为一场欧美大学体制内发生的思想启蒙运动，后殖民与西方启蒙现代性结成辩证否定关系。以自由、民主、平等为政治理念的资产阶级革命推动了现代资产阶级民主国家政体的建立；以理性批判为宗旨的思想启蒙运动逐步确立了现代社会的价值公理和道德规范；以知识进步为目标的科技大发展赋予了现代人强大的征服自然、改造自然、为人类谋福祉的力量。由此形成多层面上持续变革求新的现代化进程。但是现代政治共同体向帝国主义、法西斯主义、种族主义等极权主义的蜕变，人文理性和工具理性的分裂变异，尤其是当代世界中新殖民主义、新帝国主义形成的新的不平等、反民主、反自由现象，新保守主义和新自由主义的泛滥，不仅绽放出仇恨和暴力的恶之花，而且使启蒙和解放的承诺遥遥无期。正是基于

---

① Edward Said, *Humanism and Democratic Criticism* , p.10.

未完成的西方启蒙现代性这一大前提，后殖民思想启蒙逻辑上成了启蒙现代性工程的一部分，继续高扬启蒙现代性的启蒙和解放主题。这无疑验证了启蒙现代性的持久性。但是与启蒙现代性唱响的理性、历史进步和资产阶级民主政治主旋律不同，后殖民弘扬全球范围内不同民族、不同种族、不同国家和区域共同的繁荣和进步理念。它一方面揭露了欧洲模式的资本主义现代化与帝国主义殖民对分布在欧洲以外地理空间的民族和种族的暴力征服和剥削；另一方面揭示了当代西方全球帝国主义的暴力本质。因此，后殖民思想启蒙不仅为启蒙现代性注入了鲜活的内容和深刻的时代主题，而且展示了人类的而非西方资产阶级的解放这一终极地平线。后殖民思想启蒙最终质疑甚至颠覆了西方知识现代性，特别是当代西方人文社会科学知识体系。这种颠覆与整个西方知识现代性形成辩证的否定关系。

但是与以民族独立、解放、共和为理念的反殖民民族主义文化运动和政治革命不同，后殖民既根植于殖民地受奴役人民的悲苦生活现实和反抗事业，又与西方资本主义学术和文化体制密不可分。因此它诞生于第三世界独立时期的后革命氛围，脱胎于资本主义繁荣的后民主、后历史幻象。对这两者的批判使后殖民以其独异的思想启蒙声音游离于本土主流话语和西方主流话语之外，促成双重批判基础上对殖民主义和后殖民主义的审问，对世界多元文化和谐交融的向往，对不同民族和种族平等的承诺，对全球公共空间的开拓和坚守。在上述意义上，后殖民思想启蒙基于这样一种思想前提，即后革命时代的民主和平等仍是尚待实现的民主和平等。独立之后的本土民族－国家踏上了一条布满荆棘的通往世界的道路，也开启了走向社会富强和民族振兴的探索之旅。

后殖民思想启蒙的全部内容浓缩在新的世界秩序中实现民主、自由、平等的政治和文化理念之中。其主阵地在思想和文化领域。只有从这一角度出发来阐释后殖民再现诗学，我们才能充分发掘其文化政治内涵。也只有从这一角度来阐述后殖民再现政治，我们才能充分理解摹仿诗学革命新的主题和新的目标。如果说奥尔巴赫代表了一种用历史形象阐释模式来揭示欧洲文学史中隐藏的以民众、民主为宗旨的历史声音，那么后殖民再现诗学更全面地建构了一种空间文化形象而非历史形象的阐释模式。我们有充足的理由认为，对后殖民理论的林林总总的阐释要么陷入抽象的理论教条，要么肤浅地援用压制与抵抗模式，要么舍本逐末地夸大其虚无甚至保守的反人文主义情调，要么简单地否定后殖民的思想启蒙意义，要么割裂后殖民再现诗学与政治的内在联系。我们有必要重新回到后殖民再现这一根本问题，重构后殖民文化形象诗学 / 政治。这不仅有益于进一步建构奥尔巴赫代表的历史主义形象阐释与萨义德代表的空间地理形象阐释之间的诗学和政治联系，而且有助于我们将后殖民还原到思想启蒙的内核——对文化原型化（cultural stereotyping）及其话语机制的批判。

无论是萨义德还是后殖民理论，对文化原型化及其话语机制的批判，都是以《东方学》为开端和支点，然后通过霍米·巴巴（Homi Bhabha）、G.C. 斯皮瓦克的理论政治干预和拓展。这样殖民主义文化原型化的后殖民理论批判和文化政治干预形成既相互区别又相互参照的三重位移模式。这一三重位移模式的思想核心包括：萨义德在《东方学》和《文化与帝国主义》中对欧洲文化他者原型的话语分析和反殖民抵抗政治的思考；霍米·巴巴在《文化定位》中基于范农心理分析模式对文化他者原型的心理机制的解剖和后殖民模仿（mimicry）政治的探索；斯皮瓦克对殖民话语和后殖民话语暴力的批判以及她提出的属下阶层（subaltern）政治途径。

无疑这是摹仿诗学革命意义上主流后殖民理论最大的贡献，也是思想启蒙意义上对殖民现代性暴力最尖锐的批判及对后殖民政治途径的多样探索。三重位移模式超越后殖民理论争鸣，超越对后殖民理论各式各样的诘难，通过重释“原型化”（stereotyping）这一诗学和文化政治概念来重构后殖民再现论。

（二）萨义德的文化他者原型论和文化抵抗政治

罗伯特·J.C. 扬（Robert J. C. Young）在《白色神话：书写历史与西方》中指出，萨义德《东方学》的主要理论问题是“一方面他认为东方学仅仅由与‘“真实的”东方’毫无瓜葛的再现构成，否认东方学与东方之间的任何对应……另一方面他指出，东方学只是被用来为殖民征服、占领和管理服务"[①]。东方学涉及再现层面对东方的建构，又涉及作为殖民权力工具的东方学知识。被再现的东方与真实的东方，作为古典知识体制的东方学与欧洲人对此在的东方之描述，随时间变化的显在的东方与恒定不变的隐在的东方，上述二元对立构成了萨义德方法论的致命伤。阿贾兹·艾哈默德的后殖民理论研究著作《理论中》除了指出萨义德思想中矛盾地交织着福柯的反人文主义与奥尔巴赫的人文主义这一现象外，认为他的另一个缺陷是"未能确定'东方学话语'到底是福柯意义上的再现系统还是现实主义疑难意义上的错误再现"[②]。仅从上述两种颇具代表性的观点来看，批评家们对萨义德《东方学》的理解割裂了他理论中诗学与政治、知识与权力并重的取向。这反过来又制约了我们对他思想焦点的把握，即以东方学为征兆的西方后启蒙知识话语怎样建构西方的文化他者原型。

东方学既涉及欧洲人文化地理本体存在，又建立在欧洲人的文化地理认知之上。这种认知同时又得益于对东方文化地理的依赖。因此，东方学根子上是典型的自我/他者二元对立/依赖模式——西方自我与东方他者之紧密依存和绝对对立。这是"有关东方、其民族、习俗、'精神'、命运等的缜密理论，是史诗、小说、社会描述和政治记载的出发点"[③]。以此模式为基础，启蒙时代之后的现代东方学在政治、社会学、军事、科技、意识形态、审美、想象等构成的全景视域内管理、生产东方。

首先，作为西方文化再现的对象，东方不是无生命的自然地理东方，也不仅仅是空间上与西方此在对应的彼处。西方关于东方的思想、形象、词汇融合成历史和传统，东方的位置、区域和地理边界因西方的需要而获得实在性和此在性。为西方而存在的东方成了一种与所谓的真实的东方分离的观念和知识档案。其次，西方与东方是不平衡的权力关系。成熟的、理性的、文明的、白种人的、男性的、主体的、主人的西方，注视、占有、领导并主宰着幼稚的、混沌的、野蛮的、有色人种的、女性的、客体

① Robert J. C. Young, *White Mythology: Writing History and the West* (London: Routledge, 1990), p.169.

② Aijaz Ahmad, *In Theory: Classes, Nations, Literatures*, pp.185-186.

③ Edward Said, *Orientalism*, pp.2-3.

的、奴隶的、沉默的东方。最后，西方对东方的管理和生产融合了理论和实践。因此西方知识档案中的东方不是谎言或神话。东方的形象具有不容置疑的韧性和物质性，产生于西方的社会、经济、文化、政治和军事体制。

这三个方面也是西方对东方的原型化（也即形象化）过程的三大本质特征。观念和知识档案中的东方暗指原型化（stereotyping）的话语推论特征，即西方的东方是西方关于东方他者的知识陈述。被注视、占有、领导的东方意味着地缘政治意义上西方对东方的文化领导权关系，即压制与顺从、中心与边缘的关系。具有韧性和物质性的东方征兆了西方对东方的原型化依赖一整套体制化运作。

对东方的原型化消除了东方与西方的空间地理距离，祛除了东方对西方的威胁。通过东方学家、诗人、人类学家、语文学家、殖民地官员等的共同努力，东方形象散见于历史档案、诗歌、小说、游记、官方邸报等文本档案。“出现了一个复杂的东方，适合于学院中的研究、博物馆中的展览、殖民办公室里的重构，人类学、生物学、语言学、人种学和历史学的理论例证。”① 甚至在电子化的后现代西方，这种对东方的原型化、标准化生产仍不断得到巩固。“种族主义、文化原型、政治帝国主义和人性泯灭的意识形态之网实际上仍非常有力地控制着阿拉伯或穆斯林世界。正是这样一张网使每个巴勒斯坦人感受到自己与众不同的受惩罚命运。”②

萨义德对西方后启蒙时代的东方学之批判提出了文化他者原型理论的三大问题。它们分别是：文化本体和认知层面自我与他者的关系；作为话语实践的文化他者之原型化的知识形态、权力结构和体制化分布；文化他者原型化与文化文本的关系。在进一步阐述萨义德对西方文学再现与文化他者原型化之结构性重构之前，我们有必要旁涉英国当代文化研究伯明翰学派中理查德·戴尔和斯图亚特·霍尔有关文化原型化（cultural stereotyping）的论述，借以澄清“原型化”这个概念。

① Edward Said, *Orientalism*, p.7.

② Ibid., p.27.

理查德·戴尔（Richard Dyer）1977年在论文集《男同性恋与电影》中发表了《原型化》一文。戴尔认为，对同性恋形象的思考应着眼于原型的内涵界定、审美和意识形态功能及其文化合理性。固定的、确定的、恒定的原型化，目的是划分文化边界，维护文化规范和正态。社会的主导群体试图按照其世界观、价值体系和意识形态来建立文化霸权，塑造整个社会并领导社会各阶层。主导阶级施行文化霸权的手段之一就是种族中心论作用下的原型化或他者化——对与社会规范和正态相背离的他者进行意识形态加工并括除之。“我们可以说，在原型化过程中，主导的群体用他们的规范来衡量处于从属地位的群体，发现后者缺乏这些规范，因此不适当、低等、病态或怪异，由此强化了主导群体对他们压制的合法性的意识。”①

戴尔此论与米歇尔·福柯在《“必须保卫社会”》中对规范权力——生物权力——而非规训权力的分析相互参照。生物学和医学意义上对其他种族使用的权力技术，标志着种族纯洁观取代了种族斗争观，标志着资产阶级民族-国家不再是一个种族借之与另一个种族抗争的工具，而是“种族身份的完整性、优越性与纯洁性的守护者”②。生物权力对人口的控制就这样确立了自己的支点，即自我的生命与他者的死亡成了一种生物关系。对他者施加的社会死亡不是为了战胜政治对手，而是为了消除对种族的生物威胁。这些生物威胁来自犯罪、疯癫、犹太人、妓女、艾滋病患者、同性恋、少数族裔、移民等，又包括殖民地、发展中国家、伊斯兰世界、恐怖主义，等等。正是在生物权力的土壤中开出的种族主义恶之花，才诱发了现当代一场又一场社会死亡噩梦——南非的种族隔离、反犹主义、纳粹大屠杀、苏俄的肃反运动、伊拉克战争、恐怖主义与反恐怖行动。

斯图亚特·霍尔编著的《再现：文化再现与符指实践》（1997）将西方批评理论中从费尔迪南·德·索绪尔（Ferdinand de Saussure）、罗

---

① Meenakshi Gigi Durham and Douglas M. Kellner eds., *Media and Cultural Studies: Key Works* (Oxford: Blackwell, 2006), p.356.

② Michel Foucault, *"Society Must Be Defended"* (New York: St. Martin's Press, 1997), p.81.

兰·巴特（Roland Barthes）到米歇尔·福柯的语言/话语再现观之转变理解为从再现诗学理论向再现政治批判的转变。一百年来，西方对文化差异的解释相应地形成四种模式——索绪尔语言学模式、巴赫金对话模式、人类学模式和心理分析模式。无论立足何种解释模式，文化差异是我们建构文化象征秩序的基础，文化的象征边界维持着文化的纯洁，赋予文化意义和身份。

霍尔在该著的第四章《"他者"景观》中较系统地探讨了文化他者原型化的不同方面。他指出他者原型化的三类象征暴力特征：本质化；括除；种族中心压制。原型化这一独特的再现实践本质上是西方运用其象征暴力的表现，渗透到西方文化中的学术研究、展览、博物馆、文学、绘画艺术、电影等文化形式。通过这些实践形式和媒介，以将他者对象化为目标，象征权力在本土、策略、微观层面循环。与萨义德相似，霍尔将原型化的效果分为有意识的显性层面和无意识的受压制层面。显性的原型化效果是对隐性欲望或效果的置换或掩盖。但是与萨义德不同，他认为：

> 重要的是原型同等程度地指涉幻想中被想象的内容和被认为是"真实的"内容。通过再现实践，视觉上被生产的内容仅仅是故事的一半。故事的另一半——更深的意义——*在于不是被言说的内容而是被幻想的内容，在于被暗示的却不能显示的内容*。①

因此原型化具有自身的诗学规律，也具有自身的文化霸权和话语推论等政治特征。

针对西方文化对文化他者的原型化，霍尔特别总结了三种颠覆策略。第一种是适应策略：积极适应白人文化，与白人形象认同，在风格、外貌和举止等方面被白人规范同化。第二种是替换策略：用他者（如黑人）的积极正面的形象来取代西方文化再现中的消极形象。但是这不能根本颠覆

---

① Stuart Hall ed., *Representation: Cultural Representations and Signifying Practices* (London: Sage Publications, 1997), p.263.

文化认同二元对立模式，其结果是使文化形象更加复杂化，而不是必然会消除对他者形象的消极再现。第三种是消解策略，即从西方文化再现内在的复杂微妙处和矛盾之处，从文化再现意义的变化中来颠覆整个再现系统。

戴尔主要探讨的是文化内的原型化问题，即现代西方文化怎样通过原型化来维护文化规范和正态。霍尔主要探讨的是文化间的原型化问题，即西方以种族中心论为基础的强势文化怎样对文化他者进行原型化。尤其值得我们注意的是，霍尔对文化他者原型化效果的显性和隐性双层面的透视涉及原型化过程中文化心理和情感建构这一问题。对这一问题的思考和回答是萨义德的《文化与帝国主义》的核心主题。

在《文化与帝国主义》中，萨义德转向现代英国小说对文化他者的再现涉及的文化心理。与弗洛伊德心理分析派和马克思主义的意识形态分析方法不同，他借助对雷蒙·威廉斯的“情感结构”概念的重新阐释，来揭示西方对他者的文化再现深层的地理情感和参照结构。因此如果我们仅仅局限于弗洛伊德式的心理分析来对位比较萨义德的思想中是否有与意识、无意识、正反矛盾并存、恋物癖、置换等概念对应的理论思考，那么我们会发现萨义德基本上回避了对文化他者原型化效果的心理分析。这种错误的理解一方面忽视了前文所讲的萨义德思想的空间地理转向，另一方面忽略了形象学意义上萨义德超越于心理分析的独特贡献。

威廉斯在《马克思主义与文学》中论述情感结构时强调：

> 我们谈论的是冲动、克制和语调这类典型因素，特别是涉及意识和关系的情感因素。不是与思想对立的情感，而是被感觉的思想和作为思想的情感——一种现在实际拥有的意识，处于鲜活、相互关联的持续状态。①

萨义德所讲的参照特指地形学意义上“文学、历史或种族志构成的文

① Raymond Williams, *Marxism and Literature* (Oxford: Oxford UP, 1978), p.132.

化语言中呈现的位置和地理参照结构”；态度涉及“从17世纪到19世纪末令人吃惊的、持续强化的”[①]统治、控制、利润和增长。

情感结构分析专注于特定历史时期，强调共同体验的情感和心理。态度和参照结构研究凸显文化语言中渗透的地理空间感知和想象。其典型特征包括：对英国或欧洲中心与遥远、边缘的异域地理空间的感知；凝固在英国或欧洲文化主体建构的文化语言中，经过了再现过程的话语修辞处理和意识形态加工；在历史维度中传播并重复，形成代际间和文类间的同质化特征。威廉斯和萨义德都强调体验的同质性。但前者强调共时、原生态的文化情感和心理的同质性。后者分析再现对异质地理空间的总体化想象以及文化语言中隐匿的图示化结构。这种总体化想象趋向又在历史向度中产生代际间和文类间可分享的同质态度。

萨义德重新将西方的文学再现与帝国的文化和政治语境连接起来，揭示其表面的人文主义价值取向与深层的帝国主义政治之间的共谋关系。“把非欧洲的人和事物归类并限制在从属的种族、文化、本体地位，强化了观察者和欧洲地理中心位置的权威。然而这种从属性矛盾地成为欧洲的首要性的基础……”[②]无论是新历史主义、解构主义还是新马克思主义都回避了现代西方文学的帝国主义政治视域，回避了整个现代西方文学再现中以帝国宗主国中心和殖民地边缘的二元对立为轮廓的态度和参照结构，也同样忽略了抵制欧洲和美国的帝国主义扩张的后殖民文学。

就文学批评而言，萨义德的文学观似乎截然分为两个对立的部分。一部分是现代性以降的欧洲文学再现；另一部分是殖民主义伊始的东方、非洲、拉丁美洲、第三世界文学。文学的边界从审美延伸到政治，从欧洲扩大到全球。似乎欧洲既有的诗学理论和批评观念失去了效用。或者说整个欧洲以外的文学在欧洲现代文学批评史上是一片空白。对于这两个不同疆界中的文学，萨义德用帝国主义与反殖民主义交织成的政治地平线来囊括之。如果说西方现当代文学与帝国主义共谋，其中沉淀下延续不变的深层

① Edward E. Said, *Culture and Imperialism*, p.52.

② Ibid, p.59.

的态度和参照结构，始终以对文化他者的原型化为再现目的和文化政治策略，那么后殖民文学及后殖民文学批评以决然的方式来抵制和对抗西方文化霸权。参照前面提到的斯图亚特·霍尔总结的三种颠覆策略，我们发现萨义德提出了霍尔的三种颠覆策略之外的第四种策略，甚至超越了策略和话语的范畴，逼近启蒙、自由和解放的光芒照耀下人类共同体的普适福祉这一终极目标。这是萨义德赋予后殖民文学崭新的、人文主义的、解放的革命力量，也是他推动的文学和思想启蒙工程的基石。后殖民文学本身就是思想、精神和行动等多重意义上的反殖民抵抗政治。

作为文化抵抗政治实践，萨义德所言的后殖民文学包含了两个方面：一方面，殖民地和第三世界文学；另一方面，后殖民文学批评。前者常被称为“反写帝国”（the empire writes back）；后者指萨义德在《文化与帝国主义》中提炼出的“对位阅读”（contrapuntal reading）。这两者都是后殖民文化主体的发声方式，因此又有“反说”（speaking back）之称。当前殖民地、第三世界的作家、艺术家、诗人、政治家及其他知识分子跨越文化地理边界，深入西方文化政治中心并言说苦难和暴力创伤经历，这又被称作“逆向航行”（voyage in）——从边缘通向中心的僭越之旅。

萨义德将后殖民文学征兆的文化抵抗政治分为三大主题。第一个主题是排斥西方文学，转向本土奴隶叙事、精神自传、监狱回忆录，由此对抗西方知识/权力话语建构的历史叙事和全景敞视视域。最终建构完整、连贯的本土民族共同体历史。第二个主题则是超越二元对立，选择另一条不同于西方历史却又包容之、超越之的人类历史之路。种族间、民族间、地域间、政治体制间、西方与东方间的文化藩篱消除后，人类文化开始新的交往和融合。第三个主题是从狭隘、极端的民族主义转向对人类共同体的普适关怀和人类的解放与自由。

然而在至关重要的民族主义共识中也存在一种持续的思想潮流。它拒绝那些目光短视的分裂的和自吹自擂的口号，追求不同文化、不同民族和不同社会*之间*更大的、更包容的人类共同体现实。这个共同体是对帝国主义的抵制预示的真正人类的解放。[①]

无疑萨义德对文化抵抗政治三大主题的阐述印证了他与霍尔的再现政治论以及反原型化策略的本质不同。不同于霍尔在再现媒介层面推动反策略的再现政治，萨义德抵制的不仅仅是西方文学文化再现中的东方原型，而且包括西方文化霸权体制、殖民主义暴力、极端民族主义暴力，等等。文化抵抗政治具有再现政治所不能承载的文化担当和世界使命。其实从殖民地本土与帝国宗主国的对抗，从西方单一的现代性，到多元文化和谐相处和可选择的现代性，从狭隘偏激的民族主义到超越民族主义的人类共同解放和自由，文化抵抗政治开启了另一条民主之路。这是一条通向全球公共政治空间而非资产阶级公共空间的民主之路。因此文化抵抗政治以抵抗为开端，却以普世人文主义为终极关怀。

（三）文化他者原型和后殖民自我的双重解构

另一位后殖民学者霍米·巴巴受弗朗茨·范农后殖民种族心理分析影响，提出与萨义德不同的文化他者原型研究理论，即偏重心理分析路数的文化他者原型理论。巴巴对范农思想的吸收主要体现在以下三篇文章中：《纪念范农：自我、心理及殖民状况》（《重铸历史》，1989）、《审问范农：弗朗茨·范农与后殖民特权》（《文化定位》，1994）、《日常体验……与弗朗茨·范农》（《黑色的事实：弗朗茨·范农与视觉再现》，1996）。

巴巴原型论的代表作是《他者问题：原型，歧视和殖民话语》。殖民话语的原型化策略表面上建构起严格不变的文化、历史和种族秩序，内里却包含着因原型化形象的重复而产生的差异。原型化设定的稳固的霸权再现模式与原型形象的重复产生的差异现象的矛盾并存，导致殖民话语内在的分裂。因此对原型化的批判不仅需要揭示其意识形态误导和文化压制效果，而且需要揭示殖民权力生产、复制文化他者原型的话语特征。

殖民话语是一台权力/知识机器。它通过原型化过程来建构殖民主

---

① Edward Said, *Culture and Imperialism*, p.217.

体，将种族、文化和历史差异处理成严格的等级序列。其文化认同心理机制就是矛盾地认同又否认以欧洲为参照的种族 / 文化 / 历史他者——对熟悉的、高贵的、温顺的野蛮人原型之认同及对野蛮、堕落的原型之否认。一方面，通过欧洲种族中心再现体系，被殖民群体被建构成可认知的、透明的种族、文化、历史他者。另一方面，与这类透明的他者原型重叠，萦绕着殖民者文化无意识的，常常是野蛮、食人生番、邪欲和混乱等原型。这两种对立的原型形象使殖民主体沉溺于偶像崇拜与恐惧、施虐式的快感与施暴者创伤混杂的幻景。

巴巴借用弗洛伊德心理分析术语“偶像崇拜”（fetishism）来破译殖民原型的内在结构。心理分析理论认为，偶像崇拜的效果是通过赋予特定形象象征置换功能，掩盖母亲的男根缺失这一事实，从而掩盖两性之间的性 / 性别差异。这形成围绕母亲的被阉割问题不断重复的场景：承认母亲有男根，从而否认母亲男根缺失这一事实。殖民话语预设所有的人都认同白皮肤、白人和欧洲文化；同时它又肯定有的人缺少白皮肤，不是白人。因此原型化策略既否定、掩盖差异，又承认差异。

V.S. 奈保尔（V. S. Naipaul）的小说《模仿人》（1967）中在加勒比的伊萨贝拉岛上长大的拉尔夫·辛格是印度移民的后代。童年时他沉醉在关于印度的传说和梦想中。成年后他投身反殖民政治。最后客居伦敦的他转向文学创作。从童年梦想、反殖民政治到文学创作，从印度、加勒比海到宗主国中心，他认识到创作才是最有效的反殖民手段，也是他最后的精神“家园”。

拉尔夫与英国殖民权力的双重认同就是巴巴试图揭示的反殖民原型的主要策略“模仿”（mimicry）。雅克·拉康认为“模仿”指对认同双重化的伪装策略。“这不是与背景融合的问题，而是在杂色斑驳的背景下，自我披上同样杂色的伪装——酷似人们在战争中采用的伪装技术。”[①] 巴巴借用“模仿”这一心理形象来揭示被殖民话语原型化的他者形象内含的颠覆因素。“几乎是白色，但不完全是白色”；或“几乎相同，但不完全相同”。

---

① Jacques Lacan, *The Four Fundamental Concepts of Psychoanalysis* (London: the Hogarth Press and the Institute of Psycho-Analysis, 1977), p.99.

首先，模仿是殖民话语原型化的效果，即通过文化同化来促使部分被殖民者与宗主国文化规范认同——基于相似性而非相通性的认同。模仿认同意味着殖民话语压制下被殖民主体只是部分受制于殖民话语，并非完全与殖民权力认同。客观上殖民者只是对被殖民者部分、不完整的认识、规训、再现，没有彻底将被殖民者置于殖民权力的监控之中，尽管这是殖民话语刻意维持的差异性或他者性。

其次，被殖民者对殖民原型的模仿认同产生戏仿和反讽效果，模仿被挪用为一种从殖民话语内部颠覆原型化的政治策略——一种微妙、无意识、消极的消解策略。因此模仿策略寄生于殖民话语之内，后殖民主体在不断接近殖民原型的同时将殖民话语的文化强制（cultural imposition）逆转成消极认同（negative identity）政治。

如果说奈保尔的小说《模仿人》征兆了后殖民模仿政治，那么英国19世纪的历史学家和政治家T.B.麦考利（T. B. Macaulay）的《印度教育备忘录》则露骨地表现出将被殖民的印度人原型化的欲望。麦考利主张将欧洲的知识与殖民权力结合，在被殖民者中培养为殖民权力效命的奴化阶层，“一个我们与我们统治的成千上万人之间的翻译阶层——一个具有印度血统和肤色，但在品味、观点、道德和智力方面都英国化的阶层”①。

巴巴用来举证后殖民模仿政治的典型个案是印度本土人对基督教教义和教规的颠覆。1817年5月，一位名叫阿努恩·梅西的印度本土传教士在印度德里城外向一群印度人传播基督教。这些人认为食肉的欧洲人与《圣经》无关。“它怎么可能是欧洲人的书呢？我们相信它是上帝给我们的礼物。”②他们接受基督教洗礼，却拒绝圣餐。“我们愿意受洗礼，但是却决不会接受圣餐。我们愿意顺从所有其他的基督教习俗，但拒绝圣餐，因为欧洲人吃牛肉，这我们无法接受。”③

---

① W. Theodore de Bary ed., *Sources of Indian Tradition*, vol. II (New York: Columbia UP, 1958), p.49.

② *The Missionary Register*, Church Missionary Society, London, January 1818, pp.18–19.

③ Ibid.

G.C. 斯皮瓦克的《后殖民理性批判：通向正在消失的现在的历史》（1999）是20世纪与21世纪之交后殖民研究新裂变的风向标，也是西方现代性批判理论的新突破。斯皮瓦克的批判触须伸入后殖民理性、认同、历史上和当代西方及本土知识话语的表层土壤之下，瓦解以西方、男性、启蒙理性、民族－国家、帝国、本土等为认同底线的知识秩序和认知模式，打破以哲学、文学、历史和文化为分界线的现代人文学科壁垒。斯皮瓦克用现代性理性批判这面放大镜来透视后殖民理性并为其验明正身。她发现后殖民理性骨子里与资本主义全球化、当代新殖民主义乃至化作昨日春梦的殖民主义结成同质关系。这无疑为振振有词的后殖民论调，为自诩为自由、解放、革命和启蒙的后殖民理性打了个大问号。

斯皮瓦克借后殖民理性批判与整个欧陆现代性理性批判传统对弈。她提出的"后殖民理性"观不单单暗示了理性的进一步分裂变异、后殖民的现代性修正、欧陆思想对后殖民的反戈一击或欧陆思想现代性与后殖民思想现代性两套理论叙事的相互消解。这些理解都无法完整把握这一重要理论概念的范式和价值意义。爱德华·萨义德的《东方学》在当代批评理论中确立了一种新的以知识/权力话语分析为焦点的批评模式。斯皮瓦克则突破知识/权力话语的域限，将被放逐到西方知识再现体系之外，与本土传统知识/权力话语异质并存，却被剥夺了主体性和话语权的本土调查对象（native informant）和性别化属下阶层（gendered subaltern）重新纳入批判视野。本土调查对象和性别化属下阶层特指栖身西方知识话语与本土知识话语之间，不能再现，在再现中没有声音，在时空上绝对此在，不是理性话语所能捕捉把握却又是西方知识话语及本土话语的现代性转型必不可少的对象。因此后殖民研究局限于话语内在嬗变的分析批判，仍套着理性、欧洲中心论、东方主义、全球主义、民族主义、本土主义等枷锁。

无论是启蒙现代性以降的哲学话语、历史档案、文学再现还是后现代文化研究，都是西方现代学术和知识生产制度化的产物，显露出发端于启蒙理性批判哲学的西方现代再现－认同知识型的认知暴力。对他者的依赖与对他者的排斥形成的原型化矛盾机制主宰了政治和文化无意识。现代学科分类法事实上囚禁了思想，全面封杀边缘思考和思想僭越行为。思想被限制到划定的学科范围，被编成严格的程序。

她从欧洲文学、殖民地本土文学和族裔散居文学中选取一系列文本，如玛丽·雪莱的《弗兰肯斯坦》、夏洛蒂·勃朗特的《简·爱》、吉恩·里斯的《藻海无边》、印度本土孟加拉语女作家玛哈斯韦塔·德薇的《奶娘》、波德莱尔的诗作、吉卜林的短篇小说和约翰·库切的《福》。从文学与帝国主义文化再现生产的关系看，打着各色旗号、标榜各种主义的欧洲男性和女性文本都共同建构了帝国、欧洲和白人男性同质的、想象的共同体及其文化他者原型。但是在从殖民向后殖民的历史嬗变过程中，性别、肤色、地理空间、种族、民族乃至阶级构成复杂的认同之网，不断地将自我与他者之间的那道分水岭推移。在《简·爱》中帝国主义与女权个人主义合谋，囚禁了被冠以疯癫、动物、失语、西印度群岛、热带风暴、谋杀、淫欲等罪名的混血女人伯莎·梅森。《藻海无边》则是典型的边界写作，它同时重写白人女性文本和本土文本，刻意捕捉混血女人的心理体验和真实自我的艰难诞生。《奶娘》这一印度后殖民女性文本乃至德薇的其他文本大幅掉转视角，再现印度殖民语境和后殖民语境中由地主、乡绅、城市中产阶级、民族主义等主导的本土霸权话语对女性肉体的蹂躏、榨取、亵渎、掠夺和折磨。德薇笔下本土女性的肉体似乎与她自己的女性书写或她留下的女性文本形成有机整体，在西方殖民话语与本土霸权话语之间形成独特的女性政治空间。

无论是伯莎·梅森还是印度本土失声的女性，她们的身体言说了斯皮瓦克属下阶层理论的两重意义。这就是她在《纵论属下阶层与大众群体》[①]一文中探讨的新的属下阶层特性和属下阶层政治。“属下阶层特性就是没有认同的立场。……属下阶层特性指活动的社会界线——彼在——对可辨别的行动基础结构的否定。”[②]这实际上涉及马克思在《路易·波拿巴的雾月十八日》中对法国大革命期间乡村小农的论述：“他们不能代表自我；他们只能被代表。”斯皮瓦克指出：“愈益显著的变化是，我不仅研究

① G. C. Spivak, “Scattered Speculations on the Subaltern and the Popular”, *Postcolonial Studies* 8.4 (2005), pp.15-38.

② Ibid.

属下阶层……而且向他们……学习。目的是为了提炼出一种教育哲学，以促进……‘民主行为习惯’、‘民主行为仪式’或‘公共空间直觉’。”① 在当代全球化时代，国家日益成了压制性权力的代理。民族主义畸变成恐怖主义、极权主义和法西斯主义。因此，属下阶层政治避免了极权主义征兆的集体认同暴力陷阱。马克思的论断（“他们不能代表自己；他们只能被代表”）与属下阶层历史编纂学的潜台词（“他们不能再现自我；他们只能被再现”）共同构成了斯皮瓦克新的属下阶层政治的理论基础。属下阶层知识分子是全球化境遇中公共空间与属下阶层政治的纽带，是同时代表/再现属下阶层的非认同政治实践者。这种非认同政治的行动原则是：在当代全球认同政治暴力语境中，避免不断衍生的认同政治陷阱，确保属下阶层政治的有效性。

萨义德和霍米·巴巴都偏重分析西方殖民知识/话语的原型化再现机制。斯皮瓦克与整个理性批判传统、与既有的后殖民理论乃至整个再现-认同知识型分道扬镳。将她早期以《属下阶层研究》及《属下阶层能说话吗？》为代表的属下阶层理论提炼成非再现、非认同的认知模式。在自觉抵制再现和认同知识型暴力的同时，审视被整个再现和认同知识话语排挤在外的历史和现实境遇。她将我们的视野从叙事和历史转到叙事之下和历史背后，从民族-国家文化政治转到跨民族文化体验，从殖民主义转到新殖民主义，从历史上销声匿迹的边缘群体转到当代跨国资本、世界银行、国际货币基金组织等主宰的全球化经济压榨下亚洲、非洲血汗工厂中的新女奴，从宏大的民族和阶级革命历史叙事转向社会草根阶层的“原始”反叛话语。

斯皮瓦克以理性变异为切入点，批判启蒙理性诱发的现代再现-认同知识型的认知暴力本质及其对思想现代性乃至后殖民话语的挟持。理性、权利、公共空间、再现、认同、想象、书写、知识型、话语、现代性、后殖民、民族主义、全球化这一系列点缀着西方和本土现代知识/权力话语

① G. C. Spivak, “Scattered Speculations on the Subaltern and the Popular”, *Postcolonial Studies* 8.4 (2005), p.23.

的关键词，原来都是理性和权力交配后繁衍的子嗣，都是理性启蒙和自由独立的蛊惑，在庇护思想和知识的同时为思想和知识套上镣铐。斯皮瓦克指出了一条思想解放和超越之路。她将历史从惰性、僵化、再现和认同中唤醒，赋予它此时此在的生命力。

（四）后殖民文化形象阐释

奥尔巴赫运用历史形象阐释来揭示西方文学再现中历史事件之间的承诺与实现的关系。他将历史事件与历史精神、历史内在的逻辑、普适价值之间的关系放置到历史形象阐释的图示化结构中。其恒久的思想导向是以人为中心，以生活现实为面向，以未来为趋向的历史辩证发展。因此，历史形象阐释将文学再现中的形象与历史的鲜活境遇和文化精神的延续重生紧扣在一起。它是人文主义的、历史主义的、现实主义的，同时也始终是民主的。

如本节前面所论，形象阐释实际上也是后殖民批评实践的基本策略，也是后殖民理论立论的基础，同样是后殖民批判关注的焦点。诚然，参照奥尔巴赫的形象阐释方法论，从后殖民理论中发掘出形象阐释的深层结构。这是对后殖民理论新的阐释，也是对后殖民再现诗学和再现政治核心的、共同的立足点和出发点的更精微的定位。这同样是对显在的后殖民理论差异的化解和超越。因此我们说，后殖民理论在方法论上建立在形象阐释基础之上，整个理论的建立和发展都奠定在原型化这一诗学和政治疑难之上。

我们发现有一种共通的批评意识将奥尔巴赫和萨义德代表的诗学革命连接在一起。这共通的批评意识首先是对既有文学批评理论的颠覆。奥尔巴赫颠覆的是古典摹仿诗学的风格等级论和既有的、肤浅的、保守的文学批评。萨义德则执意要挣脱西方比较文学研究范式和学院派理论的束缚。其次是他们始终将批判的目光投向生活和现实，而不是局限于纯文学和审美世界。奥尔巴赫始终关注的是欧洲现实生活场景中普通的、日常的甚至是社会底层的民众，普通民众间孕育的民主伦理，社会底层推动的精神化革命运动。萨义德关注的是，世界范围内西方文化压制下弱势民族和种族刻骨铭心的屈辱和苦难，这种苦难境遇中对人类可通达的自由之路的向往，这种通向自由道路上向西方文化霸权言说普适真理的启蒙精神。因此，人文主义和民主是他们掂量一切的试金石。

但是后殖民诗学革命摆脱了奥尔巴赫的历史主义和欧洲中心意识。它转向批判启蒙现代性和后殖民理性渊薮中繁衍的殖民主义和后殖民主义知识/权力话语复杂的文化他者化话语实践及其暴力。尤为重要的是，透彻分析文化他者原型化，有益于我们持续揭露西方文化霸权和后殖民革命乃至后独立时期文化霸权的策略和反策略。毋庸置疑，后殖民文化政治决然不同于其他各式理论和批评之处在于，无论是萨义德、巴巴还是斯皮瓦克，他们都致力于探索新的民主政治道路。对他们而言，无论是西方还是东方，无论是第一世界还是第三世界，政治、文化和经济的全球化必然意味着文学研究的全球化，也必然产生新的民主政治空间。新的民主政治空间根植于不同文化的平等、和谐交往，存在于连接不同地域和民族/种族的族裔散居空间，存在于主流话语无力代言的社会底层草根民众。

综上所述，我们在反策略、文化政治和终极关怀等方面从后殖民原型化理论中解读出崭新的主题。这是仅仅停留在再现诗学层面或西方批评理论层面无法捕捉到的思想内核。同样，对文化他者原型的诗学研究扩展到后殖民文化形象诗学，更关乎当代世界中的文化形象政治——后民族氛围下的文化想象。

第四节 后民族氛围下的文化想象

2011年2月15日，北京的第二场春雪还未完全消融，我们仍沉浸在兔年春节的欢乐氛围中。各大新闻媒体开始频繁滚动报道利比亚内乱。15日利比亚第二大城市班加西发生抗议活动，卡扎菲的政府军与反政府军挥戈相向。3月17日联合国安理会通过决议在利比亚设立禁飞区。3月19日美英法多国对利比亚政府军实施导弹打击。事件从本土、国家空间波及全球；从抗议示威发展到战争暴力；从部落冲突、反腐败反独裁示威游行演变为世界舞台上的政治和军事博弈；从战乱的真实场景转成代表不同政治和意识形态立场的媒体对利比亚事件的报道和解读。

战火硝烟弥漫北非之际，3 月 11 日日本宫城县以东的太平洋海域发生 9 级大地震，伴之以摧枯拉朽的海啸，伴之以千万个生命的死亡，伴之以千万个家庭的哭泣，伴之以全世界的祈福和悲悼。地震的余波未过，福岛核电站爆炸又将核恐慌的阴影投射到亚洲、北美乃至全球亿万百姓的心中。地震和海啸是自然灾害，其毁灭性的力量将日本受灾区几代人苦心经营的家园摧毁。核电站爆炸是当代高科技福祉的幻灭，是科技共同体自我免疫系统的崩溃。

如果说利比亚战争根源于极权主义、新殖民主义和帝国主义蛊惑下的当代政治暴力，那么日本大地震给人类带来的惊恐无助则混杂了现代性以降人类征服自然的浮士德式欲望的又一次破灭和当代高科技神话的自嘲反讽。这两场给 2011 年的春天罩上阴霾、播下苦痛的灾难和灾害有共通之处。它们都由本土、民族 – 国家和全球三个空间构成复杂、庞大、异质多维的场域。各类媒介运用这三个空间中各擅其场的传播技术和文化形式来再现事件，来建构本土、民族和全球叙事。它们都通过各种文化和社会纽带将万里之外的个体和群体的情感、想象、情绪与被再现的事件“真实”场景联起来。最后，它们将主导的以对抗为基调的民族主义话语修正成多元、复数意义上的后民族主义话语。这种修正既是当代生活现实对主导的民族 – 国家政治权力话语的僭越，又促使我们反思当代西方后殖民知识话语从民族 – 国家范式向后民族跨文化范式的嬗变。

（一）后民族氛围

从民族 – 国家范式转向后民族跨文化范式，是从独立、自由的民族 – 国家共同体认同转向后民族的本土和族裔散居认同，从民族文化知识叙事转向本土和全球族裔散居知识叙事。这一范式转型的学术表征之一是印度籍美国学者阿君·阿帕杜莱（Arjun Appadurai）对本尼迪克特·安德森（Benedict Anderson）想象的民族共同体理论的人类学改造。

安德森在《想象的共同体：民族主义的起源和扩散之反思》（1983）中以西方古典摹仿诗学为范式基础，提出想象的民族共同体理论。现代民族－国家共同体认同本质上是想象认同。究其原因，小说和报纸代表的印刷资本主义建构了想象的三大特征：空间上相互分隔的读者获得同质、空洞的时间意识；分享共同阅读体验的共同体成员之间形成平行的（而非向心的或等级的）认同关系；共同体想象认同依赖同质、空洞的文化形象。①

阿帕杜莱在《张狂的现代性》（1996）中对想象的共同体理论进行当代人类学和媒体研究改造，提出全球化状况下的后民族理论。他认为，针对新的全球秩序，我们需要重新定义想象这个安德森理论中至关重要的概念。"想象"（imagination）概念同时包容了"形象"（image）、"想象的"（imagined）和"镜像"（imaginary）三个关联概念。它本质上是社会实践行为，充斥着文化同质化与文化异质化之间的张力，将全球分割成断裂与流动矛盾并存的想象世界。

> ……想象已变成有组织的社会实践领域、一种工作形式（在劳动和有组织的文化事件意义上）、一种在行为场与全球性的可能范围之间的商榷形式。这种想象的解放将戏仿游戏（在某些环境中）与国家及其竞争者的恐怖和强力连在一起。如今想象是所有形式的行为的核心，它本身就是社会事实，是新全球秩序的核心构成部分。②

阿帕杜莱对安德森理论中想象概念的修正和重构形成共同体认知的多维视角——对民族－国家、多国共同体、族裔散居共同体、次民族乃至本土共同体的多重、多焦距透视。

当代后殖民研究，尤其是爱德华·萨义德、霍米·巴巴和G.C.斯皮瓦克的后殖民理论③，采取了与阿帕杜莱相似的理论姿态，即对民族－国

① Benedict Anderson, *Imagined Communities*（London: Verso, 1983）,p.26.

② Arjun Appadurai, *Modernity at Large*（Minneapolis: University of Minnesota Press, 1996）, p.31.

③ 可详细参阅萨义德的自传《错位》，霍米·巴巴在《文化定位》中的第三空间、混合身份等概念，斯皮瓦克将女权与属下阶层研究糅合后提出的性别化属下阶层理论。

家话语的消解。这些后殖民理论征兆了全球化时代来自世界边缘（前殖民地/第三世界/东方）的自由知识分子独特的思想认同状况。关于后殖民研究和后殖民知识分子的上述状况，阿里夫·德里克（Arif Dirlik）在《后殖民氛围：全球资本主义时代的第三世界批评》（1994）中有独到的分析。德里克认为，后殖民研究与第三世界知识分子入主西方学术阵营同步发生，是新的全球政治经济格局的产物和征兆。换句话讲，全球资本主义是后殖民的土壤，后结构/后现代主义是后殖民的理论母体。因此后殖民氛围不过是乔装打扮的全球资本主义意识形态。很显然，德里克用一种巧妙的左派激进修辞，抽空了后殖民的历史、政治和文化复杂性，简单地用西方学院体制中新生的后殖民知识话语和后殖民知识分子来置换三百年来西方资本主义殖民史，无视广大亚非拉世界被殖民奴役史和反抗斗争史，否定后殖民话语从民族主义向后民族主义的转向及其身份认同话语的复调多声化。

当代后殖民批判对象具有双重性，其批评实践具有两面性。一方面，它转向批判后独立、后革命时期的后殖民民族－国家。这无疑与独立时期的民族主义以及相应的反殖民革命信奉的民族－国家理念对立冲突，也与西方启蒙现代性倡扬的政治现代性抵牾。后殖民历史叙事呈现出独立与后独立、革命与后革命、民族与后民族、本土与全球两套叙事之间的断裂。另一方面，它针砭当代新殖民主义和新帝国主义。这无疑延续了 19 世纪和 20 世纪上半叶后殖民启蒙－解放宏大叙事对西方殖民现代性的批判。无论是以殖民领土征服和资源掠夺为目的的老式殖民主义还是全球跨国资本主义主导的新殖民主义，都是西方殖民现代性的变奏。

当代后殖民既不等同于经典的反殖民民族－国家革命和独立叙事，又绝对不等同于阿里夫·德里克论断的全球资本主义叙事。反殖民革命竭力摆脱的是西方殖民暴力和本土前现代社会的制度性和知识性束缚。当代西方后殖民研究在批判资本主义制度的同时又依附于全球资本主义文化霸权。而作为知识实践和社会文化实践的后殖民内容更丰富，涵盖的领域更宽泛，涉及的文化实践形态更微妙复杂。因此无论是民族－国家模式还是全球化模式都不足以完整准确地阐释当代后殖民状况。当代后殖民本质上是同时呈现为本土、次民族、民族、族裔散居四位 / 四维一体的后民族状况。同理，后民族而非后殖民才是当代全球资本主义的本质特征。后殖民是后民族状况的思想症候，也是后民族状况下独特的主体诉求。

（二）作为文化实践的后民族想象

阿帕杜莱的后民族想象理论回应了西方现当代激进批评理论反复推敲的疑难（problematic），即主体的物质性。例如法兰克福学派的瓦尔特·本雅明（Walter Benjamin）在《机械复制时代的艺术品》（1936）中论述了自由的艺术主体之死亡和审美的温床上政治主体之诞生。审美与政治的结合是现代艺术的本质特征。其构成性物质条件是以照相机、电影等现代媒介为主的资本主义机械复制技术。他悲观地认定，人类的“自我异化已经达到这样的程度，以至于能将自身的毁灭体验为极度的审美快感。这就是法西斯主义美化粉饰的政治境遇”①。审美与政治颠倒错乱，艺术家头顶的光晕暗淡了，艺术跌进了审美与政治、艺术与工业技术苟合后的污水中。

本雅明的机械复制说与安德森的印刷资本主义论有重合之处。资本主义规模化生产和技术变革将传统的绘画、表演、诗歌等文化形式变成资本主义文化产业批量生产的日常大众消费文化形式。两者之间的根本区别在于，本雅明强调传统艺术精神和文化价值的死亡，安德森肯定资本主义时代小说和报纸与民族集体认同的同构类推关系。小说和报纸成了资本主义文化生产场中具有独特象征化功能和意识形态聚合力的媒介。它们在民族公共空间中传播，产生相似、共时、同质的阅读这一日常文化仪式。克服个体的孤独和个体之间的时空距离，使个体感知到超越时空差异和个体存在的、靠文化符号和理念维系的集体认同。因此阅读行为逆向作用于阅读个体，通过文化地理、文化象征和文化价值来建构想象的民族－国家集体身份认同。不言而喻，民族主体性是跨越甚至超越时空距离的主体间性，印刷资本主义是其物质技术条件。

① Walter Benjamin, *Illuminations* (New York: Schocken Books,1955), p.242.

援引本雅明的思辨逻辑，大卫·哈维（David Harvey）在《后现代状况》（1990）中称当代世界为电子复制和形象库时代。“本雅明预见的后果反复得到了证实。电子复制和形象储存技术的进步，使艺术脱离了真实的时空语境，大量地被即兴使用和回收。”[①] 阿帕杜莱进一步指出，以电子复制技术为物质基础的后民族状况下文化形式和文化实践新的断裂：

> 当代人类学面临的主要挑战是在逻辑或时间上摈弃西方体验的权威或源于那种体验的模式的前提下研究当代世界的世界性文化形式。如果不分析跨国文化流动，似乎就不可能卓有成效地研究跨国文化流动中滋生的、相互竞争和蚕食的各种新世界主义。它们挫败、混淆了今天的人文学科的许多价值标准。[②]

电子技术决定性地改变了全球范围内文化的传播和实践模式，也改变了人的文化认同模式。电影、电视、计算机、电话、互联网取代了小说和报纸，以更迅捷的速度、更直观的形式、更大的覆盖面渗透日常生活场景，在全球公共空间中传播、复制、编码文化事件。虚拟与真实，仿真与现实，实践与话语，事件与信息，真实与阐释之间的界限模糊了。结果是文化事件借电子媒介产生意想不到的辐射穿透力，形成全球化的文化场，深刻地影响时空、文化、语言、历史上离散分隔的群体认同。与全球文化流动播散对应，技术移民、难民、劳工、政治避难、留学、旅行等使族群秩序不断聚合分离，跨民族 - 国家边界的族群离散迁徙成了新的全球移民现象。

电子媒介与移民成了后民族想象的物质基础，使后民族想象呈现出典型的混杂特征，即异质与同质、本土与全球、传统与后现代混杂并存。想象脱离了传统的文化载体、时空限制、类型、阶层和习性，成为电子媒介和移民流动范围内普遍的日常文化实践。本土主体、族裔散居主体与全球

---

① David Harvey, *The Condition of Postmodernity*（Cambridge: Blackwell, 1990）, p.346.

② Arjun Appadurai, *Modernity at Large*, p.49.

范围内流动的本土文化形象遭遇相逢。公共空间从民族-国家转向全球空间，从民族转向跨民族，从纵聚合意义上的亲缘本土转向横组合意义上的流动本土，从现实境遇转向虚拟仿真。这导致本土主体的全球化和本土文化形象的全球化。“在此意义上，在肯定无疑的家之外，在本土和民族媒介效果设定的屏障之外，人与形象经常不期而遇。”① 本土事件散播成全球事件。

后民族想象涉及当代文化研究、人类学和公共空间政治学共同关注的跨学科问题——文化再现。对全球化文化的人类学研究同时需要我们分析大众传媒主导的各种文化形式，关注这些文化形式表现的各种可能的公共空间中的社会生活实践，揭示这些可能的生活实践与真实的社会生活实践的关系。概而言之，我们思考的根本问题是：经过全球大众传媒处理过的形象、观念和希望怎样建构了或可能怎样建构我们的社会生活图景？

对全球媒介再现的质疑首推西方当代创伤文化研究对灾难和灾害的新人文主义思考。它以批判的姿态剖析媒介再现话语的矛盾：（1）真切的创伤体验和心理感受与关于创伤的真理言说和知识陈述的矛盾；（2）知识和语言意义上不同学科之间及不同语言修辞和风格之间的偏离和差异；（3）传统的体制和规范与创伤叙事（小说、回忆录、传记、证词、访谈、电影、照片）之间的分离裂变。因此全球媒介再现隐含了既有知识话语的危机，因为它不可能接近、表现、言说创伤事件给主体造成的持久、不断重复的痛苦心理和精神磨难，也不可能充分肯定公共空间中文化实践独特的言说创伤、见证创伤、愈合创伤、重构公共空间伦理和文化共同体纽带的作用。

美国学者E.安·卡普兰（E. Ann Kaplan）在《创伤文化：媒体与文学中的恐怖与损失政治》（2005）中分析了“9·11”事件的全球媒介再现。全球媒介再现所及，“9·11”恐怖主义暴力不仅涉及施暴者和直接遭受创伤的受害者，而且包括旁观者、救援人员、受害者的亲朋、媒体消费者、后代等在时空上与灾难分离却又承受其媒介再现影响的人。所有这些

① Arjun Appadurai, *Modernity at Large*, p.4.

人构成由时空分割的创伤主体异质场域，它包括街道和本土集体创伤、媒体对创伤的过滤和建构、国家和民族政治认同、全球媒介空间中暴力事件的虚拟重复和散播等四个层面。美国及西方主流媒体宣扬的主流政治和意识形态压制了街道和本土话语，它们只是我们感知并承受暴力和创伤的表层。

综上所述，作为依附于全球媒介的文化实践，后民族想象涉及媒介再现形式、政治、策略和暴力。如果我们超越新人文主义话语，肯定当代后民族状况下全球媒介公共空间开启了通向孕育着新的民主、交往、伦理希望的大门，如果我们确信无论是新的还是旧的、书写的还是电子的、易变的还是结实的文化形式能承载全球公共空间的价值之重，能言说历史记忆和伤痛并建构新的文化共同体纽带，那么后民族想象就不是一般意义上的文化实践。它本质上是全球后民族状况下的公共空间话语实践，持续推动着未完成的文化和政治现代性工程。

（三）后民族时代的文化精神困境

无论我们用怎样的理论词汇来阐释，用怎样的情感来回应，利比亚事件和日本大地震都是当代全球生活境遇中的暴力事件。两者之间唯一的区别在于，前者是政治暴力，后者是自然暴力。但就人类共同的生活而言，两者本质上都是在本土、民族-国家和全球传播繁衍的创伤。他们将不安、恐惧、痛苦传给媒体，辐射到所有人。我们不知道要经过多长的时间创伤才能愈合，也不知道这样的悲剧是否会重演，更不知道我们是否能避免更剧烈的灾难、更残酷的杀戮侵扰人间。但是我们清醒地看到，不同肤色、不同地域、不同经济状况下的人们都在为今天的苦难而悸动、呐喊、悲叹。我们也清楚地意识到，伴随着全球化的脚步声，伴随着一个又一个科技天使的降世，人类似乎已变成了狂奔的赛马，上帝加诸人的诅咒似乎正在被应验，人性的光焰似乎也变得愈益暗淡。

后民族氛围下，民族/种族问题似乎也正在被超越民族/种族问题的普世问题所取代。全球化不仅仅是或不完全是导致了电子媒介和移民主导的错乱混沌世界。它更将人类共同的境遇和命运以真实的文化实践方式而非真理的价值言说方式摆在我们面前。因此，以想象为其本质的后民族时代的公共空间文化实践最大限度地维系着人类群体最大多数的人之间的交往和情感。它重新将传统的、主流的和尚在孕育生长的文化精神掂量、挑选、铸造。但是我们亦需作如是问：从传统文明到印刷资本主义再到电子媒介资本主义，今日之文化精神载体为何物？今日之文化精神传播者为何人？今日文化精神之路何在？

第三章

弗洛伊德、心理分析与创伤研究：心理形象

埃里希·奥尔巴赫和爱德华·萨义德分别创建了两种形象阐释模式。奥尔巴赫通过对形象的历史阐释，来捕捉欧洲文明内在的历史辩证逻辑，感知欧洲文化深层的也是最现实的民主和人性精神。这是透过历史的一道道地峡，向自我的、本真的、变化中的也是创造性的欧洲历史和文化精神的回归。萨义德则选取了一个与欧洲对立/对应的他者视角，来审视欧洲自我对他者的形象化（具体讲是原型化）。因此萨义德的文化形象阐释模式变成了以自我/他者认知和再现图示化结构为奠基石的崭新的批判方法。后殖民文化形象阐释揭示的是，在西方资本主义现代性跨越地理空间，与其他文化遭遇相逢的过程中，西方文化霸权的话语机制、策略和暴力。它召唤的是全球多元文化政治秩序中超越文化压制与反抗的，以对话交流、和谐共存为主旨的民主和平等理念。

创伤研究同样是形象阐释，是与历史形象阐释和文化形象阐释并列的心理形象阐释。其坚实的学科基础是弗洛伊德心理分析。其深厚的现实土壤是19世纪中叶以来现代人深陷其中的暴力——工业化、战争（第一次世界大战、第二次世界大战、越南战争）、大屠杀、种族隔离、女性承受的性/性别歧视和暴力。其执著的精神诉求同样是启蒙和解放。它将对现代性暴力的鞭挞延伸到心理空间中的心理暴力，在积极阐发文学叙事与心理暴力和创伤之间的症候、表演和愈合关系的同时，拓展了文学叙事的边界、类型、功能和意义。

创伤（trauma）源自希腊语“τρᾶυμα”，本意是外力给人身体造成的物理损伤。1980年美国精神病学协会颁布的《精神障碍诊断与统计手

册》首次正式收入“创伤后应激障碍”（post-traumatic stress disorder）词条。此后对心理、文化、历史、种族等创伤的文化书写、社会关注和学术研究蔚然成风。创伤一跃成为左右西方公共政治话语、人文批判关怀乃至历史文化认知的流行范式。其当代核心内涵是：它是人对自然灾难和战争、种族大屠杀、性侵犯等暴行的心理反应，影响受创主体的幻觉、梦境、思想和行为，产生遗忘、恐怖、害怕、麻木、抑郁、歇斯底里等非常态情感，使受创主体无力建构正常的个体和集体文化身份。

创伤源于现代性暴力，渗透了资产阶级家庭、工厂、战场、性/性别、种族/民族等个体和集体生活的多层面，是现代文明暴力本质的征兆。它具有入侵、后延和强制性重复三大本质特征。可分为以下类别：心理创伤与文化创伤，个体创伤与集体创伤，家庭创伤与政治恐怖创伤，工业事故创伤与战争创伤，儿童创伤与成人创伤，性暴力创伤，民族/种族创伤与代际间历史创伤，施暴者创伤与受害者创伤，直接创伤与间接创伤。

作为当代流行的知识话语和研究范式，它起源于19世纪英国维多利亚时期与工业事故创伤相关的临床医学和19世纪末的现代心理学，尤其是弗洛伊德心理分析，后渗透到文学、哲学、历史学、性别研究、媒体研究、文化研究、人类学、社会学等领域。在方法论上受弗洛伊德及后弗洛伊德心理分析深刻影响，逐步掺杂女权、后结构、后殖民、人类学、社会学研究方法。文化创伤研究涉及创伤情感、创伤心理、文化想象、文化认同、文化生存、社会死亡、文化形式、再现、媒介、意识形态、美学、公共空间政治等理论命题。

作为公共政治话语，它历经六次转变：（1）19世纪末的二十多年内，伴随着欧洲资产阶级反宗教的世俗民主共和浪潮，法国神经病学家让-马丁·夏科（Jean-Martin Charcot）、皮埃尔·简尼特（Pierre Janet）、西格蒙德·弗洛伊德（Sigmund Freud）等首次对女性歇斯底里病症进行观察、分类、分析和治疗；（2）“一战”和“二战”期间及战后，精神病学界在临床实践中开始集中关注参战士兵和退伍老兵的战争创伤，探索用科学治疗代替道德训诫和法律惩罚；（3）20世纪70年代，伴随着反越战浪潮，越战退伍老兵结成团体，促使美国政府和公众直面越战带来的道德崩溃、民族失败和战争创伤；（4）20世纪六七十年代美国民权运动中分离出蓬勃发展的女权运动，妇女和儿童遭受的家庭暴力、性虐待、强奸等创伤以及妇女和儿童的权益保障成为女权政治主旋律；（5）20世纪80年代初，“二战”期间纳粹大屠杀对犹太人造成的创伤成为社会公共话语和大学人文研究的焦点，并扩展到对南非种族隔离、白人对美洲本土印第安人的殖民主义暴力之申讨；（6）2001年的“9·11”事件使恐怖主义暴力和创伤成为21世纪初创伤政治话语的新热点和新转折点。

19世纪末到21世纪初的一百年间，顺应心理创伤理论向当代创伤文化理论的巨幅转向，创伤理论发展大致分四个阶段，形成四种思潮，即弗洛伊德心理创伤理论、后弗洛伊德心理创伤理论、种族/性别创伤理论和创伤文化理论。与前三个阶段不同，又吸纳整合它们的理论成果，创伤文化理论高举民主、正义、公正和人道的旗帜，紧贴当代社会文化生活现实，正视人类现代历史苦难，与种族、民族、性别、社会边缘（如同性恋、艾滋病、儿童等）等身份认同紧密结合。其学科覆盖宽泛，理论整合与创新意识显著，现代性暴力批判诉求强烈。

从弗洛伊德到德里达，从心理分析到后结构主义，从文学叙事到大众传媒，经几代学者的阐释，创伤已变成横跨不同学科和研究领域的重要研究范式。尤其是对经历了工业革命、两次世界大战、纳粹大屠杀、殖民主义、恐怖主义的现当代人类而言，创伤范式使我们认识到我们的身体、心灵世界、文化乃至我们栖息的自然生命世界都与暴力和灾难是如此难分难解。现代性以降的历史和文化布满了创伤裂痕。甚至现代性也露出创伤的根茎。从妇女、儿童、种族、民族到被主流文化规范施行了社会死亡手术的边缘群体，在微观的家庭场景中或是宏大的社会舞台上，在弱小卑微的生命旅程上或是动荡不定的民族迁徙中，个体和集体的文化心理中都充满了怨愤、责难、痛苦、焦虑、冷漠或麻木。甚至在心灵的荒漠中，在遗忘与记忆之间的厚墙前，创伤主宰了生命，幽灵扼死了想象。

弗洛伊德思想是创伤理论的原创点和源头活水。20世纪创伤理论基本上与向弗洛伊德思想的回归和新阐释保持同步发生的态势。当代创伤研究中，弗洛伊德思想仍然是方法论基础和批判精神的原动力。无论是对创伤类型的关注、创伤知识话语的建构、创伤政治多重转向的批判还是对创伤征兆的现代性暴力的批判，弗洛伊德思想是我们完整理解、阐释并运用创伤理论的前提和基础。

第一节　1915 年后的西格蒙德·弗洛伊德

英国 19 世纪小说家查尔斯·狄更斯（Charles Dickins）1865 年问世的小说《我们共同的朋友》后记中记载了这样一件事。1865 年 6 月 9 日是个星期五。与博芬夫妇一起，狄更斯乘坐上英国东南铁路线上运行的火车。在通过一座桥时，火车脱轨并造成可怕的灾难事故。狄更斯协助救援人员从灾难现场救出其他乘客后，搜救出《我们共同的朋友》的手稿。侥幸的是他没有受外伤。不幸的是，接下来的几个月内，他遭受着心理折磨。“我心里不大对劲，相信是铁路震荡的后果。”[①] 狄更斯描述的心理反应就是 19 世纪 60 年代开始进入英国医学研究、司法领域和公众视野的“铁路脊柱病”（railway spine）。铁路交通在英国的迅速发展极大地改变了在城市间流动的旅客们的时空体验和心理感知。火车的高速，还有高速运行的火车发生事故时剧烈的碰撞，无疑对神经系统造成前所未有的震荡效果。当时的医学界主要从外科学角度来分析铁路脊柱病。如外科医生约翰·埃里克森（John Erichsen）认为：“由外来的强力使脊椎神经处于某种状态。这种状态与任何显而易见的脊椎损伤无关。通常但并不必然是这样……”[②] 与埃里克森相反，赫伯特·佩奇（Herbert Page）提出功能紊乱说，即整个神经系统的平衡功能被破坏。无论怎样，铁路脊柱病成了最先开始人类工业化的英国维多利亚时代最典型的创伤模式——人遭遇工业机械暴力后的创伤。埃里克森和佩奇则提出了两种对立的也是最有代表性的

---

① M. Trimble, *Post-Traumatic Neurosis: From Railway Spine to the Whiplash* (Chichester: John Wiley, 1981), p.28.

② John Erichsen, *On the Concussion of the Spine, Nervous Shock, and Other Obscure Injuries of the Nervous System* (London: Longman, 1875), p.15.

理论假设——立足外科学的结构性或功能性假设。

从现代心理学的角度看，创伤理论的开拓者无疑是法国的让-马丁·夏科和希波利特·伯恩海姆（Hippolyte Bernheim）。他们是弗洛伊德心理分析学最直接的也是最大的影响者。弗洛伊德在1893年夏科去世后深情回忆了恩师夏科留给自己的印象：

> 作为老师，夏科无疑是迷人的。他的每一场讲座都是精心设计和创作的小型艺术品。它具有完美的形式，给人留下如此深刻的印象，以至于在一天中剩下的时光里他的声音始终回响在耳边，他所展示的思想始终回荡在脑海里。①

1885年秋，弗洛伊德前往法国巴黎的萨彼里埃医院。在此后的近一年时间内，他专心向夏科求教，接受夏科有关歇斯底里病症的最新的神经病学研究成果之洗礼。1889年夏，为了精究并娴熟掌握催眠术，弗洛伊德前往法国南锡大学，向希波利特·伯恩海姆学习。他在《自传研究》中回忆这次求学经历时说："……这种可能性给我留下了最深刻的印象，即可能存在一种心理过程，然而它却仍隐藏在人的意识之外的某个地方。"②

夏科利用催眠术将具有明显歇斯底里倾向的病人诱入歇斯底里状态，运用分类学方法来观察并记录歇斯底里创伤的心理症候。与此相反，伯恩海姆认为，不论是否有歇斯底里倾向，可以将所有病人诱入催眠状态，并通过催眠暗示方式来治疗或缓解歇斯底里或其他心理创伤症候。伯恩海姆的催眠暗示法实际上是将新的意念植入大脑，进而将意念转变成情绪、情感和意象，最终改变身体状态和行为，达到阻隔、替换、消除创伤记忆的效果。

此后的十多年间弗洛伊德不懈探索和实践，将夏科的歇斯底里研究和伯恩海姆的意念心理理论向前推进。如他在《论歇斯底里现象的心理

① Peter Gay ed., *The Freud Reader* (New York: W. W. Norton & Company, 1989), p.52.

② Ibid., p.10.

机制》（1895）中指出，创伤事件导致双重意识，即意识的扭曲变态。在1896年的病例研究报告《歇斯底里的病因》中他明确提出以下论点："在所有歇斯底里病症背后都有*一次或多次非成熟期的性经历事件*，在儿童最早期发生的事件……"[①] 然而弗洛伊德对儿童和妇女心理创伤的家庭性暴力根源的探究冒犯了体面的中产阶级社会道德秩序。他被迫中断了对心理创伤和暴力的研究，转向对性和欲望理论的集中建构。

1915年是弗洛伊德思想的分水岭。从1915年到1939年去世，弗洛伊德目睹了第一次世界大战的惨烈残酷，遭受了希特勒纳粹反犹主义的迫害，震惊于现代工业技术文明的疯狂。在《悲悼与忧郁症》（1917）、《超越快感原则》（1920）、《文明及其不满》（1930）和《摩西与唯一神教》（1938）等一系列著述中，他超越了此前对个体无意识、性和欲望的力比多式分析，转向关注现代人和现代文明的创伤。

1915年弗洛伊德思想的转变呼应了欧洲心理学界对第一次世界大战中士兵遭受的"震弹症"（shell shock）的关注。英国现代主义女作家弗吉尼亚·伍尔芙（Virginia Woolf）在意识流小说《达洛卫夫人》（1925）中刻画的"一战"退伍老兵塞普蒂默斯·沃伦·史密斯是震弹症患者的文学原型。塞普蒂默斯生活在与眼前伦敦的日常生活隔离的虚幻世界中。血肉横飞的战场、生死与共的战友、噩梦般的记忆、社会和医疗机构的冷漠无情，在汽车轮胎爆炸的一瞬间，这些创伤记忆使他陷入彻底疯狂错乱的心理状态。他最终以自杀方式结束了自己痛苦的生命。1915年2月，剑桥大学心理学家查尔斯·迈尔斯（Charles Myers）在《蓝塞特报告》中首次分析了三位接近炮弹爆炸现场的士兵的病例，从而提出"震弹症"战争创伤。震弹症有其剧烈的、外在的、物理的原因，同时又表现出内在的、延迟的心理症候。与此前的工业和火车事故造成的创伤一样，震弹症标志着工业革命以来工业技术暴力的延续和恶化。整个"一战"前线就是一座巨大的、机械化的工厂——一条剥夺掉千万士兵生命的死亡生产线。

---

① Sigmund Freud, "The Aetiology of Hysteria," *Standard Edition of the Complete Psychological Works of Sigmund Freud*, Vol. 3, trans. J. Strachey (London: Hogarth Press, 1962), p.203.

弗洛伊德没有直接研究狭义的战争创伤，也没有关注震弹症，尽管围绕着他的核心圈子里不乏对战争造成的心理创伤进行研究者。例如桑多尔·费伦齐就试图绕过弗洛伊德的力比多理论来重新研究并治疗战争神经官能症。此是后话，暂且不表。单说弗洛伊德 1915 年后创伤理论的四部曲：忧郁症、死亡本能、现代文明内在的冲突、遗忘与记忆交织的创伤历史。

（一）忧郁症:《悲悼与忧郁症》

1915 年弗洛伊德尝试向元心理学方向探索。他在《自传研究》中说："这里的意思是一种研究方法。按照这种方法，每个心理过程都被视为与三个坐标关联，即*动态的坐标*、*地形坐标和经济坐标*。这对我而言似乎代表了心理学所能企及的最远的目标。"[①] 他探索的结果是四篇文章，即《本能及其变化》《压抑》《无意识》和《悲悼与忧郁症》。而迟至 1917 年发表的《悲悼与忧郁症》无疑是弗洛伊德创伤研究的新起点，也是当代创伤文化研究的奠基作。

《悲悼与忧郁症》集中探讨的是忧郁症这种典型的心理创伤中自我与客体的关系。弗洛伊德以悲悼为参照来剖析忧郁症。悲悼是自我对爱的客体之丧失的正常反应。它表现出的心理症候包括：沮丧，对外部世界失去兴趣；没有爱的能力；抑制所有活动；等等。它交织着两股力比多能量之间的抗争。一方面，自我仍固执地将力比多能量集中到已失去的爱的客体上；另一方面，力比多从爱的客体上撤退下来。这两股力量之间的抗争是如此剧烈，以至于自我将自身与现实隔开，沉溺于爱之欲望满足的幻觉状态。最终自我走出心理幻觉，将爱转移到新的替代客体上，恢复与现实的正常关系。值得一提的是，在悲悼的幻觉状态，夹在两股相互抗争的力比多能量之间的失去的爱的客体变成了幻想的客体——存在于记忆、希望、幻觉中的客体。客体实质上发生了根本的心理幻觉变形，并最终被新的现实客体替代。

---

① Peter Gay, *The Freud Reader*, p.37.

与悲悼相比，忧郁症具有以下突出的特征。首先，自我与客体之间的关系更复杂化了。忧郁症可能是自我对客体之丧失的反应。与悲悼相比，它包含着更理想的价值和意义之丧失；也许客体本身没有实质性地死亡，仅仅是作为爱的客体而丧失。更复杂、隐匿的情况是，自我不能有意识地感知到底失去了什么，因此对爱的客体的丧失之心理动因从意识转到了无意识。其次，无名的丧失导致忧郁症式的抑制。自我陷入深深的道德自责、自弃和自贬。如果说悲悼者眼里的现实世界变得空洞、贫乏、没有生机和色调，那么忧郁的自我则陷入荒凉的心灵枯境。“病人将他的自我展示给我们——毫无价值、徒劳无功、道德上卑劣的自我。他自责自贬，希望被抛弃并受到惩罚。”①弗洛伊德指出，这是道德意义上在心理幻觉中对自我的贬损。失眠，拒绝营养进食，颠覆生命本能。这种对自我的折磨，对生命本能的颠覆，在《超越快感原则》中变成了弗洛伊德对死亡本能的思考。

忧郁自我的抑制征兆了自我内在的结构性分裂。自我的一部分从道德良知的高度来审视、评判、谴责自我的另一部分。但是这种谴责和审问的理由乃至对象又奇怪地不适用于忧郁症患者。尽管经过刻意的伪装和修饰，它们适用于另一个对象——忧郁的自我曾经爱过、爱着的或应该爱的客体。因此自责其实是对爱的客体的责备——对转移到忧郁自我之中的、爱的客体幻像的责备。

从外在的爱的客体转变成自我心理中受责备的客体幻像，这是一个客体在自我中被内在化的过程。当自我与客体之间的关系遇到障碍时，自我一方面仍保持着与被放弃的客体的认同；另一方面放弃意味着自我的力比多从客体撤回自我之中。这样自我之中出现了失去的客体的幻像，客体的丧失被置换成自我之一部分的道德缺失，自我与外在客体的冲突变成了道德审判的自我与替代失去的客体那一部分的自我之间的冲突。

上述动态的内在化过程表明，自我与客体之间的关系是正反矛盾关系

---

① Sigmund Freud, “Mourning and Melancholia,” *Standard Edition of the Complete Psychological Works of Sigmund Freud*, Vol. 14 (London: Hogarth Press, 1968), p.127.

（ambivalence）。自我与客体本源上是爱的关系。当放弃爱的客体之时，自我的部分力比多回逆到自我之中，与自我形成自恋认同关系。同时另一部分力比多促使自我将受伤害、被忽略、失宠、失望等忧郁情绪产生的憎恨转嫁到新的替代客体（也是幻觉的客体）之上。道德的自我以虐待狂式的方式来惩罚这一部分具有替代功能的、被客体化的自我，从其承受的痛苦和悲伤中获得虐待狂式的快感。因此忧郁症患者的自我惩罚是以憎恨为底色，以虐待狂式的快感满足为心理特征。这样忧郁创伤交织着爱与憎恨之间的矛盾冲突：一方面对客体的爱变成了自恋认同；另一方面对客体的爱畸变成对自我之中客体幻像的憎恨和惩罚。

弗洛伊德该文至关重要，因为它引出了创伤心理研究的三个核心问题。它们分别是：与生命冲动对立的死亡冲动、与外在客体分离的客体幻像及其产生的心理动能、忧郁创伤特有的仇恨心理起源及其虐待狂式的欲望满足。此后忧郁创伤逐渐成为人类学、文化研究、种族研究和性别研究的中心命题。

例如法国人类学家克劳德·列维－斯特劳斯在1955年完成的田野考察札记《忧郁的热带》开篇即表达对跨文化旅行的厌恶：

> 我讨厌旅行，我恨探险家。然而，现在我预备要讲述我自己的探险经验。……在这十五年中间，我好几次都计划开始进行我目前要做的工作，但每次都因为一种羞辱与厌恶之感而无法动笔。①

列维－斯特劳斯给自己确定了多重角色——旅行者、探险者、讲述者和书写者。他也确立了与旅行探险目的地（亚马孙河流域），与讲述和书写对象（南美洲的土著印第安人）之间认同体验的情感底色——“讨厌”、“恨”、“羞辱”和“厌恶”。从文字表层意义看，他厌倦了旅行。从他这位欧洲人类学家的旅行目的地和调查对象来看，其深层意义却不是一般意

① ［法］克劳德·列维－斯特劳斯：《忧郁的热带》，丁志明译，生活·读书·新知三联书店2000年版，第3页。

义上对旅行的厌恶，而是对南美热带雨林，对栖居在那里的原始族群的情感和心理排斥。不是忧郁的热带，而是湿闷的热带雨林气候和原始文化造成了欧洲白人列维－斯特劳斯的忧郁心理和厌恶情感——一种欧洲现代知识话语结构性地生成的欧洲跨文化个体的文化心理。

（二）死亡本能：《超越快感原则》

弗洛伊德在《超越快感原则》中用典型的二元对立思维方式来重新校正其心理分析理论的重要概念"快感原则"（pleasure principle）。无疑这种理论重构有其现实的原因，即现代工业文明给人类心灵世界笼上的阴霾。他说：

> 很久以来，众所周知且被描述的状况发生在严重的机械震荡、铁路灾难和其他危及生命的事故之后。它被称为"创伤神经官能症"。刚刚结束的这场可怕的战争导致了大量这种疾病。但是它至少终止了这种误导，即将紊乱归咎于机械力量造成的神经系统的组织结构损伤。[①]

面对外在世界的困境和危险，与追求快感满足对立，自我产生自我保全的本能，现实原则取代了快感原则。现实原则尽管以获取快感为终极目标，但是"他不管怎样需要且有效地延迟快感的满足，放弃许多可能获得的满足，能暂时容忍不快乐——通往快感的漫长且曲折的道路上的一步"[②]。

弗洛伊德用来解释现实原则的典型事例就是一岁半左右的幼儿玩的"消失－重现"（德语是"forte-da"）游戏。幼儿对母亲产生强烈的依赖。面对母亲暂时的离开，幼儿通常将玩具扔开后再将之拿回来，同时他会兴奋地发出类似于"消失"和"那里"意思的声音。这一典型事例揭示的幼儿与客体之间的关系及其表演和商榷特征是英国心理分析学派研究的主要

① Sigmund Freud, *Beyond the Pleasure Principle*, trans. James Strachey (New York: W. W. Norton & Company, 1961), p.10.

② Ibid., p.7.

内容。就弗洛伊德提出的现实原则而言，这个游戏揭示了现实原则更深的内涵。自我并不是完全被动地承受与爱的客体分离而产生的暂时的不愉快。它选择了爱的客体的替身，用模仿表演的方式来重复分离与团聚的场景。通过重复表演，将自我从被动的承受不愉快甚至痛苦和不安全感的角色变成主动的获取满足感的角色。这种针对不愉快的现实的重复的冲动和弃绝本能产生快感——在自我通向快感巅峰的过程被延迟后通过迂回的途径获取快感和满足。

但是对于受创主体来说，不断重复童年时经历的事件这种冲动却不是为了获取快感。它指向与快感原则背后的生命本能不同甚至比生命本能更强势的另一种保守的本能。“*那么似乎存在一种本能。在有机生命体中与生俱来的强烈要求是恢复生命体更早的存在样态*。外在的力量的干扰迫使有生命的实体放弃这种样态……有机生命体与生俱来的惰性的表现。”[①] 这种保守的、趋向重复并恢复原初生命状态的本能就是死亡本能。死亡本能是生命体自我内在的本能。或者说所有生命最后的归宿和目的是死亡。保全自我、肯定自我的生命本能，积极向前的生命取向，所有这些都是为了这样一个目的——生命体以自我愿望的方式重复地回到起点。

弗洛伊德在《超越快感原则》中主要进行的是修正快感原则这一概念的理论思考。进而他发现以力比多假设为基础的自我本能与性本能这一对概念的含混。自我本能在一定程度上与客体有关，也具有力比多特征。这就是前面分析的忧郁症中力比多能量从客体回返至自我之中这一现象。这意味着自恋式的自我保护本能兼有力比多性本能的功能和特征。自我本能与性本能之间的对立是不存在的。最根本的对立是以自我和客体为对象的力比多本能与非力比多本能的对立，或者说是爱（Eros）与死亡（Thanatos）、自我保护与自我毁灭、生命本能与死亡本能的对立冲突。这自然引向他在《文明及其不满》中对现代文明内在冲突的审视和批判。

---

① Sigmund Freud, *Beyond the Pleasure Principle*, p.43.

（三）文明的冲突:《文明及其不满》

1929年7月底，弗洛伊德完成了《文明中的不快乐》书稿。在被翻译成英文时书名变成了《文明及其不满》。就在这个月的28日弗洛伊德在给卢·安德列亚斯－莎乐美（Lou Andreas-Salomé）的信中讲道：

> 今天我写了最后的句子，书结尾处的句子。……它谈论的是文化、罪感、快乐和其他严肃的主题。似乎对我而言它是那么多余，与前一本书不一样，因为前一本书背后总是有某种内在的动力。但是这又何妨呢？人不能成天游手好闲地抽烟打牌。……在写这本书的过程中，我重新发现了最朴素的真理。①

弗洛伊德在该著中阐释的最朴素的真理是：文明的发展类似于个体心理的发展，充满了爱欲与死亡欲望的冲突；文明与个体之间始终充满了抗争；受利己主义和利他主义这一对文化冲力的矛盾支配，文明是病态的、创伤的文明。

弗洛伊德认为，文明是使人类的生活有别于动物世界的全部成就和规范的总和，其基本目标是佑护人类脱离自然灾害并协调人与人的关系。文明的四个典型特征是：人类所有的文明活动和资源都是为了开发自然、驯服自然并战胜自然暴力；当人类能有效利用所有自然资源并最终征服自然之时，文明进入了高级阶段；除了追求实用和有效，审美在文明中占据着特殊的地位，对思想、科学和艺术的追求以人的完美和愉悦为目标，这构成了人类更高级的精神活动；人与人之间结成紧密的社会关系，共同体权力取代个体权力，代表群体利益的公正理念和法律取代了个体自由和个人意志。

从野蛮到文明、从文明的低级阶段到高级形态，文明经历了一个与个

---

① Sigmund Freud and Lou Andreas-Salomé, *Sigmund Freud and Lou Andreas-Salomé: Letters*, trans. William and Elaine Robson-Scott (London: Hogarth Press, 1966), Sigmund Freud's letter to Lou Andreas–Salomé dated July 28, 1929.

体的力比多心理发展类似的过程。但是文明又不同于个体心理发展。一方面，文明最终促成本能的升华，使人类有能力从事高级的科技、艺术和意识形态等精神活动。另一方面，文明通过压迫、抑制等方式来放弃本能，剥夺本能对快乐的追求。因此文明的发展始终充斥着对个体的否定和压制。文明使人变得不快乐。

首先是文明与爱欲的冲突。对情爱的追求构成了支配个体力比多心理的快感原则，也是人类家族繁衍的前提条件。但是文明建构的超越于两性和家庭的群体关系使情爱逐渐偏向个体之间的、超越性爱的友爱。这样情爱与文明的利益对立冲突，文明对情爱施加了种种限制和禁忌。随之代表家庭和性爱利益的女性成了文明的异己存在。女性站到了文明的背景和阴影中，文明成了男性和男权的专制领地。

其次是文明与人的进攻本能的冲突。如弗洛伊德在《超越快感原则》中论述的那样，除了生命本能，人的心理中存在回到原初的、无生命状态的死亡本能。死亡本能指向外部世界时，表现为虐待狂式的进攻和毁灭本能；向内则表现为受虐狂式的自我毁灭本能。因此进攻本能构成了文明进步的最大障碍。"……文明是服务于爱欲的过程。其目的是将不同个体，接着是家庭，再次是种族、民族和国家，凝聚成一个庞大的整体——人类整体。"① 文明的爱欲之旅和生命进程与死亡的毁灭本能之间持续不断的抗争使文明变得满目疮痍。文明的演变可以说就是人类生命本能抗争的过程。

为了遏制死亡本能，人赋予自我的一部分超我的特权，道德良知的力量将罪恶感深深地烙在个体心灵上，使自我谦卑地匍匐在良知面前。文明的温床上诞生的罪感是人为文明而付出的代价。它使人因惧怕外在的惩罚权力而战栗，因惧怕失去爱而失去自由——纵情地享受快乐的自由。文明中生命本能与死亡本能的对立产生了文化的超我——由伟大的精神领袖和道德实践者标示的伦理价值。但是文化超我形象的诞生是以历史暴力为

① Sigmund Freud, *Civilization and Its Discontent*, tans. James Strachey (New York: W. W. Norton & Company, 1961), p.68.

代价的，尽管这种历史的暴力和文明的创伤被历史叙事巧妙地置换甚至掩盖。

> 在很多情形下发生过类似的事件。其原因是，在有生之年，这些人物通常（尽管不总是）受到他人的嘲弄和虐待，甚至被残酷地处死。其实，以同样的方式，原始的先祖在被残暴地处死之后经过漫长的时间，才获得神性。[①]

弗洛伊德对文明的朴素真理的言说最终揭示了文明的也是历史的暴力和创伤本质。无论是文明与爱欲的冲突、文明与人的进攻本能的冲突、爱欲与死亡本能的冲突还是文明对人追求快乐天性的压制，都使文明的历史进程充斥了暴力。高贵的野蛮人、爱欲化身的女性、牧歌式的伊甸园、道成肉身的耶稣基督都是文明创伤的原型。文明的暴力与创伤，记忆与遗忘，是弗洛伊德在《摩西与唯一神教》中接着讲的话题。

（四）遗忘与记忆交织的创伤历史:《摩西与唯一神教》

弗洛伊德在《摩西与唯一神教》中从现代文明转向古代文明，转向古代埃及宗教文明土壤中孕育的犹太教历史。犹太教的孕育和诞生见证了古埃及宗教政治的盛衰及其向犹太教的过渡。公元前 14 世纪左右，古埃及第十八王朝成为强盛的世界帝国。法老埃赫那顿（Ikhnaton）信奉普世太阳神并将太阳神教阿顿（Aton）教尊为国教，由此奠定了古埃及有史以来众多多神教派别之外的唯一神教。埃赫那顿去世后，阿顿教被敌对的宗教势力废止。一位名叫摩西的阿顿教信徒将目光投向外来的犹太人，虔诚地将太阳神唯一神教传播给他们。在从埃及通向心灵圣地的征途上，固执的犹太人杀死了他们的律法制定者和精神领袖摩西，放弃了对阿顿教的信仰，改为信奉火山之神耶和华（Jahve）。在经历了漫长的岁月后，摩西教重新进入犹太人的宗教视野。犹太人重新确立了摩西唯一神教的绝对

---

① Sigmund Freud, *Civilization and Its Discontent*, pp.88–89.

地位。

因此犹太教历史实为一部创伤史，摩西唯一神教的弃绝和复苏征兆了一种典型的宗教现象——潜伏现象（phenomenon of latency）。为了解释宗教潜伏现象内在的暴力和创伤机制，弗洛伊德阐述了个体心理创伤的潜伏现象及其强迫机制。然后他用类推方式来解释宗教现象。个体心理创伤源于儿童在前俄狄浦斯阶段遭受的进攻型性创伤。在相当长的时间内它处于被记忆遗忘的状态。个体性心理创伤表现出两种对立的效果。一方面，个体试图复活创伤，让被遗忘的经历回到记忆之中，甚至重复体验创伤。这就是弗洛伊德所讲的“重复－强迫”机制。另一方面，个体试图彻底遗忘甚至拒绝创伤体验。这种防御型的反应导致心理抑制或恐惧症后果。无论怎样，这两种表面对立的倾向交替主宰着个体创伤心理，产生个体无力化解的心理冲突。结果在经历了创伤潜伏期后，创伤再次处于活跃状态。创伤个体无视外在现实，沉溺于内在的、复活的心理现实幻觉中。早期创伤—心理防御—潜伏—创伤再次爆发—被压抑和遗忘的创伤经历部分回到记忆，这构成了个体创伤心理发展的路线图。

运用上述分析模式来看人类历史，弗洛伊德发现类似的过程：

> ……整个人类也经历了性进攻性质的冲突。它们留下了永久的印迹，但绝大部分时间内被回避和遗忘了。经过漫长的潜伏期之后，它们才复苏并产生与神经病的结构和趋势类似的现象。①

犹太教历史就表现出典型的潜伏现象。在放弃摩西教之后，相当长时期内，有关摩西教的一神论观念、对仪式的谴责和对伦理律法的强调，在犹太教中销声匿迹了。犹太教的官方历史记载完全抹去了早期历史中摩西被杀戮、摩西教被弃绝的暴力事实。与这种官方书写记载中的缺失或受压制对立，摩西教却在民间口头传统中一代代保存下来。与书写档案相比，口传更能真实地贴近历史事实，并没有随着时间的流逝而变得模糊或消

① Sigmund Freud, *Moses and Monotheism* (New York: Vintage Books, 1939), p.101.

失。在某个特定的历史时期，口传中的摩西教突破了书写传统的压制，堂而皇之地进入官方书写记载，将犹太人的宗教信仰和活动重新拉到摩西教的轨道上。摩西教与耶和华教妥协并融合。长期处于潜伏状态的摩西教重新焕发出巨大的精神化力量。

> ……有关它的某种记忆留存下来，也许某种传统被遮掩和扭曲了。正是伟大的过去的这种传统继续在背景中发挥作用，直到它慢慢地获得越来越强大的主宰人们精神的力量，最终成功地将上帝耶和华变成摩西教的上帝……①

重新与摩西教认同的犹太教仍拒绝承认对摩西的杀戮。这是一种强制性的遗忘，是对摩西埃及人身份的掩盖，也是对犹太教异教起源和原初暴力的否定。这种对摩西教的肯定与对异教起源和暴力的否定决定了犹太教与基督教的根本区别。犹太教历史地遗忘了也是精神上拒绝承认原罪——信徒和后嗣对奠基人和先父之暴力死亡的拒绝。相反基督教承认原罪——信徒对上帝之子和代言人暴力杀戮的原罪。无论是拒绝还是承认，犹太教以及从中衍生出的基督教历史都铭刻着暴力创伤，都交织着遗忘与记忆的变奏。② 对犹太教和基督教原罪的肯定又回复到《文明及其不满》的核心主题：创伤文化逆反地建构了一个充满罪感的文化超我。

鲁思·利斯（Ruth Leys）从弗洛伊德创伤心理理论中发现，创伤的重复和表演符合摹仿原则，是一种自我再现（self-representation）。

> 因此弗洛伊德把创伤定义为与创伤场景或人物无意识认同或对之进行“原初压抑”的境遇。它发生在一种类似催眠状态的情形下，与自我和客体的力比多关系无关。……简言之，弗洛伊德的研究提炼出并剖露出催眠－摹仿认同（hypnotic-mimetic）疑难，这对于世纪之

① Sigmund Freud, *Moses and Monotheism*, p.87.

② Ibid., pp.108–117.

交的创伤理论研究之起源来说至关重要。[1]

利斯试图将摹仿泛化为一种流行于20世纪初的理论范式。撇开对这种论点的合法性之深究，我们可以断言，他针对的是三重关系。

第一重关系是，在心理创伤过程中现实客体与自我中被压抑的具有替代功能的客体幻像之间的分离和重叠。弗洛伊德对忧郁症创伤心理的客体内在化过程的分析证明了这一点。而他在《文明及其不满》中对文化超我与罪感自我的分析是将个体心理应用于文化创伤研究的实例，也是客体内在化理论的延伸。

第二重关系是，原初的创伤体验及承受创伤暴力的客体在经历了遗忘这一潜伏过程后重复出现在创伤记忆之中。这形成了创伤场景的重复表演，也产生了暴力牺牲者的精神化客体形象与历史中真实的形象之间既重复又变异的关系。这主要是弗洛伊德在《摩西与唯一神教》中分析的主题。

第三重关系涉及接受催眠术心理治疗的创伤主体与施行催眠术的心理分析师之间的关系。这种关系的微妙之处在于，早期的创伤经历和场景只是在催眠状态下才漂浮在受创者的意识之中，呈现出显性的活跃状态。这是一种遗忘状态的再记忆，是从被抑制的记忆中重复显现心理印象。同时，受创主体又与心理分析师建立起心理投射关系——通过对分析师的客体化和幻想化来主动地实现心理移情。被客体化的分析师成了心理幻像的，也是早期现实客体的替代品。因此这第三重关系同时在幻想与现实、遗忘与记忆、现在与历史多维度中形成客体关系复制、替代、重复的心理场域。

无疑，对弗洛伊德心理分析思想中创伤心理尤其是客体认同嬗变过程的挖掘，是对弗洛伊德思想的重构，更是对创伤文化理论谱系的最必要的也是最必然的梳理和正本清源。由此我们澄清了创伤研究范式坚实的理论

① Ruth Leys, *Trauma: A Genealogy* (Chicago: the University of Chicago Press, 2000), p.36.

基础，也从创伤心理深层的客体认同嬗变中发现了弗洛伊德思想中深层的摹仿/再现范式。这样我们也就不难理解，他用个体心理分析模式来分析创伤文化机制和历史创伤机制这种类推式的研究方法，实际上表征了理论和批判思维中的摹仿话语修辞。

第二节　心灵的幻像

思想理论的跨文化旅行也是一个跨文化选择的过程。20世纪80年代以来，中国的西方心理学理论译介、研究和应用基本上是始于弗洛伊德的个体性心理研究，兴于卡尔·荣格的集体文化无意识和原型理论，盛于雅克·拉康的心理认同三界说。三十年如絮似烟。我们眺望世界文学乃至人文思想，也燃烧着对心灵的神奇、文化的深邃和归属感热烈的探究和狂放的想往。三十年如歌如诉，我们以大胆和无畏将这些同样大胆无畏的人类心灵世界的探索者奉为巨擘，引为知音，化为烛光。

但也正是这样一个大胆的、为我所用的选择过程妨碍了我们从最大可能亲密邻近的学理零距离来透视弗洛伊德思想的大潮，来摆脱甚至颠覆这些先在的思想定势对我们新的思想航程的干扰甚至妨碍。我们新的思想旅行的起点不是荣格，也不是拉康，而是弗洛伊德最忠实的学生桑多尔·费伦齐。因为经过费伦齐的中介，弗洛伊德的心理创伤理论先后分别在法国和英国衍生出迥然不同于拉康心理分析理论的、形成于20世纪六七十年代的两派新学说。其一是秘穴和代际间幽灵论，其二是过渡客体论。

（一）秘穴和代际间幽灵论

秘穴和代际间幽灵论真正的创立者是一对旅居法国巴黎的匈牙利犹太人恋人——尼古拉斯·亚伯拉罕（Nicolas Abraham，1919—1975）和玛丽亚·托罗克（Maria Torok，1925—1998）。第二次世界大战前夕亚伯拉罕移居法国巴黎，入索邦大学攻读哲学。20世纪四五十年代他是法国国立科学研究中心的客座研究员，同时接受心理分析训练，之后成为巴黎心理分析学会的成员。第二次世界大战结束后来自匈牙利的玛丽亚·托罗克进入索邦大学攻读心理学，与醉心于胡塞尔现象学和心理分析学的亚伯拉罕相识相知。由此开始了两人间长达二十多年的研究合作和忠诚情谊，为创伤心理研究史增添了一段传奇般的佳人佳话。两人间合作的结果就是：1986 年由尼古拉斯·兰德从 1976 年的法文版翻译成英文的《狼人的神奇语词：加密的语言》，该著法文版由雅克·德里达写序；1994 年由尼古拉斯·兰德从 1978 年的法文版翻译成英文的《壳与核：心理分析新论》，该著按不同专题收集了两人 1951 年到 1986 年的 15 篇理论文章；《向弗洛伊德提问：心理分析秘史》（1995）。

亚伯拉罕和托罗克从弗洛伊德最亲密的友人和学生、匈牙利心理分析学派的奠基人桑多尔·费伦齐（Sandor Ferenczi）的思想中吸收了重要的心理分析概念"心力投入"（introjection）并对之进行理论改造。同时他们又重新回到弗洛伊德在《悲悼与忧郁症》中提出的创伤概念"忧郁"。这样借助上述两个核心概念，通过与前人的思想对话，他们逐渐形成了自成一体，以临床实践为基础，偏重客体关系的创伤理论——秘穴和代际间幽灵论。这完全不同于以性压抑、俄狄浦斯情结为支点的弗洛伊德思想。

费伦齐一生的理论成就主要载入以下著述：《对心理分析的最初贡献》《对心理分析的最后贡献》《心理分析的发展》（与奥托·兰克合著）、尼古拉斯·亚伯拉罕安排在法国出版的《莎拉萨：性欲的起源》《桑多尔·费伦齐的临床日记》及三卷《西格蒙德·弗洛伊德与桑多尔·费伦齐的通信》。无疑所有这些著述中最有影响的是收入《对心理分析的最后贡献》中的文章《成年人与儿童之间的用语混乱》（1932 年心理分析国际会议上费伦齐提交的论文）。

费伦齐 1909 年撰写了文章《心力投入与移情》，最早探讨"心力投入"概念。区别了精神病特有的投射机制与神经病特有的心力投入机制之后，他指出："神经病患者不停地寻找他能与之认同的客体，他能将情感转移其上的客体，这样他就能将其吸纳进自己的范围，即内在化。"[①] 在

① Sandor Ferenczi, "Introjection and Transference," *Contributions to Psychoanalysis*, trans. Ernest Jones (Boston: Richard G. Badger, 1916), pp.40–41.

1912 年的《论心力投入的定义》一文中他更充分地论述了这一重要概念：

> 我将心力投入描绘成这样一个过程，即通过将其客体包含在自我之中，扩展到原初的自体性欲涉及的外部世界。我重点强调这个“包含”，从而试图表明，我考虑的是正常人和神经病患者（自然也包括偏执狂患者，只要他们有能力去爱）的每种客体爱恋（或移情）都是自我的扩展，即心力投入。[①]

从上述两篇文章中，我们发现费伦齐对“心力投入”概念的界定发生了显著的变化，即从与精神病对应的神经病患者与客体的认同扩展到自我对所有爱的客体的包容吸收。费伦齐在界定该概念时指出，心力投入分别涉及自我的两种状况，即正常状况和神经质状况。换言之，在他的思想中，与爱的客体之正常认同和创伤认同都属于心力投入描摹的范围。

鲁思·利斯对费伦齐思想中摹仿模式的阐释颇值得我们反思。首先，创伤造成的心理机制分裂迫使受创者屈服于施暴者或进攻者而不是进行反抗。因此这种迫于创伤暴力的顺从是摹仿外在的进攻者/施暴者或与之认同的过程，即摹仿式地承受痛苦，将进攻者的罪内化为自我的罪感。其次，创伤心理的分裂包括原初模式和非原初模式。前者指在心理成长的开端自我与客体、主体与客观世界的分裂。这意味着原初的创伤分裂是心理成长过程中必然的也是正常的现象。或者说人的心理成长本质上就是创伤的。原初创伤先于自我与客体的分离，无法在记忆中留下痕迹，因此是无法重复或再现的。后者发生在自我形成之后，明显地留下了自我与客体之间摹仿认同的暴力痕迹。这种创伤过程是病态的、暴力的客体关系建构过程。关于受创主体与施暴者及其征兆的暴力和非理性之摹仿认同，费伦齐的《临床日记》中有以下记载：

---

① Sandor Ferenczi, *Final Contributions to the Problems and Methods of Psycho-Analysis* (New York: Brunner/Mazel Publishers, 1980), p.316.

> 另一个，也许是更有力的动力是因为恐惧而认同。人们必须彻头彻尾地了解危险的敌人，密切注意他的每一个动作，这样才能保护自己。……在面对进攻者之时，人们手无寸铁，没有任何其他可能的方式来教导或引导他恢复理性。通过认同而产生的这类制止效果也许在最后时刻仍能有用。[①]

费伦齐之后，弗洛伊德在《列奥纳多·达·芬奇与童年记忆》（1910）、《本能及其变化》（1915）、《悲悼与忧郁症》《群体心理与对自我的分析》（1921）、《自我与本我》等著述中反复思考与“心力投入”类似的客体关系机制。从这一视角来重新阅读《悲悼与忧郁症》，我们发现弗洛伊德实际上是在阐述费伦齐的“心力投入”概念隐含的问题，即在自我与客体认同关系的变化过程中，自我对客体的内在化以及相应的心理分裂创伤。“自我希望自行内并这个客体。在口腔和吞食期，能这样做的方法就是将客体吞食掉。”[②]

那么尼古拉斯·亚伯拉罕和玛丽亚·托罗克是怎样重构“心力投入”和“忧郁”这两种心理现象，进而建构秘穴与代际间幽灵理论的呢？

心力投入（introjection）与内并（incorporation）：尼古拉斯·亚伯拉罕和玛丽亚·托罗克分析心力投入和内并的代表作是《悲悼之病症与精美的尸体之幻想》（1968）和《悲悼或忧郁症：心力投入与内并》（1972）。他们整个理论思考的出发点是弗洛伊德的《悲悼与忧郁症》发表后卡尔·亚伯拉罕与弗洛伊德之间的四封信表现出的两人之间的误解。卡尔·亚伯拉罕发现，相当部分病人在经历了一定时期的悲悼之后出现反常的性欲剧增和沉重的罪感现象。而弗洛伊德却回避甚至忽视了卡尔的这一重要发现。重新分析这一临床现象，尼古拉斯和玛丽亚认为性欲的剧增恰好印证了自我迸发的与逝去的爱的客体认同的心理机制——绝望的也是

---

① Sandor Ferenczi, *The Clinical Diary of Sandor Ferenczi*, ed. Judith Dupont (Cambridge, Massachusetts, 1988), p.177.

② Sigmund Freud, “Mourning and Melancholia,” *The Standard Edition of the Complete Psychological Works of Sigmund Freud*, Vol. 14, p.131.

最后的心力投入尝试。

作为自我持续的、不断的、漫长的也是理想的塑造和成长过程，心力投入“在出生后不久就出现在可比较的情况之下。不用深入细节，仅表明这一点就足够了，即心力投入的初期出现在幼儿期，幼儿同时体验到口腔的空洞和母亲的在场”①。

> 心力投入扩展并丰富自我，竭力将无意识的、无名的或被压抑的力比多导入自我的领地。……心力投入赋予客体在自我与无意识之间进行调停的作用。……将本能刺激转化成欲望和欲望幻想，使之在客体空间中展现并合法存在。②

心力投入在自我、爱的客体与本能之间形成动态的心理体验空间，横跨自我与无意识、自我和无意识建构的内在心理空间与爱的客体栖居的外界空间之间的边界。其目标是借助爱的客体，将无意识能量成功、和谐地纳入自我的领地，实现自我向完整、同一主体的转化。爱的客体发挥双向作用：既承受来自自我的心理焦注，又承受本能的欲望之流。本能欲望合法地进入自我焦注的客体世界，由此自我完成一轮对无意识本能的转化和占有。心力投入过程完成后，爱的客体从心理体验的想象圣台跌入纯客体化的世界；自我将爱欲投射到下一个客体之上，再次踏上新的客体世界与本能欲望征服之旅。

尼古拉斯·兰德认为，尼古拉斯·亚伯拉罕和玛丽亚·托罗克视心理分析为探索意义根源的方法和理论。首先，心理分析探究的是制约和谐心理功能的各种障碍，如不和谐、中断、断裂、崩溃。其次，心理分析致力于发现祛除甚至超越心理创伤和障碍的途径。这无疑标示着一种不同于弗洛伊德的性压抑和俄狄浦斯情结论的崭新的心理分析理论。新的心理分析理论建立其上的一对核心概念就是“心力投入”和“内并”：

① Nicolas Abraham and Maria Torok, *The Shell and the Kernel*, ed. and trans. Nicholas T. Rand (Chicago: the University of Chicago Press, 1994), p.127.

② Ibid., p.113.

> ……心力投入同时代表了心理生命从诞生到死亡的目标和独特路径。基本的定义可以是：它是一个获取和吸收的持续过程，我们的潜能积极地扩展，目的是容纳外部世界的事件和影响以及我们自己出现的欲望和情感。事实上心力投入是儿童的生物成长的心理对应面。它在通过成熟的不同阶段并实现独立或成年之前，得依赖他者。①

兰德在这里将心力投入解释为与人的生理成熟过程并行的，吸纳、同化自我内部和外部异质力量的心理成长过程。他将这一过程称为“自我创造自我的不断更新过程”。在进一步阐释这一概念时，他将心力投入与内并建构成两种对立的心理机制。心力投入是理想的、和谐的生命进程，而内并则是创伤、障碍或死亡毁灭。他对内并这样解释：“令人厌恶的、可耻的或不顺心的现实造成的心理压力以及我们将令人痛苦的现实隔离开来的意向，即将它们从我们的观念、情感、想象、创作、反应、动机及人际接触的自由循环中隔离开来。”②

如前所述，尼古拉斯和玛丽亚的整个理论支点是“心力投入”概念。在初步了解了心力投入和内并的基本内涵之后，我们有必要详细地阐释内并现象，借以澄清他们的创伤理论与弗洛伊德的忧郁创伤论之间的联系。

在心理体验空间中，作为中介环节的外部客体的闪失、外在世界的诡秘变异在自我的征服之旅上布下暗礁和陷阱，产生内并（incorporation）这种独特的心理创伤。③内并的动态过程是：爱的客体之缺失在心力投入过程中形成无法逾越的障碍，给自我造成无法承受的痛苦现实；缺失的爱的客体被隔离、压抑、限制、埋葬在心理空间的秘穴中。“突然间失去了自恋基础上的必需的爱的客体，但是这种丧失却被禁止表露出来。否则内并也就没有存在的理由。”④

内并的首要特征是幻想。自我幻想将爱的客体或其他与之相关的事物

① Nicolas Abraham and Maria Torok, *Tht Shell and the Kernel*, p.9.

② Ibid., p.102.

③ 心力投入的目标是本能，内并的目标是爱的客体。两者形成对立的心理体验现象。

④ Nicolas Abraham and Maria Torok, *The Shell and the Kernel*, p.129.

吸纳进身体，通过幻想式的占有方式来拒绝接受痛苦的现实——爱的客体之丧失。内并的第二特征是隐秘。被内并的幻想客体寄生于心理空间中的"秘穴"（crypt）[①]。可怕的隐秘使人无力悲悼，在心理空间中形成沉默笼罩下的秘密坟场。语词变得空洞无声，灾难场景徘徊在记忆的大门之外，无泪的双眼变得干涩呆滞。[②]

幻想的本质是与心理和客观现实对立的、为维持现状和保护自我而生成的摹仿机制。与费伦齐的原初摹仿和非原初摹仿二分法相似，他们将幻想分为原初幻想和非原初幻想。非原初幻想即是内并——"将爱的客体或某物的全部或部分引进自己的身体，占有、驱逐或有选择地获取、保存、失去它"[③]。作为独特的心理摹仿－再现机制，内并式幻想诉诸两种反摹仿修辞——"去隐喻化"（demetaphorization）和"客体化"（objectivation）。所谓去隐喻化，指对语言传统的形象功能的剥离或废除，从而使语言明晰的再现功能处于瘫痪甚至毁灭状态。"……它不单纯是回复到词的字面意思，而是以这样一种方式来使用词（无论口语中还是行为中），以至于它们的比喻再现能力本身被毁坏了。"[④]去隐喻化或匿名化（cryptonomy）揭示了内并式幻想在语言摹仿层面的特有机制——阻碍理解的隐匿和掩盖。这样语词成了被掩盖的或埋葬的深层意义关系的载体，即借助多义来实现语义的置换和替代。在重新分析弗洛伊德的狼人个案时，尼古拉斯和玛丽亚在《狼人的神奇语词：加密的语言》中非常系统地解释了这种语言的，也是幻想的去隐喻现象。"这些意思的某一种将处于被掩盖的状态，但是另一种，或其他几种意思……将通过清晰的语音结构

① 秘穴是内并在心理空间中形成的隐秘区域，以心理幻想方式将失去的爱的客体封存起来，受欺骗的自我对创伤或损失处于茫然无知的状态。在此基础上，他们后来进一步提出代际间创伤论——幽灵理论。简言之，幽灵论关注隐秘状态下战争、灾害、屠杀等造成的家族秘密给后代带来的沉默、遗忘、记忆丧失、失语症等心理创伤。受创伤的、逝去的他者寄生在下一代的心理空间中并导致自我身份的紊乱或丧失。幽灵论有益于揭示战争、大屠杀、大灾难等暴力现象在个体、家族、共同体等多层面上形成的创伤文化现象，有助于人们学会悲悼，恢复记忆，战胜沉默和遗忘。

② Nicolas Abraham and Maria Torok, *The Shell and the Kernel*, p.130.

③ Ibid., p.126.

④ Ibid., p.132.

（即通过同义词）被表达出来。”[1]客体化则是指通过置换，将自我承受的痛苦变成客体的痛苦和损失，从而使自我无视自我的心理痛苦和损失，拒绝悲悼，拒绝承认痛苦的心理现实，拒绝实现自我对自我的重新塑造。

无疑，作为本能与自我转化之间的中介，爱的客体承受了力比多能量并推动自我对力比多能量的吸纳。当这一心力投入过程受阻之时，剩余的、未被吸收的本能凝结成影像并被重新投射到外在客体上。这样的影像客体是内在的心理与外在的客体交换形成的幻像。它既使自我处于未完成的状态，又是自我在拒绝承认损失的同时试图掩盖或隐匿的秘密。因此，这个独特的幻像，这个自我试图吞并的影像客体，这个自我竭力掩盖的羞愧、罪恶、痛苦现实，不是在无意识，也不是在外部世界，而是在自我之中秘密地、不为自我所知地潜伏隐匿下来。客体的影像化与客体的隐匿构成了自我面临的矛盾。一方面，影像客体承载了自我的理想、希望甚至完美的信念。另一方面，正是同一个影像客体——那个理想的客体——又令自我感到羞愧，是罪恶和痛苦的根源。因此，自我在心理空间中隔离并使之沉默的是这个理想的客体羞愧的、罪恶的、痛苦的秘密。自我是在为理想的客体的耻辱和罪恶而悲悼。这个自我在心理空间中隔离出来的、用以埋葬秘密的秘密坟墓就是“秘穴”（crypt）。在这个秘密的坟墓中，自我也将所有与羞愧、罪恶、痛苦关联的记忆、场景、感受、情感埋藏起来。

影像客体的矛盾分离以及自我对客体秘密的隔离和沉默化，表征了忧郁的自我与客体之间独特的认同关系——秘穴内认同（endocryptic identification）。自我与埋藏在秘穴中的客体的幽灵（他们也用“精美的尸体”这种表述）认同，同时又拒绝承认秘穴中的幽灵，竭力将之封存在遗忘的墓碑之下。弗洛伊德在《悲悼与忧郁症》中指出自我的分裂及自我之一部分被客体所置换——自我对客体的重新客体化和内在化这两个过程的组合。尼古拉斯和玛丽亚认为，这种置换－内在化是客体戴上了自我的面具，即自我与客体影像的、隐匿的认同。或者说这是一种认同换位的幻

① Nicolas Abraham and Maria Torok, *The Wolf Man's Magic Word: A Cryptonymy* (Minneapolis: University of Minnesota Press, 1986), p.18.

想，“该机制指用自己的身份为代价，与因为某种元心理创伤被丢失了的爱的客体的‘生命’——越过坟墓——的影像认同”[①]。这种秘穴内认同论实质上是对费伦齐所讲的非原初创伤自我与施暴者或进攻者的摹仿认同说的进一步拓展。

按照他们的秘穴论，内并型创伤（或者说忧郁症患者）遵循的心理机制是保存式压迫。秘穴在心理空间中占据了一个边缘的也是边界的位置：

> 它既不是动态无意识也不是心力投入的自我。相反它是两者之间的一块飞地，一种位于自我中间、人为的无意识。这样的坟墓有效地封存了动态无意识的半透性的墙。根本没有什么一定会渗透到外部世界。自我承担了墓地卫士的职责。[②]

代际间幽灵论：在阐述秘穴的形成过程中自我与影像客体有关的秘密之时，尼古拉斯和玛丽亚实际上在客体关系意义上已为代际间幽灵论埋下了伏笔。代际间幽灵论是秘穴内并论的必然发展。它们分别涉及创伤理论的两个非常重要的方面，即直接的个体创伤与间接的集体创伤、创伤的形成与创伤的传播、施暴者或受害者与暴力创伤的替代者。代际间幽灵理论集中体现在他们于1975年发表的三篇论文中，即：《论幽灵：对弗洛伊德元心理学的补充》（尼古拉斯·亚伯拉罕）、《恐惧的故事：恐惧症的症候——受压制对象的回还是幽灵的回返？》（玛丽亚·托罗克）以及《哈姆莱特的幽灵或第六幕》（尼古拉斯·托罗克）。

什么是幽灵？尼古拉斯在《论幽灵》中试图用各种形象比喻来描述幽灵萦绕（phantom-haunting）现象，如“他者的坟墓”、“腹语术者”、“心灵空间中的陌生人”或“僭越者”。但是对该概念较完整的理论阐述还是玛丽亚·托罗克。她分析幽灵萦绕现象的非传统恐惧症特征之后指出：“‘幽灵’在动态无意识中形成。在动态无意识中发现幽灵并不是因为主体

---

① Nicolas Abraham and Maria Torok, *The Shell and the Kernel*, p.142.

② Ibid., p.159.

自己的压抑，而是因为*与无意识的和被拒绝的父母客体的心灵影像的共感移情*。”[①]如果说秘穴是受创主体在自我心理空间中埋葬秘密的坟墓，那么幽灵的直接受创主体是另一个主体——通常是同一亲缘家族的上一代或上上代——承受的创伤。幽灵是埋葬在他者心理空间中令人羞耻、愤怒的秘密，无言的恐惧、忧虑，受奴役迫害的原因，不为人知的缺陷。它来自他者的秘穴，从上一代受创个体的无意识间接地传播或传染给下一代的无意识。埃丝特·拉斯金（Esther Rashkin）认为：“如果孩子的父母有‘秘密’……那么他就会从他们接受无意识中的缺口，不为人知的、陌生的知识——一种无知。……上一辈被隐匿的语言在后代的心理中成了没有埋葬之地的死亡（缺口）。”[②]幽灵萦绕着受创主体的下一代，形成与个体欲望或本能冲动无关的恐惧症。因而下一代的心理空间成了上一代人的幽灵表演、言说的场所。

代际间幽灵萦绕现象与内并创伤的根本区别在于，幽灵的根源不是受压制的无意识本能或爱的客体之损失在心力投入过程中产生的障碍，因此它与忧郁症无关。但是幽灵萦绕现象与弗洛伊德在《超越快感原则》中论证的死亡本能有着以下类似之处：它自身不具备能量，尽管其根源是他者受压制的无意识本能和爱的客体之损失；它常常表现为无意识中无声的去隐喻化的语词、看不见的幻影；与理性和逻辑对立的幽灵萦绕现象在心理空间中重复表演，摹仿真实的受创者被压制的耻辱、罪恶和痛苦。

玛丽亚对幽灵身份认同的“非我”（not-I）特征有以下论述：

> 当人们说“我”的时候，他们其实可能是在指完全与他们身份证上记载的身份截然不同的现象。再者，他们甚至可能不是指他们与之认同的另一个人。它意味着某些人完全脱离了自己的力比多根源，仅仅是产生傀儡式的情感。[③]

---

① Nicolas Abraham and Maria Torok, *The Shell and the Kernel*, p.181.

② Esther Rashkin, “Tools for a New Psychoanalytic Literary Criticism: the Work of Abraham and Torok,” *Diacritics*, Vol. 18, No. 4 (Winter, 1988), p.39.

③ Nicolas Abraham and Maria Torok, *The Shell and the Kernel*, p.179.

尼古拉斯的形象比喻“腹语术者”或“僭越者”实际上涉及与代际间幽灵相关的身份认同问题。同样与秘穴内认同不同，代际间幽灵现象中作为他者的受创主体窃取占据了自我的主体位置。自我不是真实的自我，而是他者的自我；自我变成了沉默的、充满恐惧感的、被客体化的自我。自我失去了身份和主体性。因此代际间幽灵萦绕现象揭示了一种截然不同于内并创伤的摹仿认同的新的身份认同类型。自我的身份是他者身份的乔装打扮，自我成了他者的傀儡和木偶。换句话说，自我是次要的、非原初的，而他者是主要的、原初的；不是自我模仿他者，而是他者借自我来言说和表演，自我是他者身份的临摹身份（palimpsestic identity）。

应用于文学批评，他们对弗洛伊德和拉康一再解剖的《哈姆莱特》再次进行了颠覆性的重释。弗洛伊德认为，哈姆莱特在为父复仇上的犹豫迟疑之根源是恋母情结。叔父谋杀了他的父亲，这恰好实现并满足了他无意识中弑父的欲望。拉康认为，从一再拖延为父复仇到最后采取复仇行动，哈姆莱特经历了从镜像认同到象征认同的转变。之所以拖延复仇计划，是因为哈姆莱特停留在甚至沉溺于与叔父的镜像认同状态。叔父谋杀父亲实际上吻合了哈姆莱特内心否认父亲、认同母亲的欲望。以一种颠覆和替代的方式，叔父验证了反父亲的母亲镜像的存在。而一旦将复仇计划付诸实现，哈姆莱特也就从镜像认同进入象征认同，与缺失的父亲这一象征符号系统认同。因此哈姆莱特之死是象征主体之生，是镜像认同之死。他一再重复的“To be or not to be”就变成了“是与缺失的父亲认同还是不与之认同”。

尼古拉斯的颠覆性解释是，哈姆莱特的犹豫不决其实是幽灵萦绕的结果。他父亲谋杀了国王福廷布拉斯（Fortinbras）。这成了整个悲剧也是整个家族不为人知的秘密。父亲将这个秘密埋葬在心理秘穴中，进而传染给哈姆莱特。哈姆莱特的犹豫不决其实是父亲亲身体验的暴力和创伤的重复表演，受创的父亲窃据了哈姆莱特的心灵世界。

（二）客体的影子

奥地利维也纳出生的犹太女性学者梅兰妮·克莱恩（Melanie Klein）

（1882—1960）第一次世界大战期间是桑多尔·费伦齐的学生和病人。20世纪20年代初她前往柏林并求教于卡尔·亚伯拉罕。1926年受英国心理分析学家欧内斯特·琼斯（Ernest Jones）之邀，她远走伦敦，自此奠定英国心理分析界偏重客体关系理论的路子。克莱恩一生命运多舛，生为犹太人和女人，缺乏系统的大学和专业教育，离婚，幼子自杀，爱女终生对她怨恨，学术上与弗洛伊德的女儿安娜争辩。所有这些无不言说了这位客体关系理论也是心理分析理论英国学派的奠基人那充满传奇和苦难却仍顽强、卓绝的人生。

正是在克莱恩奠定的坚实的理论基础之上，费伦齐的思想才朝着另一个与尼古拉斯和玛丽亚的探索平行甚至互补的方向继续发展。这种理论拓展的代表人物无疑是英国学者D.W.维尼柯特（D. W. Winnicott）（1896—1971）和克里斯托弗·博拉斯（Christopher Bollas）。如前所论，尼古拉斯和玛丽亚将个体心理的成长解释为持续的自我塑造过程以及相应的内并创伤。他们揭示了个体乃至群体的心理创伤现实和摹仿/置换认同机制。爱的客体则分裂为心灵的影像与现实的客体，并在内并创伤或代际间幽灵现象中分别被秘穴中的秘密和幽灵代替。无论是维尼柯特还是博拉斯却从另一个相反的方向来论证心灵的影像客体与现实的客体之间的过渡客体现象，来聚焦这两极之间的分离和融合，来揭示人生命体验的力量之源和战胜暴力创伤的原动力。可以说他们对过渡或中间客体现象的探索超越了以自我为中心和目标的心力投入（introjection）与以爱的客体为中心和目的的焦注投射（cathectic projection）这一二元对立理论假设。

维尼柯特本是伦敦帕丁顿·格林儿童医院的医生，后来受克莱恩影响。他进行心理分析临床实践并著书立说，通过广播和演讲来传播普及心理分析知识。平易近人的讲解风格，浅显朴素的语言用词，不求雕琢、不尚体系的理论思考，与广播代表的通俗文化媒介的结合，使维尼柯特成了英伦家喻户晓的人物。1951年维尼柯特完成论文《过渡客体和过渡现象》（后发表于《心理分析国际学刊》第34期）。1971年维尼柯特去世，同年他的代表作《游戏与现实》出版。从1951年到1971年的20年时间内，维尼柯特提出且不断丰富了他的过渡客体理论。该理论的核心观点包括：过渡客体与过渡现象、游戏与创造力、从生命体验到文化体验的成长过程。

幼儿出生时与母亲处于完全的融合状态。一方面，母亲将自己的全部精力和爱奉献给幼儿，完全满足幼儿的需要。另一方面，幼儿陷于全能的幻觉状态：当他需要乳汁时，母亲的乳房就出现在口中。母亲的乳房似乎是幼儿的一部分，处于他神奇的控制之下。这一阶段的母亲可能是母亲本人，也可能是分担母亲职责的另一个人。在幼儿大约四个月的时候，幼儿与母亲完全融合的关系开始发生变化，因为母亲不可能长时间地放弃自我的主体性而全身心地积极适应幼儿的需要，幼儿承受挫折和母亲暂时缺失的能力也与日俱增。这样幼儿就从足够好的母职提供的全能状态进入以过渡客体和过渡现象为标志的成长阶段。过渡客体和过渡现象主要涉及母亲的乳房之外及之后的第一个非我客体。第一个非我客体之所以独特重要，是因为它占据了幼儿客体体验的中间区域，一个“在拇指与玩具熊、口腔性冲动与真实的客体关系、原初的创造活动与已经被心力投入的对象的投射、对恩惠的原初无意识与对恩惠的承认之间”① 的区域。这个中间区域既不完全属于内在的心理现实，也不限于外在的客体现实，而是处于两极之间。幼儿在这样一个体验区域中初始接触的非我客体（如毯子、玩具熊等）被称为过渡客体，幼儿对过渡客体的使用被称为过渡现象。借助过渡客体，幼儿使内在的和外在的现实处于既分离又关联的互动状态，认知并接受现实。因此所谓的过渡客体本身并不是过渡性的，而是征兆了全能状态与客体关系状态之间的过渡和变化。幼儿与过渡客体之间形成的情感投注关系随着时间的变化逐渐淡化并最终失去意义。取而代之的是另一个更普遍的、介于内在的心理现实与外部世界之间的、与其他人共享的中间体验区域——文化体验。

幼儿在中间区域的体验其实是由母婴体验建构的潜能空间。幼儿使用过渡客体其实是一种积极健康的游戏行为。“游戏是一种体验，始终

① D. W. Winnicott, *Playing and Reality* (London: Routledge, 1991), pp.2–3.

是一种创造性的体验，它是时空连续体中的体验，是一种基本的生活形式。”[①]游戏促进幼儿的健康成长，逐步在自我与他人和群体之间建立起交流关系。因此游戏是个体生命进程中的普遍现象，它贯穿了从过渡现象到游戏、从一个人的游戏到共同的游戏、从生命体验到文化体验的整个过程。游戏主宰的潜能空间中，个体充满了创造力量并在创造性的生活体验中发现自我的价值和意义。个体最终变成独立自由的生命存在体，自由地表达存在的我、生命的我和创造的我。无疑潜能空间（更准确地讲是潜能时空）中的游戏成了个体生命创造力的母体。恰如他所讲，“正是创造性的统觉（apperception）而不是其他任何感受使个体感觉到生命的价值”[②]。

与幼儿的生命体验对应的是文化体验。它包括艺术创造和欣赏、宗教情感等具有广义的游戏本质的文化活动。因此，他所讲的文化是个体与传统、与整个人类之间的和谐互动——在心理现实空间与外部现实空间之间的潜能空间中的文化体验。文化体验源于游戏，始于游戏中显现的创造性生活，扩展到人的整个文化生活。维尼柯特借潜能空间概念来赋予人和文化存在动态的交流和交往张力，将人的存在和文化实践解释为生命诞生和成长不竭的创造过程。这是一种回归生命、扎根生命的诗化理论。这不仅仅是他建构的潜能空间理论与尼古拉斯和玛丽亚的秘穴理论的对立。如果说秘穴论树立了一种崭新的有关创伤、文学乃至文化的解释模式，揭示了忧郁症征兆的内并创伤的摹仿认同机制和代际间创伤的置换认同本质，那么维尼柯特则提出了治愈创伤并恢复灵动健康生命样态的诗意的、实践的同时也是现实的方法。从游戏中孕育创造力，从创造力中发现自我，从自我与群体的和谐游戏式交往中生成文化和传统，还有希望。

谈到创造力和文化，我们有必要关注与维尼柯特同时代的安东·埃伦兹维格（Aton Ehrenzweig，1908—1966）。埃伦兹维格是奥地利人，

---

① D. W. Winnicott, *Playing and Reality*, p.67.

② Ibid., p.87.

“二战”前夕逃往英国，在伦敦大学戈尔斯密学院教授艺术教育，《艺术的隐匿秩序》是其代表作。以客体关系论为基础，他在《艺术的隐匿秩序》(1967)中将心理学、艺术史、文艺批评、艺术教育和哲学思考融为一体，建构了以过渡现象为视域的艺术创造论。

艺术表现出两种极端对立的现象。一类艺术自然地呈现出规则匀称的结构、明晰的意义、一目了然的中心。另一类艺术似乎刻意追求含混、时空和形式错位，表现出极端的非理性和混乱。前者与意识对应，是理性和秩序的太阳庇护的宠儿，是意识的力量在艺术创作中高歌猛进的明证。后者与无意识对应，表现出酒神的癫狂，展现了无意识摧枯拉朽般的狂暴之力，几乎吞噬消耗掉所有的艺术规范和习俗。但秩序和混乱仅仅是描述艺术想象的两种认知模式。将秩序与混乱、意识与无意识的对立绝对化，只不过是在重复秩序的谵言妄语，借秩序和理性的独白来抹煞混乱和无意识包含的自成一格的秩序——隐匿的秩序。

艺术涉及的混乱遵循隐匿的秩序和规则，如无序、自发性、偶然性、任意性。换言之，秩序呈现为不同类型。现实主义的强光照耀下的艺术恪守生活现实的秩序；浪漫主义的狂飙却任激情的洪流奔涌，让想象的翅膀飞翔，无意识自发地显露出隐匿的秩序和风景。无论是意识遵从的差异化原则还是无意识支配的非差异化模式都仅仅是艺术创造的一个阶段或层面。就整个艺术创造过程和艺术史而言，差异化、非差异化和再差异化形成一个循环往复的过程：

> 在最初（“精神分裂”）阶段，自我分裂的碎片被投射进艺术品之中；不被承认的分裂因素自然显得出人意料、碎片化、多余、令人烦恼。第二个（“偏执狂”）阶段引出无意识扫描，容纳艺术的潜结构，却不一定必然愈合表层格式塔的分裂散乱。例如大部分现代艺术最终都未达化境。但无意识仍将单个的因素连缀在一起，以完整的图画空间来呈现无意识综合的意识信号。在第三阶段的再次心力投入过程中，作品隐匿的潜结构在更高的精神层面部分地回返到艺术家的自我之中。因为在意识分析中非差异化的潜结构必然显得混乱无序，所以

第三阶段也常常被严重的焦虑困扰。[①]

达达主义、超现实主义、意象派等现代主义艺术消解了现实主义艺术建立的秩序，以癫狂的非差异化力量涤荡了人们的灵魂，震撼了人们的神经。但是现代主义技巧和信条转眼间就沉入大众消费文化的巨浪之中，失去了震撼力和想象力。面对现代艺术颠覆性的爆炸留下的苍凉、庸俗和贫乏，埃伦兹维格预言，新一轮艺术创造高峰必将来临，想象的火焰将再次照彻人间，伟大的艺术将继续滋润人类文化的未来。

与埃伦兹维格对维尼柯特过渡客体理论的应用不同，克里斯托弗·博拉斯（Christopher Bollas）在《客体的影子》（1987）中提出转换客体（transformational object）理论，用之颠覆过渡客体论。他立论的根本前提是以下论点：前语言认知阶段的母婴关系以存在意义上的共生体验而不是维尼柯特所讲的全能体验为基础。母亲发挥转换生命环境和身体的功能，塑造幼儿初始的主体体验。“母亲更重要、更显著地呈现为累积的内在和外在转化过程而不是客体。”[②] 在接下来的过渡客体阶段，母婴关系以再现和移情为基础，幼儿对转换过程的体验变成了对体验的言说。幼儿的转换客体体验也是原初的审美体验——摆脱了空缺、痛苦、愤怒、无助之后的充实、满足、愉悦等感受。在成人的主体体验中，转换客体体验主要表现为对完美母爱体验的回忆和重复。它是与神圣、异常、完美、不可再现言说的事物融合共鸣的审美体验，是激活、重复记忆中早期心理生命的体验。这同样是将未来和希望逆反到过去和记忆之中的情感体验。“魔咒将自我与他者融入对称和孤绝。时光仿佛悬置凝固。审美时刻在主客体之间形成完美的和谐，令个体充满了物我两忘的幻觉。”[③]

秘穴论和代际间幽灵论有助于揭示战争、大灾难、大屠杀等给受害者的后代带来的沉默、遗忘、记忆丧失、失语症等心理创伤；有益于在个

① Anton Ehrenzweig, *The Hidden Order of Art: A Study in the Psychology of Artistic Imagination* (Berkeley: University of California Press, 1967), pp.102–103.

② Christopher Bollas, *The Shadow of the Object* (New York: Columbia UP, 1987), p.14.

③ Ibid., p.32.

体、家族、共同体、种族、历史等多层面上审视文化创伤；有助于人们战胜沉默和遗忘，学会悲悼，恢复记忆。过渡客体理论和转换客体理论有助于研究性侵犯、家庭儿童施暴、创伤的代际间传播等儿童创伤，也为不同性别、种族、文化之间的暴力和创伤研究提供了跨文化转化创新意义上的独特视角。无论是转换客体还是过渡客体阶段的创伤都影响着个体成年后的认同心理和情感，都发生在家庭、性别、种族、肤色、历史和文化构成的实在的政治生态环境中。因此要愈合创伤，有必要将受创主体从母婴认同的具象和个体心理分析模式中剥离出来，探索、恢复乃至重构文化艺术审美形式昭示的起源、生成、体验意义上的文化生命根源。

第三节　忧郁的范农，忧郁的种族：心理分析话语的反俄狄浦斯情结

1935 年克劳德·列维－斯特劳斯（Claude Levi-Strauss）离开喧嚣的巴黎和那群在那里扎根的思想挚友，到巴西圣保罗大学教书。他深入亚马孙热带雨林和马托格罗索高原的印第安人原始部落，做人类学田野调查。直到 1939 年第二次世界大战爆发后，他才离开巴西，避居美国东海岸的纽约。这段从巴黎到巴西、从现代文明到原始文化的旅行体验最终汇聚成他那本 1955 年出版的人类学田野调查经典札记《忧郁的热带》。在札记的结尾列维－斯特劳斯以诗意的笔触这样展望人类不同种族不同文化连接、交流、对话的自由道路：

> 当有一天人类所有文化所形成的色带或彩虹终于被我们的热狂推入一片空无之中；只要我们仍然存在，只要世界仍然存在，那条纤细的弧形，使我们与无法达致之点联系起来的弧形就会存在，就会展示给我们一条与通往奴役之路相反的道路；人类或许无法追随那条道路前行，但是思考那条道路使人类具有特权使自己的存在有价值……这是每个社会都想取得的特权，不论其信仰是什么，不论其政治体系如

何，也不论其文明程度的高低……[1]

与列维－斯特劳斯旅行的方向相反，出生在法属殖民地加勒比海马提尼克岛的黑人心理医生、思想家和革命家弗朗茨·范农（Frantz Fanon），从 1944 年投身欧洲反法西斯战争开始到 1961 年病逝，踏上的则是一条从加勒比海边缘到欧洲中心的旅程。对于范农其人其事其思，阿尔及利亚反殖民革命阵营、黑人激进主义者、英美后殖民研究学者、种族研究学者乃至文化研究学者都竞相把他引为先行者和同道。他与艾梅·塞泽尔（Aimé Fernand David Césaire）、西蒙娜·德·波伏娃（Simone de Beauvoir）、让－保罗·萨特（Jean-Paul Sartre）等 20 世纪人类思想战士的传奇交往成了思想史上激情四射的佳话。他最后的思想怒吼《地球上苦难的人》吹响了 20 世纪下半叶亚非拉反殖民民族独立和解放革命的嘹亮号角。

范农成了反抗欧洲种族主义和殖民主义暴力的暴力革命学说的化身。但是范农同时又是一场思想和学术压制事件。如前一节开始时所论，中国学术语境中对弗洛伊德和拉康的过分青睐实际上无形中受制于文化选择以及这一选择过程中对西方心理分析霸权话语的被动接受。无论是西方心理分析话语还是创伤研究话语中，范农的声音都被压制了，范农的思想经过后殖民、种族研究的乔装打扮才流行开来。例如罗杰·卢克赫斯特（Roger Luckhurst）在《创伤问题》（2008）中建构的创伤这一概念的谱系图上，从 19 世纪中叶以来的临床医学、心理学、两次世界大战中的创伤治疗到 20 世纪 80 年代以来的创伤认同政治，范农对创伤治疗和研究的贡献都被排除在外。这种沿着一个半世纪以来西方历史钟摆来勾勒创伤思想轨迹并重新阐释历史事件的方法基本上是欧美中心论的产物。同样在鲁思·利斯的《创伤：谱系研究》（2000）中，她将创伤的谱系建构在弗洛伊德、皮埃尔·简尼特、桑多尔·费伦齐、亚伯拉罕·卡迪纳尔（Abram

---

① ［法］克劳德·列维－斯特劳斯：《忧郁的热带》，丁志明译，生活·读书·新知三联书店 2000 年出版，第 545 页。

Kardiner)、威廉·萨金特(William Sargant)等的理论探索和临床实践基础上。在更早的1992年出版的朱迪丝·赫尔曼那本颇具影响力的《创伤与康复:暴力的后果——从家庭施暴到政治恐怖》中,她立论并展开研究的整个中心是妇女和儿童(更准确地讲是西方世界的白人妇女和儿童)承受的暴力创伤。其思想理论基础则是西方女权。她开宗明义地指出:"这本书的存在得益于妇女解放运动。它主要的思想动机是集体的女权计划,即改造有关男性和女性正常发展和变态心理的基本概念。"[①] 甚至在美国亚裔学者安·安林·成的《种族的忧郁》(2001)中,她最多不过是通过直接回到弗洛伊德思想中有关悲悼和伤心的论述来思考并进而分析美国多种族语境中的种族创伤现象。

在欧美学术话语中,似乎弗朗茨·范农与弗洛伊德心理分析、与创伤研究毫无瓜葛。果真如此吗?

弗朗茨·范农与弗洛伊德心理分析话语和欧美创伤话语有着无论是谱系学还是发生学意义上的亲缘关系。如果我们盲从欧美学者的学术观点,或局限于欧美中心论主导的知识话语,那么我们无疑认识不到对弗朗茨·范农的话语压制以及这种压制本身隐含的认知暴力。就心理分析话语而言,早在20世纪50年代初,范农就最彻底地批判颠覆了弗洛伊德,也包括卡尔·荣格和雅克·拉康在内的欧洲主流心理分析范式。他批判弗洛伊德的心理创伤理论并将之重构为跨文化的种族文化创伤理论。

第二次世界大战期间,范农亲历了战争暴力和创伤。1944年11月在法国本土作战时,一块迫击炮炮弹弹片击中了他的胸部,他立即被送往医院治疗。康复后范农回到部队,继续英勇作战。1951年他开始在法国中部的圣-阿尔班医院进行精神病临床实践和研究。1952年他被任命为北非法属殖民地阿尔及利亚的布利达-乔因维尔(Blida-Joinville)精神病医院的负责人,开始直接接触殖民施暴者和受难者。1954年阿尔及利亚全面爆发反殖民独立革命战争后,直接面对并治疗殖民大屠杀和殖民革命

① Judith Herman, *Trauma and Recovery: The Aftermath of Violence—From Domestic Abuse to Political Terror* (New York: Basic Books, 1992), p.ix.

战争中蔓延的暴力和战争创伤，这成了范农工作乃至生活的中心。这些临床实践的观察和理论反思集中于《地球上苦难的人》，也散见于这一时期的其他著述中。20 世纪 70 年代之后，欧美国家的政府、志愿者机构、退伍老兵协会、妇女儿童权益保障组织和学院派精英才开始集中关注、论证、反思战争、大屠杀创伤并将之引入身份政治。与此相比，范农的临床实践和理论批判在时间跨度上早了 20 多年。范农无疑是当代创伤研究的先行者。

范农以一种罕见的反俄狄浦斯方式来颠覆弗洛伊德思想。他超越了欧洲心理分析话语内在分歧和论争。同时他又将政治干预和暴力革命学说有机地融入创伤治疗的临床实践和理论思考。在此基础上，他以法属殖民地马提尼克岛黑人和阿尔及利亚反殖民革命战争为个案，先后建构了种族创伤研究的两大领域，即种族文化心理创伤研究和殖民与反殖民战争暴力创伤研究。

（一）范农与欧洲心理分析的渊源

作为“二战”英雄，范农 1946 年享受全额奖学金，从马提尼克前往法国巴黎学习医学。他先进入巴黎牙科专科学校，不久后转入里昂大学学习医学。但是他真正感兴趣的是精神病学、哲学和文学。在 20 世纪 40 年代末期的里昂大学，心理分析完全是一门陌生的学问，尚未进入大学的课程，也没有擅长此道的教授能给他答疑解惑。因此，当他 1950 年完成书稿《黑皮肤，白面具》并申请博士学位时，这篇探讨种族文化心理的论文被导师拒绝就不足为奇了。里昂求学期间，范农主要靠自学阅读了大量欧洲心理学和哲学著作。弗洛伊德、拉康、黑格尔和马克思等的思想进入了他的视野。

1951—1952 年的两年间，范农在圣 - 阿尔班医院研究精神病学，接受心理分析训练。他的导师是有“红色精神分析师”之称的弗朗索瓦·托斯盖勒（Francois Tosquelles）心理医生。通过托斯盖勒，他直接与欧洲精神病学的新分支——体制精神病学——对接，进而与弗洛伊德心理分析学建立起亲缘关系。无论是对范农而言还是对弗洛伊德心理分析学或法国心理分析学界新崛起的雅克·拉康来说，弗朗索瓦·托斯盖勒都是一位传奇的、革命的、拓荒者式的人物。

弗朗索瓦·托斯盖勒（1912—1994）出生于西班牙的加泰罗尼亚。在巴塞罗那大学医学院求学期间，他结识奥地利籍流亡犹太心理分析师桑多尔·艾敏德尔（Sándor Eiminder）并接受他的心理分析治疗。1932年他开始选听米拉·艾·洛佩斯（Mira i Lopez）教授的讲座，接触儿童精神病学、群体心理学等，思想日益左倾。这期间他如饥似渴地阅读拉康、弗洛伊德、马克思等人的著作。1934年他进入佩雷马塔研究所（Instituto Pere Mata）当医生，接受德国籍犹太流亡学者维尔纳·沃尔夫（Werner Wolf）的心理分析训练和指导。1936年人民阵线选举获胜，不久即展开与佛朗哥法西斯阵营的抗争。西班牙内战期间，托斯盖勒负责共和军的心理治疗工作，直接投身于反法西斯战争。共和军失败后，红色精神分析师托斯盖勒1940年1月移居法国圣－阿尔班，应邀成为圣－阿尔班精神病院的医生，继续参加法国抵抗组织的反法西斯斗争，发起体制心理治疗运动。圣－阿尔班精神病医院成了饮誉心理分析学界的实验中心。

体制心理治疗将心理治疗的场景从精神分析师治疗室中的沙发转移到整个精神病院空间，将精神分析师与患者之间的医患关系改变为以精神分析师和众多患者平等参与的共同体成员关系。它一反传统精神病医院的监禁制度，将整个精神病医院体制改造成服务于病人康复这一目标的整个治疗体制的有机部分。病人之间、病人与医护人员结成自由、和谐、平等的群体。一种崭新的将病人重新置于良性的微缩社会环境中的治疗模式代替了隔离和监禁模式。群体的社会交往克服了受压制和隔离的个体的孤独。体制心理治疗运动既从经典的弗洛伊德心理分析移情法中汲取方法论指导，又超越传统精神病治疗，将个体的心理创伤归咎于患者的生理病源以及僵固不变的性格和人格。它秉承的是存在主义式的人道主义信念：存在先于本质，良好的社会环境能改变人并治愈创伤。

这期间范农与托斯盖勒合作研究电惊厥治疗法并合撰三篇研究论文。同时范农自己撰写了继《黑皮肤，白面具》之后的第一篇重要论文《北非人综合症》。他开始将思想的视点从加勒比海的马提尼克岛转到北非，从种族创伤文化心理转向北非黑人病人征兆的法国及法属殖民地医学机构中的种族主义和殖民压迫。

对于 1953 年开始在阿尔及利亚的布利达－乔因维尔精神病医院工作并逐步投身于阿尔及利亚反殖民独立战争的精神病医生和革命者范农来说，托斯盖勒探索的体制心理疗法和激进思想，既深刻地影响了他的临床治疗实践、对殖民暴力施暴者和受害者的观察和分析，也进一步塑造了他反压迫、反暴力、反极权主义的革命世界观。

就范农与弗洛伊德心理分析学的关系而言，1952 年出版的《黑皮肤，白面具》可算是挑战、颠覆弗洛伊德心理分析学的宣言，也是他种族文化创伤理论的奠基之作。1961 年出版的《地球上苦难的人》记载了他对体制心理疗法的实践成果，他将创伤研究延伸到对殖民主义暴力和战争、大屠杀创伤的研究。

（二）范农的弗洛伊德心理分析学批判

《黑皮肤，白面具》的第四章《被殖民民族所谓的依赖情结》和第六章《黑人与精神病理学》是集中批判弗洛伊德心理分析学的两章。范农在这两章中分五个主题来全面破解弗洛伊德的思想并逐一提出自己的理论主张，即：（1）俄狄浦斯情结批判与自卑情结；（2）家庭模式批判；（3）男根和生物原型化模式批判；（4）摩尼教式二元对立模式批判；（5）荣格集体无意识论批判与文化强制。

对俄狄浦斯情结的批判，范农采取了一种迂回的方式，即通过反思批判法国心理分析家欧·曼诺尼（O. Mannoni）1950 年问世的著作《普洛斯匹罗与卡利班：殖民心理学》来诘问弗洛伊德的俄狄浦斯情结论。曼诺尼借用英国文艺复兴戏剧家威廉·莎士比亚的传奇剧《暴风雨》中流落荒岛的国王普洛斯匹罗与土著人卡利班这一对文学形象来隐喻白人殖民者与土著黑人。他立足进化论来论证殖民语境中殖民者和被殖民者双方共同的心理情结“依赖情结”（Dependence Complex）。在文明社会中，个体心理的成长先是表现为儿童在情感、道德和理性判断等方面对父母的绝对依赖，继之表现为依赖关系的破裂——一种被遗弃的感觉。此后个体有可能形成理性的、经验的心理人格。这是欧洲文化环境中个体成长的典型特征。个体也可能形成“自卑情结”，并试图征服那些代表着他无意识罪恶的人。与上述个体心理的进化相似，欧洲的历史经历了从依赖与平均主义并存的原始社会、依赖关系独存的封建社会到平均主义和个人主义为主旋律的现代民主共和社会。现代欧洲民主社会对依赖关系的否定滋生了殖民欲望。欧洲以外的世界要么如非洲人那样处于原始的、儿童式的依赖状态并维持着一定程度的平均主义，要么处于封建制下的半文明状态，彻底的依赖和依附关系消除了原始的平均主义和现代的民主自由。这两种状态下的族群在文化心理结构上远未成熟，他们将长老、酋长、祖先奉为父权权威。殖民主义瓦解了本土社会结构，也颠覆了本土父权权威。因此，本土被殖民者遵循移情逻辑，对白人殖民者产生依赖情结，将殖民者置换成象征父权的角色。

范农否定了曼诺尼的论点。主宰被殖民黑人（尤其是马提尼克人）的是自卑情结而非依赖情结。在自卑情结主宰的社会中，白种人和欧洲文化的优越被渲染到如此程度，以至于自我完全失掉了对真实的种族身份的认知和感受。“作为一名心理分析师，我应该帮助病人明白他的无意识，放弃那种企图变成白肤色的人的幻想，同时也朝着改变社会结构这一方向而行动。”[①] 借此，范农将矛头指向弗洛伊德以个体性冲动为核心论点的精神分析学。不是个体的性冲动决定个体的心理，也不能以个体心理的成长为参照来推论集体的文化心理。真正决定性的根源是交织着不同阶级和不同种族冲突斗争的经济和社会基础。这制约甚至决定了个体的性欲望，也制约了总的文化状况。与弗洛伊德对原型形象的性象征解释不同，在黑人的梦境中，塞内加尔士兵的步枪只不过是步枪而不是男人阴茎的隐喻。黑色的公牛也只不过是头公牛而非阴茎的隐喻。黑人男人仅仅是黑人男人，而不是真实的父亲角色、原始祖先或文化象征权威。

基于上述社会决定论，范农批判了弗洛伊德心理分析家庭认知模式

① Frantz Fanon, *Black Skin, White Masks* (New York: Grove Press, 1967), p.100.

的局限性。弗洛伊德将家庭视为个体心理成长的环境和研究对象。欧洲社会中家庭结构与国家结构互通。可以说家庭是国家的缩影。家庭的特征投射到社会环境中，家庭成了个体心理创伤的温床。但是黑人尤其是马提尼克黑人与白人殖民者的接触则使他们的认同心理处于紊乱状态。对他们而言，黑人专指非洲人，而他们在思维方式、主体结构乃至生活方式等方面完全白人化了。一旦进入宗主国，与欧洲文化接触，自卑情结就开始折磨他们。“黑人认识到，他们根据白人的主观态度而采取的许多信念是不现实的。”[①] 因此弗洛伊德心理分析的家庭模式并不适用于黑人。黑人进入社会和文化秩序的心理动力，黑人在白人的文化心理中被预定的原型角色，白人文化对黑人的异化和创伤，完全超出了家庭模式能解释的范围，“……在法属安的列斯群岛，97% 的家庭中不可能产生一例俄狄浦斯神经官能症”[②]。

那么欧洲文化中是什么导致了黑人的自卑心理和异化?

是欧洲文化对黑人男性的男根和生物原型化。欧洲文化内在地生成黑人恐惧症。对黑人的恐惧即是对生物和肉体的恐惧，因为黑人仅仅是生物存在，是动物。黑人的生命体充溢着性兴奋、暴力和进攻力。在欧洲人的文化想象中，黑人等同于男根、男性力量、恶魔、动物。作为性本能化身的黑人僭越了道德和禁忌的边界。

欧洲文化对黑人的原型化以摩尼教式二元对立为文化认知基础。白人与黑人的对立是正义、纯洁和真理与邪恶、肮脏和丑陋的对立。在白人个体的心理中，黑人代表的邪恶和丑陋被埋葬、压制在无意识之中。在文明的进程中，黑人代表了文明诞生于其中的黑暗岁月。“黑色、黑暗、阴影、阴暗、黑夜、地球的迷宫、深渊的深度，为某个人的名誉涂上了黑色。另一方面是天真的光彩面目、和平的白鸽和神奇、天堂般的光明。”[③] 范农的弗洛伊德批判由此延伸到对卡尔·荣格的集体无意识理论之审问。所谓的集体无意识纯粹是欧洲人的偏见、神话和群体态度。荣格将本能与文化习

① Frantz Fanon, *Black Skin, White Masks*, p.149.

② Ibid., p.152.

③ Ibid., p.189.

得混为一谈，认为无意识受制于大脑的结构，神话原型是永远无法祛除的种族胎记。范农认为荣格所谓的集体无意识本质上是文化的，是后天习得的。“集体无意识不依赖大脑遗传。它是我将提出的无反射的文化强制的结果。”①

范农最终指出，黑人文化心理的根源是欧洲殖民主义诉诸的文化强制（cultural imposition）。“每种神经症、每种不正常表现、每种情感过敏……都是文化境遇的产物。换言之，书籍、报纸、学校和教科书、广告、电影、收音机的推波助澜，一系列假设和主张慢慢地以微妙的方式渗透进意识并塑造个体关于自己所属群体的观念。”②文化强制将黑人塑造成憎恨黑人的白人主体。在黑人成长的过程中，白人文化通过各种文化媒介和意识形态将白人对黑人的偏见、神话和传说灌输进黑人的集体无意识，黑人在心理上根深蒂固地接受这些属于欧洲人的文化原型。白人对黑人的奴役恶变成黑人在文化心理上对自我的奴役。黑人将自己想象成白人，在无意识中排斥憎恨自我身上所有与黑人有关的方面乃至否定整个自我。上述文化强制过程也是黑人异化的过程——从被异化到自我异化。它更使黑人跌入双重奴役的死局——从被奴役到自我奴役。

这就是范农揭示的黑人文化心理创伤的全部内容，也是白人奴役黑人赤裸裸的逻辑——完全不符合弗洛伊德心理分析范式的逻辑。

（三）殖民主义暴力、战争与创伤

受聘到法属北非殖民地阿尔及利亚的布利达－乔因维尔精神病院担任主管的范农锐意改革，践行体制心理治疗方法，废除殖民医疗权力机构苛严的监禁隔离陋习。翌年，阿尔及利亚反殖民独立战争爆发，范农主管的医院成了他与革命志士会面交流的地点，也是独立战士寻求心理康复、躲避警察追捕的庇护所。反殖民的思想家弗朗茨·范农自觉地转变成一位红色心理分析师，一名献身民族独立解放事业的革命者。1956 年他向殖民

① Frantz Fanon, *Black Skin, White Masks*, p.191.

② Ibid., p.152.

当局提出辞职，前往设在突尼斯的“民族解放阵线”（FLN）大本营，从隐秘战线转向正面的思想宣传阵地，成为向世界宣传阿尔及利亚独立事业的喉舌。

1957年9月范农在民族解放阵线的日报《圣战者报》上发表文章《直面法国施刑者的阿尔及利亚》，公开揭露殖民权力的暴力本质。独立战争期间法国殖民权力机器疯狂地施行警察压制和种族主义。其唯一目的是维持法国殖民当局在阿尔及利亚永久的军事占领和强大的警察体制。因此施刑暴力渗透了殖民权力，是殖民统治的要素。没有施刑、侵犯或屠杀，就不存在殖民主义。施刑这种警察暴力并非服务于从阿尔及利亚独立战士那里获取情报这一特殊的、单一的目的，而是一种普遍结构性的、制度性的暴力实践。通过虐待狂式的变态行为来施刑，来确保殖民统治。制度性的施刑暴力“具有使所有那些沦为其工具的人变态的效果”①。因此，对施暴者来说，施刑也是一种日常生活方式，疯狂的病因渗透并完全扭曲了他们的日常生活。在家里他们威胁虐待妻儿，失眠、噩梦、自杀冲动折磨着他们。在工作中他们玩忽职守，没有激情和精力。

作为暴力的执行者和工具，这些施暴者的灵魂浸泡在受虐者的脓血中。阿尔及利亚人的肉体痛苦、叫喊声和呻吟声在夜深人静时浮现在他们眼前，回荡在他们耳边。他们在举起暴力的大棒之时自己也沦为暴力的祭品。这就是独特的施暴者创伤。

在《地球上苦难的人》这部用火热的激情、愤怒的呐喊和生命的余晖浇铸而成的不朽之作中，范农用了整整一章的篇幅来整理归纳自己亲身见证并治疗的殖民战争创伤案例。经历了两次世界大战之后，不乏对参战士兵和遭受战火劫难的平民的心理创伤的研究。但是殖民战争创伤显示出不同于一般战争的独特性。范农将阿尔及利亚殖民战争创伤分为四个系列。

第一个系列是阿尔及利亚人和欧洲人直接参与殖民战争杀戮而导致的反应型心理创伤。这些受创主体表现出性无能、丧失斗志、嗜杀冲动、人格分裂、麻木等症状。

---

① Frantz Fanon, *Toward the African Revolution* (New York: Grove Press, 1988), p.70.

第二个系列是战争氛围引起的间接创伤。创伤主体没有直接承受战争暴力，但是充满杀戮、血腥、仇恨、死亡威胁的氛围改变甚至重塑主体的心理情绪、情感和观念，使主体沦为恐怖行为的帮凶和牺牲品。

第三个系列是经受了不同类型的施刑折磨之后受创主体表现出的创伤症候，即后施刑创伤。例如为了给那些没有文化、来自社会底层的独立分子洗脑，施暴者不是从改变他们的态度开始，而是先在肉体上摧垮他们的意志，消灭他们的民族意识，使他们无论在肉体上还是心理上都排斥民族独立，彻底依赖法国殖民权力。

第四个系列是在战争暴力造成的病态环境中产生的环境病态症候。许多阿尔及利亚人的身心都处于紊乱状态。如许多人肌肉挛缩，这是在身体上无声地拒绝承认殖民权威。18 岁至 25 岁的年轻人容易在晚间频发所谓的胃溃疡病症——呕吐、失重、忧郁、狂躁。更有甚者，这种环境病态创伤表现为典型的社会病态现象，如犯罪冲动。

提请注意的第一点是，从战争氛围造成的间接创伤到环境病态造成的社会病态创伤，范农提出了种族主义语境中需重新认知忧郁症这一问题。弗洛伊德学派的心理分析家熟知：忧郁症患者具有强烈的自杀冲动。但是在阿尔及利亚乃至北非的殖民种族忧郁语境中，阿尔及利亚人则表现出向外的攻击型的他杀冲动。他们通过攻击生活中的其他人来发泄压抑、焦虑和愤怒。有欧洲学者称之为原始主义或无意识的挫折情结。但是，范农明确指出："因此阿尔及利亚人的犯罪行为、他的冲动性格和谋杀暴力不是神经系统组织或独特性格的结果，而是殖民境遇的直接产物。"①

提请注意的第二点是，范农的案例分类和剖析实际上已涉及当代创伤研究的两大理论焦点，即施暴者和受害者创伤、直接创伤和间接创伤。不仅仅是被殖民者为争取独立和解放而承受了巨大的精神磨难、心灵痛苦和肉体折磨，作为施暴者的殖民者同样沦为暴力的帮凶和祭品。殖民战争暴力产生的创伤场域中，所有的个体都被暴力的烈火炙烤，都在暴力的沸水中受煎熬。

① Frantz Fanon, *The Wretched of the Earth* (New York: Grove Press, 1968), p.309.

在范农列举的所有创伤案例中，有两个个案颇值得我们反思。案例之一是民族独立之后，一位昔日的爱国者每年的某个固定的日子都会如期产生失眠、焦虑和自杀冲动等并发症状。究其原因，这位忠诚勇敢的独立战士曾在这一天奉命用炸弹炸死了十名为殖民当局效劳的同胞。独立之后，与那些曾经的敌人、如今热烈拥抱独立国家的同胞的接触和交往，在他的心灵中投下了阴影。自由之路上他用正义的名义处死的亡魂萦绕着他，使他陷入典型的后殖民忧郁创伤。案例之二是殖民当局的一名警察陷入虐待狂的境地，疯狂地折磨监狱中的囚犯，也对他的妻子和孩子失去了理智。如果将这两个案例放置在一起，它们不仅仅例证了施暴者或受虐者创伤，其深刻的意义来自历史深处。我们不得不自问，在暴力的历史上，无论自由还是邪恶是否能洗净带血的双手？

无论是为自由而战还是恶魔附体，人性的脆弱和情感的韧带都无力承受暴力之重。在自由与邪恶相互构成的异化的、辩证的境遇中，施暴者和受虐者、胜利者和失败者、亡者和生者都不得不蹚过苦难的人性荒原。

范农没有泛化暴力，也不是鼓吹暴力。他揭开了暴力的伤疤，看见了暴力下的苦难，提出了暴力历史中与自由和解放同等重要的人之不幸和幸福这一更为超越的思想。

研究创伤，不能回避弗朗茨·范农。只有揭示西方精神分析、创伤研究、后殖民研究等话语对范农的压制或扭曲背后的真理和事实，我们才能认识范农政治的、心理分析的、精神病学的乃至历史哲学等方面的，甚至启示录式的言说所具有的理论价值和革命力量。其思想、学术和政治言行充满了反摹仿式的爆炸力，因为他始终立足殖民境遇来掂量一切理论的真伪和成色，来透视现实背后的精神状态，来揭示暴力和创伤的结构性成因，来召唤历史暴力的灰烬中人性的回归、复苏和救赎。只有充分理解范农的上述革命精神，我们也才能熔铸现实的、历史的也是始终面向人的思想利剑，摆脱形形色色的西方思想和价值观，克服愚昧、无知、盲从和偏见。

重新认识范农，我们也就发现在殖民主义、种族主义文化强制、暴力征服乃至杀戮的境遇中，弗洛伊德忧郁的自我变成了大写的自我——忧郁的种族。

当代肯尼亚裔黑人作家和学者古吉·塞昂哥（Ngugi wa Thiong'o）承继了范农对殖民主义文化强制的批判。他在《精神去殖民》(1986）中指出，语言殖民产生精神殖民现象。语言是文化的载体和民族历史的记忆库。语言的产生、发展、储存、代际间传播与民族文化水乳交融。语言殖民将黑人的灵魂禁锢在欧洲语言的牢笼中，给本土文化、艺术、宗教、历史、教育、文学造成毁灭性创伤。民族失去了自己的语言，失去了与文化传统的纽带。他提倡借文学复活本土语言，推动精神去殖民。“我的健康不再以其他人的病弱之躯为代价；我干净、纯洁的肉体不再以其他人长满蛆虫的身体为代价；我焕发出的人性不再以埋葬其他人的人性为代价。”[①]

针对种族创伤的结构性特征，印度学者阿西斯·南迪（Ashis Nandy）在《亲密的敌人》中实际上发展了范农思想中仍处于隐而不显状态的认识。南迪认为，殖民创伤有其内在的结构性逻辑——“同构式压迫”(isomorphic oppression)。“政治经济殖民固然重要，但是殖民主义的粗砺和虚假主要表现在心理层面……根植于殖民者和被殖民者更早形式的社会意识的心理状态。”[②]文化心理殖民通过“惩恶扬善”，达到心理征服和文化同化的目的。它不仅改变被殖民者的心理图景，而且深刻影响殖民者的精神世界。给被殖民者和殖民者都打上心理殖民的创伤烙印。从R. 吉卜林到乔治·奥威尔（George Orwell)，从布卢姆斯伯里小组到剑桥牛津才子，弥漫英国中产阶级文化精英群体的帝国感伤情绪、思想反叛、精神异化、女性气质和同性恋癖等都是殖民文化的创伤症候。

对弗洛伊德忧郁症理论的修正，也是对范农创伤理论的增补，同样见诸保罗·吉尔罗伊（Paul Gilroy）的《帝国之后》(2004)。吉尔罗伊揭示了笼罩着后帝国时代的英国、新帝国时代的美国乃至整个欧洲世界的种族创伤——后帝国忧郁症。以极端种族主义特别是萨缪尔·亨廷顿

---

① Ngugi wa Thiong'o, *Decolonizing the Mind: The Politics of Language in African Literature* (London: James Currey, 1986), p.106.

② Ashis Nandy, *The Intimate Enemy: Loss and Recovery of Self Under Colonialism* (Oxford: Oxford UP, 1983), p.2.

（Samuel Huntington）的文明冲突论为意识形态征兆，后帝国忧郁症表现为集体的悲悼过程——整个帝国时代的集体情感、价值、信仰体系坍塌后产生的受压抑的病态反应。整个文化民族共同体、整个想象的欧洲白人共同体都感染上了后殖民忧郁症——“一种与过去、与‘一切牵扯到责任的事物’疏远、令人变得冷漠无情的文化”①。因此当代西方世界无力正视帝国的历史暴力和罪恶，不愿面对帝国幻想破灭的现实，“无力回应被殖民民族解放的正当要求，也无力从理性或道德上验证帝国自我的正当合理性”②。

从殖民忧郁到后独立历史状况下的后殖民忧郁，从施暴者创伤到后帝国时代的忧郁，范农开启了与欧洲心理分析话语异质并存的创伤研究话语。但是范农奠定的新型话语实践方式——政治革命与体制变革、真理言说与历史担当——却没有被学院派知识分子继承下来。范农创伤话语实践的三大板块，包括跨文化的种族心理创伤、心理创伤的体制疗法、殖民战争创伤的临床政治医学考察，都在不同程度上被忽视了，或者都缺乏从总体性高度给予应有的批判和提炼。

范农，托斯盖勒之后的又一位红色精神分析师范农，反俄狄浦斯情结的范农，是独一无二的。

第四节　耶鲁学派与大屠杀创伤研究

（一）耶鲁创伤研究派的诞生

1961 年 11 月底范农的《地球上苦难的人》以半地下的方式印刷出版，立刻成为红色经典。12 月 8 日这位率先从跨文化、跨种族立场颠覆弗洛伊德精神分析学，审问殖民战争大屠杀的革命理论家在美国马里兰州的贝斯泰达医院去世。

无独有偶，同一年的 4 月 11 日，在中东国家以色列的耶路撒冷开始

① Paul Gilroy, *After Empire: Melancholia or Convivial Culture?* (London : Routledge, 2004), p.107.

② Ibid., p.154.

了一场继纽伦堡审判和东京审判后最独特、最具象征意义的纳粹审判——对德国纳粹灭绝欧洲犹太人计划“最后解决方案”的责任人、纳粹头目阿道夫·艾希曼（Adolf Eichmann，1906—1962）的审判。犹太人在漫长的人类历史上首次以国家的名义对纳粹大屠杀历史进行公审和判决。范农去世后的第七天，即12月15日，法庭宣判艾希曼死刑。

但是纳粹大屠杀暴力和创伤真正进入美国乃至西方人文学科研究领域，成为思想和学术变革的标志，成为当代文学、文化、历史、哲学研究普遍关注反思的对象，得力于1979年两位犹太人——美国纽黑文市的电视台记者劳雷尔·弗洛克（Laurel Vlock）和心理医生多丽·劳布（Dori Laub）——发起的一场从社会公共空间延伸到耶鲁大学的大屠杀证据视频档案收集编辑这一草根运动。

1979年6月底弗洛克和劳布启动“大屠杀幸存者视频工程”（the Holocaust Survivors Film Project），首批采访了纳粹大屠杀中幸存下来的四位犹太人。这四位大屠杀见证人之一勒妮·哈特曼（Renée Hartman）是耶鲁大学著名英语与比较文学教授、犹太人杰弗里·哈特曼（Geoffrey Hartman）的妻子，因此哈特曼教授也成为该工程的发起人之一。1981年，已制作的183份视频资料被正式存放在耶鲁大学。1987年，为纪念阿伦·A. 福图诺夫（Alan A. Fortunoff）的慷慨捐赠，该工程改名为“大屠杀证据福图诺夫视频档案”（Fortunoff Video Archive for Holocaust Testimonies），并将所有档案存放在耶鲁大学斯特林纪念图书馆。

到目前为止该档案工程已收集了4400多份大屠杀幸存者的视频档案，其36个附属机构遍布美国各地和欧洲各国。这项工程的目的是为了抵制对大屠杀的遗忘、无知和恶意否认。它极大地丰富并弥补了口述史和书写文献的不足，以开放、自由、流动、逼真、细腻等特点保存下遭受大屠杀暴力的犹太人鲜活的记忆，也是苦难的、梦魇般的记忆。

大屠杀档案为史学家、文学评论家、心理学家和作家等提供了弥足珍贵的研究资料。

与这项大工程的启动和发展平行，以多丽·劳布、杰弗里·哈特曼为先行者，耶鲁大学从事文学批评的学者转向大屠杀创伤和暴力这一崭新的研究领域。耶鲁大学因此成为欧美人文学科领域内尤其是文学批评中大屠杀创伤研究的发源地和重镇。

简略地讲，耶鲁创伤研究学派的诞生得益于三大要素。首先是大屠杀幸存者视频工程尽管发端于草根，但一开始就吸纳了大学学者和媒体专业人士。这使得该工程横跨学院、社会共同体和公共媒介三类社会空间，有机整合研究人员、大屠杀幸存者和电视节目制作人三个群体。这使得档案整理、科学研究与面向公众的节目录制和传播基本上达到同步进行的状态。例如1980年弗洛克和劳布将已收集的证据整理成电视专题片《昨日永在》并在纽约市电视节目中播放，引起强烈的社会反响。该专题片获1980年度“纽约艾美奖”（New York Emmy Award）。

第二大要素是耶鲁大学20世纪40年代末以来在文学批评领域始终引领时代风气和范式变革的独特学术气候。先是在40年代末有雷纳·韦勒克、奥尔巴赫等在此安营扎寨。继之有雅克·德里达、保罗·德曼、杰·希·米勒在此发起解构运动。杰弗里·哈特曼本人就是耶鲁解构运动的主要发起人之一。耶鲁创伤研究学派直接从解构运动吸取方法论营养，与之形成前后相继的波浪式运动。

第三个要素是多丽·劳布、杰弗里·哈特曼、肖莎娜·费尔曼（Shoshana Felman）、凯茜·卡鲁思（Cathy Caruth）等学者的紧密合作。他们持续研究，出版了一系列有影响的著述，形成以文学批评为界面、以大屠杀为对象、以解构为范式基础、以审问历史为精神导向的研究群体，产生辐射力极强的群体效应。这些持续的、有影响的研究成果包括：肖莎娜·费尔曼与多丽·劳布合著的《证据：文学、心理分析与历史中的见证危机》（1992）；肖莎娜·费尔曼的《书写与疯癫：文学/哲学/心理分析》（1978年在法国出版）、《法的无意识：20世纪的审判与创伤》（2002）；凯茜·卡鲁思的《创伤：记忆之探索》（1995）、《没有认证的体验：创伤、叙事与历史》（1996）；杰弗里·哈特曼的《最长的阴影：大屠杀之后》（1996）、《一位学者的故事：一位被遗弃的欧洲孩子的思想旅程》（2007）。

（二）肖莎娜·费尔曼的文学证据论

从第二次世界大战德国纳粹大屠杀幸存者视频工程到耶鲁学派的纳粹大屠杀创伤研究，理论研究贡献最为卓著者当数参与耶鲁解构主义运动的女性学者肖莎娜·费尔曼。罗杰·卢克赫斯特（Roger Luckhurst）在评说这段起源史时，将杰弗里·哈特曼摆放在费尔曼之上。[①] 诚然哈特曼是视频工程的发起人之一，也是耶鲁解构运动的悍将。但是，无论是对文学批评与心理分析之关系的反思还是对创伤的文学批评理论创新和教学实践，费尔曼的范式变革地位无疑超过了哈特曼。这种自觉的范式变革努力和新锐的文学批评主张体现在她的著作《书写与疯癫》和《证据》之中。

> 《书写与疯癫》探讨的核心问题是文学与疯癫的关系。19 世纪以来精神病学话语逐渐获得了西方文化的领导权。与此对应，疯癫成了西方文化的主要症候，成了精神病学话语治疗的对象、压制的对象和排除的对象。因此西方文明进入了精神病学时代。在这个精神病学时代，与其含混模糊地讲文学与现实的摹仿关系，毋宁更精确地承认这一独特历史语境中文学知识与精神病学知识之间的再现甚至竞争关系。部分作家，如巴尔扎克、福楼拜、亨利·詹姆斯，像精神病学家那样来诊断社会现实，并将这种症候式的反应和深邃的洞见转变成文学知识。另外一部分作家，如杰拉德·德·奈瓦尔（Gerard de Nerval），安托南·阿尔托（Antonin Artaud）和米歇尔·福柯（Michel Foucault），以反精神病学的姿态来彰显甚至宣泄被社会和权力知识话语压制、否认、客体化甚至沉默化的疯癫。文学成了疯癫自行表现、自我再现的唯一合法的途径。在知识话语中，文学是唯一见证、表现、言说疯癫的知识话语。因此文学的功能之一是见证被社会权力 / 知识话语排除的疯癫。“见证是一种表演行为，是文学极其重要的功能之一。事实上全部文学都或多或少，或主要或次要地以证

① Roger Luckhurst, *The Trauma Question* (London: Routledge, 2008), pp.6–7.

据模式存在：对应于现实的证据。[①]

由于文学与疯癫表征的文化排除现象之间是构成性关系，所以有必要重新思考文学性。文学性并不等同于体制化的文学。如果说文学是文化体制、文学规范等圈定的稳定不变的艺术形式，那么具有文学性的文学事物则替代文学甚至超越文学的边界。文学事物抵制解释，“正如我在书中分析的疯癫特指语言科学——语言学——不能解释的事物。基于同样的原因，心理分析科学也不能解释疯癫”[②]。文学事物总是脱离知识的掌控，成为解释的剩余物。因此更准确地讲，文学指那些具有文学性的书写话语，而文学性本身抵制解释。人们愈是想澄清文学性，文学性就愈同等程度地增加。

同样因为文学与疯癫的构成性关系，文学与心理分析的关系值得我们重新思考。实用主义的阐释方法削足适履地将心理分析变成一种文学批评和阅读工具。具有泛解释主义倾向的阐释学方法论将心理分析和文学批评理解为本质上亲近的文本解释方法。费尔曼认为，文学与心理分析之间是动态的、相互指称的言语行为关系。心理分析揭示文学的无意识；文学则构成心理分析的无意识。文学读者同时占据了两个位置。如果从解释的角度看，文学读者与文学之间的关系类似于心理分析师与心理分析对象的关系。如果从心理分析移情的角度看，文学读者与文学之间的移情现象又确定了读者作为心理分析对象的角色定位。因此根本的问题不是将心理分析应用于文学，而是文学与心理分析的内在互动关系。

费尔曼通过重构文学与疯癫、文学与心理分析的关系，瓦解了传统的基于摹仿论的文学之边界。不是像文学规范和传统界定的那样，文学是对社会现实的摹仿和再现。遵循陌生化原则，形成摹仿基础上不同于现实的虚构世界；遵循审美原则，形成自足的唯美世界。相反文学具有自身内在的分裂和对立张力，即摹仿与反摹仿、顺应文学审美和价值规范与反文学

---

① Shoshana Felman, *Writing and Madness* (Palo Alto: Stanford UP, 2003), p.5.

② Ibid., p.260.

规范和体制的张力。在现代精神病学时代，这种对立和张力决定了文学与主流的文化规范和知识、与被主流文化他者化的疯癫及疯癫征兆的社会边缘现象之间的关系。一方面，文学是社会边缘乃至死亡现象进入知识话语场唯一有效的途径。文学见证并言说疯癫及其他社会死亡。另一方面，文学的见证和言说功能又使居于知识权力话语中心、与文化规范同气相吸的文学僭越了文化的也是文学的边界，产生消解甚至颠覆知识话语的动能。因此与其说文学知识的合法性，毋宁指出文学的越界功能、文学对知识阐释的排斥和抵制。

文学在社会文化规范与疯癫之间的见证和言说功能自然决定了文学与作为精神病学时代知识话语的心理分析的关系。简约地讲，文学介于心理分析与疯癫之间。正是这种中间位置决定了文学读者、文学文本与心理分析的关系，即心理分析话语与对象的关系；也决定了文学读者、文学文本与疯癫的关系，即分析师与对象、证据或见证者与疯癫的历史真实之间的关系。文学事物而不是狭义的文学就这样栖身于心理分析与创伤之间，同时获得了主体性和对象性。对文学事物的两栖性、矛盾并存性或可变特征的认识使我们得以重新确立文学与创伤、文学与心理分析的关系。对创伤研究的文学甚至人文转向——从心理分析转向人文研究——而言，这无疑是认识论意义上的关键突破。当然这也是具有本体价值的理论定势，即文学与创伤之间的表演关系决定了无论是文学书写还是文学阅读与创伤之间内在发生和发声关系。这种新型的文学外部关系决定了传统的再现关系实在是危机四伏，濒临瓦解。它也意味着心理分析代表的精神病学话语面临着巨大的再现危机。心理分析无力有效地指证、言说、愈合疯癫及其他形态的创伤，只有借助文学，或破除传统摹仿诗学的规范约束，才能言说并愈合创伤。

澄清文学、疯癫征兆的历史创伤与心理分析三者之间的三重关系，有益于我们更准确地把握肖莎娜·费尔曼和多丽·劳布在《证据：文学、心理分析与历史中的见证危机》中对文学、创伤与心理分析之关系更进一步的思考。其坚实的历史支点是第二次世界大战期间德国纳粹的犹太人大屠杀。

证据本是法律术语，是对那些所有指向罪犯有罪的档案材料的总称。但是正如意大利学者 G. 阿甘本所讲，法律唯一指向的是判决——独立于正义和真相的判决。因此无论是纽伦堡审判、东京审判还是艾希曼审判，都助长了这样一种误解：

> 奥斯维辛的问题已经被解决了。判决被通过了，罪恶的证据被不置可否地确立了。除了偶然明晰的时刻，我们花了几乎半个世纪的时间才明白，法律并没有穷尽这个问题，相反，这个问题是如此巨大，它质疑了法律本身，将法律拖向了自身的毁灭。[①]

对于这个问题，费尔曼在 1978 年的《书写与疯癫》、1992 年的《证据》中先后间接和直接地提供了超越狭义的也是严格的法律意义的论断。在前一本书中，她给文学的定位是，文学是见证疯癫的唯一有效的中介，尽管她没有直接使用证据这种表述。在后一本书中，她这样设问："作为当代备受青睐的传播和交流模式，证据的优势日益突显。其意义何在？*事实上证据在我们近来有关自己的文化记载中突然变得如此重要，无处不在。为什么这样？*"[②]

她将证据与同时代的文化档案、交流模式联系起来思考，进而给证据重新定义。

见证（witnessing）这种行为隐含了内在的对立矛盾。一方面，见证者孤立地承受了见证的责任，忍受着承担这种责任的孤独。另一方面，见证者需要挣脱孤独的包围和孤立的境遇，向他人、为他人讲述见证的事件。作为言语行为链上的环节，证据指向他人，而见证者则是事件、真实、立场和角度的载体。通过见证者而与事件关联的证据由零星的记忆组成。这些支离破碎的记忆表征着见证者没有完全理解所见证的事件。因此

① Giorgio Agamben: *Remnants of Auschwitz: The Witness and the Archive* (New York: Zone Books, 1999), pp.19-20.

② Shoshana Felman and Dori Laub, *Testimony: Crises of Witnessing in Literature, Psychoanalysis, and History* (New York: Routledge, 1992), p.6.

见证行为本身超越了我们既有的参照系，无力生成知识，也无法被完全认识。同理，证据是未完成的陈述，对历史事件的把握未能达到总体性高度。证据中的语言充满了闪烁其词、阴谋和背叛、掩盖和挣扎，没有结论，也没有判断。对见证者来说，做证就是一种言语表演行为，而不是提出明确的观点或陈述。费尔曼将那些融生活和文本于一体的文本称为生活证据，如回忆录、自传、信札，因为它们承载了真实生活。

费尔曼界定了证据与创伤事件之间的构成性关系和证据的言语行为特征。这实际上延伸了她对文学与疯癫之间关系的思考。反过来这又进一步深化了她有关文学书写行为以及文学文本的证据功能和本质的理论。文学书写见证创伤事件，因此证据以不同方式，在不同程度上，在不同层面渗透了各种文学文本。文学读者的阅读行为实际上也是一个通过文学文本来间接见证创伤、体验创伤、接近历史真实的过程。

1984 年秋季学期，费尔曼为耶鲁大学的研究生开了一期研讨班：“文学与证据：文学、心理分析与历史”。参加研讨班的学生主要来自文学专业，还包括部分心理学、哲学、社会学、医学、历史学等专业的学生。她为研讨班选取并设计的文本分书写文本与视频文本，书写文本又分为叙事小说、诗歌、理论文本。这些文本——准确地讲是生活证据——按研讨顺序依次是：阿尔伯特·加缪（Albert Camus）的《鼠疫》、F. 陀斯妥耶夫斯基（Fyodor Dostoyevsky）的《地下室手记》、弗洛伊德的《梦的解析》、S. 马拉美（Stephane Mallarme）的法国象征主义诗学革命宣言、罗马尼亚籍犹太诗人保罗·策兰（Paul Celan）的纳粹大屠杀诗歌创作、多丽·劳布等整理的纳粹大屠杀视频档案中的两个案例。

她认为上述文学文本分别指向创伤证据的历史、临床和诗性审美维度。例如在加缪的《鼠疫》中，那位同时兼叙述者、医生和证人角色的叙述者发挥了历史学家和证人的作用。而小说本身成了对第二次世界大战期间欧洲承受的巨大创伤和惨烈死亡的寓言。它也是欧洲反法西斯人民在绝望之中仍顽强地坚持，与如鼠疫般蔓延猖獗的纳粹暴力抗争的精神传记。这一文学叙事证据紧贴历史暴力的死亡境遇，而书写行为本身则是对死亡笼罩下人类生存创伤的见证。叙事的历史性，如垂死病人所处的临床样态的历史，相互交织在一起。

又例如策兰的诗歌是彻底的纳粹大屠杀证据。作为纳粹大屠杀的亲历者和见证人，策兰始终选择用母语，也是施暴者的语言德语进行诗歌创作。他与德语的这种双重矛盾关系，他向渗透了死亡、屈辱、折磨和毁灭的德语的屈服，宣判了创伤包围中的他之自我毁灭。因此他的诗歌创作征兆了他与试图毁灭他的自我毁灭的德语的抗争。通过使用刻写下创伤印迹的德语，通过消解并重构德语，通过改变其语义、语法等激烈的诗歌技巧，策兰创造性地也是临床式地赋予了诗歌彻底的见证大屠杀创伤和暴力的意义。

但是更重要的事实是，文学书写中，历史的、临床的和诗歌的证据维度常常并存且相互作用。

从另一个角度看，大屠杀证据在“事件的结构本身、发现和出现的维度、意义的力量以及真实的语言*事件*的影响”[①] 等方面令人吃惊地表现出与文学行为——无论是书写行为还是阅读行为——极端相似的特征。透彻地讲，大屠杀证据产生与文学行为相同的移情效果，历史创伤事件对直接的见证人和间接的见证人同样产生巨大的情感、心理、想象乃至生命压力。这种独特的见证－移情效果甚至表现为文学教学中处于间接见证者位置的学生的心理危机。在接触大屠杀视频档案后，参加研讨班的学生先是表现出极度的沉默，继之陷入无休止的、绝望的、喋喋不休的言说状态。“他们感到孤单，突然间被剥夺了与世界和其他人的联系纽带。”[②] 在多丽·劳布的建议下，费尔曼最终运用心理分析干预的方式化解了见证创伤的危机和文学教学中的危机。

费尔曼通过研讨班实践建立了一种新的文学证据模式。它以文学书写行为和文学阅读（教学）行为为支点。文学书写行为在历史、临床和诗学多层面上动态地见证创伤。文学阅读行为则透过不同的文本，参与、见证、体验、反思并清理创伤。无论是文学书写还是文学阅读过程中对创伤

① Shoshana Felman and Dori Laub, *Testimony: Crises of Witnessing in Literature, Psychoanalysis, and History*, p.41.

② Ibid., p.48.

的见证都涉及移情，涉及创伤事件对书写主体和阅读主体的消解和征服。因此从创伤到文学书写和文学阅读的整个传播过程中，文学主体（同样也是创伤见证主体）面临着见证历史暴力的心理危机。

与费尔曼的文学证据模式类似，多丽·劳布建构了另一个基于心理分析却又超越心理分析边界的创伤证据模式——以创伤事件、受害者、聆听者为传播过程及其涉及的证据困境和创伤清理的模式。

大屠杀的受害者选择沉默来抵制被他人聆听或聆听自己的痛苦和恐惧。沉默的厚墙竖立在遗忘与记忆、过去与现在之间，它是受害者流放中的家园，苦难中的庇护所。通过讲述来打破沉默，这意味着受害者再次经历大屠杀的暴力，被贴上沉默封条的创伤溜出心理深处黑暗的墓穴。因此如果仅仅是让受害者再次经历创伤事件，那么他的讲述行为导致的将是新的创伤效果。像策兰那样的诗人和作家重复讲述大屠杀，反复体验创伤，最终付出的是生命代价。因此讲述的目的不是重复地表演创伤，而是认识创伤，走出心灵的沼泽地，最终愈合创伤。这样通过讲述，受害人见证创伤事件，打破集中营设下的心灵和肉体禁锢，抵制死亡和苦难的召唤，超越并终结创伤事件。

受害者讲述并彻底地见证创伤，需要聆听者。聆听者与受害者构成了创伤的证据链，是激活创伤愈合机制不可或缺的环节。因此聆听者参与创伤事件的知识重构，创伤证据通过受害者最终也是首次明白无误地刻写在聆听者的心理屏幕上。通过聆听行为，聆听者亲身体验创伤事件，感受受害者的困惑、迷茫、痛苦、恐惧和挣扎。他与受害者一起，与创伤的过去抗争。但是聆听者与受害者的这种亲密结合只是部分参与，因为他仍保留着自己独立的位置、立场和视角。他同时见证创伤和自我，即：他在与受害者充分认同的同时仍保留着自己的主体性。

受害者深陷其中的创伤困境是，创伤事件没有完成，尚未终止，一直延续到现在。受害者没有真正接触创伤事件的核心，也没有认识到创伤在重复表演这一不可改变的现实。要克服创伤困境，需要在受害者和聆听者的共同参与下来建构创伤事件完整的历史叙事，从而将整个事件再外在化（re-externalization）。所谓再外在化就是讲述并传播创伤故事，将之转移给自我之外的另一个人，然后再次将之内在化。这一从内向外并回返至内在自我的过程其实是对创伤的历史化过程。它既是对与心理现实对应的外在历史现实的认识，也是对占据心理空间的暴力之恶的清理。

与受害者的创伤困境及其心理分析愈合过程对应，聆听者经历相应的证据过程。聆听者既是受害者自然的、忠实的倾诉对象，同时又是讲述这一证据过程的引导者。“当碎片之流动摇不定的时候，聆听者得增强它们并使之自由表达。另一方面，当碎片的流动加速，变得太强烈、太躁动并失控之时，他不得不控制并调节流量。”[①] 聆听者无法回避讲述中的历史暴力，因而也无法回避人性和历史纠缠于其中的本体困惑和疑难，如死亡、事件、人生之目的和意义、失去亲人的悲苦、人与人之间的陌生甚至仇恨，等等。通过受害者，聆听者实际上是在见证自己深陷其中的、无法摆脱的历史劫难和苦难。因此，如果说受害者的创伤困境可以通过心理分析的治疗来愈合，那么见证大屠杀的过程则使整个现代和当代文化露出另一副可怕的面孔。

> 在第二次世界大战中发生的暴行和创伤之后，文化价值、政治协定、社会习俗、民族身份、投资、家庭和体制已经失去了它们的意义，失去了它们的语境。作为分水岭事件，大屠杀导致了所有价值内含的革命。对于这场价值重估，或用尼采的话来讲，对于这场“价值转变”，我们还没有掂量出着眼未来的文化意蕴的阵势。[②]

大屠杀视频档案工程、费尔曼和劳布的理论思考共同建构了当代文学批评、心理分析等人文学术话语中新的知识话语事件——以德国纳粹大屠杀为历史分水岭、为文化象征场、为阐释中心和参照、为价值评判标准的话语事件。弗洛伊德心理分析话语与结构主义结合，并以文学批评为

---

① Shoshana Felman and Dori Laub, *Testimony: Crises of Witnessing in Literature, Psychoanalysis, and History*, p.71.

② Ibid., p.73.

话语实践的新开端。创伤心理分析话语转向文学批评。或者说文学批评在重新划定自己的边界，确定自己的功能，建构自己的也是创伤研究的阐释模式。

这两种论断都有其合理性，但仅仅是部分意义上的合理性。因为，无论是心理分析话语还是文学批评都脱离了原有的航线。尤其是心理分析话语边界的消解提出了一个新的思想和文化疑难：大屠杀创伤知识话语同时也将西方现代文明的灾难事件而不是其他文化语境中的人民深受其苦的战争和暴力确定为历史的阐释中心和参照点。在进一步拷问这种知识话语实践中的话语暴力之前，我们有必要审视耶鲁创伤文学研究的另一位更年轻的学者凯茜·卡鲁思。

（三）凯茜·卡鲁思向文学阐释的回位

作为哈特曼、费尔曼等的学生，卡鲁思 1988 年获耶鲁大学博士学位，是耶鲁解构运动和创伤研究的新一代代表人物。说她属于新一代，是因为她更年轻，属于耶鲁派思想学术的受惠者而不是拓荒者。但是，无论就她介入创伤研究的时间而言还是从她对创伤研究范式地位的巩固来看，她在 20 世纪 90 年代初的创伤研究领域无疑是一匹黑马。

最值得我们研究的是卡鲁思与费尔曼在创伤理论建构上的相互影响。一方面，卡鲁思延续、提炼、提升了费尔曼的文学证据论；另一方面，后来居上的卡鲁思深邃、新颖的理论观点令费尔曼心悦诚服。费尔曼自觉地阐述卡鲁思理论的精髓并为之辩护。

费尔曼在《证据》中通过文学研讨班教学来建构其文学证据论。这与多丽·劳布通过研究大屠杀视频档案来提出创伤证据论是相通的。因此尽管费尔曼在强调文学书写行为和阅读行为时也关注静态的文学文本，但是这种关注受制于整个文学教学行为和语境的制约。她的文学证据论类似于临床实践和观察的结果。同理，她和劳布诉诸的临床观察方法论自然地将证据理解成以创伤事件为起点的多层证据链和见证行为——书写与阅读、讲述与聆听。

卡鲁思的《没有认证的体验：创伤、叙事与历史》则以明白无误的回到文本的方式脱离了上述临床观察方法论。向文学文本阐释方法论的回位使卡鲁思的理论思考在与费尔曼和劳布对接的同时又恰恰以这些对接点为突破口。同时，向文学文本阐释方法论的回位也恰恰为她提供了新的契机，即将文学文本、心理分析文本和批评理论文本纳入理论阐释视野，建构一种跨学科意义上的而非文学的、历史阐述意义上的而非临床的、创伤体验意义上的而非文本的创伤理论。最后向文学文本阐释方法论的回位意味着回到创伤研究心理分析话语的原初点——弗洛伊德。因此尽管她将玛格丽特·杜拉斯（Margaret Duras）、康德、保罗·德曼（Paul de Man）、拉康等的文本纳入其分析框架，但是所有这些文本的母文本或源文本无疑是弗洛伊德的《超越快感原则》和《摩西与唯一神教》，所有这些关于创伤的理论思考和对创伤的体验式表征都以弗洛伊德的思考和表征为参照。

卡鲁思提倡回到创伤的心理体验层面，因此创伤事件被受创主体“太快、太出人意料地体验，以至于无法被完整地认识。除非它一再反复地出现在幸存者的噩梦之中或重复性的行为中，否则它就存在于意识之外”[①]。创伤不仅是一种病理现象，它总是表现为创伤向我们言说真实或现实的声音。因此创伤既具有弗洛伊德在《超越快感原则》中所讲的延迟发生的特征，又具有弗洛伊德没有论述的声音特征；既连接着我们已经认识的事物，也根植于我们的行为和语言中未知的现实。与多丽·劳布所讲的心理现实与历史事件征兆的现实不同，创伤强迫式的重复和萦绕指向暴力事件的现实和暴力，指向以尚未被完全认知的方式作用于受创主体这种现实。

创伤不仅仅被沉默压制，同时更鲜明地表征为声音——与创伤主体对应的、不为创伤主体所认识和理解的、他者的声音。对于创伤声音的他者性，卡鲁思给出了三种可能的根源。它或者征兆被过去创伤体验所累的个体聆听到的他者之创伤在言说呐喊；或者征兆仍保留着对过去创伤事件记

① Cathy Caruth, *Unclaimed Experience: Trauma, Narrative, and History* (Baltimore: the Johns Hopkins UP, 1996), p.4.

忆的自我内在的他者——过去的受创的自我；或者是过去自我的创伤与其他人的创伤遭遇后发出的共鸣。无论是心理分析文本、文学文本还是批评理论文本都见证、聆听同时也再现充满了他者性的创伤声音。卡鲁思同时赋予文本见证创伤、聆听创伤、再现创伤的功能，因为文本根源于真实的危机体验。

文本见证、聆听、再现创伤的功能及其与危机体验的生成关系，决定了创伤叙事内在的危机。卡鲁思称之为双重讲述：死亡危机与生命危机、创伤事件无法容忍的本质与生存无法容忍的本质之间的两难。这两极间不可调和的、必然的对立进而决定了历史的危机。例如弗洛伊德的《摩西与唯一神教》就讲述了犹太教历史与基督教历史的危机，而《超越快感原则》则同时言说了与死亡的对抗和与生命的对抗。更进一步讲，透过《摩西与唯一神教》中讲述的创伤历史，弗洛伊德以一种隐而不显的方式在讲述纳粹迫害和大屠杀给他造成的创伤，以及这种创伤在第二次世界大战的历史语境中向思想言说的转变。正是以这种双重讲述的方式，心理分析文本、文学文本和批评理论文本“同时讲述关于创伤体验的故事并通过这些故事来讲述自我的创伤体验”①。

费尔曼给予卡鲁思的创伤理论极高的肯定和阐释。她认为，在所有关于创伤体验的临床的、科学的或者人文主义的研究者中，卡鲁思的卓越贡献证明了她是这一领域内真正的思想家，也是最权威、最原创型的跨学科理论家。她提炼出一种崭新的阅读方法，将创伤、心理分析和历史（我认为还包括文学叙事）纳入完整的、综合的、新颖的视野。在费尔曼看来，这种视野由三个关键点来支撑：（1）创伤是历史体验的基本维度，对创伤的分析提供了对历史因果律的新理解；（2）灾难体验的后果被蒙上了生存的迷雾，因此对创伤体验的分析提供了认知毁灭与生存之关系的新思路；（3）创伤体验指向他者，需要我们聆听他者的声音，因此这暗示了面向他者的人性和伦理向度。②

① Cathy Caruth, *Unclaimed Experience: Trauma, Narrative, and History*, p.4.

② Shoshana Felman, *The Juridical Unconscious: Trials and Traumas in the Twentieth Century* (Cambridge, Massachusetts: Harvard UP, 2002), pp.173–174.

概而言之，卡鲁思的创伤理论是跨学科的、体验的、历史的、面向他者的，也是充满激情的、人性的和富有伦理关怀的。至此她将创伤研究改造成一种对人文学科具有普遍辐射力的研究领域，实现了从心理分析、文学批评、批评理论向创伤研究这一崭新的、独立的领域的转变，将创伤研究确立为当代人文社会科学研究尤其是文化研究和历史研究领域内的新范式。

（四）创伤的再现与创伤文化疑难

美国当代人文研究领域的创伤研究范式之理论经纬线是创伤与再现的关系。围绕创伤与再现，它逐层探讨：创伤文化疑难（aporia）；创伤再现；创伤文学艺术的功能。

西方创伤文化的第一大疑难是创伤体验与历史记忆、象征性创伤事件与创伤认知的矛盾。西奥多·阿多诺在《否定辩证法》中通过分析奥斯维辛纳粹大屠杀来证明西方批判哲学之死，揭示创伤文化的疑难。对阿多诺而言，奥斯维辛是对思想本身的挑战，因为我们的形而上思辨能力已麻木瘫痪，真实的大屠杀事件粉碎了反思批判的现实基础，割断了思想与体验的脐带。罗杰·卢克赫斯特感叹道："整个西方文化转瞬间被奥斯维辛污染，成了奥斯维辛的同谋。然而对文化的拒绝同样是野蛮的。如果沉默无济于事，那么阿多诺赋予艺术和文化批评的严肃却又自相矛盾的使命就是，竭力再现不可再现的事件。"①

创伤的沉默与文学的发声无疑是创伤文化的第二大疑难。费尔曼认为，创伤与疯癫孪生，受现代文化的排挤打压，被禁锢在沉默的身体和缄默的心灵之中。文学与创伤和疯癫实为构成性的亲缘关系，持续地与疯癫和创伤交流，让疯癫和创伤主体自我言说表述。"文学叙述疯癫的沉默，正如它讲述创伤的沉默……男权社会对妇女的排斥，对种族的排挤——美国对黑人、纳粹欧洲对犹太人的隔离迫害。"②以创伤为象征标识，当代文

① Roger Luckhurst, *The Trauma Question*, p.5.

② Shoshana Felman, *Writing and Madness*, p.6.

化和社会中我们的文化政治、公共空间建构和伦理取向都陷入两难处境。我们面临着沉默与言说、顺从与反抗、文化根子上的暴力和制度上的魔性与个体的价值诉求、意识形态的蛊惑与责任之间的两难选择。汉娜·阿伦特从1961年的纳粹战犯艾克曼审判事件中就发掘出现代公民面临的这种选择——纳粹暴徒、纳粹统治下的奉公守法的德国普通公民、纳粹暴力下丧失了反抗意志的犹太人委员会都必须面对却拒绝面对的选择。这种无力、不愿、否定选择的行为造成了沉默与言说的疑难。其背后是恶的庸常性泛滥开来之后施暴民族和受害民族对纳粹暴力的沉默和顺从，是历史的钟摆后拨、正义的呼声迟来时为受害者、为文化劫难的代言。死者和幸存者却无力自我言说。

创伤文化的第三个疑难是再现危机。再现危机论拷问：真切的创伤体验和心理感受与关于创伤的真理言说和知识陈述的矛盾；知识和语言意义上不同学科之间及不同语言修辞和风格之间的偏离和差异；传统的体制化文学规范与创伤文化叙事（小说、回忆录、传记、证词、访谈、电影、照片）之间的分离裂变。再现危机是既有知识话语的危机，因为它不可能再现不可再现之事物。或者说它不可能接近、表现、言说创伤事件给予创伤文化主体造成的持久、不断重复的痛苦心理现实和精神磨难。同样它也不可能使我们重新认识文学艺术独特的言说创伤、见证创伤、愈合创伤、重构公共空间伦理和文化共同体纽带的作用。

为克服传统文化叙事的再现危机，创伤叙事突破传统叙事方法、技巧和类型，使用象征拟仿，打破时间线型结构，将多条情节重叠交缠。受创主体反复讲述灾难场景，打破现实与梦境和幻想、生命与死亡、记忆与遗忘、过去与现在的界限。它“青睐过剩、无法估量、极限僭越、自我粉碎、无拘束或联想式的游戏，等等”[①]。例如在《宠儿》这部种族创伤叙事代表作中，托尼·莫里森（Toni Morrison）恣意突破时间、意识、记忆和历史的边界。神秘、恐怖的过去镶嵌在现在的“再记忆”中，形成围绕

① Dominick LaCapra, *Writing History, Writing Trauma* (Baltimore: The Johns Hopkins UP, 2001), p.105.

创伤性暴力事件的辐射和离散式网状结构。受创黑奴的过去以多种姿态反复重演，成为似乎永远占据意识和记忆的此在。过去的经历与现在的经历重叠交缠。死去宠儿的返世揭开了每个黑奴心灵的创口，揭开了黑人族群集体历史和文化记忆深处的创伤秘穴。

E. 安·卡普兰（E. Ann Kaplan）的《创伤文化：媒体与文学中的恐怖与损失政治》分析大众传媒对“9·11”事件的再现，反思创伤叙事的文化价值。她认为，创伤主体不仅包括施暴者和直接遭受创伤的受害者，而且包括旁观者、救援人员、受害者的亲朋、媒体消费者、后代等在时空上与灾难分离却又承受其间接影响的人。这些受害者共同构成由时空分割的创伤主体异质场域。媒体宣扬的主流政治和意识形态只是我们感知创伤的一个层面。如“9·11”创伤包括了街道和本土集体创伤、媒体对创伤的过滤和建构、国家和民族政治认同等四个层面。媒体和主流意识形态对文化创伤的扭曲再现，压制了街道和本土话语。只有文学、艺术等文化形式是愈合文化创伤的有效手段。这些文化形式借助叙事的力量复活并清除创伤，建构起创造生命、延续生命、更新生命的文化转化空间。

经几代学者的阐释，创伤已变成横跨不同学科和研究领域的重要研究范式。尤其是对经历了工业革命、两次世界大战、纳粹大屠杀、殖民主义、恐怖主义的现当代人类而言，创伤研究使我们认识到我们的身体、心灵世界、文化乃至我们栖息的自然生命世界都与暴力和灾难是如此难分难解。现代性以降的历史和文化布满了创伤裂痕。甚至现代性也露出创伤的根茎。从妇女、儿童、种族、民族到被主流文化规范施行了社会死亡手术的边缘群体，在微观的家庭场景中或是宏大的社会舞台上，在弱小卑微的生命旅程上或是动荡不定的民族迁徙中，个体和集体的文化心理中都充满了怨愤、责难、痛苦、焦虑、冷漠或麻木。甚至在心灵的荒漠中，在遗忘与记忆之间的厚墙前，创伤主宰了生命，幽灵扼死了想象。

法国哲学家保罗·利科在《时间与叙事》中对创伤叙事的价值有精辟之语。利科用叙事的充盈圆满来烛照西方思辨哲学的偏狭残缺，来复活人类生活体验的本真样态。他认为，只有在叙事中我们才完整地感知时间，将多样、分散的事件组合，将前后断裂的历史体验参照融合。“虚构小说赋予惊恐的叙述者一双眼睛——一双见证、哭泣的眼睛……受难者痛苦的哭泣不是为了复仇，而是为了讲述。”①

① Paul Ricoeur, *Time and Narrative*, Vol. III (Chicago: University of Chicago Press, 1988), pp.188–189.

第四章

现象学之后的科际融合：象征形象

> 三十年来无孔窍，几回得眼还迷照。一见桃花参学了，呈法要，无弦琴上单于调。　　折叶寻枝虚半老，拈花特地重年少。今后水云人欲晓，非玄妙。灵云合破桃花笑。

北宋词人黄庭坚这首《渔家傲》以自然风物参证禅机。琴无弦而奏妙乐，见桃花而悟道，讲求的是人趣、佛理与大自在的通明剔透。以此反观学问之道的缘起、流变和勃兴，自成天趣，别出机杼。既讲因缘机遇，又赖风云际会，进而阐发论述，一需号脉诊候，二要透视圆览。

如第一章所论，奥尔巴赫向欧洲古典语文学和形象阐释学的回归使他与当时欧洲尤其是德国正在发生的现象学革命擦肩而过。埃德蒙·胡塞尔和马丁·海德格尔引导的现象学革命，夹带着阐释学革命，转向了另一条摹仿诗学革命的道路——一条罗曼·英伽登、汉斯-格奥尔格·伽达默尔（Hans-Georg Gadamer）、雷纳·韦勒克、沃尔夫冈·伊瑟尔（Wolfgang Iser）开辟的通衢大道，以雷纳在其他的思想和文化语境中发生的深刻变异。一方面，德国现象学实现了从理性哲学向历史化、诗化、诗学化的多层衍化。另一方面，文学理论完成了从现象学向文学哲学或现象学美学、文学本体论、读者反应理论、文学人类学的持续变革。与现象学向诗学的衍化或现象学的文学本体论向文学人类学的学科间整合过渡这两种趋向并行，现象学、文学、社会学的综合融化，阐释学理论在崭新的文化、思想和学术生态中的传播、接受和改造，实质上将文学本体关怀引向了文化本体关怀，引向了社会的、文化的、跨文化的物质实践向度中文学本象而非文学本体——由社会的、文化的存在境遇，文化物质，文学话语实践与该境遇中文化象征革命的代言人推动的人类文化精神的辩证超越而形成的文学现代性。

为了回避文学现代性这个因过度使用而被抽空了实质性内容的表述，也为了真正地紧贴胡塞尔现象学的精准聚焦角度来观照文学的世界，更是为了以一种隐匿的、自觉的黑格尔式的精神现象学审问方式来昭示文学现代性推动的人类文化精神的辩证超越逻辑，我们使用文学本象（onto-image）这个概念，这个留下了文学现代性多维、多重、多元的自我反思和批判印迹的本真形象。

对文学本象的持续反思促成了从文学本体论向文学人类学的科际整合变革，促使关于文学的诗学（或以现象学为坚实的方法论基础的文学本体诗学）让位于文学的文化诗学，产生了（而不仅仅是对应）跨文化向度中 20 世纪的中国现代性语境下欧陆阐释学的引入和转化。同时也更明显地转向对历史和社会语境中文学本象的文化物质和文化象征精神运动这两个紧密关联层面的持续反思和批判。其表征之一就是法国的皮埃尔・布迪厄以文学的文化生产机制和现代资产阶级文化象征革命为核心的文学生成－社会学。其表征之二就是本尼迪克特・安德森以小说和报纸这两种现代文学话语手段为主，以印刷资本主义为文化物质实践基础，以现代民族主义和民族－国家文化身份的铸造为精神指向，而提炼出的文化摹仿诗学理论。

诚然，本尼迪克特・安德森与德国现象学革命没有直接影响关系。但是他以更明确的方式呼应了现象学血液滋养的文学人类学和文化诗学建构。更为重要的是，他对摹仿诗学的变革、对精神与物质之间辩证关系的历史和文化还原、对文学的文化物质实践基础的独创性阐释，不仅有益于我们反思现象学根子上蔓生开来的文学本象的文化诗学重构，而且有益于我们反思文学现代性与文化现代性和科技现代性之间的关系，更有益于我们真切地、真实地、真诚地贴近现代历史和文化语境中文学的精神本象——文学现代性的持续革命中人类辩证的、理性的、人文的超越所产生的强大的、不竭的精神化运动。而摹仿诗学的革命既是文学现代性的表征，也是这场精神化运动的独特的组成部分，同样是文学本象——自我反思、自我批判、自我超越的文学的也是人文的批判精神自我——的显露和展开。从历史形象、文化形象、心理形象到文学本象，这种展开源生于德国现代思想和学术土壤，沿着历史、文化、学科、思想的地表移动，其最根本的思想力量就是人文理性的自我批判和辩证超越。

第一节 文学的文化诗学重构

从我们今天理性的反思和批判角度看，现象学之后的文化诗学重构是不同思想背景中发生的思想的也是学术的事件。它们共同指向文学知识建构和文学价值阐释赖以立足的理论命题——文学的边界、文学知识的合法性和文学价值的合理性。

无论是文学边界、文学知识的合法性还是文学价值的合理性，其实都与文学的自律（autonomy）和他律（heteronomy）这一对原则密切相关。承认文学的自律或将文学批评建立在自律原则基础上，就是提倡对文学本体的研究，对文学文本内在的结构和存在形态进行系统的描述，强调文学审美功能和效果的独特性、绝对性和永恒性。文学的审美价值，对与审美价值契合的诗学规律的探索和彰显，自行为文学的合法性和合理性进行辩护。对文学的文化诗学重构，无论是文学人类学、文学生成-社会学、文学行为的文化权力论还是对文学的文化物质的强调和文学的文化摹仿功能的肯定，本质上否定了文学的自律，超越了对文学的本体观照，重构的是以文学为参照和表征的文化本体诗学。这相对于文学而言无疑是坚持文化自律原则，也就是文学的他律原则。在文学与文化之间，或者相对于文化而言，文学到底是自律的还是他律的，文化到底是自律的还是他律的？这在文学诗学和文化诗学建构中成了鉴别思想理论纯度的标准，也是区别审美价值评判和文化价值阐释的伦理立场的关键。更进一步地讲，在认识论意义上，我们是将自律和他律理解为对立矛盾的一对原则还是存在辩证的互动？文学与文化之间是否更真实地存在相互的对话、商榷和转化机制？这种文学与文化之间的商榷转化机制又是以什么原则为基础？这基本上是笼罩着文学诗学和文化诗学重构的认识论疑难（problematic）。

因此，现象学之后的文化诗学重构隐含的另一对张力就是文学本体论与文化本体论之间的张力。文学本体论尽管与古典摹仿诗学有着千丝万缕的联系（如英伽登与亚里士多德的《诗学》和莱辛的《拉奥孔》之间的联系），但是其重心从现实和客观世界、从作家诗人移到了作品，从外部移到了内部，从观念和价值的领地移到了结构的空间。因此再现问题或作品与世界的关系问题仅仅是文学诗学探究的次要问题。哪怕要直接面对作品与世界的关系这一问题，其目的主要是为了揭示文学作品的生命进化和存在样态。因此文学本体论本身属于摹仿诗学革命的立场。文化本体论坚持对文化的诗学阐释，探讨文学与文化的关系，进而梳理文化内在的演变规律和动因。但是这绝然不同于古典摹仿诗学强调的文学与现实之间的摹仿再现关系，因为其重心是文化、文化空间、文化载体、文化共同体或文化史隐匿的结构图式和规律。

那么我们应怎样解释文学本体论与文化本体论之间的张力呢？例如英伽登的文学本体论与布迪厄的社会学阐释存在的合理性是什么呢？这个问题超越了认识论的范畴，指向文学知识乃至人文知识的理性批判反思。在 20 世纪上半叶，无论是源于俄国的形式主义、盛行于英美大学校园的新批评还是发轫于现象学革命的文学现象学和文学解释学，都是文学本体论的不同理论表述程式。这种共同的、呼应的、同时发生的文学本体诗学建构表述了什么样的人文知识？怎样折射出西方历史内在的智识形构和精神化取向？ 20 世纪下半叶，尤其是 20 世纪 70 年代以来，文学批评方法论的锐意革新，文学与人类学、历史学、社会学、政治学等学科的交叉嫁接，文学的文化本体论之勃兴，又表述了什么样的人文知识？言说了何种新的精神化运动？赋予了文学何种使命？

基于不同的知识批判模式，对上述问题的思考可能引出不同的回答。参照弗朗西瓦·利奥塔（Jean-François Lyotard）在《后现代状况：关于知识的报告》中的观点，我们可以说这是现代知识向后现代知识的骤变。西方现代历史中启蒙和解放、人文理性与工具理性维护的知识合法性被后现代的差异和消解精神颠覆。按照米歇尔·福柯的知识考古学分析方法，从文学本体论到文化本体论的转变，征兆了人文科学知识型的断裂，文学的主体性被文化的主体性取代。我们甚至可以更大胆地从G.C.斯皮瓦克的后殖民知识话语暴力批判这一理论政治立场得出以下的解释：无论是文学本体论还是文化本体论，都是西方学者建构的文学知识和文化知识话语。其中隐匿着帝国主义殖民时期和当代全球化时代西方资本主义的知识话语实践对殖民地和第三世界文学和文化的压制暴力。这种话语暴力更微妙也更具危害的地方是，殖民地和第三世界丧失了文学知识和文化知识的主体性。因此这些问题的答案是多项的，而不是唯一的。这些问题的提出及其思考远比所谓正确的阐释更为重要。

但是有一点是明确无误的，那就是文学本体论和文化本体论作为人文知识建构背后的价值公理（axiom）。这才是我们反思自律与他律、文学本体论与文化本体论的基础。这也是我们更进一步反思摹仿诗学的革命的立足点。

探究现象学之后的文学本象之批判，我们有必要首先关注罗曼·英伽登与雷纳·韦勒克之间的一场论争。1931年德国图宾根的出版商马克思·尼迈尔出版了英伽登的《文艺作品：对本体论、逻辑和文学理论边界的探究》第一版。11年之后韦勒克与奥斯丁·沃伦合著的《文学理论》问世。《文学理论》第四部分专论文学的内部研究，基本上沿袭了英伽登的本体论研究方法。尤其是在《文艺作品的存在模式》这一节中，韦勒克不仅重复阐述了英伽登的观点，而且对英伽登的理论进行了批驳。20世纪60年代初英伽登才有机会阅读韦勒克的《文学理论》。因此迟至1965年他才在《文艺作品》德文第三版的序言中做出回应。或者说，整个德文第三版简短的序言主要是针对韦勒克而做出的理论辩护。

英伽登反驳的第一点是韦勒克对他的文艺作品分层的错误理解，第二点是韦勒克所言的英伽登的分析中价值缺场这一论断。对于前者，英伽登认为：

雷纳·韦勒克将我的层级概念置于一个（对我而言）有关“规

> 范”和“规范系统”的陌生的、误导的方面之下。此外，文艺作品的第二个结构特征——部分序列——几乎被他忽略了。这表征了对文艺作品的结构和我的构想的根本扭曲。对文艺作品部分序列的秩序的忽视，导致韦勒克无法探讨文学艺术的重要问题。①

对于后者，英伽登提出了五点反驳意见。此处无需赘言。唯一需强调的是，英伽登重复了文艺作品内在结构的建构特征以及价值的被建构本质。因此他的文学现象学分析没有回避价值问题，而是同时观照不同文学作品中的积极价值和消极价值。我们应特别关注的是，在上述引文中，英伽登在驳斥韦勒克提出的“规范”概念时使用了两个具有强烈感情色彩的形容词“陌生的”和“误导的”。

那么韦勒克提出的规范（norms）概念究竟是什么呢，它竟然与英伽登的层级结构论是如此不相容？

韦勒克认为，对文学作品的阅读体验有正确的，也有不正确的，因此有必要将文学作品理解成规范的结构，读者在阅读过程中只能部分地体验规范。文学作品的规范“是含蓄的规范，必须从每次单独的艺术品体验中来汲取。总体上，这些规范一起构成真正的艺术品”②。从单个作品的规范到不同作品之间规范的相似或差异，从规范的类型到文学类型，最后到文学理论，规范成了建构文学理论的基石。

那么规范以何种模式存在于文学作品之中呢？韦勒克以修正的方式重新解释英伽登的层级结构论。规范并不仅仅是一个自足的规范系统，而是由不同层级构成的规范系统。每一个层级都具有自身的规范，所有不同层级的规范构成一个完整的系统。因此与英伽登将作品理解成不同层级构成的多声复调同时又是完整统一的异质结构体不同，韦勒克将文学作品理解成层级化的规范系统。规范而不是层级或图示化结构成了文学本体实在的

① Roman Ingarden, *The Literary Work of Art: An Investigation on the Borderlines of Ontology, Logic, and Theory of Literature* (Evanston: Northwestern UP, 1973), pp.ixxix–ixxx.

② René Wellek and Austin Warren, *Theory of Literature* (New York: Harcourt Brace Jovanovich, 1977), pp.150–151.

显露。

对文学作品的阅读赋予规范同时也是作品生命力。文学作品既不是经验的事实，即个体或集体的意识状态，也不是永恒不变的理想客体。只有在个体体验中我们才能进入作品的世界，但是作品又不等同于任何体验。作品进入阅读体验，这意味着它进入了历史。作品在历史中成了一系列不断重构的生命定型。在历史中的生成、发展乃至消失，使文学作品的结构在读者、批评家、同时代的或后辈的艺术家那里处于动态的变化过程之中。因此规范系统“总是在发展和改变，且在某种意义因为未完成、有瑕疵而始终处于待实现状态”①。规范乃至结构的动态的、开放的生命特征使文学作品向其他主体敞开，是主体间的存在。用韦勒克的话讲，“它既不是实在的，也不是意识的或理念的。它是主体间的理念构成的规范系统”②。

韦勒克不仅将规范、结构和文学作品历史化，而且明确指出文学作品的结构隐含着必然的价值判断。没有规范和价值就没有结构。“没有价值参照，我们就不能理解并分析艺术品。”③英伽登的纯粹现象学的研究割裂了价值与结构，忽视了对文学作品的个体体验。价值、规范与结构在文学作品中构成了不可或缺也不可分割的核心部分。

与英伽登一样，韦勒克坚持文学本体论。在文学研究中，他充分肯定作品分析研究的绝对重要性。“毕竟只有作品本身才能验证我们对某个作家生活的兴趣，对他所处的社会环境乃至整个文学过程的兴趣。……文学研究首先关注的是实在的艺术品本身。”④与英伽登不同，韦勒克认为文学本体研究应该向生活、向历史敞开，应考虑到读者和批评家的阅读体验。这实际上颠覆了英伽登的作品层级结构论。这种观点将规范置于比结构层级更核心的文学本体地位，将文学的现象学美学引向具体文学体验过程中的文学伦理学。韦勒克也正是通过将规范和价值置于文学本体研究的核

① René Wellek and Austin Warren, *Theory of Literature*, pp.155-156.

② Ibid., p.156.

③ Ibid.

④ Ibid., p.139.

心，从而将文学本体论引向读者，引向历史，引向规范和价值征兆的新的理论思考。他建构的文学内部研究系统包括节奏、风格与文体学、意象与隐喻、叙事虚构模式、文学类型等。因此尽管他没有澄清或有待澄清，但是我们可以得出这样的评判：文学规范是文学作品生态系统中内在的审美规则，是使文学成为文学的DNA，是使文学成为历史存在的共通的审美元素。正是这些内在规则和元素的动态激荡产生了文学体验过程中的价值判断。

这里举例英伽登与韦勒克关于文学本体的论争。这是一个几乎被当代批评理论史研究完全忽略的思想和观念延异之处。其目的不仅仅是解构源于现象学的文学本体论，也不是试图将英伽登或韦勒克，或与他们直接相关的诗学理论作为批判反思的焦点。真正的目的是以理论文本细读和思想观念透视这两种方法，这两个人文研究中看似排斥的层面之相互交融，来揭示根生于现象学的文学本体诗学、与现象学有亲缘关系的文学人类学、文学社会学和文学的文化权力理论在不同的批评理论向度中对“规范”这一概念的重复阐释，对“规范”表征的审美元素和伦理规则的回位。通过批判同一学脉中交织的、兼具同质和异质特征的概念重构现象，我们最终试图揭示的是，当代文化诗学的重要概念“规范”背后的观念史的连接和断裂，进而实践地进行文学诗学和文化诗学的谱系建构，最终试图为现当代文学和文化的知识定势及其昭示的精神化运动进行适度的反思。

因此我们思想的起点以及我们将穿越的山脉是深埋在不同思想地表下的观念矿石“文学本象”——一种雅克·德里达论述的“目的地误差”（destinerrance）现象。这样来揭示文学的文化诗学重构，我们自然地将美学意义上的文学文化权力和文化物质意义上的文学置于对立的，却又是相互之间可以激活对话和转化的两个极点。我们借以重新思考并重构文学与文化之间的关系——这一深刻地嵌入文学本体诗学与文化诗学之间裂缝处的二律背反（antinomy）。

在思辨含金量上，其实“目的地误差”是与“延异”同等重要的德里达概念。它出现在德里达的各种文本中，如《明信片》中的《真理的效用》和《寄送》这两篇文章，《心灵感应》《论近来哲学中采用的启示性语调》《没有启示录，不是现在》《我的机遇》等文章及著作《另一个标题：对今日欧洲之反思》。按照杰·希·米勒的解释，“目的地误差”同时包含了积极和消极意义——目的地与漫游。它同时容纳了空间和时间维度。它指一种极端可能的误差现象——没有到达预先设定的时间上的目标，从预定的空间目标游离开来。这是因为符号、印迹、标志甚至前语言标记具有可重复性特征。同一个符号、标记或印迹可能出现在极端不同的语境中，发挥不同的功能，它们涉及的语境和功能失去了明确性。因此米勒讲：“就其意义和可能到达的目的地而言，我的任何言语或书写都可能违背我的意图。”[①] 可重复性产生目的地误差。可重复性使不同语境和功能制约下的同一个符号的意义和功能不断增生和分解。他者，绝对他者的召唤，使我们脱离了原有的路径和目标，重新开始并通往新的目标。

第二节　文学行为：后伽达默尔文学阐释学的人类学向度

2007 年 1 月 24 日，沃尔夫冈·伊瑟尔教授病逝于德国康斯坦茨，享年 81 岁。伊瑟尔去世后中国学界尤其是文艺批评界几乎没有什么热烈的反应。一代批评理论大师似乎悄然无声地离开了我们。诚然，在他归隐德国康斯坦茨的最后几年里，他在美国的朋友、同事和学生不时谈起他，渐渐学会想起他。仍记得杰·希·米勒有一次与伊瑟尔的学生伽布里埃·施瓦布谈起老伊瑟尔时掩藏不住的那种喜悦和关心。

无论是在北美还是在中国，20 世纪 80 年代以来，伊瑟尔的读者反应理论都曾有力地推动了文学研究的范式变革。但是国内文学批评界更多地将他的理论圈定在文艺审美理论范围内，忽略了他思想的理论资源、内在转变以及在当代语境中的独特价值。部分原因是我们的注意力主要集中于他的两本文艺审美著作《隐含的读者》和《阅读行为》。我们将他奉为伽达默尔诠释学乃至整个欧陆传统语文学的传人、读者反应论的创立者。还

① J. Hillis Miller, *For Derrida* (New York: Fordham University Press, 2009), p.33.

有一部分原因是我们忽略了从总体性的高度对伊瑟尔一生思想著述进行宏观鸟瞰和透视。但最根本的原因是我们限于从文艺批评方法论的视角出发探求他的著述传谕的真理，忽略了从左右当代西方大的人文学科的批评理论之高度反思伊瑟尔思想更厚重的能量，以及他对当代西方人文学科知识和范式转型的敏锐回应。

以他1952年在德国海德堡大学写成的博士学位论文《亨利·菲尔丁的世界观》为起点，他一生完成的主要著作包括:《瓦尔特·佩特：审美时刻》(1960年德文，1987年英文)、《隐含的读者：从班扬到贝克特的小说中的交往模式》(1972年德文，1974年英文)、《阅读行为：审美反应理论》(1976年德文，1978年英文)、《表演政治：莎士比亚历史剧永恒的影响》(1988年德文，1993年英文)、《展望：从读者反应到文学人类学》(1989)、《虚构与想象：绘制文学人类学的图谱》(1991年德文，1993年英文)、《解释的范围》(2000)。从菲尔丁小说研究往前看，《展望》是他理论建构的分界线，自此他转向更大的人文思想背景中的文学功能研究和文化创新力反思。如果从《解释的范围》逆推，我们会更清楚地窥见他思想探索由表入里、由文学扩展到文化、由艺术审美上升到文化创新力、由独立自足的文学和文化转到文学间性和文化间性、由摹仿转向后摹仿的一系列转变。但是所有这些分界线和转变都围绕着西方现、当代人文研究探讨的一个核心命题——域限(liminality)。①

伊瑟尔的故乡是德国东部萨克森地区的玛丽恩贝格小镇。“二战”后，他进入苏联管制区的莱比锡大学，师从伽达默尔，兼攻英国文学、德国文学和哲学。后转入美管区的图宾根大学，最后获海德堡大学哲学博士学位。博士毕业后的伊瑟尔先后任教于苏格兰格拉斯哥大学、德国科隆大学和维尔茨堡大学。

1966年，位于瑞士边境的德国小城康斯坦茨(Constanz)成立了一

① 不同理论家对此表述不同。在弗洛伊德心理分析理论中，它特指正反矛盾认同心理状态(ambivalence);在爱德华·萨义德的后殖民理论中，它专指独特的后殖民状态，即他所讲的“纠缠的历史，重叠的疆土”；在朱莉娅·克里斯蒂娃的《诗性语言的革命》(1974)中，它又变成位于语言的象征形态与镜像形态之间的符号形态。

所新型大学——康斯坦茨大学。与德国乃至整个欧洲的老牌名校不同，新成立的康大正好与文学研究乃至人文学科的转向吻合。它秉承一套全新办学理念，锐意改革创新，以小型研讨班、师生互动、研究型教学为特色。跨学科探索和不同学科间的协同研究蔚然成风，批评理论之气呼之欲出。建校之初，康大就延揽到沃尔夫冈·伊瑟尔、汉斯－罗伯特·尧斯（Hans-Robert Jauss）、尤里·施特利德（Jurij Striedter）、曼弗雷德·富尔曼（Manfred Fuhrmann）及沃尔夫冈·普莱森丹茨（Wolfgang Preisendanz）。这批学者成立了跨学科研究小组——“诗学和诠释学”研究小组。伊瑟尔和尧斯以伽达默尔诠释学和英伽登现象学美学为基础，分别提出读者反应理论和接受美学理论，由此奠定了康斯坦茨学派的基础，也据此确定了康斯坦茨学派与欧陆诠释学和现象学的传承关系。从 1963 年到 1998 年，“诗学和诠释学”研究小组将德国最优秀的人文研究学者紧密地聚在一起，连续出版了 17 期研究专辑，引领着文学研究的范式变革和人文学科的跨学科研究。

1978 年，伊瑟尔受聘为加州大学尔湾分校英语与比较文学系教授，与穆里·克瑞格尔、杰·希·米勒、弗朗索瓦·利奥塔和雅克·德里达共同将尔湾批评理论研究推上世界舞台，使之成为批评理论研究的国际重镇。20 世纪 80 年代，紧扣人文研究领域的人类学转向，他将读者反应理论扩展到文学人类学研究。1991 年从康斯坦茨大学退休后，他继续执教加大尔湾分校英语与比较文学系。1994 年春他主持的韦勒克系列讲座以“解释的变量：可译性的反复”为题，后将讲稿整理成《解释的范围》出版。这一阶段他集中探索的问题是欧陆解释学的范式变革以及跨文化话语。2005 年他彻底归隐林泉，享受德国和瑞士边境那片醉人的湖光山色。

（一）伊瑟尔对三大思想资源的整合

要透彻理解伊瑟尔的批评理论，有必要首先澄清其三大理论资源：罗曼·英伽登的现象学空白观，伽达默尔的对话阐释学和瓦尔特·佩特的现代主义否定美学。三位学者分别从现象学、阐释学和现代主义美学角度勾画“域限”这一独特空间的轮廓。

伊瑟尔首先整合的是罗曼·英伽登的文学现象学。波兰学者罗曼·英伽登曾入德国哥廷根大学，师从胡塞尔并深受其现象学思想影响。英伽登的《论文艺作品》[①]和《艺术品本体论》从现象学角度论文艺美学，探讨艺术本体论和审美价值等问题，为现象学美学奠基之作。

《论文艺作品》集中探讨文学本体问题，诸如文学作品的本质特征、构成要素、各构成要素间的相互关系以及文学作品与作者、文本、读者、意义等范畴的关系。文学作品关注纯粹意图性的对象，即其存在和本质依赖于意识的对象。它提供了另一种有别于存在的真实模式的存在的意图模式。英伽登提醒我们：不能将现实世界简约成纯意图建构，也不能把存在的意图模式等同于存在的真实模式，更不能在文学作品与柏拉图的理念对象之间画等号。

文学的构成要素形成四个不同层级。它们是：（1）语词的声音及其在更高层面上的语音组合（如诗句的韵律和音调）；（2）语词的声音与观念意义结合而成的意义单位（如单个的词、短语、句子和段落）；（3）使人物、场景等进入准感知层面的图示化结构（schemata）；（4）有助于构成人物和情节的各类被再现范畴（如物象、事件、情景等）。

文学的四个层级产生独特的审美效果：优美酣畅的韵律美，意义交叉错落的质感美，意象图示呈现的壮观的视觉美或圆润空灵的音色美，还有栩栩如生的人物和起伏跌宕的情节产生的情感震撼力和共鸣。但文学作品为一和谐有机体，各部分之间关联互动，不同审美价值相互激荡交融。一部文学作品演奏出一曲复调多声的和谐乐章。因此，文学最奥妙无穷之处在于各个审美层级之间丰富动态的关联互动。英伽登论述的文学作品本体不是简单的物质对象或作者的体验，也不是读者的体验，更不是超验的理念对象。文学本质上是意图结构，以语言句子组合及黏附于这些语词上的观念意义为基础。

---

① 罗曼·英伽登的《论文艺作品》完稿于1926年前后，1931年出版德文版。1928年，他将文学本体论研究扩展到包括音乐、绘画和建筑在内的艺术本体论研究，完成三篇研究论文。他本拟定将这些文章附在《论文艺作品》的正文后面。但事与愿违，迟至1961年这三篇文章才以德文面世，1989年被译成英文。

进入审美过程的文学作品具有独特的图式化结构。图示化结构不同部分之间的空白形成文学审美的不确定性。尤其在文学作品的人物和情节层面，这类空白比比皆是。不确定的空白有待读者的解释或阅读行为来填补完善。阅读行为以各种方式来补充这些空白，重构整个作品。因此文学作品在超越纯粹物质世界的同时也完成了从艺术品向审美对象的角色转变。借助阅读行为，潜存在艺术品中的审美能量显露出来。

英伽登将人类认知对象区分为客观物质对象、艺术品和审美对象。他质疑作家中心论、柏拉图的理念观和经典的文艺摹仿论。在细细分解文学作品的结构和审美元素的同时，他进一步指出文学作品图示化结构的空白和不确定性，将审美观照的焦点放在文学艺术品的图式化结构与作为终极形式的审美之间的中介环节——阅读行为。概言之，英伽登美学理论中，静态的“域限”指艺术品图示化结构固有的空白；动态的“域限”指艺术品与审美之间的阐释行为。

伊瑟尔整合的第二大思想资源是伽达默尔的对话阐释学。作为海德格尔的学生和助手，伽达默尔最直接、也最彻底地受到海德格尔影响。他在其里程碑式成果《真理与方法》（1960）中大胆质疑传统诠释学，促成诠释学的转向。

诠释学源自中世纪的圣经解释——释经学。18、19世纪，经施莱尔马赫（Friedrich Schleiermacher）、威廉·狄尔泰（Wilhelm Dilthey）等古典诠释学理论家的努力，释经学摇身变成一门包容各种文本的、关于解释的学问，形成一套较完备的规则律令，成就一种在书写文本中索隐探秘的方法。尤其在人文历史研究领域，学者们殚精竭虑，苦心经营，致力于建构一门堪称“诠释学科学”的方法论，以此奠定一门独特的解释科学。

海德格尔认为传统的诠释学迷恋方法论和文本解释规则，其实是舍本逐末，最终使自己迷失在方法论和规则的丛林中。诠释学的根本问题是对理解的本体探究，即理解的本质是什么。在《论艺术品的起源》中，他将艺术与真理并列，借真理的烛光映照出艺术的本来面目。这就是人们常从他思想中感悟到的诗思比邻、美真同榻境界。艺术的本质不是再现。真理不单单涉及对错，它更基本的意义是显露。世界并非静止地呈现在我们眼前的对象，而是不断通向非对象和未知的过程。世界或是生与死、祈福与诅咒之间不断显露存在轮廓的生命旅程，或是与我们存的在休戚相关的历史抉择。因此，世界是一个动态的显露过程。显露意味着隐藏在大地怀抱中的事物逐渐获得时间和空间意义。真理并非陈述的特质，它是使世界和关于世界的知识显露出来的事件或过程。世界的显露以大地的隐藏为前提。因此显露与隐藏的游戏是真理产生的基础，也是一个无止境地充满张力的过程。这也是艺术的本质和起源。艺术使世界显露出来，又为之提供诗意的居所。它包容了世界的显露与大地的隐藏这一对张力。世界以大地为根基，又努力超越大地。突兀的大地伸入世界，又竭力将世界拉入自己的怀抱。世界的开放性与大地的封闭性既相互对峙，又彼此依存。

受海德格尔诗思同源论，尤其是作为“显露”事件或过程的真理观启发，伽达默尔在《真理与方法》中返归本真状态的艺术体验，探索与艺术品同等重要的理解现象。艺术的游戏本质决定了艺术的游戏结构。但游戏并非任意妄为、冷漠超然的主体实践。它有自身的秩序和结构，与对话、诠释情景、预断、提前介入等概念共同揭示了理解的本质，促成我们对理解的基本认识。伽达默尔试图澄清的根本问题是理解的预断（prejudice）特征。理解的前提是我们固有的观念、意识、生活和历史体验。在诠释艺术品时，我们实质上是先入为主，提前介入。在《存在与时间》中，海德格尔称之为“前结构”。伽达默尔将这种预先存在的解释境遇称为预断。提醒注意：预断与英伽登的图式化结构对应。相似处在于两者都制约阐释理解过程；不同处在于预断强调理解的主体性，图示化结构强调文本的制约因素。

所有的解释行为都受预断制约，又总是适应诠释境遇。因此，从预断衍生出理解的另一个重要特征——对话性。理解总是涉及我们固有的认识与我们对艺术品的理解之间的对话。预断开启了通往理解对象的大门，又成为理解过程的重要环节且不断被修正、更新。理解过程中的对话互动使预断显得瑕瑜互现，其瑕疵瘢痕自行修补愈合。预断也意味着理解的历史境遇特征。理解总是昭示着历史的影响，诠释意识总是意识到历史对自己的影响。

预断论一方面暗藏对传统和权威的知识合法性的积极肯定，另一方面暗合现象学的“视界”概念。“视界”指囊括了任何特定的意义陈述的更大的意义语境。理解总是发生在独特历史境遇左右的特定“视界”中，又总是不断突破视界的封锁。因此，理解是一个预断与历史境遇之间不断商榷、不同视界相互融合的过程，由此建构起共同的理解框架或视界。理解过程中不同视界融合，由此产生新的意义语境并将异己、陌生、反常的范畴吸纳进自己的领地。这个持续不断的视界融合与视界更新过程决定了理解的另一个本质特征——开放性。

传统诠释学力图穷尽意义。为达目的，甚至不惜血本地寻找方法论的圣杯。与此不同，伽达默尔认为处于开放状态的理解永远是一个没有终点的过程。理解的目的不是为了追求什么内在永恒的终极价值或意义。不存在什么确定无误的终极理解，也不存在一劳永逸的方法和技巧。对话、开放式的理解恰恰贬斥僵化、冷冰冰的方法。因此，他认为理解的基本模式是开放式的对话。它能有效地借助语言媒介来阐释意义和价值，能有效地促进不同范畴、不同价值和意义、不同视界之间的融合转换。在将艺术引进对话殿堂的同时，他也将哲学更新为对话精神滋润的诠释学。

伊瑟尔整合的第三大思想资源是瓦尔特·佩特（Walter Pater）（1839—1894）的现代主义否定美学。通览英国19世纪的文艺思潮，瓦尔特·佩特是位具有独特坐标意义的人物。这位伦敦东区外科医生的儿子，牛津大学王后学院的怪才，是英国浪漫主义诗歌与现代主义诗歌的连接点，是爱德华·吉本（Edward Gibbon）、托马斯·德·昆西（Thomas De Quincey）、哈兹利特（William Hazlitt）之后最杰出的散文家，是与马修·阿诺德（Matthew Arnold）彼此唱和的批评家。他与阿尔杰农·查尔斯·斯温伯恩（Algernon Charles Swinburne）、约翰·拉斯金（John Ruskin）举起“为艺术而艺术”的旗帜，成为奥斯卡·王尔德（Oscar Wilde）这一代人的导师。

佩特在《文艺复兴：艺术与诗歌研究》（1873）的前言中对美的解释就透出现代主义美学的亮光。

> 美，与所有其他人类体验一样，是相对的；美的抽象深奥使得任何定义都显得无意义、没有价值。应尽量用最形象而不是艰涩抽象的语言定义美，发现最生动地表现这种或那种独特的美的规则，而不是其普遍规律，这才是美学批评者的目标。……美学批评者的作用就是辨别、分析、分辨出一幅画、一道风景、生活或书中美妙的人物借以产生这种独特美感或愉悦感的品质，揭示那种印象的根源及体验那种印象的条件。①

在对现代主义艺术持否定和批判态度的激进左派批评家眼里，佩特最大的罪过是他推动了一场艺术的神圣化浪潮。他是一种被斥为布尔乔亚式的文化保守主义和矫揉造作的慵懒习气的始作俑者。卫道士们不遗余力地鞭挞工业化、商业化、城市化等现代性病灶中繁殖糜烂的颓废、堕落、病态的文化和道德，将王尔德之辈列入佩特的门墙。佩特似乎成了颓废堕落分子的教唆犯。

在各种批评声音混杂的一团乌烟瘴气中，伊瑟尔勾画出佩特的另一幅思想肖像，借此为佩特也为现代主义美学正名。佩特否定了现实主义摹仿论调，从而关上了现实与艺术之间的大门，也离弃了通向神圣、超验、抽象的艺术迷宫的那条小道。通过重新品味、鉴别审美体验过程中的艺术，他让艺术进入了审美的独特廊道，将审美体验浓缩成通向存在终极价值的一叶扁舟。这恰如佛家的“达摩一苇渡江”典故揭示的修佛境界。在佩特的慧眼中，冥顽不化的芸芸众生和混浊尘世一分为三：艺术与审美的分离；俗世生活与审美体验的分离；有限生命中的生活伦常与纯美境界中的终极价值之分离。审美体验与艺术、俗世生活和纯美世界比邻，又将三者分离开来，更促成三种存在境遇的动态转化。经由审美体验，艺术被浓缩提炼成纯美世界和绝对价值，日常生活被超越否定。如晨光熹微之时，如凡尘浊世间的天籁之音，审美体验成了一个独特的中间空间或界面，成了

① Walter Pater, *The Renaissance: Studies in Art and Poetry* (Oxford: Oxford UP, 1998), pp. xxix– xxx.

从现实世界通往可能之世界的过渡空间。

佩特的美学思想中最终沉淀下来的是佩特式审美模式。其关键词是审美中介性或审美空间。佩特模式中，审美从艺术自足论中艺术的本质变成了审美主体的态度；审美体验成了灵动自由、充满张力的过程，脱离了确定意义的钳制；审美体验生成的审美空间中，对立的意义、价值和力量相互渗透，彼此转换。纯美世界和美的价值不是预定先在的，也不会一成不变。审美空间生成的动态力量不断聚合，生成新的意义和价值。因此，审美体验没有终极形式，也没有普遍恒定的规律模式，而是永远处于转换-生成过程中。佩特模式揭示了艺术在催生我们的文化、价值乃至生命的过渡空间中独特的、奇妙的、不可替代的能量。它不仅用充满现代主义反思精神的语言描绘那个依稀隐约的审美时刻，而且将个体生命的重心从世俗道德和日常政治转到艺术审美承诺的希望之旅。使我们有可能重新勘测文学在文化个体的心路上留下的深深印迹，在生命的轮回中涅槃再生的力量之源。

这就是伊瑟尔从佩特思想中读出的积极意义。现代主义这块早已布满苔藓的石头在伊瑟尔手里变成了一块打开沉重文学大门的敲门砖。顺便，他也为佩特和现代主义的艺术冤魂翻案正名。原来现代主义骨子里就与积重难返的摹仿艺术不是同路人。佩特拧灭了现实主义的灯芯；现代主义打碎了摹仿的镜子。

（二）伊瑟尔的文学行为理论：从读者反应论到文学人类学

阅读行为

伊瑟尔首次在《阅读行为》中提出系统的阅读理论。与日常言语行为相比，文学是一种独特的言语行为，连接着艺术与审美两极。借阅读行为，文学艺术成为审美对象，进入读者的审美体验。文学审美过程实质上就是文学文本与读者互动的过程。换言之，阅读行为在审美对象与作为审美主体的读者之间架起了一座桥梁，是整个审美体验的生命中枢，也是被摹仿范式主宰的文学批评忽略、压制的对象。

阅读使文本与读者接触遭遇，在两者之间形成独特的接触空间。伽达默尔等分别用不确定性、非一物质、裂缝等概念来描摹这个动态的接触空间。正是文本与读者之间关系的不平衡、偶然性和不确定性，促使读者跨越自身的边界并侵入文本的边界，不断填补文本的空白和裂缝。因此，阅读本质上是一个持续的“填补”过程，对文本和读者边界的僭越产生否定性的审美阅读体验。

> 非对称、偶然、“非－物”——这些都是不确定的构成性空白的不同形式，渗透了所有互动过程。如前所讲，空白并非本体意义上的特定事实。二元互动固有的不平衡以及文本与读者之间的不平衡形成并改变空白。只有填补裂缝才能达到平衡，因此构成性空白不断受到心理投射的威胁。①

裂缝是一个具有转换－生成能量的虚位空间。意义、确定性、终结、规范、价值和主体在此处于失重状态。同时，也正是以这样一种虚空状态为基础，文学审美体验才越过确定性的界桩，引发不同意义和价值间的对话，促成主体间的交往。在读者与文本的互动中，裂缝是以抵制确定价值和意义为旨趣的审美体验的阿基米德支点，是整个阅读行为的转轴。

阅读行为赋予文学独特的交往功能。它涉及的裂缝或虚位空间具有自身的构成性结构——横组合轴上的空白与纵聚合轴上的否定。

空白是文本内静态的断裂处，也是动态的连接点。其连接功能使之成为阅读过程的横组合轴。图式化结构形成文本不同层面上的断裂。恰如地质构造过程中不同地形之间的断裂地带，裂缝将文本切割成不同的板块。阅读行为激活图式化结构，使图式化结构的不同部分之间的相互连接成为可能。静态的裂缝成了不同文本板块间看不见的连接点。阅读过程中，读者的移动视角在不同板块间变换游走，填补裂缝，连接板块。作为意义缺场的虚空，读者移动视角变换处的空白恰恰最有力地推动着审美接受交往的延续。

① Wolfgang Iser, *The Act of Reading* (Baltimore: the Johns Hopkins UP, 1978), p.167.

> 总之，虚构文本中的空白引起并支配读者的构成活动。作为一种连接不同视角片段的悬而未决状态，空白标志着对等值的需要，因此将视角片段转变成相互作用的投射行为。这些投射行为反过来将读者的移动视角组合成参照域。[①]

与空白不同，否定在阅读的纵聚合轴上生成。它主要指文本外的现实、文本与读者三维构成的动态空间。历史和社会现实是读者阅读行为的参照框架，阅读行为激活、唤醒积淀下来的历史体验，使之进入读者的视野。文本中，历史和社会规范不是原封不动地存留下来。相反，文本中的规范选取自不同的社会文化秩序和系统。它们脱离了具体的历史和社会语境，是非原生态的、经过筛选和重组的规范集合。

否定形成的动态空间中，社会文化规范在现实、文本和阅读这三个界面上存在，又相互交流激荡。虚构历史和社会中的规范与真实的历史和社会规范，特定历史和社会体验中积淀下来的规范与阅读主体，共同形成雅克·德里达所讲的"引用"[②]现象。但是这里的"引用"关系不是纯粹的引用－认同关系。它们产生双重否定：文本外的现实规范与文本中重组后的规范相互诘难，彼此拷问；同时历史体验以及其中沉淀下来的规范陷入否定场域。

> 我们发现一种部分而非彻底的否定。这类规范系统没有被丢弃，但是其传统的参照框架被取代，其目的是在规范与世界之间建立起具体有效的关系。……相互之间的否定标志着两种立场都包含着空白。[③]

---

① Wolfgang Iser, *The Act of Reading* , p.202.

② 详见德里达《哲学边缘》中的《签名、事件、语境》一文。他在该文中提出与"延异"形成同构类推关系的另一个重要概念"引用性"。这也是朱迪丝·巴特勒性／性别认同理论的哲学基础之一。

③ Wolfgang Iser, *The Act of Reading* , pp.214-215.

这种相互诘难的状态使规范从必然性和确定性主宰的语境跌入否定性主宰的价值空白空间。既有的规范隐入现实、历史乃至审美体验的背景中，并再次与出现在阅读过程中的新规范遭遇相逢。

空白与否定使阅读行为变成了意义和价值交叉重叠的过程，使阅读主体卷入独特的主体间对话状态。因此这个静态的虚位空间和动态的否定空间因阅读主体的介入，变成了不同主体间对话交往的空间。就阅读涉及的每一个移动视角而言，阅读主体永远处于阅读时间轴的此在，位于价值和意义的中间空白地带，推动不同价值和意义的对话。从不同移动视角间的相互转换看，不同价值和意义间的商榷又使主体处于独特的主体间状态。意义建构与阅读主体建构同时是两个不可分割、相互作用的层面。伊瑟尔认为，阅读产生的主体间对话交往空间中，阅读主体与自我分裂。“主体与自我的分裂导致阅读中对位建构的两个人物角色。这不仅使主体与文本零距离接触，而且产生一种张力——暗示在多大程度上主体受文本影响的张力。”①

空白和否定征兆了阅读视角移动和文化规范重组过程中文学独有的生产和互动机制。它们也将我们的主体世界抛入一个与日常经验世界完全不同的空间。在此空间中，我们脱掉了日常生活的盔甲，拉开了与现实规范的距离，发现一块想象的陆地。在这样一个动态的交往空间中，作为文化客体的文学获得独特的主体性，因为文学审美源自主体活动，通往超越现实和自我的审美天堂。

虚构化行为

从阅读行为到阅读行为主体性，再到文化客体的主体性，伊瑟尔实际上为其文学人类学理论埋下了伏笔。20 世纪 80 年代末，伊瑟尔转向探讨人类以文化客体为表征的虚构化冲动。他从真实、虚构与想象三者之间的关系出发，重新界定虚构、想象、摹仿、再现等文学概念，在阅读行为论基础上进一步反思推动真实、虚构与想象三者相互转化的文学行为——虚构化行为。

① Ibid., pp.156-157.

伊瑟尔在《虚构与想象》中指出，文学虚构具有一种缺乏明显特征的塑性，与之对应的是文化语境中人的可塑性。文学使人的可塑性处于此在状态，尽管它难以捕捉，虚幻不定。换言之，文学表征了一种驱使人追逐其可塑性的冲动，一种人寻求自我解释的欲望。这就是他在《虚构化的意义》[①]中论述的虚构化冲动。

与结构主义人类学、文化人类学等不同，伊瑟尔立足人自身来探索文学人类学。文学人类学试图回答的根本问题是：人为什么需要虚构？他认为，人的可塑性以虚构和想象为基本特征。虚构和想象浸润了我们的日常生活，两者的融合互动生成文学。这种互动受制于以生产性、增生性和多样性为特征的游戏结构。游戏结构使虚构与想象之间的互动表现为历史语境制约下的各种游牧散漫的形式。文本失去了边界，变成了向历史开放的游戏空间。他最终揭示的是虚构和想象的不同历史表征，有关虚构和想象的不同历史认知和知识，虚构与想象互动的不同历史形态生成的不同文学类型。

他认为虚构化行为本质上涉及三类越界行为：（1）选择行为从文本之外的各种社会、历史、文化和文学系统中选择事实，僭越外文本现实与文本的边界；（2）组合行为在词汇意义和人物群体等层面形成游戏空间，跨越文本内在的边界，僭越文本的语义场；（3）自我揭露行为揭露虚构文本的虚构本质，表明摹仿－再现的世界只是一个假想的世界，它僭越选择和组合行为建构的虚构世界。

虚构化行为的越界特征决定了虚构是真实与想象之间的过渡现象，是真实与想象融合的中介和过程。社会历史语境中，文化规范合法的认同面纱之下隐藏着另外一类被否定、受排挤的认同和知识领域。借助虚构化行为，隐匿状态的认同和知识形态乔装打扮，在虚构世界中登台亮相。它们与真实形成一种既排斥又共存的关系。虚构世界使我们体验到另一种真实，因为它指向人类体验和存在的另一个纬度，使我们得以与另一个真实

① Wolfgang Iser, “The Significance of Fictionalizing, ” *Anthropoetics III*, No. 2 (Fall 1997 / Winter 1998), pp.1–9.

的自我遭遇相逢。同时，虚构世界本质上又是虚构的，因为它僭越了认同和知识的合法边界，以选择方式否定真实世界，以组合方式质疑意义和价值呵护的社会文化规范。

伊瑟尔也重新界定了想象的内涵。英国浪漫主义诗人塞缪尔·泰勒·柯尔律治（Samuel Taylor Coleridge）认为想象是主体意识的能力。法国存在主义哲学家让－保罗·萨特将之解释为主体创造非真实世界的行为。更极端的说法是，想象骨子里充满了肆意妄为、调皮刁钻、排斥任何规范和合法性的游戏精神。伊瑟尔认为，想象本质上处于无特征、无差别的惰性状态。在虚构化行为开辟的文本游戏空间里，虚构激活想象，用特定的形式将想象固定下来。同时虚构又依靠想象来实现虚构化行为的目的。这个目的就是：否定现实、意义、规范和认同，将不真实的、不可能的、受排斥的想象置于虚构文本世界可能的、此在的中心。想象世界使与真实世界相互抵牾的可能世界显露痕迹。虚构与想象的游戏互动赋予想象二元对立特征——分解与生成、失效与创新之间的对立。这种想象的爆裂，这种想象的可塑性效果同时将可能性和创新力呈现在文本游戏空间的核心。没有想象，虚构仅是空虚；失去了虚构，想象就无力爆裂。当虚构主宰游戏空间时，不真实的、不可能的、缺场的想象出现在中心；文本中的符号集合膨胀为多种意义的肆意狂欢；可能世界呼之欲出。

文化转化行为

文学人类学重新肯定文学与人的关系，关注人的社会历史体验、文化认知和文化认同过程中文学独特的创造转化潜能。这为我们认知文学独特的文化创造功能提供了崭新的视角。文学不是传统意义上对现实的摹仿，而是使人们能感悟自身的可塑性，认识复杂多样的文化认同模式，肯定人的文化生存境遇的再生可能性。文学虚构文本成了一个充满游戏力量的空间。真实与想象在此相逢，历史与未来在此交融，既定的文化秩序和规范与新的、可能的文化形态在此对话。伊瑟尔的文学人类学思考为跨文化的文学行为——跨文化空间中文学解释行为的创造性转化潜能——之阐释奠定了基础。

在《解释的范围》中，伊瑟尔再次审视西方文化历史语境中的阅读行为——滥觞于诠释学的各种解释潮流。脱离了经典文学或其他书写文本封闭的领地，解释更广泛地覆盖了跨文化的可转化性，在文化的缝隙或断裂处形成动态空间。可转化性标示的文化间空间是一个开放空间，充满了生产力和创造性。由此衍生的能量之矢不是指向某个现存的文化疆域，而是展望并建构新的文化版图。伊瑟尔将跨文化空间内不竭的创造过程称为创造一个开放的、充满活力的、对僵死的旧世界有起死回生之效的新世界的行为。“生命不能被僵化成任何具体单一的形式，因为它本质上无法被完整再现，只能借转瞬即逝的解释形式来认知生命。”①

18 世纪以来的现代世界是人类历史文化的崭新时代。其基本特征是愈演愈烈的扩展、开放和差异。现代文化充满了危机，骨子里带着癫狂和说不尽的病态。它既需要吸收其他文化的精粹，又必须建构起一套有效的自我监控机制。为了应对现代文化危机，现代文化肌体中新生出跨文化的可转化性（translatabiltiy）。可转化性是不同文化相互借鉴的条件，形成各种相互渗透的关系网络。它由机动灵活的结构组成，在不同文化间形成独特的互动界面。可转化性驱动的文化转化过程“将历史上彼此分离的文化连接起来，同时又维持差异意识。这可能是我们文化母体的过去与现在的分离，或全球范围内不断加剧的文化对抗过程中自我文化与异己文化的分裂”②。

以文学行为为基点和核心，伊瑟尔依次回答了以下三个问题。这些问题也是他对“我们今天为什么需要文学？”这一问题的回答。

问：文学审美的力量之源何在？

答：在阅读行为促成的文本与读者互动空间。

问：文化历史之维中人汲取生命之力的源泉何在？

答：在虚构与想象互动形成的游戏空间。文学虚构文本是独特的文化文本，承载了这一独特的生命和文化再生功能，维系着规范、体

① Wolfgang Iser, *The Range of Interpretation* (New York: Columbia UP, 2000), p.158.

② Ibid., p.162.

制、认同合法性禁锢下的人与另一个“真实”自我的创造性认同。

问：文化张力场何以能产生文化生生不息的生命之流？

答：得益于跨文化的文化转化空间。

莱昂·C. 霍勒布（Leon C. Holub）在《接受理论：批评介绍》（1984）中认为，伊瑟尔和尧斯代表的接受理论前承俄国形式主义、布拉格结构主义、罗曼·英伽登和伽达默尔，后启斯坦利·费希、哈罗德·布鲁姆、雅克·德里达和海登·怀特，旁涉言语行为理论、现象学、系统论、存在主义和信息论，将文学研究的轴心从作者－文本转到读者－文本。伊瑟尔集中探讨读者建构文学意义的整个阐释过程。他提出的根本问题是：怎样及在何种条件下文本向读者敞开意义。

在《寻找距离：沃尔夫冈·伊瑟尔文学理论中的否定和消极性》一文中，温弗雷德·弗拉克（Winfried Fluck）将伊瑟尔置于“二战”后德国特殊的文化和政治语境。20世纪60年代席卷德国的学生运动，对僵化陈腐的传统语文学的反思，对大学里文学系灌输的枯燥乏味的文学知识的反感，都是独特时代中新文化运动的音符。其矛头直指战后德国根深蒂固的中产阶级文学审美观、文化价值观以及借尸还魂的纳粹意识形态。他从英国现代主义，尤其是瓦尔特·佩特的唯美思想中，寻觅到新的道德和艺术力量。以此为基础，其思想发展经历了三个阶段：现代主义研究、现代主义美学论向阅读理论的过渡以及读者反应论向文学人类学的拓展。

无论是霍勒布还是弗拉克的研究都存在视界盲点。前者将伊瑟尔固定在接受理论范围内。后者立足伊瑟尔的部分著述，提出三阶段说。正是弗拉克的文章在《新文学史》2000年第31期上发表前后，伊瑟尔的《解释的范围》由哥伦比亚大学出版社出版。如果说《隐含的读者》和《阅读行为》探讨的是文学审美层面的阅读现象学，那么《解释的范围》则在文学人类学基础上继续向前跨出了一大步，在梳理主导的解释学范式的同时试图建构跨文化的解释现象学。这种建构意图早就在《展望》和《虚构与想象》中埋下了种子。

在1998年2月的《文学人类学与生成人类学中虚构的用途：沃尔夫

冈·伊瑟尔访谈录》[1]中，伊瑟尔聚焦人文学科转型现象并反观文学功能的流变。19世纪初，现代民族－国家的门槛上，新诞生的人文学科与民族－国家共同体彼此唱和，文学和艺术尽情地表达着新的民族共同体的价值伦理，成为民族文化的守护者和道德精神的吹鼓手。19世纪末，人文学科转而关注其他民族的文学和艺术，进而探讨其他民族的文化精神和价值观。进入20世纪后，人文学科相继以历史关怀、文本细读和理论反思为研究主旋律。特别是60年代以来，社会、语言、他者与自我的互动关系依次成为人文思想探索的核心命题。因此，西方人文学科不断经受着社会历史的检验，不断调整自己的内部分工和批判对象，回应现实的新需求。相应地，位居人文学科核心的文学艺术经历了大幅度的角色转变——从民族－国家时代的核心价值载体变成后民族－国家时代以跨学科、跨文化为特征的人文学科之一部分。那么人文学科当下的转变征兆是什么呢？在伊瑟尔看来，其当下定位以全球化市场体系为导向，重点研究领域包括区域研究、文化竞争力、多元文化对话和转化。大学和学术研究机构以跨文化课程设置和区域研究为重心，传统的按语言文学分系建所的结构被重新整合。人文学科的跨文化、跨学科演变趋势使传统的文学艺术和人文学科体制处于失重状态。传统的纯文学研究让位于文学的文化功能，尤其是文化生成力和创新力研究，让位于对异质文化间诠释和转化过程及生成力的研究。

从早期的现代主义美学研究到晚期的跨文化创新力探索，伊瑟尔经历了四次转变。早期他从瓦尔特·佩特的现代主义唯美思想中发掘出现代主义文学艺术超越现实的巨大陌生化和否定能量及其蕴含的对可能世界的创造力量。此后他又从文本与读者两极共同促成的阅读行为中找到价值重构的可能途径。更从文学虚构和想象征兆的挣脱现实束缚的虚构时刻遥望可能世界的显现，以及这一时刻承诺的生成和创新力。最后他将阅读行为进一步提升到诠释的层面，借此探讨诠释在文化间对话和转化过程中生发的

① 该访谈录后刊登在生成人类学刊物《人类学诗学》第三辑第二号（1997年秋/1998年冬）上。这一期《人类学诗学》为伊瑟尔研究专刊，同时还刊登了伊瑟尔的文章《虚构化的意义》。

巨大的文化生成力。

伊瑟尔的思想受欧美人文研究范式更迭左右，从一个侧面反映了新人文主义与反人文主义的对峙以及传统文学研究向批评理论的过渡。

20世纪初以来，围绕人文话题，美国学术界先后刮起三股劲风。一曰新人文主义；二曰语文学人文主义；三曰反人文主义。新人文主义代有才人。20世纪初，哈佛大学的欧文·白璧德咏唱克制、适度、谨严的古典理性精神。继之T.S.艾略特、莱昂内尔·特里林（Lionel Trilling）、美国南方重农派和新批评门徒供奉起阿诺德主义，从经典文本中发掘教化启迪之力量，劝诫世人放弃消遣、愉快、俗世牵挂这类诱惑。50年代，威斯康星大学的克林思·布鲁克斯（Cleanth Brooks）、纳森·普西（Nathan Pusey）、霍华德·芒福德·琼斯（Howard Mumford Jones）大谈人文危机。三十年后，乔纳森·卡勒（Jonathan Culler）、乔治·莱文（George Levine）、凯瑟琳·斯廷普森（Catharine Stimpson）等相聚斯托尼－布鲁克。面对愈演愈烈的人文危机，他们倍感郁闷困苦，无赖之际求助于老套的文学研究律令——无欲求真，超然物外，不问世事。更有80年代的阿伦·布鲁姆（Allan Bloom）、索尔·贝娄（Saul Bellow）重提一种苛严、教条式的人文主义。

如果说白璧德主义是新英格兰孵化出的本土思潮，新阿诺德主义显示出在英美文化圈中强大的思想黏附力，那么欧陆语文学人文主义的火种则由埃里希·奥尔巴赫、利奥·斯皮策、雷纳·韦勒克传播到美国。欧陆语文学人文主义在20世纪的命运怪异地与欧陆诠释学在欧陆和美国的变异、与文学研究向批评理论研究的转变、与“后学”的异军突起纠缠在一起。由此衍生出一系列理论争鸣现象，如多元纷起的新人文主义、与传统的文艺摹仿论背离的后摹仿论、人文主义与“后学”反人文主义的对垒以及“后学”阵营中人文主义与反人文主义的冲突。

伊瑟尔恰好置身人文主义与反人文主义两大伦理价值体系中间。他承受了传统文学研究向批评理论转型的重负，更敏锐地感知到生命个体迁徙流浪、思想潮流的转折融合和批评视域的开放式扩展延伸共同熔铸的思想和文化境遇。伊瑟尔持续探索审美、人类认知和跨文化等不同层面的文学行为。这实际上丰富并发展了罗曼·英伽登和伽达默尔的文学现象学和对话阐释学。

（三）伽布里埃·施瓦布的文学边界重构：接触空间中的文学感知和认知

作为伊瑟尔的学生，伽布里埃·施瓦布（Gabriele Schwab）将伊瑟尔的文学人类学继续向前推进。她首先在《没有自我的主体》（1994）中提出与现代主义和后现代主义文学主体性之说相关的两个重要概念——过渡空间和过渡文本。

> 我认为，文学创造一个文化空间。其主要功能是在个体和集体层面不断形成、重构语言和主体的边界。特别是现代和后现代实验文本多方探索诗性语言，将语言与无意识连接，完成了这一功能。因此它们标志着日益全球化和混合的文化中文学接受的新模式、新文学形式和实践等重要转变。①

在现代主义和后现代主义文学实验文本中，文学的诗性语言本身构成了语言过渡空间。诗性语言不再单纯、简单地依附文化象征秩序和象征认同过程，也与其他形式的语言有着本质差异。在文化象征秩序与个体、意识与无意识之间形成一种不间断的商榷、转换机制。其次，以诗性语言为表征的文化过渡空间涉及历史和文学类型差异题。文学和文化文本栖居的过渡空间因历史差异具有不同的运作模式。“不同文化环境在文化对象的形式和使用上产生明显不同作用。独特的历史视角能有效地描述这些差异变化。”② 如18世纪小说兴起时，小说家依靠现实主义原则基础上的诗性语言，建构资产阶级同一、进取的主体。但是现代主义小说家笔下表现的是资本主义文化分裂、创伤的主体，因此他们放弃了现实主义形式，转向偏重镜像认同过程的碎片化、开放、变动形式。这种形式反过来又与去中心主体的建构形成含混关系。从现实主义到现代主义，资产阶级同一主体到

---

① Gabriele Schwab, *Subjects without Selves: Transitional Texts in Modern Fiction* (Cambridge: Harvard UP, 1994), p.viii.

② Ibid., p.35.

去中心主体，文学和文化的主体性疆界成了一个持续的建构、解构和重构过程。因此，栖居在文化过渡空间中的诗性语言产生两种相互矛盾的力量。一方面，诗性语言彰显无意识，让他者发出声音，突破主体的封杀，瓦解主体的疆界；另一方面，诗性语言又限制无意识，重新划定主体的疆域。

在《镜子与迷人王后：文学语言的他者性》（1996）中，施瓦布研究文学语言的他者性和文化接触现象。这涉及比较文化视野中，同一文化内部、不同文化之间异质力量建构的接触空间。摹仿诗学偏重文学的再现功能，将文学比喻成世界的镜子。但是在文学过渡空间中，修辞、审美、文化、心理、政治等不同领域交往互动，不同力量接触转换。“……镜子标志着向其他语言和规则制约的其他世界的过渡。镜像比喻将转换和接触联系在一起，暗指修辞、文化和心理范围的连接。”① 文学从单一的审美领域转到文化接触空间，从审美实践变成复杂的文化接触行为。

文学不断跨越文化的边界，成为动态的文化接触行为。它生成的文化接触形式主要包括阅读、批评理论和书写文化。从方法论角度看，文学的文化接触功能研究既不同于传统的文学审美、形式或心理研究，也不同于流行文化研究中的种族批评、多元文化论或文化政治论。它立足审美、文化、心理、政治四个界面交互形成的动态接触空间探讨文学的文化功能和价值。

文学阅读决定了文学行为是一种独特的跨越语言和文化符号疆界的僭越实践。但是其悖论是，文学同时又建构一个体制化的文化空间，商榷、塑造不同文化间接触的模式。文学的形式和审美特征决定了文学在文化间接触模式的塑造过程中的独特作用。甚至文学行为本身就产生独特的文化接触模式，因此有必要“探究作为一种文化接触形式的阅读和作为一种沉思和想象人类学的文学”②。这无疑标志着德国接受美学代表的文学现象学在深入新的批评领域的同时，又回应、兼顾一脉相承的审美问题和文学的独特性。或者说，文学始终被阐释成一种独特的审美的、文化的、批判的行为。

---

① Gabriele Schwab, *The Mirror and the Killer-Queen: Otherness in Literary Language* (Bloomington: Indiana University Press, 1996), p.ix.

② Ibid., p.xv.

文学批评的文化转向改变了我们对阅读行为的理论探讨。因此尽管阅读是批评实践，却呼唤新的阅读理论。新的阅读理论将阅读行为重新界定为受文学和理论制约的文化接触形式。阅读的重心从文本、读者或文本与读者之间的接受反应关系转到了文本、接受者的各种文化制约因素及这些因素作用下文化接触涉及的差异和他者问题。无论是文化对文学审美空间的体制化，还是文本与接受者之间的历史、文化内、文化间距离，阅读都是“一种跨越文化和历史边界的商榷行为，是一种与他者接触的形式”①。

阅读过程中，读者和文本构成文学行为的两极。“读者可能立足具有限制作用的独特标准和期待视野来解读文本。文本可能诉诸不同策略来削弱读者期待或采取其他方式限定阐释的自由程度。”② 无论是文本还是读者又都受文化共同体和不同文化共同体间差异的制约。因此，不存在后结构、后现代阅读论鼓吹的无节制、任意的阅读行为。文本与读者两极自然构成了阅读的疆界。阅读就是与他者——不同文化或历史语境、文本和读者建构的他者——商榷。“……与其他形式的文化接触相似，阅读影响边界——读者、阐释群体或广义的文化的边界。……读者持续地消解、重构、扩展或僭越他们在不同层面上为自我文化划定的边界。”③

与阅读相似，批评理论也是文化他者性的表征，是建立在他者性基础上的理论变异、越界、对话甚至对抗。“通常我们按照文化接触模式理解阅读行为、理论的互文性、理论的干预和争鸣态势。”④ 批评理论必然具有自身的价值诉求。伊瑟尔、巴赫金都关注历史、文本、读者、文学语言的他者性，展望他者性孕育的对话伦理。当代文化批评全面批判西方文化和政治的他者性逻辑，褒扬对抗伦理——对抗不同文化、种族、地域、性别、知识体系、价值伦理、生命世界、人的精神领域和心理空间中普遍存在的殖民现象。批评理论的这两种价值诉求是对当代人类文化现实的两种

① Gabriele Schwab, *The Mirror and the Killer-Queen: Otherness in Literary Language.*, p.4.

② Ibid., p.6.

③ Ibid., p.11.

④ Ibid., pp.16–17.

反应。对话伦理超越了等级化和边缘化导致的不平等文化现实。对抗伦理将矛头直指文化现实，干预并瓦解种族主义、男权、西方中心论共同建构的关于他者的一整套权力 / 知识话语。

书写文化标志着新的文学研究范式的出现。或者说，当代美国语境中詹姆斯·克利福德（James Clifford）和乔治·马尔库斯（George E. Marcus）推动的当代人类学的书写文化转向与伊瑟尔推动的文学人类学对接。如果说人类学的书写文化研究的根本问题包括：书写语言怎样在文化知识的生产和传播过程中发挥塑形作用？那么施瓦布接着提出并思考的问题是：作为独特的书写文化形式，文学在文化知识的传播过程中使用了哪些形式、修辞、风格并产生何种独特的接受模式？与非文学的书写文化不同，文学在文化接触过程中传播的是另一种形式的文化知识。它不仅促成不同文化的相互转化，而且参与、影响、促进不同文化背景中的人之间的情感投入和互动。文学书写在最根本的情感层面持续地推动文化和心理转化，塑造我们的心理、想象、情绪、认同乃至幻想。她尖锐地指出，在本土文化与西方强势书写文化狭路相逢的过程中，只有在无意识和元交流层面，我们才能捕捉到本土文化策略及其塑造的文化自觉意识。本土文化主体常常借助仪式性的表演，间接促成文化交流；通过隐喻（metaphor）、混杂（hybridity）、讽刺（irony）、仿真（simulation）、摹写（palimpsest）等改写和重写策略来建构自己的主体性，颠覆不平等的文化交流秩序，激活新的本土文化自觉意识。

继书写文化的文学人类学反思之后，施瓦布转向研究文化接触空间中另一种独特的文学行为——创伤文化的文学人类学反思。这主要包括《抵制记忆和遗忘的书写》[①]《德里达、德鲁兹与新的心理分析》[②]《梦魇般的传统：施暴者后代的创伤》[③] 等文章。

---

① Gabriele Schwab, "Writing against Memory and Forgetting," *Literature and Medicine*, Vol. 25, No.1 (Spring, 2006), pp.95–121.

② Gabriele Schwab ed., "Derrida, Deleuze, and the Psychoanalysis to Come," *Derrida, Deleuze, Psychoanalysis* (New York: Columbia University Press, 2007), pp.1–34.

③ Gabriele Schwab, "Haunting Legacies: Trauma in Children of Perpetrators," *Postcolonial Studies: Culture, Politics, Economy*, Vol. 7, No.2 (July, 2004), pp.177–195.

文化接触与创伤文化是过渡空间文化的两种样态。与此对应，作为独特书写文化形式的文学分别扮演了传播文化知识、塑造情感和想象认同与愈合创伤的角色。在跨历史、跨文化语境中，文化接触书写与创伤文化书写都是想象的铭写，是一种表演的文化政治①。但前者是模仿式表演，发挥情感投射和想象移情的功能，后者借言语的表演性本身的持续重复来悲悼创伤，发挥与记忆和遗忘的屏障效果对立的调节功能。

创伤历史损害个体和集体文化记忆，将悲痛封存在心理空间最隐匿的秘穴之中。它破坏悲悼过程，施暴者与受害者都无力或拒绝悲悼暴力造成的生命死亡和文化劫难事件。意识与无意识之间失去了灵活变动的边界，记忆与遗忘被无限期地抛弃在心灵的荒漠中。创伤历史竖起一道沉重的沉默之墙，导致心理死亡和文化瘫痪，产生一种借叙事来见证、表演、悲悼创伤历史和创伤主体的需要。因为只有故事才能打破沉默。叙事脱胎于创伤和包围着创伤的沉默之墙，又穿越记忆与遗忘共同筑成的沉默之墙，发出悲悼的声音，哪怕是恍若隔世的谵言妄语、扑朔迷离的书写或诡异的风格。

战争、大屠杀、殖民征服、工业化、城市化、大灾难共同将我们的历史和文化谱写成暴力历史和创伤文化。扎根暴力和创伤的文学形成一种与不可言说的文化隐秘及其被压制的暴力传统之间的文化接触形式。这类文学叙事依靠间接手段或诗性语言的无意识铭写来表现创伤，形成有关创伤的高度矛盾含混的证据，抗拒着记忆中那无法忍受的痛苦以及遗忘造成的威胁。因此，这些将语言的创伤文化隐喻和转喻功能发挥到极致的叙事发挥着纪念碑、展览馆、纪念日所无法替代的功能，在扭曲的记忆与遗忘、悲悼与沉默、生活的现实场景与历史创伤、罪恶与苦难、耻辱与荣耀之间塑造出以悲悼为醒目标记的过渡空间。

① 英国哲学家约翰·L.奥斯丁（1911—1960）在《怎样以言行事》一书中提出言语行为理论，区分出三类言语行为——语内（illocutionary）表演行为、非语内（locutionary）表现行为和言语表达效果（perlocutionary）行为。美国当代后女权理论家朱迪丝·巴特勒在《性别烦恼》和《至关重要的身体》中进一步提出性别认同表演论，强调文化象征秩序中我们对认同规范的援引是持续的创造和生成行为，形成开放、延异的性别认同表演。施瓦布的文化接触论和创伤文化论聚焦书写的表演性及其不同类型，可算是对表演性这一理论命题的丰富和发展。

施瓦布的创伤文化书写和叙事分析进一步拓展了文学书写的边界。与文学的文化接触功能不同，文学的创伤文化功能建构的是悲悼的、打破沉默的、借记忆的灰烬中残留的碎片和余热让创伤从心灵的墓地中爬出来并自行言说的主体。创伤历史掩藏下的施暴者和受害者借叙事、借叙事者的讲述和书写来完成或不断地表演个体与个体之间、个体与集体之间、种族之间、不同代人之间对历史创伤的悲悼。

文学生成的接触空间持续地重构主体和文化的边界，始终以现当代多元、开放、动荡的文化语境中人的审美体验、日常生活实践、知识传播、情感塑造、心理感知、文化认同、政治诉求为参照，在阅读、批评、书写、言说、沉默、语言的形式和风格等多层面探讨文学独特的文化转化和边界重构功能。文学的接触空间理论致力于在无意识与意识、个体与文化秩序、弱势文化与强势文化、历史与现实和未来、施暴者与受害者之间重新确定文学的功能、价值和意义。

与纯粹的文学审美批评或对时髦理论的生搬硬套不同，有别于文学批评中蛊惑人心的极端民族主义和后结构虚无主义论调，接触空间中的文学感知和认知研究不懈追问以下问题：

> 接触空间的心理和文化维度及其不同的历史文化类型是什么？
>
> 文学以什么方式、在怎样的历史文化语境中发挥文化转化和再生功能？
>
> 我们怎样重塑对文学、文化乃至存在的认知？
>
> 在大众传媒和跨文化主宰的当代，接触空间中的文学感知和认知能否有效地促进文学的合理性、边界和价值场域的重构？文学的边界又将延伸到何处？

当代世界中，大众传媒文化泛滥成灾，暴力仍是人类生命境遇中加速恶变的肿瘤，全球化在全球范围内攻城略地，将福音和灾难的种子播撒。我们不能承受文学缺场后的失重，无法忍受主体死亡后的苍凉和空虚，更无力面对价值和信仰的大幅贬值。正是在此现实背景下，伊瑟尔从读者反应论转向文学人类学，力图澄清人类以文学客体为表征的虚构化冲动涉及的真实、虚构和想象三大要素及其越界和双重化特征，探讨人的可塑性和文化的可转化性[①]。施瓦布逐步、系统地分析生成接触空间的各类文学行为，如诗性语言、阅读、批评理论、作为独特的书写文化的文学、创伤叙事等；探讨主体、语言、思想、情感、想象、记忆、遗忘、书写等的边界；反思文学的文化边界商榷、转化和重构力量。伊瑟尔和施瓦布有力地推动了文艺诠释学向文学人类学的转变，在新的历史文化语境中重新认知文学的可塑性、人和文化的可塑性。

第三节　文化接触与理论旅行：阐释学的西中跨文化向度

沃尔夫冈·伊瑟尔和伽布里埃·施瓦布从不同层面揭示了文学行为的文学人类学向度。我们也可以说他们执著地将文学阐释学（具体讲是读者反应理论）引入人类学的向度。他们分别揭示了文学行为所在的文化接触空间的层级和动态机制。尤其是伊瑟尔对跨文化可转化性的论述、施瓦布对批评理论的文化他者性及其孕育的对话伦理的分析，为我们进一步论证文学行为的跨文化向度提供了理论基础和批评支点。在这一部分我们综合伊瑟尔和施瓦布的上述两种论点，以此为理论视角并反思这两种论点，思考跨文化接触空间中的理论旅行现象。我们分析的对象转到西方与中国构成的跨文化向度中的阐释学，试图揭示的是现象学之后的西方阐释学在中国20世纪的学术语境尤其是当代语境中以什么方式，发生了什么样的变化？在此理论旅行过程中中国学者提出了哪些新的阐释学主张？这反过来又表征了什么样的思想的理性反思和超越？

西方阐释学在中国的接受及阐释学的中国重构是一个复合课题。20世纪西方学术语境中哲学阐释学和文学研究理论不断变革图新，且推动不同知识领域的跨学科对接。同时它们与中国思想现代性遭遇相逢，深刻地

① 参阅论沃尔夫冈·伊瑟尔的《虚构与想象：绘制文学人类学的图谱》（1993年英文版）和《解释的范围》（2000年英文版）。前者探讨人的可塑性，后者探索文化的可塑性。

嵌入20世纪后半叶中国人文学术研究的肌理，形成方法论取向各异的研究路径，产生不同历史时期具有鲜明特色的学术思想争鸣。

20世纪30年代阐释学在海德格尔的思想中发生脱胎换骨变化之际，它开始与中国思想现代性相遇。海德格尔本体精神昭示下的阐释学及其生发开来的文学批评理论成为几十年来中国哲学、文学批评界研究的主要对象。

（一）西方阐释学在中国的三条路

20世纪西方阐释学在中国留下印迹，有三位学者的研究奠定了中国语境中阐释学的研究基础和范式构架。首先是20世纪30年代中国留德青年学者熊伟对海德格尔的研究和介绍。作为海德格尔在弗莱堡大学教过的学生（1934—1936），熊伟在博士学位论文《论不可说者》中比较研究海德格尔思想与中国思想，成为中国研究海德格尔的第一人。1942年他撰写哲学论文《说，可说；不可说，不说》，这是国内第一篇公开发表的海德格尔研究论文。他在文章中挑战冯友兰代表的主流的现代中国哲学史观，直陈其概念上的含混和学理上受西方哲学学科分类的禁锢。但是直到80年代，熊伟以海德格尔为核心的研究才全面铺陈开来。他培养的学生[①]成为改革开放以来首批研究译介西方阐释学的青年学者。

第二位开拓性的学者是钱锺书先生。他在《谈艺录》（1948）和《管锥编》（1979）中不限于一家一时之论，而是穿越时空，持续打通各门学问，立阐释研究中西学问的一家之法。如他在《谈艺录》初版中旁征博引古希腊哲学、周易、17世纪法国的帕斯卡尔、《淮南子》、白居易、苏东坡等，论证文艺创作和阐释的圆通之说。大学问、真艺术都达到道体无界、光明清澈之境，“无起无讫，如蛇自嘬其尾”[②]。在1984年的《谈艺录》增补本中，他进一步援引西方当代接受美学和解构主义理论来佐证其阐释理论——诗艺的圆通。[③]又如在《管锥编》中他将清代乾嘉考据学与西方

---

① 投身熊伟门下的学者主要包括王庆节、陈嘉映、姚志华、张祥龙、孙周兴、张汝伦、靳希平等。

② 钱锺书：《谈艺录》，中华书局1984年版，第112页。

③ 钱锺书：《谈艺录》，第611页。

阐释学的阐释循环论交互阐发，印证自己提出的阐释圆通观。其核心思想可概括为："积小以明大，而又举大以贯小；推末以至本，而又探本以穷末；交互往复，庶几乎义解圆足而免于偏枯，所谓'阐释之循环'（der hermeneutis che Zirkel）者是矣。"①

第三位是 20 世纪末的汤一介先生，他倡导建构中国阐释学。从 1998 年至 2000 年汤先生相继发表四篇同一主题的文章，即《能否创建中国的解释学》、《再论创建中国解释学问题》、《三论创建中国解释学问题》及《四论创建中国解释学问题》。他在这些文章中分头梳理中国和西方的阐释传统以及西方自施莱尔马赫和狄尔泰以来日臻完善、不断丰富的现代阐释学。他贯穿四篇文章的根本问题是：是否可能在借鉴西方阐释学的基础上将中国的阐释传统推陈出新，创建中国特色的阐释学理论和研究方法？

上述三位学者立足不同历史语境，探索西方阐释学中国化的三条不同道路：中国语境中西方阐释学经典人物和重要理论的译介和研究；西方阐释学方法及理论与中国传统人文学问的打通融合；在西方阐释学的旧藤上结出中国阐释学的新果。

但是在中国当代学术语境中，真正有规模、有群体效应的阐释学研究始于 20 世纪 80 年代，自此形成三期发展态势，即 20 世纪 80 年代、90 年代和 21 世纪头 10 年。

（二）20 世纪 80 年代阐释学在中国

20 世纪 80 年代西方解释学在中国的译介，以《哲学译丛》1983 年第 3 期登载的 R.E. 帕尔默（R. E. Palmer）的文章《解释学》中译为起点。继之《哲学译丛》1985 年第 4 期登载了加拿大华人学者陈艾伦的文章《伽达默尔的解释学和对传统的理解》；1986 年第 3 期实为"德国哲学解释学专辑"，集中介绍节译海德格尔、伽达默尔、利科和哈贝马斯的著述。1987 年集中出现了 5 本阐释学、接受美学和读者理论经典译著：海德格尔的《存在与时间》（陈嘉映、王庆节译）、伽达默尔的《真理与

① 钱锺书：《管锥编》，中华书局 1986 年版，第 170—172 页。

方法》（王才勇译）、H.R. 尧斯的《接受美学与接受理论》（周宁、金元浦译）、P. 利科的《解释学与人文科学》（陶华远译）及美国学者 D.C. 霍埃的《批评的循环》（兰金仁译）。1988 年夏镇平翻译伽达默尔的《赞美理论》；薛华等翻译伽氏的《科学时代的理性》。1989 年刘小枫编译《接受美学译文集》。

在哲学阐释学研究方面，王晓明在《探索》1986 年第 2 期上发表了《解释学——当代哲学的新潮流》。殷鼎在《哲学研究》1987 年第 10 期上发表了《合法的“偏见”——当代哲学解释学研究之一》。此外还有刘康发表在《读书》1987 年第 12 期上的《从胡适的方法论到伽达默尔的解释学》、黄勇发表在《学术月刊》1988 年第 8 期上的《论伽达默尔解释学的实存主义倾向》。

1989 年出现了我国第一篇阐释学研究博士学位论文，即钱中文指导的博士生张首映撰写的《文学阐释学》。读者理论研究论文包括王逢振的《文坛“怪杰”斯坦利·费什》（《外国文学》1988 年第 1 期）、申丹的《斯坦利·费什的“读者反应文体学”》（《山东外语教学》1988 年 Z1 期）、金惠敏和易晓明合写的《意义的诞生》（《外国文学评论》1988 年第 4 期）、朱立元的《略论文学作品的召唤结构》（《学术月刊》1988 年第 8 期）。

1988 年、1989 年文学阐释学研究专著共有三部，即王逢振的《意识与批评：现象学、阐释学和文学的意思》、张思齐的《中国接受美学导论》和朱立元的《接受美学》。哲学阐释学研究专著对西方阐释学进行整体评价和思考，如张汝伦的《意义的探究——当代西方释义学》（1986）、高宣扬（中国香港）的《解释学简论》（1988）、殷鼎的《理解的命运》（1988）、陈俊辉（中国台湾）的《迈向阐释学论争的途径》（1989）。同时哲学阐释学研究又延伸到中西文化和审美比较，如美籍华人学者成中英的《从本体诠释学看中西文化异同》（1988）、中国台湾学者王建元的《现象诠释学与中西雄浑观》（1988）。

80 年代的阐释学研究在中国和华语文化圈中尚处于起步阶段。始于哲学经典著述之译介，逐渐受惠于时代的思想探索和求新氛围，终于这十年结尾时更多的文艺精神之求索和中西比较研究。

（三）20 世纪 90 年代阐释学在中国

20 世纪 90 年代的阐释学译介除了对伽达默尔的经典著作更系统的译介之外，还有对西方的阐释学研究著作的译介。伽达默尔著作翻译包括：《美的现实性》（张志扬等译，1991）、《伽达默尔论柏拉图》（余纪元译，1992）、《伽达默尔论黑格尔》（张志伟，1992）、《哲学解释学》（夏镇平等译，1994）、《伽达默尔集》（严平编译，1997）、《真理与方法》（上、下卷，洪汉鼎译，1999）。西方的阐释学研究著作翻译包括：L. 德赖富斯和保罗·拉比诺的《超越结构主义与解释学》（张建超等译，1992）、卡尔－奥托·阿佩尔的《哲学的转变》（孙周兴等译，1994）、R.C. 赫鲁伯的《接受美学理论》（董之林译，1994）、汉斯·罗伯特·尧斯的《审美经验与文学解释学》（顾建光等译，1997）、D. 特雷西的《阐释学·宗教·希望：多元性与含混性》（冯川译，1998）、《斯坦利·费什读者反应批评：理论与实践》（文楚安译，1998）。

有影响的哲学阐释学研究论文包括:《中国社会科学》上发表的裴程的《从保罗·利科尔的本文解释学理论看解释学的发展》（1990 年第 3 期）、安延明的《施莱尔马赫普遍解释学中的几个问题》（1993 年第 1 期）、李翔海的《本文诠释学与西方当代诠释学》（1993 年第 4 期）;《国外社会科学》上刊登的智河的《瓦提莫的后现代解释学》（1991 年第 11 期）及张汝伦的《解释学在二十世纪》（1996 年第 5 期）;《哲学研究》上刊登的朱士群的《现代释义学原理及其合理重建》（1992 年第 9 期）、潘德荣的《现代诠释学及其重建之我见》（1993 年第 3 期）;《复旦学报》（社科版）发表了佘碧平的《文本与诠释：当代解构哲学与解释学论争述略》（1992 年第 2 期）、汪行福的《解释学：意义的理解还是意识形态批判：伽达默尔和哈贝马斯的解释学之争》（1995 年第 6 期）。此外还有汤一介 1998 年发表于《学人》第 13 辑的《能否创建中国的解释学》。

这一时期出现了更多的读者理论研究论文。其中有影响者包括：王逢振的《费什的新作〈任其自然〉》(《外国文学评论》1990 年第 4 期）、张中载的《阅读、误读的神话——诠释学随笔》(《外国文学》1992 年第 5

期)、金文俊的《读者反应批评及其心理效应》(《外国文学研究》1992年第4期)、冯俊的《保罗·利科的人学理论》(《学术月刊》1993年 第12期)。值得关注的是朱刚在这一时期内连续发表了费什和伊瑟尔的读者理论研究系列文章:《阅读主体与文本阐释——评费希的意义构造理论》(《当代外国文学》1994年第3期)、《不定性与文学阅读的能动性——论W.伊瑟尔的现象学阅读模型》(《外国文学评论》1998年第3期)、《论沃·伊瑟尔的"隐含的读者"》(《当代外国文学》1998年第3期)及《从文本到文学作品——评伊瑟尔的现象学文本观》(《国外文学》1999年第2期)。

与80年代相比,90年代的阐释学研究博士学位论文增加到7篇。其中4篇博士学位论文都研究同一主题,即伽达默尔阐释学(如张德兴1990年完成的博士学位论文《伽达默尔的解释学美学》)。复旦大学朱光撰写艺术阐释博士学位论文《当代艺术解释论》(1998),中国人民大学周辉撰写了西方女权阐释学研究博士学位论文《西方女性主义阐释学研究》(1999),南京大学袁莉撰写了文学翻译博士学位论文《文学翻译主体阐释学研究》。不难看出,这一时期的博士学位论文在专题研究的集中程度和深度、在拓展阐释学研究的跨学科范围方面进行了新的尝试。

这一时期研究接受美学的代表性专著包括:陈敬毅的《艺术王国里的上帝:尧斯〈走向接受美学〉导引》(1990)、章国锋的《文学批判的新范式:接受美学》(1993)、王卫平的《接受美学与中国现代文学》(1994)、金元浦的《文学解释学:文学的审美阐释与意义生成》(1997)、杨大春的《文本的世界:从结构主义到后结构主义》(1998)。

这一时期仍有部分哲学专著集中于利科、伽达默尔等阐释学大师研究,如90年代初高宣扬的《李克尔的解释学》(1991)、90年代末章启群的《伽达默尔传》(1998)。但是阐释学研究的主题已进一步延伸到科学、语义学、中国传统思想和宗教及中国化的阐释学研究。代表作包括施雁飞的《科学解释学》(1991)、饶尚宽的《古籍语义阐释学》(1996)、李翔海的《寻求德性与理性的统一:成中英本体诠释学研究》、林镇国的《空性与现代性:从京都学派、新儒学到多音的佛教诠释学》(1999)。

与80年代相比，90年代的阐释学研究和译介更呈一番深刻、宽阔、稳健的气度，对文艺阐释和美学的研究成为新的高潮，对阐释学涉及的跨学科问题以及中国本土化问题日趋成为学术界的兴奋点。由此也就不难理解为什么在世纪末国内阐释学研究领域出现汤一介先生创建中国阐释学这样的呼吁，为什么对海外华人学者（如成中英等）的阐释思想的梳理和研究成为新课题。

（四）21世纪初阐释学在中国

21世纪初的十年里，西方阐释学之译介以洪汉鼎先生重译的阐释学经典《真理与方法》《理解与解释——诠释学经典文选》拉开帷幕。此后译介的范围和主题完全超越了此前的两个十年，涉及神学（左心泰译《神学阐释学》，2007）、佛学（周广荣等译《佛教解释学》，2009）、教育学（张光陆译《解释学与教育》，2009）、史学（朱腾译《从编年史到经典：董仲舒的春秋诠释学》，2010）、主体性（余碧平译福柯的《主体解释学》，2010）。

除了汤一介先生以创建中国阐释学为题的一组文章外，这一时期值得研究阅读的论文还包括景海峰的《解释学与中国哲学》（《哲学动态》2001年第7期）和《中国哲学的诠释学境遇及其维度》（《天津社会科学》2001年第6期）、黄俊杰的《孟学阐释史中的一般方法论问题》（《中国哲学》第22辑）、薛华先生的伽达默尔纪念文章《诠释学与伦理学——纪念伽达默尔逝世五周年》（《学术研究》2007年第10期）。

这一时期的读者理论研究论文在继续关注伊瑟尔、费什、尧斯之外，还扩展到弗莱、德里达等理论家，关键词梳理和读者理论的跨学科嬗变。有影响的论文包括：刘锋的《适用于甲者未必适用于乙：斯坦利·费什论学术自由》（《国外文学》2000年第2期），金惠敏的《在虚构与想像中越界——［德］沃尔夫冈·伊瑟尔访谈录》（《文学评论》2002年第4期），张中载的《误读》（《外国文学》2004年第1期），李砾的《阐释/诠释》（《外国文学》2005年第2期），任虎军的《从读者经验到阐释社会——斯坦利·费什的读者反应批评理论评介》（《四川外语学院学报》2005年第 1 期），汪正龙的《沃尔夫冈·伊瑟尔的文学虚构理论及其意义》（《文学评论》2005 年第 5 期），赵一凡的《胡塞尔与现象学的初衷》（《外国文学》2006 年第 1 期），李旭的《伊瑟尔与德里达文本观之哲学溯源》（《理论学刊》2006 年第 7 期），喻琴的《弗莱和伊瑟尔的文学人类学思想之比较》（《理论月刊》2008 年第 3 期），陶家俊的《客体、文学与接触空间——通向接触空间诗学之路》（《当代外国文学》2008 年第 4 期）、《后伽达默尔思潮的文学人类学表证——论读者反应论之后的文学研究》（《民族文学》2009 年第 3 期）和《后模仿时代文学的转化之力——从域限视角论伍尔夫冈·伊泽尔的批评理论》（《外国文学》2010 年第 3 期）。此外还有龙云的《斯坦利·费什的阅读观与女性主义文本》[《安徽大学学报》（哲学社会科学版）2009 年第 5 期]、朱刚的《伊瑟尔的批评之路》（《当代外国文学》2009 年第 1 期）、侯素琴的《姚斯和伊瑟尔的接受理论与文学批评异同析》（《理论导刊》2009 年第 4 期）、孟红梅的《伊瑟尔的“文学本质观”及其方法论启示》（《国外社会科学》2010 年第 6 期）和文浩的《伊瑟尔理论中的文本事件性初探》（《中国文学研究》2010 年第 2 期）。

这十年间博士学位论文猛增到数十篇，分别涉及英语文学和西方文论、哲学、宗教学、文艺学、法学、比较文学与世界文学甚至建筑学等不同学科。英语文学和西方文论研究博士学位论文有中国人民大学姚建斌、李世涛 2001 年完成的詹姆逊研究论文（分别题为《詹姆逊的马克思主义阐释学研究》和《詹姆逊文学阐释思想研究》），中国人民大学惠鸣、田方林 2005 年完成的狄尔泰研究（分别题为《生命解释与文本释义：狄尔泰解释学思想研究》和《通达生命之境：狄尔泰生命解释学研究》），北京师范大学王业伟、厦门大学肖建华分别于 2005 年和 2008 年完成的伽达默尔美学研究（分别题为《论伽达默尔美学对审美现代性的批判》和《伽达默尔解释学的审美主义转向研究》），中山大学梅园 2006 年、赵东明 2008 年完成的罗兰·巴特和利科研究（分别题为《文本的维度：罗兰·巴尔特文本观念阐释》和《利科的诠释学隐喻理论研究》），山东师范大学孙慧 2009 年完成的博士学位论文《艾柯文艺思想研究》。

文艺学和比较文学研究领域的博士学位论文有北京大学犹家仲的《〈诗经〉的解释学研究》（2000）、浙江大学刘毅青的《徐复观解释学思想研究》（2006）、华中师范大学邓新华的《中国古代诗学解释学研究》（2006）、华东师范大学张震的《理解的真理及其限度》（2006）、南开大学陈鸥帆的《文本解读中的解释学循环》（2007）、复旦大学韩振华的《王船山美学基础：以身体观和诠释学为进路的考察》（2007）。

哲学方面的博士学位论文涉及外国哲学（如浙江大学马良的《后现代马克思主义阐释学》，2002）、宗教学（如中国人民大学杨慧林的《神学诠释学》，2002）、马克思主义哲学（如武汉大学皮家胜的《马克思主义哲学中国化中的解释学问题》，2006）、中国哲学（中山大学曾海军的《易道的神明与幽微：〈周易·系辞〉解释史研究》，2007；北京大学甘祥满的《从方法到本体：对〈论语义疏〉的一种诠释学考察》，2008；中国社会科学院周元侠的《〈论语集注〉的解释学研究 》，2009）、科技哲学（华南师范大学石丽琴的《科学编史学与认识论解释学：从解释学的观点看拉卡托斯的科学编史学》，2007）。

法学研究博士学位论文既有对法学理念的阐释学反思（苏州大学王蕾的《诠释学视域下的宪法平等规范》，2007），也有对中国传统律法的阐释学研究（王志林的《〈大清律例〉解释学考论：以典型律学文本为视域》，2009）。值得注意的是，这一阶段出现了首篇建筑学阐释研究博士学位论文，即天津大学庄岳 2006 年完成的《数典宁须述古则，行时偶以志今游：中国古代园林创作的解释学传统》。

这十年里，文艺阐释研究专著之代表作有彭公亮的《审美理论的现代诠释——通向澄明之境》（2002）、邹其昌的《朱熹诗经阐释学美学研究》（2004）、台湾学者颜昆阳的《李商隐诗笺释方法论：中国古典诠释学例说》（2005）、华裔学者张隆溪的《道与逻各斯：东西方文学阐释学》（2006）、朱健平的《翻译：跨文化解释：哲学诠释学与接受美学模式》。特别是在 2009 年一年内就有下列有影响甚至开风气的著作问世：牟宗三先生弟子、台湾学者林安梧的《中国人文诠释学》、裘姬新的《从独白走向对话：哲学诠释学视角下的文学翻译研究》、赖贤宗的《意境美学与诠释学》、周庆华的《文学诠释学》、孙丽君的《哲学诠释学视野中的艺术经验》。

不难看出，上述研究将阐释学研究引向四个新的维度:（1）对中国古典文艺和传统学术的阐释方法和理论之研究;（2）对中西文学阐释理论和方法的打通研究;（3）从跨文化、跨学科和大的人文学科出发的阐释学理论创新;（4）中国阐释学的创建。邹其昌的研究旨在梳理重构朱熹代表的宋儒治学释经中的义理之学。张隆溪明显承继了钱锺书先生打通文化和历史隔膜，促进中西学术思想对话交融的治学境界和理路。林安梧受乃师牟宗三先生教化，得西方学术洗礼，返归文化精神本体，与大陆的汤一介，美国的成中英、傅伟勋，中国台湾的黄俊杰等遥相呼应，志在立中国诠释学派。顺带提及的是，与汤一介先生2003年开始主持的重大“儒藏”研究工程对应，台湾学者黄俊杰主持的大项目“东亚近世儒学中的经典诠释传统”已形成“儒学与东亚文明研究丛书”。丛书包括黄俊杰著的《东亚儒学的新视野》，李明辉、杨儒宾编的《中国经典诠释传统》三辑，张宝三、杨儒宾编的《日本汉学研究论集》。

这一时期可查阅的哲学阐释学著作多达六十多部，在数量、主题尤其是与中国文化、历史和现实的契合方面同样远远超越了前两个阶段。对西方哲学家阐释思想的再阐发仍是这个时期的主题之一。这些哲学家包括卡尔·曼海姆（中国台湾学者黄瑞祺的《曼海姆：从意识形态论到知识社会学诠释学》，2000）、弗·詹姆逊（陈永国的《文化的政治阐释学：后现代语境中的詹姆逊》，2000）、伽达默尔（何卫平的《通向解释学辩证法之途：伽达默尔哲学思想研究》，2001）、海德格尔（王庆节的《解释学、海德格尔与儒道今释》，2004）。

但是巍然而成气象者数以中国文化本位意识驱动下的理论创新。从2003年到2010年，山东大学洪汉鼎先生主编的《中国诠释学》共出版七辑。21世纪初成中英先生先后出版《何为本体诠释学》（2000）和《本体诠释学》（2002）。此后数年间先后问世的著作有：刘耘华的《诠释学与先秦儒家之意义生成》（2002）、周裕锴的《中国古代阐释学研究》（2003）、潘德荣的《文字、诠释、传统：中国诠释传统的现代转化》

（2003）、赖贤宗的《佛教诠释学》（2003）及两部新作《儒家诠释学》和《道家诠释学》（2010）、李幼蒸的《仁学解释学》及两卷本的《儒学解释学：重构中国伦理思想史》（2009）、曹海东的《朱熹经典解释学研究》（2007）、中国台湾学者卢国屏的《训诂演绎：汉语解释与文化诠释学》（2008）。

通览20世纪30年代以来西方阐释学在中国语境中的转化，我们可以说，并非如部分中国学者所论，西方阐释学在中国的接受和研究在时间上滞后于西方学术思想界。相反，它基本上与西方学界和思想界保持着同步发生的态势。主要的差别是，在20世纪40、50、60、70年代的中国思想学术语境中，它没有形成与西方对应乃至抗衡和对话的研究大潮及广泛的影响。这四十年间，中国的知识分子受法西斯战争、内战、政治动乱诸多影响，只有少数受西学洗礼、潜心学术的学者以一种先行者的探索精神维系着两个不同学术语境之间的沟通和交流。

熊伟、钱锺书和汤一介分属于不同时代的学者。他们探索的三种阐释学研究方法实际上奠定了20世纪80年代以来华语语境中阐释学的哲学、文学研究范式基础。这三种范式是：（1）对西方阐释学思想原汁原味地透彻理解和体悟，在此基础上反思中国现代学术话语并积极地以译介方式将西方阐释学经典理论引入中国学术话语场；（2）打破中西文化、思想隔膜，突破历史界限，不囿于一家一派的学术定见，不沉溺于狭小的学科分支，用实际的阐释行为来践行人文研究的文本阐释方法，进而实现思想学术层面的多维、多元对话交流；（3）在当代全球化语境中，将西方阐释学研究与中国文化思想本位意识、中国传统学术思想的梳理重构、中国当代文化精神的熔铸有机对接，在实现对西方学术思想的精神去殖民化基础上，探索既立足中国又面向世界、回应世界、启迪世界的中国阐释学思想理论。

中国当代的阐释学批评话语以经典译介为先导，以文艺批评和哲学探究为主阵地，走过了一条扎根起步、沉着拓展、全面反思创新的道路。为憾者，对西方阐释学的研究多着力于欧陆学术圈，偏向于哲学和纯理论引入，忽略了对欧陆以外尤其是在英美学术生态环境中德法阐释学的新进展和新变异，忽略了在文艺批评实践层面上的应用。为豪者，前辈学人为我们标示了卓然独立于西方学术理路的阐释范式和文化精神导向。曲曲折折，明明暗暗，当代中国的阐释学始终在一种学术创新、文化兼容、传统延续的大气候中推陈出新，继往开来。

第四节 文学现代性的起源神话：现象学的文学社会学向度

罗曼·英伽登和伽达默尔之后文学阐释学向文学人类学的过渡自然引出与作为文化接触行为的文学关联的两个原则，即文化他者性和文化自我性。这两个与文化接触空间对应的原则既涉及文化的他律和律他，又关乎文学乃至文化的自律。前者就是我们以西中跨文化向度中阐释学的理论旅行为例来印证的文化接触现象。后者则指向对西方文学现代性推动的文化象征革命的批判。对文学现代性的社会学重构，尤其是在现象学精神指引下的文学现代性批判，无疑皮埃尔·布迪厄（Pierre Bourdieu）是最重要的。

（一）离开现象学的怀抱

1958—1962年，正值法国深陷于法属北非殖民地阿尔及利亚反殖民独立革命，皮埃尔·布迪厄在阿尔及利亚进行人类学田野调查。随后他出版轰动一时的首部学术著作《阿尔及利亚人的社会研究》。此后他从人类学转向社会学和哲学，先后撰写了《实践理论纲要》《区隔：品味判断力的社会批判》《语言与象征权力》《艺术的法则：文学场的起源和结构》《帕斯卡尔式的沉思》等著作。与当代美国学术语境中伊瑟尔及施瓦布的人类学转向不同，皮埃尔·布迪厄的思想谱系更为驳杂。法国19世纪中叶古斯塔夫·福楼拜（Gustav Flaubert）的小说《情感教育》中，男主角弗雷德里克从法国外省到巴黎碰运气，闯世界。与这位虚构的世家子弟相似，布迪厄出生在法国西南部的一座小村庄，通过自己的拼搏进入巴黎高师，与路易·阿尔都塞（Louis Althusser）成为同班同学。不同的是，父亲是邮政工人的布迪厄没有弗雷德里克的贵族家世。他也没有像弗雷德里克的创造者古斯塔夫·福楼拜那样，徜徉在塞纳河左岸的波西米亚艺术家聚居区，成为资产阶级文化新纪元的缔造者和英雄。这位与波西米亚文化群落及其历史时代结下不解之缘的外省青年踏上的是通往学院体制金字塔的道路。他同时在人类学、社会学、哲学领域成就终生事业。

说到布迪厄思想谱系的驳杂，从中我们既可以发现马塞尔·莫斯（Marcel Mauss）、克劳德·列维－斯特劳斯的人类学影响，又可以窥见埃德蒙·胡塞尔现象学经过莫里斯·梅洛－庞蒂（Maurice Merleau-Ponty）所反射出的依稀亮光，也能找到通往埃米尔·杜克海姆（Emile Durkheim）、马克斯·韦伯（Max Weber）的社会学的幽深小径。但是他更是一位特立独行、敏锐求新的学者。他晚年在《自我分析素描》中就回忆了年轻时对时髦流行理论和思想运动的拒绝：

> ……长期以来决定我思想选择的方向。正如梅洛－庞蒂赋予“智识主义”非常不同于日常用法的意思那样，“智识主义”在我的性情中生了根，驱使我与极其时髦的思想“运动”——例如“结构主义”的通俗形式——保持距离。①

他与之保持距离的思想运动不仅包括风驰电掣般横扫法国乃至西方人文社会科学研究领域的结构主义运动，而且也包括第二次世界大战后如日中天的存在主义运动。例如20世纪50年代在巴黎高师求学期间，他抵御存在主义的药方就是阅读胡塞尔、梅洛－庞蒂等将现象学建构为一门严肃科学的哲学论著。他突破精英学院派封杀的另一妙招是阅读乔治·巴塔耶（George Bataille）和埃里克·维尔主编的刊物《批判》，由此呼吸到国际上的、跨学科的清醒思想空气。

哪怕是对他服膺的现象学大师胡塞尔和梅洛－庞蒂，他也是志在推陈出新。杰里米·F. 莱恩（Jeremy F. Lane）在评价他源于现象学却又更面

① Pierre Bourdieu, *Sketch for a Self-Analysis* (Cambridge: Polity Press, 2007), p.77.

向社会和历史现实的务实取向时指出：

> 布迪厄从现象学中接受了这一概念。这些分类被“吸收”进入梅洛－庞蒂所分析的那种身体性情，部分构成胡塞尔辨别出的经验的“实践”或“前断定”基础。布迪厄不同于经典现象学之处在于，胡塞尔强调物质对该吸收过程的决定作用。胡塞尔和梅洛－庞蒂分别从超验的自我或个体身体纯粹主观的体验这两个角度来理解实践和吸收。然而布迪厄将身体视为吸收一系列深刻的社会和历史力量的场所……①

在胡塞尔经典现象学中，实践知识被赋予了特别的意向性。通过指向、瞄向、意向特定的目标或目的，人的身体作用于世界。因此胡塞尔的现象学方法论首先致力于削弱甚至祛除西方传统哲学中那些抽象的、虚假的观点和假设。胡塞尔提倡回到事物本身，关注与意识比邻相伴的现象。通过细腻、系统地梳理生活体验本身的内容和结构来点燃哲学思辨的燧火。对生活境遇的本体关怀冲淡了形而上学、自然科学和其他学科理论的负面影响。这种剔除任何思想、知识、观念、理论、假设等先在认知中介（也是障碍）的态度，使人的意识能够精准无误地描绘、把握给定的现象。这就是胡塞尔的现象学还原法。

但是对布迪厄而言，这种现象学方法论仍过分依恋意识的温暖怀抱，没有足够的现实物质基础。它与结构主义一起代表了当代社会科学面临的两大认识论障碍。遇到障碍，无论是实体的还是观念的障碍，人们或革除之，或回避之，或接纳之。布迪厄诉诸辩证综合的方式来折中这两大认识论，超越这两种认知模式的偏狭之处。

> 更确切地讲，它是一个寻找每一种方法内在的盲点并克服之的问

---

① Jeremy F. Lane, *Pierre Bourdieu: A Critical Introduction* (London: Pluto Press, 2000), p.102.

> 题。以辩证综合的方式将它们各自的见解结合在一起。这将超越使这两种知识模式对立的敌对立场，同时又保留它们各自的优势。……这一过程正是布迪厄期望综合现象学与结构主义之后达到的效果——在一个包罗一切的、综合的“实践理论”之内综合并重新定位每种理论，而不是否定它们。①

这种独特的辩证综合取向奠定了布迪厄的文学社会学的方法论基础。②

那么他所谓的实践理论或理论实践到底依赖什么样的方法论？

布迪厄在《艺术的法则》第二部分《艺术品科学的基础》开篇就直奔方法论主题。方法论问题其实也是个人的喜好、脾性或生活气质所决定的选择问题。典型的草根阶层出身，刻板的学术成规，在青年布迪厄心灵中投下的幽暗、忧郁的影子，对权威和时尚的自觉抵制，使他几乎是本能地排斥宏大、空洞、刻板、浮夸的理论说教。他自然地与之亲近、为之愉悦并心领神会的是就像呼吸的空气那样无处不在的理论，真实到可以触摸的书籍。理论栖居在隐秘空间。它的基因弥漫着一条注释或对某个古旧文本的评论。它甚至浸润着整个阐释话语的结构。他说：

> 我觉得完全认可的是那些知道怎样将最关键的理论问题融入一丝不苟的实证研究的作者。他们对概念的使用既更加审慎又更为高雅。有时他们甚至将他们自己的贡献隐藏在对理论的创造性重释之中，而这些理论是它们的对象内在固有的。③

---

① Jeremy F. Lane, *Pierre Bourdieu: A Critical Introduction* , p.92.

② 这里我们坚持使用“文学社会学”这种表述，主要基于以下三点理由：（1）布迪厄的思想本身有裂变差异，他在《艺术的法则》中主要论证的现象是法国19世纪的文学场（他也主要使用这个概念），而由哥伦比亚大学出版社1993年出版的《文化生产场》中他主要使用的是“文化生产场”这个概念，但是其焦点仍然是文学——进入文化生产过程、置身于文化象征革命进程的文学；（2）布迪厄的上述理论尽管将文学放大到文化生产过程，但是作为一种实证的、新颖的也是极有影响的研究方法，其范式效应主要还是在文学的文化学和社会学研究领域，而不是泛义的文化研究或社会学研究；（3）结合本章聚焦的现象学之后的文学本象之批判，我们有必要坚持“文学场”和“文学社会学”这种表述，以期在更坚实的文化物质视域中持续地聚焦审视我们的关照点——文学本象。

③ Pierre Bourdieu, *The Rules of Art* (Stanford: Stanford UP, 1995), p.178.

这类作者对许多经典理论和概念的领悟和化解也是另辟蹊径。常常是借助通灵剔透、细腻逼真的文艺作品来戳穿包裹着概念的硬壳。注意布迪厄在这里使用了“实证研究”概念。这种实证研究是渗透了理论思考和命题的研究——既不同于纯粹的实证研究，又区别于纯理论研究的实践理论研究。实践理论研究倡导社会科学研究中新的科学精神——用鲜活的经验事物来言说理论而不是用理论空对理论，用概念来标示实践的生成图示化结构。

（二）从习性概念解读布迪厄的生成结构论

布迪厄对理论与经验对象、概念与实践中内在的生成结构关系的把握和重新定位，最真实可感地表现在三个关键词——习性、场、象征资本——之中。这三个关键词贯穿了他的学术探索。他从传统学术话语中选取了这些概念，重新激活它们，赋予它们新的意义和意指能量。

西方思想传统中，“习性”（habitus）概念最早源于古希腊哲学家亚里士多德在《形而上学》中使用的概念“拥有”（hexis）。它指与人粗浅的自然习惯不同的积极的心灵状态或气质，以及相应地对外在事物的安排。亚里士多德认为：“‘气质’的意思是根据空间、可能性或形式对包含不同部件的事物的安排。它必须是一种定位（thesis），这一点从‘气质’（diathesis）这个词的构成就一目了然。”[①] 中世纪神学家圣·托马斯·阿奎那（St. Thomas Aquinas）在《神学大全》的伦理学部分用拉丁词“habitus”来指上帝的自由行为产生的结果。上帝的自由行为使上帝的恩典渗透进人心灵的本质，产生人的气质禀赋，让信仰和爱填满人的心灵世界。法国人类学家马塞尔·莫斯在《身体的技术》中赋予了该概念人类学意义——社会共同体的一整套使用身体的文化模式。[②] 德国犹太裔艺术史家欧文·帕诺夫斯基（Erwin Panofsky）的《哥特式建筑与经院主义》

① Aristotle, *Metaphysics*, Joe Sachs trans. (Santa Fe, NM: Green Lion Books, 1999), 5.1022b.

② Marcel Mauss, *Les Techniques du Corps*, Sociology et Anthropology (Paris: Presses Universitares de France, 1950).

1951 年问世后，布迪厄最先将之译介到法国。帕诺夫斯基在该著中探讨人的心灵习惯时使用了概念“habitus”——“协调行为的原则”[①]。这无疑是布迪厄实践理论的重要概念“习性”直接的、重要的来源，但并非唯一的基础。

习性概念背后是整个欧洲思想传统厚重、动态的延续和断裂。如布迪厄自己所讲：

> 追求独创性所付出的代价（常常是无知导致的），对某某经典作家的宗教式忠诚（这使人们趋向于仪式重复），这些的共同点是对我看来针对理论传统唯一可能的态度的禁止。这种可能的态度是，通过对不同来源的理论的批判性系统化，同时而不是孤立地肯定延续和断裂。[②]

其实该概念也是布迪厄与胡塞尔思想交流对话、存旧求新的见证。胡塞尔在去世后才出版的《经验与判断力》（1948）中指出，生活经验建立在感官体验的积累叠加基础之上。这些感官体验最后变成记忆中被遗忘的印迹或潜层。但是这些印迹或潜层共同构成我们对事物熟悉、预知的视域，将我们的注意力引向类似的世间物象。

> ……生活体验本身，还有生活中构成的客观时刻，可能变得“被遗忘掉”。尽管如此，它却绝不会消失得无影无踪。它仅仅变成潜伏状态。就生活中已经被构成的内容而言，它是习性形式的拥有，任何时候积极的联想都可以使之重新苏醒过来……［因此］对象自身吸收了不同形式的感觉。而这些感觉原来是借助于习性形式的知识来进行

---

① Erwin Panofsky, *Gothic Architecture and Scholasticism* (New York: Meridian Books, 1951), p.21.

② Pierre Bourdieu, *The Rules of Art*, p.180.

的解释行为构成的。[①]

透过在欧洲思想史上投下的点点暗影，“习性”概念获得了确实的时空向度。与这种外在的思想延异，与他借这个概念与欧洲思想多维多点的承继和断裂对应，这个概念在布迪厄的整个思想演变过程中也留下了变迁的痕迹。或者说，他对该概念的不断阐释折射出他自己思想演变的轨迹。以时间横轴上该概念在《实践理论纲要》(1972)、《区隔》(1979)和《艺术的法则》(1992)中的动态变化为例，我们进一步论证布迪厄的实践理论方法论。

在《实践理论纲要》中布迪厄给“习性”的基本定义是：首先，习性指持久的、可换位的性格气质的生成系统，它生成于与社会文化更广阔的客观结构之关系；其次，持久的性格气质和被建构的思维、感觉和行为脾性是整体上被人内在化的结果，因此其自觉的协调机制赋予个体实践系统性、连贯性和一致性。[②]

上述定义涉及客观结构、社会、历史、意识的目的性四个方面。就习性与客观结构和社会的关系而言，它是同时兼具内在化和客观对象化的双向互动过程。作为被内在化的认知和动力结构系统，习性根源于特定社会环境的结构，而社会环境的结构自身的再生产和延续又依赖习性的生成机制。社会环境的结构建构了个体感知、领悟生活世界的结构，同时这一结构生成的独特行为习惯反过来重复生产习性依赖的外在的客观结构。因此习性是社会建构的结构系统，直接产生于特定社会阶层或群体特定的经济物质条件和社会模式化结构。

就习性与历史和意识的目的性的关系而言，经过历史的打磨和沉淀之后，习性以自然的面目重新出现。我们经常误以为是自然、先天的或内生的过程只不过是历史被遗忘后的样态。通过将历史产生的外在客观结构内

① Edmund Husserl, *Experience and Judgement* (Evanston: Northwestern UP, 1973), p.122.

② Pierre Bourdieu, *Outline of a Theory of Practice* (Cambridge: Cambridge UP, 1977), pp.59, 72.

在化，变成习性征兆的个体的第二自然——一种隐匿的、驱逐了意识或意志的、自然发生的样态，历史遗忘自身。这逻辑性地剔除了意识意向与习性的必然联系。习性是在结构调节下没有目的的、不可预见的、非决定性的行为。

对历史与习性关系的揭示无疑超越了亚里士多德关于粗陋的自然习惯与基于心灵的积极状态的气质之间的二分论。而对习性的意识意向性之否定实际上否定了胡塞尔在《经验与判断力》甚至其整个现象学中关于意识的意向性之说。但是最值得我们反思的是他关于习性的内在化结构与相应的外在社会环境结构之间动态的双向生成关系的分析。他赋予个体主体内在的习性结构和外在社会环境结构生成力，从而超越了列维－斯特劳斯的结构主义人类学和阿尔都塞的结构主义意识形态论。

与《实践理论纲要》相比，布迪厄在《区隔》中更加丰富了习性的图示化内涵、结构的多重属性，以及与社会群属在社会空间中的区隔分布对应的习性差异。他认为阶级习性体现了实践统一和实践生成原则，是“阶级状况及其隐含的状况化实践的内在化形式”[①]。不同的存在状况形成不同的习性——“通过简单的移位适用于绝大部分各不相同的实践领域的生成性图示结构系统”[②]。作为生成性的图示结构，习性不仅组织实践及对实践的认知，因此是一种积极的建构性结构，而且将社会阶级的分化内在化，因此是一种被建构的结构。建构性与被建构性形成了社会空间中阶级习性的差异化原则，不同的社会状况决定不同的社会空间差异定位，产生与不同定位对应的性格气质。这些不同的性格气质反过来产生相应的实践行为。例如在19世纪以来的法国，现代主义艺术促成了中产阶级的两极分化。其中居支配地位的群体提倡艺术与社会的高度分离，倾向于悠闲简约的享乐美学，由此产生了印象主义绘画。而居于边缘地位的波西米亚知识分子和艺术家青睐一种禁欲苦行美学，鼓吹为纯洁艺术而发动艺术革命，蔑视资产阶级的矫情和附庸风雅。但是所有

① Pierre Bourdieu, *Distinction* (London: Routledge, 1979), p.101.

② Ibid., p.170.

这些不同的审美倾向和好恶不是表现为用语言描述的、明确的观念价值。它们主要通过自发的身体姿态、走路的姿势、饮食习惯、交谈方式等生活的细枝末节来表现。

无论是普遍实践意义上的习性还是阶级习性都不是布迪厄的《艺术的法则》探讨的焦点。但是有一条前后连贯的思路贯穿了《实践理论纲要》、《区隔》和《艺术的法则》。这就是对与习性对应的社会实践领域的持续研究。在《实践理论纲要》中他称社会实践领域为社会环境结构；在《区隔》中他称之为阶级或阶层的社会定位构成的社会空间；在《艺术的法则》中他称之为文学场或文化生产场。撇开社会环境、社会空间与文学场之间的重叠和包含关系，布迪厄在《艺术的法则》中对文艺作品的文化现象学式本体重构依赖三个层面上的文学场分析。第一个层面是文学场在社会空间中的位置及其演变；第二个层面是文学内在的结构及其运作和变化规律，或文学场中个体、个体所属的群体为获取文化合法性和领导权而形成的不同位置之间的竞争关系；第三个层面是占据这些位置的个体具备的习性。

有关习性与文学场之间的关系，布迪厄在更晚出版的《文化生产场》中有更明确的论述。在文化生产场中，个体趋向可能的文化位置的过程也是个体被塑造的过程，更是有助于个体实现文化定位的习性形成的过程。这种文化生产场中文化位置的多样选择性、个体文化定位的多种可能性使习性与文学场结成内在的辩证关系。

> 换句话讲，在特定时刻的文学场中铭刻的客观可能（例如经济的或象征的利益）只有通过“职业”、“抱负”和“前程”才变得有作用，处于活跃状态。通过构成习性的感知和评价图示化结构来感知、评价它们。[①]

布迪厄立足生成结构论，从辩证互动的角度来描述文学场的社会实践结构

① Pierre Bourdieu, *The Field of Cultural Production* (New York: Columbia UP, 1993), p.64.

之起源以及吸收社会实践结构的群体成员的习性之起源。因此我们不是关注现代艺术家、作家和知识分子的成长过程，而是分析他们怎样获取、占据、守护文学场中的文化位置，分析这些位置是怎样构成的。在此基础上我们才能认识与这些位置对应的、产生特定习性的特定社会状况。文学场的空间分隔、不同参与者的位置、文艺作品的类型和风格、参与者的社会归属及习性，构成了相互关联、相互影响和相互制约的生成结构。

因此布迪厄的文学场理论是其习性理论生成并实证化的结果。澄清了习性概念，文学场理论的生成结构和本体生态是我们反思的下一个对象。

（三）文学场的生成结构和本象生态

布迪厄描摹的文学场（或他在《文化生产场》中揭示的文化生产场）具有文学现代性启示录意义上的生成建构力量。在他重构的文学场中，法国19世纪中叶开始勃兴的现代主义文艺革命成了整个法国文学场的生命冲力。在现代主义文艺革命精神的照耀下，法兰西的文学场中孕育诞生了一种崭新的文学的也是文化的规范，即制约艺术、文学、艺术家和作家、知识分子乃至整个文学场的自律原则。文学现代性正式降临到社会空间。启蒙现代性热烈拥抱的理性、自由和平等变成了文学现代性为之呐喊的艺术和艺术家的自由、独立、纯洁和神圣。文学场的自律、艺术家的独立和自由共同推动了一场继启蒙现代性、政治现代性、科技现代性之后的文化象征革命。文化象征革命将一贫如洗却又浊世独立的先锋艺术家而不是资产阶级的走狗文人和市侩商人推上了文化的圣坛。一场又一场的圣化运动持续地推动文学场的发展，持续地抵制资本主义政治和商业的庸俗和堕落，也持续地用文化标示的自由和独立精神来批判更广阔的社会权力空间中一切与自由和独立精神背离的言行。

这样法兰西民族的、现代主义的文化起源被建构成文学现代性的起源，也是真正的现代文学场的起源。这种逆反的生成建构揭示了现代文学场（主要是法国现代主义文学场）诞生之际文学的生态状况和文学艺术家的习性。

资本主义工业化将资产阶级确立为现代社会新生的主导阶级。金钱在社会空间里一路狂奔，征服了政治权力空间，也将艺术收入囊中。18世纪甚至19世纪上半叶新的社会空间的结构性分割逐渐取代了法国贵族阶级主导的文化赞助体系以及依附于该体系的各类文化社团和俱乐部。市场经济调控下，文学作品的销售量、戏剧的卖座率、出版社等文化实体提供的职位及薪酬，重新建构了作家在市场中的依附角色和位置。上流社会沙龙上流行走俏的生活时尚、价值观念、审美品味又以间接、柔性的方式将部分作家、诗人和艺术家招募到达官新贵的麾下，将他们变成资产阶级上流社会的御用文人和宠儿。

> 因此正是那些靠排挤掉谁而不是把谁网罗进圈子来标榜自己的沙龙助长了以极端根本的对立为基础的文学场的建构（像期刊和出版商在文学场的其他领域所做的那样）。对立的一面是聚集在宫廷沙龙上擅长折中、追赶时髦的雇佣文人，另一面是功成名就的精英作家……最后是波西米亚阶层。①

一方面，19世纪上半叶法国的行政官僚机构中挤满了世家子弟，人满为患。另一方面，一波又一波出生在外省和乡下、心怀梦想和光荣、受过人文教育的青年拥进巴黎。因革命的血腥和恐怖而变得神经敏感脆弱的权贵阶层竭力排挤压制这些来自其他社会阶级、追逐名利的僭越者。被上流社会沙龙、官僚体制、主流文学体制排斥在外的青年聚居在巴黎贫穷的拉丁区。他们孤立、孤独地守护着经济匮乏却精神自由的生活堡垒。他们没有固定的职业和收入来源，没有任何社会地位，白日混迹酒馆，夜晚宿于阁楼，以裁缝为妻，以面包屑果腹。他们成了巴黎都市空间中一个新的文化族类——波西米亚艺术家。

文学和艺术是波西米亚艺术家的事业。因为他们一无所有却又自由独立，所以他们选定的文艺事业挣脱了资产阶级的政治和经济羁绊。因为

---

① Pierre Bourdieu, *The Rules of Art*, pp.52–53.

他们自觉地以艺术为人生和生活的目的，践行将艺术与生活融合的生活审美规范，所以在他们那里艺术成了生活，生活变成了艺术实践。他们成了光怪陆离的巴黎都市生活中资产阶级文化的反叛者和生活的拯救者。他们在生活的各个层面创造出崭新的艺术生活风格。同时代的作家巴尔扎克曾这样评价他们：闲散是一种工作形式，工作则是另一种形式的休息，优雅和随性并存；他们是艺术规则的制定者和实践者却不是追随者。他们僭越艺术和生活的边界，给爱情戴上自由、纯洁、放纵等各式各样的花环，将实验和创新视为写作和艺术的规则，把贫穷变成最引以为豪的资本，将权威和名利看作艺术生活最沉重的负累。这些新奇品味的创造者，这些生活的艺术裁判，这些手握大笔文化资本的才子，用最小的花费来满足自己的艺术生活品味——新奇的服饰、令人咂舌的烹饪、奢华的爱情、精致的闲情。所有这些却成了资产阶级男女们竞相仿效、重金购买的奢侈品。这种贫穷的生活被文化资本点石成金，成为时尚的景观和潮流的风向标。这些退守艺术堡垒的落魄青年以波西米亚艺术生活方式重新征服了资产阶级，占领了文化的制高点，推动着艺术朝着自由、独立的审美理想和人生信念方向前进。

波西米亚艺术家群落的诞生标志着一个崭新的艺术和生活世界的出现。它既脱胎于、脱离于日常生活世界，又以一种输家终赢的颠倒逻辑使他们中间的部分艺术家成为文化英雄，成为现代主义文化象征革命的领跑人甚至领导者。文化象征革命促进了艺术家和作家与市场的断裂，文学场与权力场的分离，艺术生活与日常生活的殊途，唯美信条对道德伦理的蔑视和超越。一类新的文化形象以先锋艺术反叛者的姿态登上了文学现代性的历史舞台。对这场滥觞于波西米亚艺术家习性的、持久的文化象征革命，布迪厄如是论：

> 伟大的艺术革命不是（短暂的）主流艺术家的行为，因为他们在这里如同在其他地方一样，不会与将他们圣化的秩序争执。也不是那些完全被压制的艺术家的行为，因为他们的生存状况和性情迫使他们循规蹈矩地从事文学实践。同时他们可能同等程度地向反叛阵营或象

> 征秩序的卫道阵营输送队伍。革命依靠那些混杂的、难以归类的人，他们的贵族气质，经常与特权独享的社会出身和拥有的丰厚象征资本联系在一起……①

文学场的自律必须建立在合法性原则的基础上。而所谓的合法性就是指，艺术家成为艺术世界的合法成员，有权挑战和占领文学场中的王者之位，有权向外在的政治和经济权力宣告自我的独立和艺术的独立。正是在上述意义上夏尔·波德莱尔（Charles Baudelaire）成了高度自足的文学场的奠基英雄。他在为自己的创作获取被社会承认的合法性和经典性的过程中，成功地维护了严肃、纯正艺术家的合法性这一新的文学场原则。通过成功竞选法兰西学院成员资格，他不仅在狭小的先锋派圈子中被圣化，而且在资产阶级象征文化权力体制内获得话语权和权威地位。换言之，他不仅获得了同行和同道的拥戴，而且依靠自己的主动竞争来迫使资产阶级文化秩序认可他，接受他。从而让既有的艺术和道德规范，无论是商业艺术、资产阶级艺术还是具有鲜明政治功利目的的社会艺术，为新的文学精神——纯粹的文学和纯粹的艺术家法则——让道。

那么伴随着高度自律的文学场之诞生，相应的文学场结构是什么？它蕴含了怎样的结构张力呢？这是布迪厄文学场理论揭示的第二个层面——文学场生成的、互动的二元结构。

文化象征革命是文学现代性的进程，同样是现代艺术家、作家日趋成熟并独立登上文化甚至政治舞台的历程，更是现代文学场不断成长并走向高度自律的过程。因此高度自律的文学场的生成结构既受大的社会空间中政治和经济的影响，又反过来建构新的文学、文化乃至政治秩序，表现出鲜明的生成结构特征。文学场的生成结构是在他律（社会、政治和经济制约）前提下的自律；文学场的自律又使之获得自身存在和发展的自由的、独立的空间，以及不同于资本主义市场经济的支配原则。自律形成了自足的文学艺术审美规范（特别是艺术家和艺术的独立和自由），这些规范又

① Pierre Bourdieu, *The Rules of Art*, p.111.

逆反地作用于社会权力空间，消解甚至颠覆政治和权力对艺术的压制。它们将文学话语置换成政治话语，将政治话语改造成文学话语，实现现代艺术家和作家向政治预言家和公共空间干预者的角色转换。

高度自律的文学场具有生成性的、交互影响的三维结构。

第一维是文学类型的等级化及其差异化原则——同辈同行的评价标准与商业成功率。按照文学场内主导的欣赏品味标准，稳居金字塔顶的是诗歌。诗歌是纯之又纯的艺术，不沾染丝毫的市场经济铜臭。尽管读者群很小，它却令许多作家趋之若鹜。处于与诗歌对立的另一极的是戏剧艺术。它直接受到资产阶级文化消费大众的青睐和吹捧。能立竿见影地产生轰动效应，上座率高，能短期内产生可观的经济效益。官方的学术机构、赞助机制和评奖机构共同为戏剧的圣化提供了有力的体制保障。居于这两极之间的是小说。一方面，司汤达、巴尔扎克、福楼拜、左拉等小说艺术大师奠定了文学场中小说的经典甚至崇高地位；另一方面，它又渗透了商业利润、畅销程度、期刊连载等商业因素。

如果以商业利益为标准，那么位居最顶层的是戏剧，因为它能以相对少的文化投资，短期内为剧作家和经纪人赚取巨额利润。无利可图的诗歌从塔顶掉到了底层。仍然处于中间位置的小说拥有庞大的读者群。其影响力超出了文学场本身。从资产阶级扩大到小资产阶级、女性、佣人、商贩、工人等所有能识字的人，这个庞大的读者群无疑是可观商业利润的最有力保障。

上述两类等级评价标准并行不悖。一方面，不同类型的文艺产品的价格、观众和读者群的品味和规模、产品生产周期的长短这些指数视不同类型的文学产品变得泾渭分明；另一方面，不同类型的文学甚至同一类型中不同作家的作品因象征价值不同而存在明显的差别。

第二维是文学场内部的两个差异化原则——小规模的文学生产与追求商业利益的大规模生产的对立，小规模生产领域内新锐先锋派作家与圣化的先锋派作家的对立。第一个对立原则将文学场（也是文化生产场）在水平方向上分割成两半。大规模生产具有经济资本强势，但文化资本、象征价值和自律程度处于弱势。小规模生产的经济资本弱，但文化资本、象征价值和自律程度强劲。第二个对立原则指更小的、以纯粹艺术为目标的先锋艺术家栖居的文学空间中，圣化与反圣化、前辈与后辈、权威与新锐派之间的冲突和较量。最终后来者居上，由此推动新一轮的王者争霸。"圣*化程度*的差别事实上将不同代的艺术家分离开来。艺术家的代际分化由'新'与'旧'、'独创'与'过时'等相互对立的风格和生活方式之间的间隔（常常非常短暂，有时仅仅几年）来界定。"①

文学场又名文化生产场。文学现代性开辟的文化生产场将文学的圣化确立为文学现代性的内在逻辑。无疑布迪厄揭示了资本主义文化炼金术的秘密。文学的圣化是在两种生产方式之间的对立和竞争中实现的，即小规模的、以艺术为目的、以小型出版社为中介、以积累文化资本为手段的生产方式与大规模的、以商业利润为目的、以大出版社为中介的生产方式之间的对立和竞争。因此文学的圣化不仅仅是艺术家和作家的圣化。与艺术家和作家显在的圣化同步，文学作品和艺术品、批评家、出版商、艺术和文学经纪人甚至文学评奖机构的圣化共同推动了文学的圣化运动。整个文化生产过程就是循环的圣化过程。如果说文学作品本体论意义上的作家是作品的创造者，那么批评家、出版商、经纪人是伟大作家和伟大作品的发现者，是创造者的创造者。不是作品本身或艺术家本人，而是所有这些创造者共同的努力增加了艺术和文学远远超过经济价值的文化价值。他们同时也共同为文学场中处于文化生产不同位置的参与者（包括他们自己）创造了文化资本。

第三维是文学场与政治场的对立以及对立的消解，文学场的艺术践行者对政治场成功地实行文化占领。从政治和经济对文学的他律和压制到社会空间中高度自律的文学场的生成，文学现代性既见证了文学场与权力场的分离和对立，也目睹了波西米亚艺术家群落在现代都市空间中的出现以及随之而来的波德莱尔、福楼拜等先锋艺术家引领的文化革命英雄时代的来临。文学场的自律，作家和艺术家的独立，他们与日常生活世界的超然距离，为艺术而艺术的唯美精神，共同缔结了文学现代性的规范——自律、独立、自由和美。

---

① Pierre Bourdieu, *The Rules of Art*, p.122.

从自律的文学场转向对社会权力场的干预，其象征人物是19世纪末的爱弥尔·左拉（Emile Zola）。左拉探索艺术表现的新路，探讨严肃的社会问题，获得巨大的商业成功，又是独领风骚的小说巨子。所有这些都为他向政治舞台的进军铺平了道路，都无损于他以艺术家独立、尊严和合法的身份来介入政治事业。继波德莱尔之后，左拉象征了文学现代性舞台上另一种文化形象的诞生——公共知识分子的诞生。因此，继文化革命完成了对文学场的改造并实现艺术的自律和艺术家的独立这一阶段性革命目标之后，它开始了第二阶段的使命，即艺术家社会公共角色的第二次转换以及对政治空间的颠覆。但是，首先，艺术家或作家型的知识分子没有且不可能征服整个政治空间，他们夺取的是政治空间中公共空间的话语权。其次，他们摒弃了一切的政治规范，反而将文学现代性的规范延伸、移植到政治空间。为艺术而艺术的永恒求美理想衍生了为真理和正义而辩护、不懈地抗争政治暴力的战斗精神。这样以独立和自由的文学规范的名义，艺术家堂而皇之地质疑颠覆政治规范。

至此文化象征革命走完了从政治场向文学场，再到政治场的历程。这伴随着从文学的他律到文学的自律，再到文学的反他律这整个复杂的过程。同样可以说，社会空间中逐渐生成了文学场及其内在的结构和规范。这些结构性的差异化原则使文学场与社会权力场和经济场始终处于相互制约状态。这些文学规范又生成性地建构了现代资产阶级公共空间中被视为神圣的、应该无条件恪守的、与日常官僚政治体制和权力技术对立的、预言和理想状态的、政治的也是文化的规范。更长远地讲，文学现代性进程中，艺术家也相继占领了教育和研究体制。

> 因此通过一种奇怪的颠倒，依靠纯粹的作家和艺术家们在与政治对抗的过程中占领的独特权威，左拉以及那些高等教育和研究的发展产生的学者有可能挣脱前辈们的政治冷漠立场，从而凭借非政治的武器来干预……政治场本身。[①]

---

① Pierre Bourdieu, *The Rules of Art*, p.131.

从巴黎的拉丁区到法国整个的文学场，再到研究机构、大学和公共媒介，从文学场到政治场，从落魄的波西米亚人到波德莱尔和福楼拜再到左拉，从贫穷却又自由、纯粹的艺术家到圣化的文化革命英雄，再到反抗政治暴力和庸常性的预言式文人知识分子，文学场（也是文学现代性）就这样发生、挣扎、蹒跚学步、狂奔向前、成熟壮大。

因此布迪厄对文学谱系和文化生态的重构不能简单地并入社会学的范畴，也不能简单地并入文学本体论的范畴。其积极意义更在于，他揭开了文学现代性的面纱，揭示了资本主义文化内在的逻辑，诠释了文学规范与社会文化规范之间的生成关系，描摹了历史起源意义上文学场动态的生成结构。文学现代性的进程既是现代主义文学的发生过程，也是现代主义文化史——以艺术法则和精神为缘起和归宿的文化史——的发展历程。文学场中衍生的现代文化精神从其载体——文学艺术品——更强烈地圣化为崇高孤绝的艺术家和独立无畏的知识分子这两种形象，即表现美的艺术形象和言说真理和正义的思想形象。在形式主义或新批评派与文学现象学或卢卡奇（Georg Lukács）、吕西安·戈德曼（Lucien Goldman）的新马文学社会学乃至萨特的存在主义文学观之间，布迪厄阐释的是文化诗学意义上的文学本象。

第五节 文学叙事和想象与文化物质：文学现代性的文化物质向度

一方面，从文艺现代主义美学到接受美学，从阅读行为到文化转化行为，或者从现代、后现代先锋文学的诗性语言表征的过渡空间到文化接触空间，从跨文化的书写文化叙事到创伤叙事，后伽达默尔文学人类学思潮中出现一个重要的却没有系统地展开的概念“想象”，尽管伊瑟尔将想象确立为虚构化行为的目标和跨文化转化行为的动力之源，也尽管施瓦布始终关注想象及与之比邻的情感、心理、情绪等。另一方面，皮埃尔·布迪厄的文学社会学建构了一个以法国现代主义为主旋律、资产阶级民族－国家为空间、文化象征革命的史诗叙事为情节设置（emplotment）的文学现代性起源神话。我们发现这两套源于现象学的文学话语都以文艺美学为起点和着力点，最后走向文化空间中文学行为的文化功能和价值评判。同时这两套话语共同提出了却又没有深入阐述的是文学叙事、文学想象与民族－国家的起源之间的关系。这既是与新的向度中文学现象学密切关联的理论疑难，又是对文学现代性的文化物质基础——无论是文学叙事还是文学想象都依赖其上——的关注，更是对摹仿诗学革命中文化诗学涉及的文化物质层面的探测。

因此，我们在这最后一部分中，借助分析美国当代学术界中乔纳森·卡勒（Jonathan Culler）和本尼迪克特·安德森（Benedict Anderson）之间有关文学想象的理论对话，转向摹仿诗学革命中有关文学现代性的文化物质基础与文学叙事和文学想象之间生成结构的理论话语。这既是为了从一个迂回的互文阐释角度来反思并延续文学现象学的相关理论，又是在一种更广义的文化现象学意义上来思考集体的民族文化意识（而不是胡塞尔的个体意识）与文学叙事、文化物质三者之间的生成关系。由此我们走向一个更广阔的新向度——无论是西方还是西方之外的民族文学叙事与文学想象建构的多样的、复杂的、动态的文学现代性。这样我们再进一步地思考无论是伊瑟尔、施瓦布还是布迪厄都试图拓展的文学性问题，让文学性回到思想的怀抱，让文化从文学性中获取生命，让精神的太阳照耀并融化森严壁垒的学科知识。

乔纳森·卡勒和本尼迪克特·安德森都任教于美国康奈尔大学，在当代人文社科研究领域取得举世瞩目的学术成就。卡勒研究英语与比较文学，专攻索绪尔之后欧陆结构主义。他打通语言学与文学研究，著有结构主义研究的里程碑著作《结构主义诗学：结构主义、语言学与文学研究》（1975）。该著问世后第二年卡勒获美国现代语言学会颁发的“詹姆斯·罗素·洛威尔奖”。安德森比卡勒年长8岁。他20世纪30年代出生在中国云南昆明，后随爱尔兰籍父亲到美国加州，先后求学于英国伊顿学院、剑桥大学和美国康奈尔大学。与卡勒沐浴的欧风美雨不同，安德森生在中国，长在英美，成于南洋。1983年他写成《想象的共同体》一书，其影响波及区域研究、政治学、历史学、地理学、文学、文化研究等诸多领域，促成西方人文社会科学研究的范式变革。

2003年卡勒和加州大学伯克利分校华裔学者谢永平（Pheng Cheah）编辑出版《比较的基础：围绕本尼迪克特·安德森的研究》，系统反思安德森的想象的共同体理论。2007年他在新著《理论中的文学》中全面反思文学与理论的关系及其征兆的欧美文学研究的新变化和理论探索的新路数。在该著中他将《比较的基础》中的文章《安德森与小说》更名为《小说与民族》。

从《安德森与小说》到《小说与民族》，卡勒唯一改动的是题目，而其余部分未做任何改动。冠以不同题目的同一篇文章出现在两个不同的文本语境中。《安德森与小说》回应安德森在《想象的共同体》中提出的核心论题，即小说参与塑造了民族－国家共同体同质时空中的同质想象。在这样一种文本或思想语境中，《安德森与小说》从特定的视角来批判安德森的核心概念想象。

我们会问，这个特定的视角是什么？卡勒聚焦与想象的民族共同体关系独特的小说的三个层面：叙述视角的形式结构；小说的民族内容；小说对读者群体的建构。他将分析重心从想象的共同体之缘起和谱系移到小说在共同体想象中的独特功能。但是他对方法论和价值公理的自觉反思在《理论中的文学》中才得到完整系统的阐述：

> 在过去20年中，不以文学为其对象的理论话语渗入文学和文化研究并取得进展。但明显可证的是文学成为新的中心，回归到曾被斥为退步和精英主义的美学问题，借助文学作品来提出或质疑各种理论假设，例如在德里达的研究中……①

卡勒揭示的价值公理是，文学在跨学科理论研究中居中心地位，文学与理论结成新的共生共存关系。这彻底否定了极端的“文学死亡”和“理论死亡”这两种论调。这也是反思文学的新视角，即不同样态的文学在理论及

---

① Jonathan Culler, *The Literary in Theory* (Stanford: Stanford UP, 2007), p.14.

文化研究中的中心地位和作用。

在卡勒与安德森的对话中，想象概念发生了三次移位。在安德森的思想中，想象是超越于本土的更宏大的民族共同体的文化认同特征，其原动力是报纸和小说征兆的印刷资本主义。在《安德森与小说》中，卡勒揭示了小说在三个层面上对共同体想象认同的塑造定形，这拓展了结构主义叙述学有关叙述视角、主题和读者的理论分析。在《理论中的文学》中，他进而揭示安德森个案的示范作用，即安德森在理论建构中赋予小说摹仿诗学的核心作用。不言而喻，安德森想象的共同体理论之重心是小说——这个现代性温床上孵化出的文学类型。或者说，没有小说摹仿诗学，就无以为想象的共同体理论找到支点。

当代英籍华裔小说家毛翔青的小说《酸甜》（1982）描述了20世纪五六十年代一家姓陈的华人在英国的族裔散居经历。陈大爷在老伴去世后，被儿子阿陈接到英国。陈大爷的左手臂上一直戴着两块手表。他告诉儿媳妇丽莉，上面的表是香港时间，下面的表是英国时间。

> 任何时候我想知道那边的朋友在干什么，我只需看上面的表。十点钟他们吃炸油条、红米加软骨粥。一点钟他们吃蒸猪肉包和炸牛肉面条。四点钟他们开始打麻将，喝茶，抽烟，嗑瓜子。八点钟吃晚饭，喝点蛇肉虎骨酒（对老年人很管用！），十点钟又开始赌博……[①]

这一情节设置（emplotment）[②]通过时间工具手表来体现全球视野中的时空差异。同时，族裔散居个体陈大爷又以时间工具为媒介，在文化意识中维系着与自己生活了一辈子的中国本土村舍共同体的想象认同纽带。这仅是从小说内在的情节设置来呈现民族和本土认同的想象特征，尽管这种分析已超越了结构主义叙事学的底线，带有跨学科的民族志和文化研究的成分。

---

① Timothy Mo, *Sour Sweet* (London: Sphere Books Ltd., 1983), p.225.

② 此处借用海登·怀特在《元历史：19世纪欧洲的历史想象》中使用的重要理论概念“情节设置”（emplotment）。

《想象的共同体》探讨的是现代小说、报纸表征的印刷资本主义这一现代性文化物质基础与想象的民族共同体之间的生成结构关系。我们会问，印刷资本主义在现代民族共同体的想象塑形中发挥了怎样独特的作用？紧扣文学叙事与文化想象的结构性关系，有四个方面值得我们反思：印刷资本主义与印刷文化；现代民族共同体认同的想象本质；文学叙事与文化想象；文学摹仿与文化摹仿。

安德森在批判马克思主义和自由主义的基础上，重构资本主义现代性以降的民族性或民族主义的谱系。他认为民族是：

> 独特的文化艺术品。……18世纪末出现了这些艺术品，它们是各种离散的历史力量混合交叉的自然结晶；但是一旦成形，它们就获得不同程度的自我意识，变成能够在千差万别的社会空间中移植繁衍的模式，主动或被动地与各种政治和意识形态机体融合。[①]

从对民族概念的重新界定看，安德森的切入点是文化和历史。也正因为如此，他将印刷资本主义（而不是商业资本主义或工业资本主义）勘定为现代性的文化物质基础，将马丁·路德点燃的新教精神与拉丁语之外的方言书籍出版征兆的印刷资本主义之联合视为培育民族想象的温床，将资本主义、印刷术与各种方言的结合视为印刷语言、民族意识与民族-国家相互融合并推陈出新的先决条件。印刷资本主义“使越来越多的人有可能自我思考，以崭新的方式将自己与其他人联系在一起”[②]。其结果就是“资本主义、印刷术与各种语言汇合，产生可能的新的想象的共同体”[③]。谢永平对现代民族起源的文化物质基础——印刷资本主义——有精辟之论：“这种形式的资本主义更是‘共同的’，如果你承认它是具有更强的交往特性的资本主义。因为印刷资本主义的兴起通过方言印刷品，自下而上地摧毁跨

① Benedict Anderson, *Imagined Communities* (London: Verso, 1991), p.4.

② Ibid., p.36.

③ Ibid., p.46.

民族的宗教共同体，而不是砸碎并消灭所有共同体纽带。”[①]

技术或器物层面的印刷资本主义在以小说和报纸为主的虚构叙事，以地图和博物馆为主的空间和档案载体，以人口普查为标志的权力技术构成的印刷资本主义产品和媒介这个层面上怎么界定？或者说印刷资本主义与作为文化艺术品的民族乃至小说、报纸、地图、博物馆、人口普查等相关的印刷文化之间是一种什么关系？这是安德森没有明确阐述的两个问题。

共同体认同最根本的制约因素是文化感知和认知。安德森认为现代小说和报纸是两种主要的想象形式，“这些形式为‘再－现’*那种*民族想象的共同体提供了技术手段”[②]。在《想象的共同体》1991年修订版中，安德森增加了第十章《人口普查、地图、博物馆》和第十一章《记忆与遗忘》。他将人口普查、地图和博物馆视为殖民地想象共同体的权力技术手段——瓦尔特·本雅明所讲的机械复制时代的产品。“这三类体制是人口普查、地图和博物馆：它们共同深刻地塑造了殖民地想象其领土的方式——被统治者的本质、空间地理以及血亲合法性。”[③]小说、报纸、人口普查、地图、博物馆成了权力和技术手段，是促成想象共同体的媒介。因此，诚如安德森将民族解释为文化艺术品，印刷资本主义使小说、报纸、人口普查、地图和博物馆成了印刷文化，一种安东尼奥·葛兰西理论意义上的霸权的、有别于纯粹的现代物质技术和经济基础、具有共同体公共空间生产能量的文化物质。这种生产能量主要通过大规模、大量、大范围的摹仿、复制、储存、分类来建构并充斥同质、想象的共同体。

如果进一步扩大文学摹仿诗学的范围，那么我们发现安德森将摹仿视为这些印刷媒介技术共同的本质。他实际上发掘出印刷资本主义更深层的文化逻辑——文化摹仿，尽管他没有阐明这一点。这有助于我们在拓展文学摹仿论的阐释能量的同时，认识到印刷文化维度中文化产品（包括想象的民族）与文学叙事在形式结构上的同构类推关系。那么文学摹仿与文化

① Jonathan Culler and Pheng Cheah eds., *Grounds of Comparison: Around the Work of Benedict Anderson* (New York: Routledge, 2003), p.6.

② Benedict Anderson, *Imagined Communities*, p.24.

③ Ibid., pp.163–164.

摹仿之间有何异同？在回答这个问题之前，让我们先思考现代民族共同体认同的想象本质。

安德森立足地理空间中文化个体之间的在场与不在场关系来界定想象：

> 它是被想象的，因为哪怕是最小的民族的成员也永远不会认识、见到或甚至听说其他绝大部分成员。然而在每个成员的意识中都留下了他们共通融合的形象。……事实上所有比面对面接触的原始村社（甚至也包括这些村社）都要更大的共同体都是想象的。①

文化个体空间上的非直接、非邻近、非感官的认同是现代民族共同体想象的第一个特征。

第二个特征是共同体成员之间平行的认同关系。与之对立的是宗教和帝国认同模式。在基督教、佛教或伊斯兰教等宗教共同体中，神、宗教领袖、智识阶层与普通信众之间是向心的等级关系。在世俗王权共同体中，以神圣的王权为中心和顶点，帝国的臣民分散在辽阔的、没有明确边界的甚至相互隔绝的疆土上，相互之间形成一种松散的却又稳定的中心与边缘认同关系。

第三个特征是所有个体共同感知的同质、空洞的时间——由时钟和日历测量的时间。“社会学意义上的有机体顺着日历的同质、空洞的时间移动。这种观点恰好对应于民族理念，因为民族也被理解成顺着历史稳步移动的坚实的共同体。”② 就现代想象的民族共同体而言，安德森所讲的同质、空洞的时间是与客观的自然时间和个体体验的主观时间不同的历史时间——黏附在印刷文化开辟的公共空间中的、日常仪式性事件标示的、整齐划一的共同时间。

第四个特征是同质、空洞的形象。这一点在安德森原著中处于极端

① Benedict Anderson, *Imagined Communities*, p.6.

② Ibid., p.26.

模糊的状态。他仅仅在界定想象这个概念的时候有“在每个成员的意识中都留下了他们共通融合的形象”[①]这句表述。与民族语言、时间的同质性相比，基于想象的共同体形象有什么特征？它们以何种方式制约想象的民族共同体？

在《比较的基础》中，恩内斯特·拉克劳（Ernesto Laclao）有精辟之论，这在很大程度上弥合了安德森原著中的理论空白。拉克劳认为，在各种散乱的形象中，有一类形象获得总体性意义上的同质性和空洞性。它们昭示的想象视域总是不断扩展延伸，不断将新的内容纳入其意义场域，使形象自身的浓缩结晶与共同体想象始终处于吻合对接状态，因为它们标示的不仅是既定的现实，而且隐含着现实之外的更广阔的文化空间。围绕这类同质、空洞的形象，拉克劳指出共同体想象的两大成因：（1）共同体空间的扩展使之更依赖这类形象建构，更多地将心理的、情感的、伦理的能量投射到这些形象上，这些形象的建构又逆反地建构想象的共同体，这是一个双向生成的过程；（2）形象的持续复制，想象之链的不断延伸，使形象变得愈益空洞，只有这样才能对各种异质因素进行想象的同质化改造，因此这类形象是共同体文化想象空间中的霸权形象。[②]拉克劳深刻地揭示了共同体形象的本质及其生成机制。

如果文化摹仿是印刷资本主义的文化逻辑，那么文学叙事建构现代民族共同体文化想象的两大功能就是上文提到的同质、空洞的时间和同质、空洞的形象。安德森在《想象的共同体》中有两章[③]集中探讨18世纪兴起的小说和与小说具有结构一致性的报纸这两种想象形式。他认为无论是小说还是报纸都建构了一个新奇、多元、异质、鲜活的文化社会场域。在同质的日历和时钟时间中，彼此分离的人物和看似不相干的事件形成有序的想象世界。在分析小说中的人物及其行为时，他指出：“所有这些行为都是在时钟标示的同一个日历时间内由互不相识的人物来进行的。这表明

① Benedict Anderson, *Imagined Communities*, p.6.

② Ernesto Laclao, “On Imagined Communities,” *Grounds of Comparison: Around the Work of Benedict Anderson*, Jonathan Culler and Pheng Cheah eds.(New York: Routledge, 2003), p.24.

③ 《想象的共同体》第二章《文化根源》和第四章《克里奥尔先驱者》。

作者在读者的意识中唤起的想象之世界的新奇性。”[①] 在分析 18 世纪美洲殖民地的各类报纸时，他也有类似结论：

> 换句话说，在同一页报纸上，这场婚姻与那条船、这个价格与那位主教同时出现，这归于殖民管理和市场系统的结构本身。……在这些船只、新娘、主教和价格所属的那些同伴构成的特殊的读者群体中产生想象的共同体。[②]

小说和报纸内在的同质时间形成现实社会生活场景中读者群同质的时间体验和仪式行为，叙事与真实互动融合。读者、作者和叙事中的人物神奇地胶合成受日历时间催眠的共同体。按照日历时间的节奏，在差不多相同的时间，按时阅读小说和报纸，这成了成千上万互不相识的个体之间相互复制和重复的集体仪式。“这种仪式以每天或每半天的节奏不断重复。还有什么世俗的、顺着历史的指针而浮现的想象的共同体比这更形象生动的呢？”[③]

谢永平认为小说与想象的民族共同体之间是一种同构类推联系。小说和报纸将读者召唤成民族主体，对现实的社会空间进行象征描绘，“小说中的世界与外在的真实世界融合”[④]。卡勒则进一步指出小说独特的形式结构与民族共同体的结构之间是摹仿关系，即小说乃至所有关于民族共同体起源的叙事首先是对现代民族共同体的结构性摹仿。因此他认为，“保存是通过外来者的干预来实现的；文化通过摹仿、重复和杂合得以保存”[⑤]。他提出的问题是：小说是想象民族的可能条件呢还是建构民族并使之合法化的力量呢？

上述两种看似相近的论点实质上征兆了两种不同的认识小说与民族关系的理论视角，尽管它们都承认小说与民族在形式结构上的同构类推关系。前者赋予文学叙事阿尔都塞式的召唤结构功能，偏重于从主体建构意义上

---

① Benedict Anderson, *Imagined Communities*, p.26.

② Ibid., p.62.

③ Ibid., p.35.

④ Jonathan Culler and Pheng Cheah eds., *Grounds of Comparison*, p.7.

⑤ Ibid., p.43.

揭示文化想象的内涵。后者则游离于结构主义与后结构主义之间。它一方面，它认为小说在形式结构上摹仿现实的民族形构。另一方面，它又认为小说及其他有关民族谱系的叙事是逆反建构的产物，却未言明其目的是为了满足现代民族主体的欲望需求和心理投射。因此在民族建构过程中，小说到底发挥了何种作用？这是卡勒提出的根本问题，也是他对安德森理论的批判。

但是撇开两者之间的纠结，我们从心理学角度发现两种观点之下隐而不显的关于文化想象的两个重要论点，即文学叙事的召唤结构功能和文学叙事生成的心理欲望投射机制。诚然，我们必须承认，这是整个安德森－卡勒范式中忽略或回避的更深层的理论问题。

卡勒的《理论中的文学》之核心论点是，文学以各种改头换面的形式在不同话语中发挥作用，这导致人文知识的文学转型，也导致文学模式和文学概念对文化研究、历史研究、哲学、人类学等不同学科及它们之间共同形成的跨学科理论的改造加工。从上述角度看，卡勒在两本著述中一再阐释安德森想象的共同体理论中小说叙事的意义和价值，其根本旨趣是挖掘并阐发安德森理论中文学对其他相关研究领域的深刻影响。简言之，安德森借鉴并拓展了文学摹仿论，使之与想象的共同体这一文化研究领域成功对接，并由此衍生出想象、印刷资本主义、民族共同体摹仿等重要观点以及支撑他整个理论研究的摹仿认知模式。

卡勒努力做到的就是用另一种包容了其他学科的文学阐释框架，来揭示并进一步提炼上述理论观点。这一阐释框架以文学为支点，以不同学科知识为对象。它试图确立当代批评语境中文学阐释模式的主导地位。因此所谓的理论对文学的终结只是表面现象，真正的、决定性的力量来自文学。文学渗透了不同学科并始终处于支配地位；文学从独特的研究对象变成了知识和理论探索的原动力。

安德森从时间角度切入文学叙事与民族的关系，却又将之扩展到空间维度的摹仿。他认为，民族主义最早出现在美洲殖民地这个新世界而不是欧洲旧世界，美国独立革命而不是法国大革命才是起源意义上民族主义的启示事件。随后在欧洲的封建王朝和其他殖民地，美洲式的民族主义不断被摹仿复制。[①] 无疑安德森对民族主义的起源重构是对欧洲中心论的批判。

> 欧洲学者习惯了任何现代世界的重大事件都起源于欧洲这种陈词滥调，非常轻率地将“第二代”民族－语言民族主义（匈牙利、捷克、希腊、波兰，等等）视为起点，却无视它们是否“赞成”或“反对”民族主义。[②]

美洲起源论将美国式的共和民主制确定为现代想象的民族共同体模式的起源。这既表现出后殖民研究津津乐道的文化抵抗政治（或爱德华·萨义德所讲的“逆向航行”），又以吊诡的方式将大西洋文明的新接力点——美国式的民主、文化和政治——置换成现代民族主义的模式和起点。

从文学叙事入手来建构文化想象理论，并非安德森独家经营。其实对安德森和卡勒的批判在前文中早已埋下了伏笔。这就是前面所讲的叙事与真实的关系，作为动态过程的文学再现深层的文化想象的心理机制，还有后殖民民族主义对欧洲民族主义逆反建构涉及的跨文化想象及形象建构。无论是安德森还是卡勒都未能进一步探讨上述问题。这使得他们最终只能从摹仿诗学革命视角来揭示文学叙事与文化想象的关系，纠结于文学叙事与民族之间哪一方为主导这类认知难题。因此在充分肯定安德森和卡勒对传统摹仿论的文化改造，在充分认识卡勒对人文社会科学话语的文学改造的同时，我们同样需要对当代全球跨文化语境中文学再现深层的以自我/他者为文化认知模式、以跨文化转化为价值公理的文化想象进行新的探索。

后伽达默尔思潮的文学人类学恰好弥补了安德森和卡勒的理论缺陷。[③] 如沃尔夫冈·伊瑟尔在《虚构与想象：绘制文学人类学的图谱》中也思考虚构与真实的关系。他认为，人本质上有追求虚构化的冲动。虚构超越真

---

① Benedict Anderson, *Imagined Communities*, pp.51, 163, 191.

② Ibid., p.xiii .

③ 详见陶家俊《客体、文学与接触空间——通向接触空间诗学之路》（《当代外国文学》2008 年第 4 期）、《后伽达默尔思潮的文学人类学表征——论读者反应论之后的文学研究》（《民族文学》2009 年第 3 期）、《后模仿时代文学的转化之力——从域限视角论伍尔夫冈·伊泽尔的批评理论》（《外国文学》2010 年第 3 期）。

实，打开通往想象世界的大门。不是虚构与真实而是虚构与想象的融合生成文学。那么伊瑟尔理解的想象是什么呢？在他看来，想象本来处于混沌的惰性状态，虚构化行为激活想象并将之呈现在文本空间中。想象的世界是与真实的世界对立的不真实的、可能的、缺场的世界。但是虚构与想象的融合互动却使想象的世界在文学文本空间中转变为在场，呈现另一种真实——未来的、可能的世界之真实。因此，借助虚构化行为，真实与想象之间的相互对立和否定变成了对话和转化关系，即人类创造性的转化和人的可塑性源于真实、虚构与想象之间的互动。伊瑟尔颠覆了真实与虚构之间的摹仿关系，也跳出了两者之间谁主谁辅的困局。

就跨文化想象的心理机制这个理论命题而言，在借鉴 20 世纪 80 年代理论人类学领域的书写文化理论、客体关系心理学和创伤心理学的基础上，伽布里埃·施瓦布进行了有益的探索。她诸多著述中先后得出的理论命题包括：（1）文学构成独特的文化接触空间，同时推动审美、文化、心理和政治层面的文化接触交往；（2）文学是书写文化的独特形式，在跨文化接触空间中不仅传播文化知识，促成文化转化，而且在想象层面塑造跨文化主体的心理、想象、情绪、情感、认同乃至幻想，发挥着类似投影屏幕的作用，成为主体文化移情的媒介；（3）文学创伤叙事重复表演、悲悼并愈合纳粹大屠杀、种族灭绝、殖民征服等现代性暴力，有助于愈合代际间、种族间、民族间的文化创伤。

恩内斯特·拉克劳从安德森理论中发掘出民族想象的形象建构命题。谢永平也指出民族形象同质的、空洞的总体性特征。但是他也认为，想象民族同时也是一个比较参照的过程，民族形象上总是叠加了空间和文化上的他者形象，民族意识中不可避免地留下了他者形象的印迹。[①] 结合前面对安德森和卡勒对话的分析，我们发现形象研究涉及三个不同理论视角。其一是拉克劳的总体性视角，他立足想象的民族共同体这一同质空间来探讨与之对应的同质、空洞的形象。其二是立足比较视角来揭示跨文化语境中不同民族文化形象的重叠并列及其形成的文化心理异化现象。在不同跨

① Jonathan Culler and Pheng Cheah eds., *Grounds of Comparison* , p.10.

文化境遇中，附加的他者文化形象成了萦绕在民族文化意识中的幻影和幽灵。其三是从心理分析角度来揭示跨文化接触过程中生成不同文化形象的不同心理移情机制以及不同的认同策略。将这三种视角相互融合，有益于我们更成熟地建构文学的文化想象理论，深入探讨文学叙事背后动态复杂的文化想象世界。

安德森和卡勒在更宽泛、更具包容性的学科知识话语中，从文化层面来拓展文学叙事的边界，进而将摹仿诗学改造成文学现代性的内在逻辑及话语修辞。摹仿从文艺研究的领地迁徙到文学以外的学科和理论之中并成为主导范式。另外，无论是后伽达默尔思潮中文学诠释与人类学、心理学、跨文化研究、创伤研究的结合，还是形象研究中总体性和霸权理论取向与比较研究或文化移情修辞研究之间的区别和商榷，它们都试图通过汲取其他学科理论的精髓来颠覆并改造文学摹仿诗学，在弥合文学研究与文化研究之间裂缝的同时赋予文学叙事新的功能和价值。因此，无论是文学主宰人文社会科学理论研究这一论断，还是其他学科理论向文学研究明侵暗犯这一焦虑，都否认不了以下事实。文学摹仿诗学在改造其他学科理论的同时，自身却失去了在文学研究中的权威地位。其知识合法性和价值有效性受到质疑。卡勒的文学中心说更多的是在前一种情形下提出的。而在后一种情况下，在摹仿诗学的知识合法性被颠覆之后，文学中心说还站得住脚吗？在当代全球多元文化语境中，在民族共同体经受内外挑战的情形下，在各种形式的暴力使民族共同体陷入一波又一波去魅化浪潮之际，文学知识的合法性又何在？我们能否依旧在文学的温床上培育想象的种子，度化知识和人性中恶的膨胀？我们能否手举文学的明灯，照亮一个崭新的公共空间并赋予文学新的公共批判精神、文化拯救和创新力量？

参考文献

（一）英文参考文献

Abraham, Nicolas and Maria Torok. *The Shell and the Kernel*. Chicago: the University of Chicago Press, 1994.

Abraham, Nicolas and Maria Torok. *The Wolf Man's Magic Word: A Cryptonymy*. University of Minnesota Press, 1986.

Adams, Hazard ed.. *Critical Theory Since Plato*. New York: Harcourt Brace Jovanovich, Inc., 1992.

Agamben, Giorgio. *Remnants of Auschwitz: The Witness and the Archive*. New York: Zone Books, 2002.

Ahmad, Aijaz. *In Theory: Classes, Nations, Literatures*. London: Verso, 1992.

Anderson, Benedict. *Imagined Communities: Reflections on the Origin and Spread of Nationalism*. London: Verso, 1983.

—. *The Spectre of Comparisons: Nationalism, Southeast Asia and the World*. London: Verso, 1998.

Ankersmit, Frank R.. "Why Realism? Auerbach on the Representation of Reality." *Poetics Today* 20:1 (Spring, 1999).

Appadurai, Arjun. *Modernity at Large*. Minneapolis: University of Minnesota Press, 1996.

Aristotle, *Metaphysics*. Joe Sachs trans. Santa Fe: Green Lion Books, 1999.

Aristotle. *Rhetorics*. Sitwell, KS: Cosimo Classics, 2010.

Auerbach, Erich. *Literary Language & its Public in Late Latin Antiquity and in the Middle Ages*. New York: Pantheon Books, 1965.

—. *Mimesis: The Representation of Reality in Western Literature*. Princeton: Princeton UP, 2003.

—. *Introduction Aux Études de Philologie Romane*. Frankfurt am Main: Vittorio Klostermann, 1949.

—. "Vico and Aesthetic Historicism." *Journal of Aesthetics and Art Criticism* 8 (2) (1949): 110–118.

—. *Scenes from the Drama of European Literature*. Minneapolis: University of Minnesota Press, 1984.

Auerbach, Erich, M. Elsky, M. Vialon and R. Stein. "Scholarship in Times of Extremes: Letters of Erich Auerbach (1933–46), on the Fiftieth Anniversary of His Death. " *PMLA*, 122, No. 3, (2007): 742–762.

—. "Review of Scenes from the Drama of European Literature." *Poetics Today*, 1985, Vol. 6, No. 4: 797–798.

Augustine, Saint. *De Doctrina Christiana*. Oxford: Oxford UP, 1996.

—. *Confessions*. Oxford: Oxford UP, 2009.

Bakker, Egbert. "Mimesis as Performance: Rereading Auerbach's First Chapter." *Poetics Today* 20.1 (1999): 11–26.

Barck, Karlheinz and Martin Treml, et al. *Erich Auerbach: Geschichte und Aktualität eines europäischen Philologen*. Berlin: Kulterverlag Kadmos, 2007.

Baudrillard, Jean. *Simulacra and Simulation*. Ann Arbor: the University of Michigan Press, 1994.

Benjamin, Walter. *Illuminations*. Hannah Arendt ed.. New York: Schocken Books, 1955.

Bleicher, Josef. *Contemporary Hermeneutics: Hermeneutics as Method, Philosophy and Critique*. London: Routledge, 1980.

Bollas, Christopher. *The Shadow of the Object*. New York: Columbia UP, 1987.

Bourdieu, Pierre. *Outline of a Theory of Practice*. Cambridge: Cambridge UP, 1977.

—. *Distinction*. London: Routledge, 1979.

—. *The Field of Cultural Production*. New York: Columbia UP, 1993.

—. *The Rules of Art: Genesis and Structure of the Literary Field*. Stanford: Stanford UP, 1996.

—. *Sketch for a Self-Analysis*. Cambridge: Polity Press, 2007.

Bremmer, Jan N.. "Erich Auerbach and Literary Representation-Erich Auerbach and His *Mimesis*." *Poetics Today*, 20, No. 1 (1999): 3–10.

Bucco, Martin. *René Wellek*. Boston: Twayne Publishers, 1981.

Calin, William. *The Twentieth-century Humanist Critics: From Spitzer to Frye*. Toronto: University of Toronto Press, 2007.

—. "Erich Auerbach's *Mimesis* – 'Tis Fifty Years Since: A Reassessment." *Style*, 33.3 (1999): 463–474.

Carroll, David, Erich Auerbach and Willard Trask. "Mimesis Reconsidered: Literature • History • Ideology Review of *Mimesis*." *Diacritics*, Summer, 1975, Vol. 5, No. 2 (Summer, 1975): 5–12.

Caruth, Cathy. *Trauma: Explorations in Memory*. Baltimore: the Johns Hopkins UP, 1995.

—. *Unclaimed Experience: Trauma, Narrative, and History*. Baltimore: the Johns Hopkins UP, 1996.

—. "Introduction to Psychoanalysis, Trauma and Culture." *American Imago* (1991) 48/1: 1–12.

Cheng, Anne Anlin. *The Melancholy of Race: Psychoanalysis, Assimilation, and Hidden Grief*. Oxford: Oxford UP, 2001.

Cicero. *Herennium*. Cambridge: Harvard UP, 1954.

Clifford, James and George E. Marcuse eds.. *Writing Culture: The Poetics and Politics of Ethnography*. Berkeley: University of California Press, 1986.

Critchley, Simon and Reiner Schümann. *On Heidegger's Being and Time*. London: Routledge, 2008.

Culler, Jonathan and Pheng Cheah eds.. *Grounds of Comparison: Around the*

Work of Benedict Anderson. New York: Routledge, 2003.

—. *The Literary in Theory*. Stanford: Stanford UP, 2007.

Dembowski, Peter F.. "The Philological Legacy of Erich Auerbach." *Romance philology*, 52, No. 1 (1998).

Demetrius. *On Style*. Cambridge: Cambridge UP, 1902.

Derrida, Jacques. *Margins of Philosophy*. Chicago: University Of Chicago Press, 1985.

Dillon, Sarah. *The Palimpsest: Literature, Criticism, Theory*. London: Continuum, 2007.

Dirlik, Arif. "The Postcolonial Aura: Third World Criticism in the Age of Global Capitalism." *Critical Inquiry* 20 (Winter, 1994): 328–356.

Dolis, John. "The Literary In Theory." *Comparative Literature Studies*, Vol. 45, No. 3 (2008): 401–404.

Donoghue, Denis. *Walter Pater: Lover of Strange Souls*. New York: Alfred A. Knopf, 1995.

Doran, Robert. "Literary History and the Sublime in Erich Auerbach's Mimesis." *New Literary History* 38, No. 2 (2007): 353–369.

Dreyfus, Hubert L. and Mark A. Wrathall eds.. *A Companion to Heidegger*. Oxford: Blackwell, 2007.

Dubois, Jacques, Meaghan Emery and Pamela Sing. "Pierre Bourdieu and Literature." *SubStance*, Vl. 29, No. 3, Issue 93: Special Issue: Pierre Bourdieu (2000): 84–102.

Dunn, Allen. "Who Needs a Sociology of the Aesthetic? Freedom and Value in Pierre Bourdieu's *Rules of Art*." *Boundary 2*, Vol. 25, No. 1: Thinking through Art: Aesthetic Agency and Global Modernity (Spring, 1998): 87–110.

Durham, Meenakshi Gigi. *Media and Cultural Studies: Key Works*. Oxford: Blackwell, 2006.

Dwright, Benjamin Woodbridge. *Modern Philology: Its Discoveries, History and Influence*. New York: A. S. Barnes & Burr, 1859.

Eagleton, Terry. *Literary Theory: An Introduction*. Oxford: Blackwell, 1983.

Eastwood, Jonathan. "Bourdieu, Flaubert, and the Sociology of Literature." *Sociological Theory*, Vol. 25, No. 2 (June, 2007): 149–169.

Ehrenzweig, Anton. *The Hidden Order of Art: A Study in the Psychology of Artistic Imagination*. Berkeley: University of California Press, 1971.

Erichsen, John. *On the Concussion of the Spine, Nervous Shock, and Other Obscure Injuries of the Nervous System*. London: Longman, 1875.

Eyerman, Ron. "*The Rules of Art* by Pierre Bourdieu." *Acta Sociologica*, Vol. 40, No. 3 (1997): 327–329.

Fanon, Frantz. *Black Skin, White Masks*. New York: Grove Press, 1967.

—. *A Dying Colonialism*. New York: Grove Press, 1965.

—. *The Wretched of the Earth*. New York: Grove Press, 1968.

—. *Toward the African Revolution*. New York: Grove Press, 1988.

Faulconer, James E. and Mark A. Wrathall eds. *Appropriating Heidegger*. Cambridge: Cambridge UP, 2000.

Felman, Shoshana and Dori Laub. *Testimony: Crises of Witnessing in Literature, Psychoanalysis, and History*. New York: Routledge, 1992.

Felman, Shoshana. *The Juridical Unconscious: Trials and Traumas in the Twentieth Century*. Cambridge, Massachusetts: Harvard UP, 2002.

—. *Writing and Madness: Literature/Philosophy/Psychoanalysis*. Palo Alto: Stanford UP, 2003.

Ferenczi, Sandor. "Introjection and Transference." *Contributions to Psychoanalysis*. Ernest Jones trans. Boston: Richard G. Badger, 1916.

—. *Final Contributions to the Problems and Methods of Psycho-Analysis*. New York: Brunner/Mazel Publishers, 1980.

—. *The Clinical Diary of Sandor Ferenczi*. Judith Dupont ed.. Cambridge, Massachusetts: Harvard UP, 1988.

Fish, Stanley. *Is There a Text in this Class? The Authority of Interpretive Communities*. Boston: Harvard UP, 1982.

Fluck, Winfried. "The Search for Distance: Negation and Negativity in Wolfgang Iser's Literary Theory." *New Literary History* 31.1 (2000).

Foster, Stephen W.. "Reading Pierre Bourdieu." *Cultural Anthropology*, Vol. 1, No. 1 (Feb., 1986): 103–110.

Freud, Sigmund. *Moses and Monotheism*. New York : Vintage Books, 1939.

—. *Civilization and Its Discontent*. New York : W. W. Norton & Company, 1961.

—. "The Aetiology of Hysteria." *Standard Edition of the Complete Psychological Works of Sigmund Freud*, Vol. 3. London: Hogarth Press, 1962.

—. "Mourning and Melancholia. " *Standard Edition of the Complete Psychological Works of Sigmund Freud*, Vol. 14. London: Hogarth Press, 1968.

—. *Beyond the Pleasure Principle*. New York: W. W. Norton & Company, 1989.

Fyfe, Gordon. "*The Field of Cultural Production* by Pierre Bourdieu." *The British Journal of Sociology*, Vol. 45, No. 3 (Sep., 1994): 514–515.

Gadamer, Hans-Georg. *Philosophical Hermeneutics*. Berkeley: University of California Press, 1976.

—. *Truth and Method*. London: Continuum International Publishing Group, 2005.

Gans, Eric. *The Origin of Language: A Formal Theory of Representation*. Berkeley: University of California Press, 1981.

— *The End of Culture: Toward a Generative Anthropology*. Berkeley: University of California Press, 1985.

—. *Originary Thinking: Elements of Generative Anthropology*. Stanford: Stanford University Press, 1993.

—. *Signs of Paradox: Irony, Resentment, and Other Mimetic Structures*. Stanford: Stanford University Press, 1997.

Garuth, Cathy. *Trauma: Explorations in Memory*. Baltimore: the Johns Hopkins UP, 1995.

—. *Unclaimed Experience: Trauma, Narrative and History*. Baltimore: the Johns Hopkins UP, 1996.

Gay, Peter ed.. *The Freud Reader*. New York: W. W. Norton & Company, 1989.

Geertz, Clifford. *Works and Lives: The Anthropologist as Author*. Palo Alto: Stanford UP, 1989.

Genette, Gérard. *Palimpsests: Literature in the Second Degree*. Lincoln: University of Nebraska Press, 1997.

Gilroy, Paul. *After Empire: Melancholia or Convivial Culture?*. London: Routledge, 2004.

Goodman, Nelson. *Ways of World-making*. Indianapolis: Hackett Publishing Company, 1978.

Gossman, Lionel and Mihai I. Spariosu eds.. *Building a Profession: Autobiographical Perspectives on the Beginning of Comparative Literature in the United States*. Albany: State University of New York Press, 1994.

Green, Geoffrey. *Literary Criticism & the Structures of History, Erich Auerbach & Leo Spitzer*. Lincoln : University of Nebraska Press, 1982.

Grenfell, Michael James. *Education and Training*. London: Continuum, 2007.

Hall, Stuart. *Representation: Cultural Representations and Signifying Practices*. London: Sage Publications, 1997.

Hall, Stuart. "Minimal Selves." *Studying Culture: An Introductory Reader*. Ann Gray and Jim McGuigan eds.. London: Edward Arnold, 1993.

Halliwell, Stephen. *The Aesthetics of Mimesis: Ancient Texts and Modern Problems*. Princeton: Princeton UP, 2002.

Hartman, Geoffrey. *The Longest Shadow: In the Aftermath of the Holocaust*. New York: Palgrave MacMillan, 2002.

—. *A Scholar's Tale: Intellectual Journey of a Displaced Child of Europe*. New York: Fordham UP, 2007.

Harvey, David. *The Condition of Postmodernity*. Cambridge: Blackwell, 1990.

Hegel, Georg Wilhelm Friedrich. *The Philosophy of History*. New York: Dover Publications, Inc., 1956.

Heidegger, Martin. *Poetry, Language, Thought*. New York: Harper & Row Publishers, 1971.

—. *Being and Time*. Albany: State University of New York Press, 1996.

—. *Identity and Difference*. Chicago: the University of Chicago Press, 2002.

Herman, Judith. *Trauma and Recovery: The Aftermath of Violence-From Domestic Abuse to Political Terror*. New York: Basic Books, 1992.

Hilton, Blake T.. "Frantz Fanon and Colonialism: A Psychology of Oppression." *Journal of Psychology* (Dec., 2007): 45–59.

Holmes, Jonathan and Adrian Streete eds. *Refiguring Mimesis: Representation in Early Modern Literature*. Hatfield: University of Hertfordshire Press, 2005.

Holquist, Michael. "Erich Auerbach and the Fate of Philology Today." *Poetics Today*, 20.1 (1999): 77–91.

Holub, Leon C.. *Reception Theory: A Critical Introduction*. London: Methuen, 1984.

Horkheimer, Max and Theodor W. Adorno. *Dialectic of Enlightenment*. Stanford: Stanford UP, 2002.

Howe, Nicholas. "The Figural Presence of Erich Auerbach." *The Yale Review*, 85, No. 1 (1997).

How, Stephen. "Edward Said and Marxism: Anxieties of Influence." *Cultural Critique*, 67 (Fall, 2007): 50–87.

Hubbard, Phil, Rob Kitchin and Brendan Bartley etl.. *Thinking Geographically: Space, Theory and Contemporary Human Geography*. London: Continuum, 2002.

Huhn, Thomas. "*The Field of Cultural Production: Essays on Art and Literature* by Pierre Bourdieu." *The Journal of Aesthetics and Art Criticism*, Vol. 54, No. 1 (Winter, 1996): 88–90.

Hussein, Abdirahman. *Edward Said: Criticism and Society*. London: Verso, 2002.

Husserl, Edmund. *Experience and Juagement*. Evanston: Northwestern UP, 1973.

Ingarden, Roman. *The Literary Work of Art: An Investigation on the Borderlines of Ontology, Logic, and Theory of Literature*. Evanston: Northwestern UP, 1974.

—. *Ontology of Work Of Art: Musical Work, Picture, Arch., Film*. Athens: Ohio University Press, 1989.

Iser, Wolfgang. *The Implied Reader: Patterns of Communication in Prose Fiction from Bunyan to Beckett*. Baltimore: the Johns Hopkins UP, 1978.

—. *The Act of Reading*. Baltimore: the Johns Hopkins UP, 1978.

—. *Walter Pater: The Aesthetic Moment*. Cambridge: Cambridge UP, 1987.

—. *The Fictive and the Imaginary: Charting Literary Anthropology*. Baltimore: the Johns Hopkins UP, 1993.

—. *Prospecting: From Reader Response to Literary Anthropology*. Baltimore: the Johns Hopkins UP, 1993.

—. *The Translatability of Cultures: Figurations of the Space Between*. Stanford: Stanford UP, 1996.

—. "The Significance of Fictionalizing." *Anthropoetics* III, No. 2 (Fall, 1997 / Winter 1998).

—. *The Range of Interpretation*. New York: Columbia UP, 2000.

Jameson, Fredric. *Valences of the Dialectic*. London: Verso, 2009.

Jay, Martin. *The Dialectical Imagination*. Berkeley: University of California Press, 1973.

Kaplan, E. Ann. *Trauma Culture: The Politics of Terror and Loss in Media and Literature*. London : Rutgers UP, 2005.

Kennedy, Rosanne. "Mortgaged Futures: Trauma, Subjectivity, and the Legacies of Colonialism in Tsitsi Dangarembga's *The Book of Not*." *Studies in the Novel*, Vol. 40, No. 1 & 2 (Spring & Summer, 2008): 86–107.

Kennedy, Valerie. *Edward Said: A Critical Introduction*. Oxford: Polity, 2000.

Kermode, Frank. *Romantic Image*. London: Routledge, 1957.

Kitchin, Rob and Gill Valentine. *Key Thinkers on Space and Place*. London: Sage Publications Ltd., 2004.

Konuk, Kader. *East-West Mimesis: Auerbach in Turkey*. Stanford: Stanford UP, 2010.

Krieger, Murray. *The New Apologists for Poetry*. Minneapolis: the University of Minnesota Press, 1956.

Kristeva, Julia. *Revolution of Poetic Language*. Trans. Margaret Waller. New York: Columbia UP, 1984.

LaCapra, Dominick. *History and Memory after Auschwitz*. Ithaca: Cornell University Press, 1998.

—. *Representing the Holocaust: History, Theory, Trauma*. Ithaca: Cornell University Press, 1994.

—. *Writing History, Writing Trauma*. Baltimore: the Johns Hopkins UP, 2001.

Lane, Jeremy F.. *Pierre Bourdieu: A Critical Introduction*. London: Pluto Press, 2000.

Lardinois, Roland. "Pierre Bourdieu (1930–2002): A Sociologist in Action." *Economic and Political Weekly*, Vol. 37, No. 11 (Mar. 16–22, 2002): 1019–1021.

Lawall, Sarah. "René Wellek and Modern Literary Criticism." *Comparative Literature*, Vol. 40, No. 1 (Winter, 1988): 3–24.

Lefèbvre, Henri. *The production of Space*. Oxford: Blackwell, 1991.

Lentricchia, Frank. *After the New Criticism*. Chicago: University of Chicago Press, 1981.

Lerer, Seth ed.. *Literary History and the Challenge of Philology: The Legacy of Erich Auerbach*. Stanford: Stanford UP, 1996.

—. "Auerbach, Erich." *Johns Hopkins Guide to Literary Theory and Criticism*. Baltimore: the Johns Hopkins UP, 2005.

Leys, Ruth. "Death Masks: Kardiner and Ferenczi on Psychic Trauma." *Representations*, No.53 (Winter, 1996): 44–73.

—. *Trauma: A Genealogy*. Chicago: the University of Chicago Press, 2000.

Lowe, Lisa. *Critical Terrains: French and British Orientalisms*. Ithaca: Cornell UP, 1991.

Luckhurst, Roger. *The Trauma Question*. London: Routledge, 2008.

Macksey, Richard. *Velocities of Change: Critical Essays from MLN*. Baltimore:

the Johns Hopkins UP, 1974.

Marcuse, George E. and Michael M. J. Fischer. *Cultural Critique: An Experimental Moment in the Human Sciences*. Chicago: the University of Chicago Press, 1986.

Maurer, Bill and Gabriele Schwab, eds.. *Accelerating Possession: Global Futures of Property and Personhood*. New York: Columbia UP, 2006.

Mauss, Marcel. *Les Techniques du Corps, Sociology et Anthropology*. Paris: Presses Universitares de France, 1950.

Melberg, Arne. *Theories of Mimesis*. Cambridge: Cambridge UP, 1995.

Miller, J. Hillis. *For Derrida*. New York: Fordham University Press, 2009.

Milovanović-Barham, Čelica. "Three Levels of Style in Augustine of Hippo and Gregory of Nazianzus." *Rhetorica*, Vol. XI, No. 1 (Winter, 1993): 1–25.

Mo, Timothy. *Sour Sweet*. London: Sphere Books Ltd., 1983.

Moran, Dermot. *Edmund Husserl: Founder of Phenomenology*. Cambridge: Polity Press, 2005.

Morley, David and Kuan-Hsing Chen eds.. *Stuart Hall: Critical Dialogues in Cultural Studies*. London: Routledge, 1996.

Nandy, Ashis. *The Intimate Enemy: Loss and Recovery of Self under Colonialism*. Oxford: Oxford UP, 1983.

Norton, Amanda. "The One Who 'Taught Us How to Live on This Real Earth, without Any Conditions but Those of Life': Tracing the Influence of Michel de Montaigne on Erich Auerbach and Mimesis." *Monatshefte*, Vol.100, No. 4 (2008).

Nuttall, A. D.. "New Impressions V: Auerbach's Mimesis." *Essays in Criticism* 54.1 (2004): 60–74.

Olmsted, Wendy. *Rhetoric: An Historical Introduction*. Oxford: Blackwell, 2006.

Oort, Richard Van. "The Use of Fiction in Literary and Generative Anthropology: An Interview with Wolfgang Iser." *Anthropoetics* III, No. 2 (Fall, 1997/Winter, 1998).

Palmer, Richard E.. *Hermeneutics: Interpretation Theory in Schleiermacher, Dilthey, Heidegger and Gadamer*. Chicago: Northwestern UP, 1969.

Panofsky, Erwin. *Gothic Architecture and Scholasticism*. New York: Meridian Books, 1951.

Pater, Walter. *The Renaissance: Studies in Art and Poetry*. Oxford: Oxford UP, 1998.

Peet, Richard. *Modern Geographical Thought*. Oxford: Blackwell Publishers Ltd., 1998.

Pickering, Michael. *Stereotyping: The Politics of Representation*. New York: Palgrave, 2001.

Pitkin, Hanna Fenichel. *The concept of representation*. Berkeley: University of California Press, 1972.

Plato. *The Republic*. Oxford: Oxford UP, 1993.

Potolsky, Matthew. *Mimesis*. Arbingdon: Routledge, 2006.

Pourciau, Sarah. "Istanbul, 1945 Erich Auerbach's Philology of Extremity." *Arcadia*, Vol. 41, No. 2 (2006): 436–460.

Rashkin, Esther. "Tools for a New Psychoanalytic Literary Criticism: the Work of Abraham and Torok." *Diacritics*, Vol. 18, No. 4 (Winter, 1988).

Rhodes, Eric Bryant. "*The Field of Cultural Production* by Pierre Bourdieu." *Acta Sociologica*, Vol. 37, No. 2 (1994): 216–219.

Ricoeur, Paul. Freud and Philosophy. New Haven: Yale University Press, 1970.

—. *Time and Narrative,* Vol. III. Chicago: University of Chicago Press, 1988.

Rothberg, Michael. *Multidirectional Memory: Remembering the Holocaust in the Age of Globalization*. Stanford: Stanford UP, 2009.

Roudinesco, Elisabeth. *Jacques Lacan & Co.: A History of Psychoanalysis in France, 1925–1985*. Chicago: the Uiversity of Chicago Press, 1990.

Said, Edward. *Joseph Conrad and the Fiction of Autobiography*. Cambridge: Harvard UP, 1966.

—. *Beginning: Intention and Method*. New York: Columbia UP, 1975.

—. *Orientalism*. New York: Vintage Books, 1979.

— ed.. *Literature and Society*. Baltimore: the Johns Hopkins UP, 1980.

—. *The World, the Text and the Critic*. Cambridge: Harvard UP, 1983.

—. "An Ideology of Difference." *Critical Inquiry*, 12:1 (Autumn, 1985).

—. *After the Last Sky*. New York: Pantheon Books, 1986.

—. "Media, Margins, and Modernity: Raymond Williams and Edward Said." Raymond Williams. *The Politics of Modernism: Against the New Conformism*. London: Verso, 1989.

—. "Narrative, Geography and Interpretation." *New Left Review* 180 (1990): 81–97.

—. *Musical Elaborations*. New York: Columbia UP, 1991.

—. *Peace and Its Discontents: Essays on Palestine in the Middle East Peace Process*. New York: Vintage Books, 1993.

—. "An Interview with Edward W. Said." *Boundary 2*, Vol. 20, No. 1 (Spring, 1993).

—. *Culture and Imperialism*. New York: Vintage Books, 1994.

—. *Representations of the Intellectual*. New York: Vintage Books, 1994.

—. *The Politics of Dispossession*. New York: Vintage Books, 1995.

—. *Out of Place*. New York: Vintage Books, 1999.

—. "Deconstructing the System." *Review of Foucault, Power. New York Times*. December 17, 2000.

—. "Traveling Theory Reconsidered." *Reflections on Exile and Other Essays*. Cambridge: Harvard UP, 2002.

—. "History, Literature, and Geography." *Reflections on Exile and Other Essasys*. Cambridge: Harvard UP, 2002.

—. *Humanism and Democratic Criticism*. New York: Columbia UP, 2004.

—. *On Late Style: Music and Literature against the Grain*. New York: Pantheon Books, 2006.

Schwab, Gabriele. *Subjects without Selves: Transitional Texts in Modern Fiction*.

Cambridge: Harvard UP, 1994.

—. *The Mirror and the Killer-Queen: Otherness in Literary Language*. Bloomington: Indiana University Press, 1996.

—. "Traveling Literature, Traveling Theory: Literature and Cultural Contact between East and West." *Studies in the Humanities*, Vol. 29, June, 2002.

—. "The Writing Lesson: Imaginary Inscriptions in Cultural Encounters." *Critical Horizon*, Vol. 4, No. 1, 2003.

—. "Haunting Legacies: Trauma in Children of Perpetrators." *Postcolonial Studies: Culture, Politics, Economy*, Vol. 7, No. 2 (July, 2004):177–195.

—. "Writing against Memory and Forgetting." *Literature and Medicine*, Vol. 25, No. 1 (Spring, 2006): 95–121.

—, ed.. *Derrida, Deleuze, Psychoanalysis*. New York: Columbia University Press, 2007.

Siegel, Jerrold. *Bohemian Paris: Culture, Politics, and the Boundaries of Bourgeois Life, 1830–1930*. Baltimore： the Johns Hopkins UP, 1999.

Smith, David Woodruff and Ronald McIntyre. *Husserl and Intentionality*. Dordrecht: D. Reidel Publishing Company, 1982.

Spitzer, Leo. *Linguistics and Literary History: Essasys in Stylistics*. Princeton: Princeton UP, 1967.

—. *Leo Spitzer: Representative Essays*. Stanford: Stanford UP, 1988.

—. *Lives in Between: the Experience of Marginality in a Century of Emancipation*. New York: Hill and Wang, 1999.

Spivak, Gayatri Chakravorty. *Death of a Discipline*. New York: Columbia University, 2003.

Thiong'o, Ngugi wa. *Decolonizing the Mind: the Politics of Language in African Literature*. London: James Currey, 1986.

Throop, C. Jason and Keith M. Murphy. "Bourdieu and phenomenology: A critical assessment." *Anthropological Theory*, Vol. 2(2): 185–207.

Trimble, M.. *Post-Traumatic Neurosis: From Railway Spine to the Whiplash*. Chichester: John Wiley, 1981.

Vickroy, Lauri. *Trauma and Survival in Contemporary Fiction*. Charlottesville: the University of Virginia Press, 2002.

Vico, G. B.. *The Autobiography of Giambattista Vico*. New York: Cornell UP, 1944.

—. *New Science*. London: Penguin Books, 1999.

Wellek, René. "Auerbach's Special Realism." *The Kenyon Review*, Vol. 16, No. 2 (Spring, 1954): 299–307.

—. "Comparative Literature Today." *Comparative Literature*, Vol. 17, No. 4 (Autumn, 1965): 325–337.

—. *Theory of Literature*. New York: Harcourt Brace Jovanovich, 1970.

—. *A History of Modern Criticism 1750–1950,* Vol. I–II. Cambridge: Cambridge UP, 1981.

—. "René Wellek and Modern Literary Criticism: Response." *Comparative Literature*, Vol. 40, No. 1 (Winter, 1988): 25–28.

White, Harrison C.. "*The Rules of Art: Genesis and Structure of the Literary Field* by Pierre Bourdieu." *Contemporary Sociology*, Vol. 26, No. 5 (Sep., 1997): 638–640.

White, Hayden. *Tropics of Discourse*. Baltimore: the Johns Hopkins UP, 1986.

White, Hayden. *Figural Realism: Studies in the Mimesis Effect*. Baltimore: the Johns Hopkins UP, 1999.

Williams, Patrick ed.. *Edward Said* (Vol. I–IV). London: Sage, 2001.

Williams, Raymond. *The Country and the City*. London: Chatto and Windus, 1973.

—. *Marxism and Literature*. Oxford: Oxford UP, 1978.

Winnicott, D. W.. *Playing and Reality*. London: Routledge, 1971.

Yassa, Maria. "Nicolas Abraham and Maria Torok-The Inner Crypt." *Scandinavian Psychoanalytic Review*, (2002) 25, nr. 2.

Young, Robert J. C.. *White Mythologies: Writing History and the West*. London: Routledge, 1990.

（二）中文参考文献

成中英：《从本体诠释学看中西文化异同》，北京：生活·读书·新知三联书店 1988 年版。

—:《何为本体诠释学》，北京：生活・读书・新知三联书店 2000 年版。

—:《本体诠释学》，北京：北京大学出版社 2002 年版。

[德] 埃德蒙德・胡塞尔:《纯粹现象学通论》，李幼蒸译，北京：商务印书馆，1996 年版。

—:《内时间意识现象学》，倪梁康译，北京：商务印书馆 2009 年版。

[德] 格奥尔格・G. 伊格尔斯:《德国的历史观》，彭刚、顾杭译，南京：译林出版社 2006 年版。

何兆武、陈启能主编:《当代西方史学理论》，上海：上海社会科学院出版社 2003 年版。

[德] 黑格尔:《历史哲学》，张作成、车仁维编译，北京：北京出版社 2008 年版。

[法] 亨利・缪尔热，《波西米亚人：巴黎拉丁区文人生活场景》，北京：华夏出版社 2003 年版。

洪汉鼎:《诠释学——它的历史和当代发展》，北京：人民出版社 2001 年版。

金元浦:《文学解释学：文学的审美阐释与意义生成》，长春：东北师范大学出版社 1997 年版。

[英] 卡尔・雅斯贝斯:《历史的起源与目标》，魏楚雄、俞新天译，北京：华夏出版社 1989 年版。

[法] 克劳德・列维 – 斯特劳斯:《忧郁的热带》，丁志明译，北京：生活・读书・新知三联书店 2000 年版。

林安梧:《中国人文诠释学》，台北：台湾学生书局有限公司 2009 年版。

刘小枫:《接受美学译文集》，北京 : 生活・读书・新知三联书店 1989 年版。

[德] 马丁・海德格尔:《存在与时间》，陈嘉映、王庆节译，北京：生活・读书・新知三联书店 2006 年版。

钱锺书:《谈艺录》，北京：中华书局 1984 年版。

—:《管锥编》，北京：中华书局 1994 年版。

[美] 塞缪尔・亨廷顿:《文明的冲突》，北京：新华出版社 2002 年版。

汤一介:《能否创建中国的解释学》，《学人》第 13 辑，南京：江苏文艺出版社 1998 年版。

—:《再论创建中国解释学问题》,《中国社会科学》2000 年第 1 期。

—:《三论创建中国解释学问题》,《中国文化研究》2000 年夏之卷。

—:《四论创建中国解释学问题》,《学术月刊》2000 年第 7 期。

陶家俊:《客体、文学与接触空间——通向接触空间诗学之路》,《当代外国文学》2008 年第 4 期。

—:《后伽达默尔思潮的文学人类学表征——论读者反应论之后的文学研究》,《民族文学》2009 年第 3 期。

—:《后模仿时代文学的转化之力——从域限视角论伍尔夫冈·伊泽尔的批评理论》,《外国文学》2010 年第 3 期。

—:《辩证法、历史与摹仿:评杰姆逊的〈辨证的力量〉》,《文景》2010 年 9 月,总第 68 期。

—:《安德森 - 卡勒范式的摹仿诗学基础——评乔纳森·卡勒与本尼迪克特·安德森的对话》,《四川外语学院学报》2010 年第 6 期。

王逢振:《现象学、阐释学和文学的意思》,桂林:漓江出版社 1988 年版。

[德] 威廉·狄尔泰:《历史中的意义》,艾彦、逸飞译,北京:中国城市出版社 2002 年版。

熊伟:《自由的真谛——熊伟文选》,北京:中央编译出版社 1997 年版。

张隆溪:《道与逻各斯:东西方文学阐释学》,南京:江苏教育出版社 2006 年版。

张祥龙、杜小真、黄应全:《20 世纪现象学思潮在中国》,北京:首都师范大学出版社 2002 年版。

章国锋:《文学批判的新范式:接受美学》,海口:海南出版社 1993 年版。

赵毅衡:《重访新批评》,天津:百花文艺出版社 2009 年版。

周庆华:《文学诠释学》,台北:里仁书局 2009 年版。

裕锴:《中国古代阐释学研究》,上海:上海人民出版社 2003 年版。

后 记 一

今天是中国旧历癸巳年正月十一日，西历2013年2月20日。同一个日子，却有两种记载方式。两种关于时间的概念以差异的方式来表述被表征对象。叠加或交缠在这个日子上的两个概念浓缩了历史观、文化观、现实观、文化想象认同观、日常生活仪式和伦理、宗教信仰、语言乃至宇宙观上差异的两个系统之间的并行、交叉、修正。当西方的话语系统干预并开启中国的现代世界秩序之后，旧的、原生的、循环的生命世界秩序仍一如既往地流动运转。

在庆祝了公历新年之后，我们仍心怀赤诚地为新春祈福。我们以一种重复的方式来跨越这时间上不同、时间性上同一的象征时刻。摹仿的语义，如原生与次生、真实与拟像、真品与临摹，变成了两个相互之间差异的观念以及观念背后的世界秩序与自然时间之间同质的表征关系。现代时间的干预，现代世界秩序的建构，现代性底里流淌的传统，使我们对时间、历史、现实、文化、生活等从感悟到观念层面的把握从二元对立系统转入了多重关联系统，使我们对历史、文化和人的心灵世界的认知呈现出相对性而不是绝对性，差异性而不是同一性。

因此我们可以说摹仿诗学的革命也是我们对自我的此时此在的反思。我们从生活的惰性状态中自我解脱，然后再重新认识深层的生命肌理上刻下的时间的、历史的、生活的印迹——复数的时间、线型的与循环的历史、复调的生活的印迹。

在癸巳年辞旧迎新的时刻，在我终于为书稿画上句号的时刻，正是夜色苍茫，四周一片寂静。窗外不时传来爆竹鸣放的声音。刚从南方的重庆回返京城，亲近了南方山水间的灵气和柔美之后，我也情不自禁地从北方的空气里寻找春天的气息，情不自禁地为完成这项占据了我智识生命差不多七年的思想和学术反思探索工程而感到舒缓满足（尽管书稿的正式撰写只用了不到两年的时间）。

这本书对于西学的批判性重构、对于中国当代的西学接受和消化现状之隐性反思、对于智识现代主义精神和学术现代主义的重新构形、对于文学与其他人文社会科学之间的打通意图，早在前言中都表述清楚了。这里不必赘言。

但是，我在这里有必要着重强调三个层面的思想。

一是我在本书中分四个层面建构的形象理论，既是从形象这个观念的视角来俯瞰源生于奥尔巴赫、弗洛伊德、胡塞尔、萨义德的摹仿诗学革命，又是以思想阐释和批判的方式来展现有关形象的较为系统的理论。因此，用观念重构的方法来描绘思想学术大迁徙大变革的画卷，用不同思想、学术以及学科脉络之间的互济来烛照形象观念，是我在研究方法上试图达到的效果。

二是我们必须意识到根生于日耳曼思想土壤的阐释学和辩证理性批判这两套学术和思想体系之于现当代西方人文学术思想的重要性。认识不到这一点，我们可能无法完整地把握西学的思想和方法论精髓，盲目地在狭小的学科和文化藩篱中挣扎摸索。

三是我们应该始终坚持辩证的理性批判精神和开放的关联认识。这无疑是西哲黑格尔留给我们的财富，也是奥尔巴赫给我们的启迪。正是因为如此，我在第四章中最后从文化物质向度来思考文学的文化生产；我在本书的全局把握中始于奥尔巴赫，终于布迪厄和安德森。

需要顺带提及的是，已经有学者在布迪厄和安德森的基础上将他们的思想进一步创新，并用之来阐释中国现代文学和现代文化。前者包括克里斯多夫·A. 里德（Christopher A. Reed）的《上海的古登堡：中国印刷资本主义，1876—1937》（2004）。而后者包括英国学者贺麦晓（Michel Hockx）的《风格问题：现代中国的文学社团和文学期刊，1911—1937》（2003）。与他们思想的辩驳，对布迪厄和安德森理论的再思考和实证修正，则是我下一本书《跨文化的文学场：20世纪中英现代主义的对话与认同》相关部分涉及的内容。

最后，谨向所有支持我的师长、家人、朋友和我指导的博士生们表示由衷的感谢。没有他们的教诲，没有他们的支持，没有他们在国外大学图书馆中帮我收集资料，没有在我主持的研讨班上与他们的思想交流和碰撞，我无力完成这项艰巨的学术研究任务。

陶家俊

2013 年 2 月 20 日夜，于北京外国语大学东院

后 记 二

2013 年 2 月我完成了这本书的初稿。其时我手头的另一本书稿《跨文化的文学场：20 世纪中英现代主义的对话与认同》刚展开研究和撰写工作不久。如今当我站在 2017 年 5 月初的时间点上时，窗外的天地间已是：姹紫嫣红又一春，绿柳万条碧树高；落花流水春渐远，盈盈青荷一池满。我再次修订了该书的书稿，将最初拟定的题目《摹仿诗学的革命》改为现在这个题目《形象学研究的四种范式》，以期更鲜明地破题和立题，更直接地承接埃里希·奥尔巴赫的形象学研究源头，更虔诚地呼唤个体生命和文明生命顽强的精神化大道。感触更深的是，在如今这个时间点上，我完成了五年前艰难推进的书稿《跨文化的文学场》。这两本书稿一起伴我走过了五年来的五轮春夏秋冬，见证了我五年间智识生命的成长和升华，成为我个体生命磨难岁月中的产儿和伴侣。

与这五年的智识生命成长一样，在青山绿水间，在高山之巅，在群星璀璨的苍穹之下，在喧嚣的尘世人欲物流中，我经历了脱胎换骨的生命洗礼。学会了离开都市，在山野间长途徒步行走。学会了走出书斋，用心灵谛听永恒的梵音，用时光的清泉濯洗身心的疲惫和欲求。学会了晨昏间体悟太极的真如之境。所有这些对个体生命精神化的体悟，在我的眼前打开了一扇扇天光明媚的窗户，引导我走向智慧的九层莲台。

王阳明说，知行合一。其实何止是知行合一。在我们读书人的布衣行中，始于知行合一，进于心景合一，达于天人合一。或许这是该著中限于西学而阐发的形象学四类范式之外更本真、高远、空灵的象外之象。感于此，我们说，著书立说，关乎志趣，关乎体认，关乎节操，关乎性命双修，关乎物、欲之外的大道。唯如此，才能遏制时下学问行业的工具理性泛滥。唯如此，我们才能嫁接东西，化合南北，明心见性。

2017 年 5 月 7 日

北京外国语大学西院寓所